BAD
AMOUR INTERDIT

JAY CROWNOVER

BAD
AMOUR INTERDIT

ROMAN

Traduction de l'américain par
ARNOLD PETIT

&H

Titre original :
BETTER WHEN HE'S BAD

HARLEQUIN
83-85, boulevard Vincent Auriol, 75646 PARIS CEDEX 13.
Service Lectrices — Tél. : 01 45 82 47 47

www.harlequin.fr

ISBN 978-2-2803-4866-9 — ISSN 2271-0256

INTRODUCTION

Beaucoup de gens me disent que mes personnages masculins sont des bad boys. Ces gens se trompent. Il est vrai que les hommes que je décris sont souvent grande gueule, arrogants et couverts — à des endroits improbables — de tatouages et de piercings ; mais selon moi, ça ne fait pas d'eux des bad boys. Au contraire, cela les définit comme des mecs bien dans leur peau, qui vivent selon leurs propres règles. Des mecs qui ont quelque chose à dire.

Dans ce livre, j'ai eu envie d'un personnage qui soit un vrai bad boy, quelqu'un de sombre, de vraiment dangereux. L'idée de donner corps à un antihéros qui vit du mauvais côté de la barrière et assume fièrement sa part d'ombre et les choix qu'il a dû faire m'a tout de suite emballée.

Ainsi est né Shane Baxter. Un type pas facile à aimer et avec lequel il n'est pas simple de sympathiser. Bref, un dur, quoi. Mais quelle fille pourrait tomber amoureuse d'un type de ce genre ?

Je voulais savoir s'il était possible de construire une romance douce-amère autour d'un personnage aussi dur. J'aime à croire que j'y suis arrivée. En fin de compte, je suis moi-même tombée amoureuse de Shane une fois le livre terminé.

Ce roman est le premier de ma nouvelle série, « BAD » . The Point, c'est la ville fictive dans laquelle se déroule l'histoire ; une ville qui devrait évoquer au lecteur n'importe quelle banlieue dangereuse ou quartier mal famé et lui permettre de l'identifier comme le « mauvais côté de la barrière ». C'est une histoire sombre, qui ne s'interdit rien.

J'espère que vous passerez un bon moment !

Jay.

1

Bax

Peu de choses peuvent flinguer les effets planants d'un orgasme. Mais se prendre un coup de poing dur comme l'acier en plein dans la tempe, ça oui. Mon tympan a résonné quand ma tête a valdingué sous l'impact. J'aurais répliqué aussi sec si un autre uppercut tout aussi puissant n'avait pas envoyé mon crâne cogner violemment contre le mur. Des taches noires sont apparues devant mes yeux et j'ai avalé mon propre sang. C'était pas comme si ces types-là en avaient quelque chose à foutre de se battre dans les règles, mais qu'ils me laissent le temps de reprendre mes esprits et j'allais leur montrer qui j'étais. J'ai craché le sang qui avait envahi ma bouche et j'ai pris la cigarette que me tendait mon agresseur.

— Ça fait longtemps, Bax, il a dit.

J'ai vérifié que ma mâchoire n'était pas brisée. Rien de tel que de se prendre une branlée par une bande de demeurés et la peur de perdre quelques dents pour te sortir du trip post-orgasme.

— Comment tu m'as retrouvé, Benny ?

J'ai tiré une taffe, adossé au mur du bâtiment dont je venais de sortir. Le goût acide et cuivré du sang a de nouveau rempli ma bouche et j'en ai profité pour cracher en plein sur ses pompes.

— Cinq ans en taule sans baiser, c'est long pour un homme, il a répondu, tout en remuant les poignets comme pour s'échauffer les mains (ces mains dont je savais d'expérience qu'elles étaient capables de bien pire que le coup qu'il venait de me balancer). Pas de meuf, pas de picole, il a poursuivi, pas de pétards, pas de super bagnole et personne pour en avoir quelque chose à foutre de toi. Je te connais, mec, et je savais très bien que ce que tu irais chercher en premier une fois sorti de taule, ce serait du cul. J'ai demandé à Roxie de m'appeler si tu te pointais par ici.

En premier ? Raté. Le premier truc que j'avais été chercher, c'était la bagnole. OK, je m'en étais servi pour tracer direct vers un plan cul. N'empêche, c'était pas ma priorité numéro un.

— Et donc, j'ai lancé, t'as décidé de me réserver le comité d'accueil le plus merdique possible.

— Comme je connais Roxie, et crois-moi, je la connais, ton retour a pas dû être aussi merdique que ça.

Toute sa bande s'est mise à ricaner. Je me suis contenté de lever les yeux au ciel. On pouvait compter sur Roxie, c'était vrai. Tous. Même moi après cinq ans de taule.

— Je suis pas là pour le plaisir de voir ta gueule, il a repris. C'est Novak qui m'envoie. Lui, il veut te voir.

Novak. Un nom qui à lui seul donnait des frissons à tout le monde. Un nom synonyme de meurtres, de massacres et de toutes les saloperies qui se tramaient dans les rues. C'était un homme froid. Impitoyable. Intouchable. Une légende dans The Point et bien au-delà. Le roi des ombres et des allées sombres. Personne ne l'avait jamais doublé et personne ne pouvait lui échapper. Et à part moi, personne n'osait le défier. Novak voulait me voir ? Il se trouve que moi aussi j'avais besoin de le voir, mais on allait faire ça à ma manière.

J'ai terminé ma clope et je l'ai écrasée sous la semelle de ma ranger noire. J'étais bien plus baraqué maintenant que quand je m'étais fait prendre. Pas sûr que ces débiles l'aient remarqué. Peu importe que tu sois jeune ou sportif : l'alcool, les drogues et les filles faciles, ça ramollit. Mais quand on t'enlève tout ça du jour au lendemain pour te mettre dans une piaule où ta forme physique devient ta seule arme pour ne pas crever, ça te change un homme. Mentalement comme physiquement.

— Et moi, j'ai balancé, j'ai pas envie de le voir, Novak.

Du moins, pas maintenant. Mes oreilles ne sifflaient plus, mais j'avais un mal de crâne carabiné. L'effet de surprise n'était plus en leur faveur et s'ils voulaient forcer leur chance, ça n'allait pas tarder à salement dégénérer. Rien à foutre qu'ils soient en surnombre.

Benny s'est mis à me dévisager et j'ai soutenu son regard. Je n'étais plus un gosse qui devait faire ses preuves. Voir cinq ans de sa vie s'envoler pour des conneries, ça a tendance à laisser des traces. Novak aurait dû savoir ça.

— Race a disparu, Benny a lâché.

Là, ils avaient mon attention. J'ai plissé les yeux et les muscles de mes épaules se sont contractés. Je me suis relevé et j'ai passé la main sur mon crâne rasé. Les cheveux longs, en taule, c'est pas un bon plan, et malgré la cicatrice qui courait sur la moitié de mon crâne, j'avais pas l'intention de les laisser repousser. Dans mon milieu — enfin, mon ancien milieu —, il fallait la jouer discret. Mais je n'avais pas envie de penser à ça pour l'instant. Ni plus tard.

— Comment ça, disparu ? j'ai demandé. Genre en voyage ou genre Novak l'a fait disparaître ?

Ça ne serait pas la première fois que Novak se débarrasserait d'un problème encombrant avec une balle entre les deux yeux.

Benny a fait genre qu'il avait pas entendu et ça m'a fait péter un câble. Je l'ai chopé par le col de sa chemise de tapette. Fini, le gamin d'autrefois. Je n'avais plus dix-huit ans, et niveau physique, j'avais changé de catégorie. Le gars n'en menait pas large, une fois soulevé de terre, les yeux dans les yeux. Il m'a pris par les poignets pour essayer de se libérer, mais malgré le bruit d'un flingue qu'on dégainait dans mon dos, je ne l'ai pas quitté du regard une seconde.

— Réponds, Benny. Disparu comment ?

Race Hartman était un bon pote, et globalement un type bien. Trop bien et trop futé pour ce genre de vie en tout cas. Jamais il n'aurait dû se retrouver mêlé aux histoires de Novak, pas plus qu'il n'aurait dû être avec moi le soir où tout avait mal tourné. Faire cinq ans de prison pour arracher un mec comme Race des griffes d'une raclure comme Novak ne m'avait pas paru un grand sacrifice. Mais si cet imbécile était resté dans le coin au lieu de suivre mon conseil et de se barrer au moment où on m'avait passé les menottes, j'allais devoir retourner la ville entière pour le retrouver.

Benny a tenté de me coller un coup de pompe dans le tibia et je l'ai repoussé loin de moi.

J'ai jeté un regard mauvais à son pote qui braquait le flingue sur moi, puis je lui ai tourné le dos comme si de rien n'était.

Benny s'est mis à masser son cou rougi où on distinguait les empreintes de mes doigts — il avait enfin percuté que j'avais pris du muscle. Et il a fini par lâcher :

— Race s'est taillé à la minute même où tu t'es fait choper. Personne l'a revu et personne savait où il était. Les filles l'ont pas vu non plus. Novak l'a guetté partout au cas où tout le bordel que vous avez foutu tous les deux nous retomberait dessus, mais aucune trace de lui en cinq ans. Et voilà que la semaine dernière, la rumeur de ta sortie de prison courait à peine qu'il a refait surface. Il a menacé Novak, comme quoi t'aurais jamais dû te retrouver en taule. Faut être taré pour dire un truc pareil à Novak ! Et puis d'un coup, il a de nouveau disparu, juste après avoir commencé à remuer la merde. T'aurais pas une idée de ce qui lui a pris ?

S'il avait vraiment disparu, ça puait les emmerdes. A part Race, je n'avais personne en qui je pouvais avoir confiance.

— Dis à Novak de se calmer, j'ai répondu. Je vais me renseigner. Mais s'il a quoi que ce soit à voir avec la « disparition » de Race, dis-lui bien que je vais le lui faire regretter.

— T'as une bien grande gueule, pour un mec qui est dehors depuis moins de vingt-quatre heures.

J'ai reniflé avec dédain et me suis détourné de Benny, comme s'il ne méritait pas mon attention. Ce qui était exactement le cas.

— Cinq ans en taule sans baiser, t'as raison, c'est long. Mais ça laisse aussi plein de temps pour penser vengeance et grandir dans sa tête. Tu me connais pas, Benny. Novak non plus, et je me fous pas mal de ce qu'il compte me faire. Que ce soit bien clair : s'il a quoi que ce soit à voir avec la disparition de Race, je lui ferai payer. Et remercie Roxie de ma part pour m'avoir balancé.

— On en a toujours pour son argent.

J'ignorais si cette remarque était destinée à Roxie ou à moi.

— Je sais pas pour toi et ta sale tronche, j'ai répliqué, mais perso, j'ai jamais eu besoin de payer pour ça.

Benny a éclaté de rire et j'ai profité de l'occasion pour lui mettre un coup de boule appuyé en plein sur le nez. Le craquement de son os m'a bien fait plaisir, tout comme de voir toute sa clique se précipiter sur lui pour l'empêcher de tomber à genoux alors qu'il hurlait à la mort. J'ai secoué la tête pour me replacer les yeux en face des trous. Ce coup de boule n'avait pas arrangé ma migraine. J'ai contourné Benny et son nez qui pissait le sang et me suis dirigé vers le bout de l'allée.

— Tu ferais bien de ne pas me sous-estimer, Benny. Ça a toujours été ton problème.

Je m'appelle Shane Baxter. Mais tout le monde m'appelle Bax. Je suis un voleur.

Vous avez une copine ? Je vous la piquerai. Une belle bagnole tout juste retapée ? Je vous la piquerai. Des appareils électroniques très chers que vous croyez à l'abri dans un coffre ? Je viendrai et je vous les piquerai, parce que, de toute façon, vous n'en avez pas besoin.

D'ailleurs, il n'y a rien qui soit à vous qui ne puisse être à moi, à moins que vous vous l'attachiez au corps avec des chaînes ultra-solides.

C'est la seule chose pour laquelle j'aie jamais été doué. Prendre aux autres ce qui est pas à moi, c'est comme une seconde nature. Enfin, ça et me retrouver mêlé aux pires embrouilles. J'ai seulement vingt-trois ans et je m'étais fait choper à même pas dix-huit. Et encore, c'était pas mes premiers ennuis avec la justice, loin de là. Je suis pas un mec clean, ni un pro des bons choix, mais je connais mes points forts et je me débrouille avec pour m'en sortir. Quel que soit le prix.

Dans ma vie, il n'y a que deux personnes qui comptent : ma mère et Race. Il y en avait une troisième, mais il m'a trop souvent laissé tomber et je me suis juré de me le faire la prochaine fois que je le croiserais. Ma mère est du genre buté et a pas mal morflé, mais elle m'a toujours soutenu. Niveau mecs, elle a toujours eu mauvais goût. Elle a aussi un gros penchant pour l'alcool et des difficultés à garder le moindre boulot. Elle est l'incarnation de l'alcoolo paumée, limite SDF, malgré tous mes efforts pour l'aider.

Lorsque j'ai commencé à voler des trucs, je savais pas ce que je faisais. J'en avais juste marre de me priver de tout. En grandissant, je suis devenu de plus en plus doué et je me suis mis à voler pour payer les factures et garder un toit au-dessus de nos têtes. Ma mère ne m'a jamais jugé : elle est même la seule personne au monde qui se réjouirait d'apprendre que je suis sorti de taule.

Quant à Race... lui et moi on était les amis les plus improbables qui soient. Vif, intelligent et doué pour tous les trucs technos, il avait étudié dans les meilleures écoles et venait d'une famille avec un super pedigree et des putains de relations. Il causait et présentait bien, toujours fringué comme pour un entretien d'embauche. Un mec charmeur, patient et malin avec ça. Bref, un éclat de soleil dans mon ciel noir de The Point. Moi, j'avais jamais fini le lycée — je pouvais à peine lire une phrase entière —, j'avais pas grand-chose à part ma mère et le taudis dans lequel on vivait, et je ressemblais à un voyou. Ce que j'étais. Même avant que je me forge un physique de brute, personne ne venait m'emmerder. Personne, sauf Race.

Une nuit, alors qu'on n'était encore que deux ados, j'ai essayé de lui piquer sa caisse, une sublime Mustang Roush avec une blonde tout aussi sublime sur le siège passager. Je n'avais pas la moindre idée de ce qu'un gars aussi classe venait foutre dans le quartier, mais je n'allais pas laisser passer une si belle occasion. J'ai sorti mon couteau et j'ai viré Race de la bagnole. Sauf qu'il avait pas du tout l'intention de se laisser faire. J'ai jamais su si c'était la caisse ou la fille qu'il protégeait mais, ce jour-là, on s'est tous les deux mis une grosse branlée. Je lui ai pété le poignet, il m'a défoncé plusieurs côtes et mes deux dents de devant. C'était sanglant. Epique, même. Le genre de baston où, si tu butes pas ton adversaire, ça devient ton meilleur pote. C'est ce qui s'est passé.

J'ai pris la place de la blonde sur le siège avant et on est allés à l'hôpital. Race est devenu mon frère de sang. Je ne suis jamais allé à la baraque de ses vieux, ni à son école. Ça aurait terni sa réputation. Il ne traînait pas non plus avec moi dans le ghetto et j'avais pas envie de lui faire subir la présence de ma mère, souvent complètement cuite. Quand j'ai commencé à retaper des bagnoles pour Novak, j'avais besoin d'aide pour les systèmes électroniques de certaines caisses de grand luxe. Race était le seul à qui je faisais confiance pour me couvrir. On passait du bon temps ensemble, on sautait des meufs ultra-chaudes et on prenait des trucs que des gamins de notre âge n'auraient pas dû connaître. Chaque jour en taule, j'ai regretté de l'avoir embarqué dans ce merdier, de l'avoir entraîné si bas. Cinq longues années durant lesquelles j'ai préparé ce que j'allais lui dire pour m'excuser. Cinq putains d'années pendant lesquelles j'ai attendu les excuses qu'il me devait, en espérant que le jour venu, elles m'empêcheraient de lui broyer la gorge. Lui et moi, on avait fait beaucoup d'erreurs. Il allait falloir qu'on s'explique.

Je devais le retrouver. Le problème, c'est que je ne savais pas par où commencer. Quand je m'étais fait choper, Race venait d'être accepté dans une fac très réputée de l'Ivy League, dans l'Est. Je ne savais pas s'il y était allé. Je m'étais sacrifié pour qu'il le fasse, mais dans la vie, rien n'est garanti. J'avais appris cette leçon au prix fort.

J'ai sorti une clope du paquet piqué chez Roxie, et le téléphone à carte prépayée que j'avais récupéré en même temps que ma caisse. J'avais garé la beauté quelques rues plus haut, loin de toute main baladeuse et de tout regard indiscret. J'étais bien placé pour repérer les bagnoles qui attiraient les voleurs et celles qui tentaient les amateurs de belles carrosseries. Ma Plymouth Road Runner de 1970, jaune à rayures noires, avec son moteur Hemi et sa capote, entrait dans les deux catégories. C'était une voiture puissante et qui avait de la gueule. C'était tout ce qui me restait. Quand j'étais en taule, j'avais demandé à ma mère de la vendre mais elle avait refusé. Elle savait combien de temps, de larmes et de sueur j'avais donnés pour entretenir cette voiture. Alors aujourd'hui, même si elle attirait les regards, hors de question d'en conduire une autre.

J'ai aspiré une bonne bouffée de fumée toxique et j'ai regardé vers le ciel. J'aurais tué pour une aspirine, mais j'avais des affaires urgentes à régler. Sans parler du fait que malgré quelques heures passées avec Roxie, j'avais pas eu ma dose de cul. J'aimais les filles et elles me le rendaient bien. Quand on grandit dans la misère et qu'on est livré à soi-même, baiser est un moyen comme un autre de passer le temps et d'oublier son quotidien merdique. Il suffit d'être deux et on se sent mieux après, alors pourquoi s'en priver ? Avant la prison, je n'aurais jamais pu m'en passer. Baiser, c'était comme respirer. Ça ne demandait aucune réflexion et aucun effort.

J'étais plutôt grand, plus d'un mètre quatre-vingts. Mes cheveux et mes yeux noirs avaient toujours plu aux filles. Genre, ça me donnait des airs mystérieux. Je n'étais pas un grand bavard, à moins d'avoir un truc vraiment important à dire, ce qui entretenait mon image — fondée — de dur. Je savais que j'avais une belle gueule. Pas le mannequin de l'année, mais les filles faisaient comme si. Et ça, malgré la cicatrice sur mon crâne et mon nez mille fois pété. Le détail qui me différenciait du reste des beaux gosses, c'était ma petite étoile noire tatouée juste à côté de mon œil droit. A seize ans, alors que j'étais en plein trip, ce dessin m'était apparu comme l'idée du siècle. Avec le recul, ça me paraissait encore assez intimidant et provocateur, genre je-suis-assez-taré-pour-me-faire-tatouer-le-visage. J'avais l'air d'un mec dangereux. Un mec qui présentait assez bien, mais un mec dangereux.

Il fallait que je retrouve Race, puis que je me débrouille pour choper une nouvelle meuf. Si Roxie devait me balancer chaque fois que je débarquais chez elle, autant l'oublier. Je n'avais jamais eu confiance en elle, de toute façon. Elle jouait trop bien la jeune vierge innocente pour être honnête. D'autant qu'elle n'avait strictement rien d'innocent. Ou de vierge.

Enervé par les emmerdes accumulées dès mes premières heures de liberté, j'ai appelé un vieux contact.

— Salut.

Silence à l'autre bout du fil. J'ai écrasé ma clope sur le bitume et je me suis installé derrière le volant. Cette bagnole m'apportait plus de réconfort que m'envoyer Roxie ou coller une droite à Benny.

— C'est qui ?

Tous mes contacts étaient en permanence en mode parano. C'était encore plus vrai quand j'appelais un dealer.

— C'est Bax.

— T'es sorti quand ?

— Aujourd'hui.

— Déjà besoin de came ?

Carrément pas. Cinq années de sevrage m'avaient convaincu de plus jamais toucher à cette saloperie. La came, c'est le genre de truc qui te fait prendre les pires décisions possibles. Quitte à merder, autant le faire en étant *clean*.

— Non, je lui ai répondu, d'un ton neutre. Je cherche Race. Il paraît qu'il a fait une apparition il y a quelques jours, qui a fait péter un câble à Novak. Personne l'a revu depuis. Toi non plus ?

Nouveau silence. J'avais une chance sur deux d'obtenir une réponse honnête. J'espérais que ma réputation planait encore assez sur le quartier pour effrayer Dieu lui-même. Si ce n'était plus le cas, j'allais devoir défoncer quelques gueules pour refaire passer l'info.

— Non, pas vu. Quand t'as été arrêté, j'ai essayé de le choper plusieurs fois. Je voulais qu'il me fasse entrer dans ses fêtes de bourges mais il a bloqué mes appels.

Race avait bien fait.

— Il va toujours en cours ?

— Personne ne sait. Novak a essayé de garder un œil sur lui quand tout est parti en couille, mais il a disparu.

— Faut que je le trouve, je lui ai dit, avec assez de gravité pour lui faire comprendre l'urgence de la situation.

J'ai entendu quelqu'un marmonner et un bruit de draps froissés. A croire que même les dealers ont besoin de pioncer.

— Ecoute, il a fini par répondre, la dernière fois que j'ai entendu parler de lui, il traînait avec une fille de The Point. Une rousse. Benny est passé chez elle avec sa bande, mais il n'y était déjà plus.

Une meuf de The Point ? Moi, j'avais grandi à The Point, tout le contraire de The Hill, où avait grandi Race. Je la sentais de moins en moins, cette histoire.

— Une pute ? j'ai demandé.

— Non, juste une fille ordinaire. Pas une coincée de son bahut, ni un plan cul. Une fille, c'est tout. Benny et ses potes lui ont foutu la trouille, et c'est pour ça que Race a rendu visite à Novak. Cette petite merde sait parler comme nous, mais est-ce que tu lui as aussi appris à assurer derrière ?

Je n'en avais pas eu besoin. Race tournait toujours sept fois sa langue dans sa bouche avant de l'ouvrir. Sans parler du fait qu'il avait des choses à perdre. Ce qui en faisait un gars dangereux. Quelqu'un qui a quelque chose à défendre est toujours dangereux.

— Cette fille, je la trouve comment ?

— J'en sais rien, Bax. T'as pas le Net ?

J'allais devoir aller en défoncer certains plus tôt que prévu.

— Si t'as aucune adresse à me filer, je te conseille de mettre un froc rapidos, parce que je peux être là en moins de dix minutes pour traîner ton cul en ville, histoire de voir si la mémoire te revient sur place.

D'autres marmonnements, froissements de draps, puis un briquet qu'on allume.

— Passe voir dans le quartier de Skylark. C'est là que j'ai entendu parler de tout ça.

— Tu crois vraiment que je vais aller frapper aux portes en plein milieu de la nuit ?

Ça commençait sérieusement à me gonfler. Il le savait. Et il n'avait pas intérêt à ce que je débarque chez lui vu mon humeur.

— Il y a un restaurant de l'autre côté de la rue. Pointe-toi là-bas et demande. La fille, c'est une rouquine, genre poil de carotte. Même Benny l'a trouvée, et dans sa bande, c'est pas des flèches.

Je me suis marré. J'aurais pas mieux dit. J'ai mis le contact et le moteur a ronronné. Putain, ce bruit m'avait trop manqué.

— J'ai entendu dire que tu lui avais ramoné la tronche, il a repris.

— C'est lui qui a commencé.

— Benny, c'est pas le genre de mec à laisser pisser, tu sais.

— Benny, je l'emmerde.

Le dealer s'est marré.

— Tu te prends toujours pour la terreur du quartier, pas vrai ? Beaucoup de choses ont changé en cinq ans, Bax.

Pas besoin de répondre à ça. J'ai raccroché et balancé le téléphone sur le siège passager. Vu que j'étais déjà dans The Point, Skylark n'était qu'à quelques minutes en voiture de là. Je n'avais plus qu'à trouver le restau en question.

Une fois sur le parking, je me suis garé sous un réverbère, et j'ai enfilé un bonnet. J'ai claqué la portière et j'ai repéré un groupe de gosses qui n'avaient rien à foutre dehors à une heure pareille. J'ai lancé un regard noir à chacun d'entre eux et j'ai attendu qu'ils aient tous bien capté le message avant d'entrer dans le restau.

J'étais crevé. Ma sortie de prison me semblait remonter à des mois alors que je n'étais dehors que depuis quelques heures. Même si j'en avais déjà plein le cul de ma vie, il y avait des choses dont je devais m'occuper.

Dans la salle, une serveuse m'a lancé un regard inquiet et m'a indiqué d'un petit hochement de tête qu'elle allait s'occuper de moi dans quelques secondes. Serveuse, c'est vraiment un métier de merde. Mais serveuse dans un rade ultra-glauque d'un des quartiers les plus craignos de The Point, ça, c'était vraiment la grosse loose. Je me sentais mal pour elle.

— Qu'est-ce que je peux pour toi, mon chou ?

Son regard a bloqué sur les marques de mon tête-à-tête avec Benny. Ça ne devait pas être beau à voir mais, vu sa gueule à elle, elle était mal placée pour l'ouvrir.

— Je cherche un pote à moi.

— Je te mets une table pour deux alors ?

— Non. Mon pote est sûrement passé plusieurs fois. Un grand type, genre ma taille mais plus maigre. Blond aux yeux verts, avec des airs de mannequin d'Abercrombie & Fitch. Accompagné d'une rouquine qui vit dans le coin.

Elle a jeté un coup d'œil par-dessus mon épaule et engueulé deux mecs bourrés qui se balançaient des serviettes dans le box du fond.

— Des beaux blonds, je n'en croise pas souvent, mais je connais une fille rousse. Dovie Pryce. Elle passe ici chaque matin. On prend le café toutes les deux quand je termine mon service. Elle vit de l'autre côté de la rue.

— Et t'es sûre que t'as jamais vu mon pote ? On m'a dit qu'il traînait souvent avec elle.

— Avec Dovie ? Impossible, elle vit comme une nonne. Elle suit des cours du soir en plus d'un job à plein temps, sans parler d'un temps partiel le week-end. Elle n'a pas la place pour un mec... Aussi mignon soit-il, elle a ajouté en me regardant droit dans les yeux.

Je lui ai souri et j'ai checké ma mâchoire du bout des doigts. J'allais avoir un putain de bleu.

— Tu es toujours aussi bavarde quand on parle de tes amis ? je lui ai dit.

Ça expliquerait comment Benny avait pu retrouver la fille aussi facilement.

— Non. D'ailleurs, le dernier type qui est venu me demander des infos sur elle a dû se débrouiller tout seul. Un type en costume dans un quartier pareil, ça vient jamais pour les bonnes raisons. Notre cuistot est un ancien marine. Il s'en est occupé.

— Et moi, tu trouves que j'ai l'air honnête, comme type ?

Ce n'était pas ironique. La serveuse m'a vu venir à des kilomètres.

Elle s'est contentée de secouer la tête et de faire claquer sa langue.

— Non, chéri, mais tu as tout l'air de quelqu'un qui a passé une sale journée.

Je me suis marré de nouveau. Un rire blasé.

— Crois-le ou pas, ça fait longtemps que j'en ai pas passé d'aussi bonne.

— Humm, elle a lâché, avant de regarder une dernière fois mon visage défoncé. Bonne chance pour retrouver ton copain, chéri, mais laisse Dovie tranquille. C'est une fille bien, elle ne mérite pas qu'on lui attire des problèmes.

— Et comment tu sais que j'attire les problèmes ?

Elle a pris un air méprisant.

— Je vis dans le quartier depuis un bail, mon cœur. Un garçon qui cache autant de secrets dans un regard noir comme le tien, ça sent toujours les ennuis. Ceux du genre dont on ne réchappe pas.

Elle avait pas tort, et j'avais toutes les infos dont j'avais besoin. Je lui ai fait un signe de tête et je me suis dirigé vers la porte en verre, qui a claqué derrière mon dos. J'ai vérifié que ma caisse était intacte et j'ai observé discrétos l'immeuble que je m'apprêtais à visiter.

— Hé mec, t'as pas une clope ?

Le plus massif des gamins avait eu assez de couilles pour venir me parler. Treize ans à tout péter. On aurait dit moi au même âge.

— T'es pas un peu jeune pour fumer ?

— Tu te fous de moi ?

Un simple froncement de sourcils l'a fait reculer direct.

— J'ai l'air de me foutre de ta gueule ? j'ai répondu avant de pointer l'immeuble du doigt. Tu connais une fille rousse qui habite là ?

Les yeux du gamin se sont étrécis.

— Pourquoi ?

— Parce que je te le demande.

Est-ce que j'avais été aussi relou quand je zonais dans les rues ?

— Si je te réponds, j'ai droit à une clope ?

Je me suis retenu de soupirer.

— Ça marche, mec.

Il s'est mis à marmonner et a raclé l'asphalte du bout de sa basket trouée.

— Dovie. Elle habite au même étage que moi. Elle est super cool. Des fois, elle fait à manger pour moi et Paulie.

Du pouce, il m'a montré un autre gamin de dix ou onze ans. C'était quoi ce monde de merde où des gosses me négociaient des clopes au lieu de pioncer bien tranquillement avant d'aller à l'école ?

— Quel étage ?

— Pourquoi ?

Je lui ai lancé un regard noir.

— On va jouer à ce petit jeu toute la nuit ?

Il s'est agité avant de jeter un coup d'œil sur ma voiture.

— Belle bagnole.

— Ouais, j'ai répondu en grinçant des dents.

— Tu l'as volée ?

Ce gosse me connaissait ou quoi ? Avant, j'étais une légende. Aujourd'hui, j'étais tout juste bon à faire flipper les gamins pas sages.

— Non. Et c'est peut-être le seul truc dans ma vie que j'ai pas volé.

— Tu m'emmènes faire un tour ?

Je devais bien lui reconnaître ça, à ce gosse : gonflé comme il était, il avait de quoi se faire un nom dans le quartier.

— Ça se négocie. Si je vois la fille et qu'elle m'aide à retrouver mon pote, on en discutera.

Pendant un moment, on s'est dévisagés, lui et moi. Sa bande de petites frappes s'impatientait. Ma tête leur revenait pas : ils avaient peur de moi mais n'avaient pas envie de m'aider pour autant.

— Tu promets ?

Est-ce que j'avais l'air d'un mec qui fait des promesses ? J'ai haussé les épaules.

— OK, mec.

— Elle habite au deuxième. Appartement 12. Le dernier gars qui voulait la voir m'a promis cent dollars. Il mentait.

Putain, Benny avait tenté de soutirer l'info à ces gosses. C'était chacun pour soi ici, et ce salaud le savait. J'ai soupiré et sorti un bifton de cent de ma poche. Quand je m'étais fait prendre, j'avais un peu de fric sur moi et ça me dérangeait pas d'en faire profiter ce morveux. Il a pris son billet et je suis parti en direction de l'immeuble miteux de l'autre côté de la rue.

— Les clopes, c'est mauvais pour la santé, j'ai lancé. Va t'acheter de la bouffe, des pompes ou n'importe quoi.

— Et ma balade ?

— On verra plus tard.

J'ai couru tranquillement vers l'immeuble, enjambant au passage le clochard qui dormait devant l'entrée. J'ai poussé la porte de sécurité couverte de rouille et j'ai avancé vers les escaliers. La cage d'escalier sentait la bière bon marché et un autre truc que je préférais pas identifier. Même si le couloir était désert, j'ai fait le moins de bruit possible et j'ai rabattu ma capuche par-dessus mon bonnet. Vu ma dégaine, personne ne ferait l'erreur de m'ouvrir. Pas grave, aucune serrure ne m'avait jamais résisté, mis à part celle de ma cellule.

L'immeuble était pourri, la porte de l'appart aussi. J'aurais pu la crocheter avec une simple carte de crédit, mais un bon coup d'épaule bien placé a suffi.

Malgré un craquement sourd, aucun voisin ne s'est pointé pour voir ce qu'il se passait. En général, les gens qui vivent dans ce genre d'endroits n'ont pas de quoi attirer les voleurs. Et les filles forcées d'habiter ces taudis, elles se payent de nouvelles serrures.

Une fois la porte ouverte, je me suis glissé dans l'appartement plongé dans le noir. La fille allait flipper, mais j'avais besoin de l'effet de surprise. Rien ne m'empêcherait de retrouver Race.

J'avais une très bonne vision nocturne. A force de vivre la nuit, de traîner dans des endroits sombres et de sauver mon cul en prison, mes yeux s'étaient habitués à l'obscurité. J'ai repéré l'objet qui volait dans ma direction avant même qu'il ne m'atteigne. Quelqu'un a lâché un : « Merde ! » J'ai évité un poing et bloqué un Taser qui menaçait de s'enfoncer dans mon flanc. J'ai chopé un poignet dans ma main et j'ai serré jusqu'à ce que j'entende le Taser tomber par terre. J'ai fini par distinguer la fille sur le point de crier, et lui ai collé aussitôt ma main sur la bouche. Je l'ai embarquée plus loin dans l'appart pour l'éloigner de l'entrée et elle n'a pas arrêté de se débattre.

— T'as appelé les flics ?

Elle a secoué vivement la tête pour me signaler que non. Si ç'avait été le cas, elle aurait lutté davantage pour gagner du temps avant qu'ils se pointent. Les flics mettaient toujours une plombe pour venir dans ce quartier.

— Tout ce que je veux, c'est l'endroit où crèche mon pote Race. Je sais que tu sais où il est.

D'un coup, elle s'est figée et ses ongles ont arrêté de me déchirer la main. Elle avait les cheveux très roux, et ses mèches m'ont touché le visage quand elle a redressé la tête pour me faire face.

— Je n'ai rien à voir avec le gars en costard, je lui ai dit. Je suis un vieux pote de Race. S'il a des ennuis, je veux juste l'aider. OK ?

Au bout d'un long moment, elle a hoché la tête.

— Si je te relâche, tu vas pas me la mettre à l'envers, hein ?

Elle a secoué vivement la tête pour me faire comprendre que non. J'ai enlevé ma main de sa bouche et j'ai relâché ses poignets. Plutôt grande, pour une fille. On pouvait quasiment se regarder dans les yeux.

— Je commence à en avoir marre des gens qui s'invitent chez moi pour poser des questions. La prochaine fois, je tire dans le tas !

Sa peau pâle contrastait avec l'obscurité. Ses cheveux étaient une masse de boucles couleur cuivre et son visage était couvert de taches de rousseur. Elle avait l'air d'une gamine, genre seize ou dix-sept ans. Avec son baggy, sa chemise à carreaux et ses joues roses de fille en bonne santé, elle avait rien d'une meuf de The Point. On aurait dit qu'elle débarquait de sa campagne.

— Trouve-toi une serrure plus solide, j'ai dit.

Elle m'a dévisagé et a remis en place ses mèches rebelles.

— Les bonnes serrures, c'est cher. Et je ne connais personne du nom de Race. Donc toi et ton pote en costard, vous pouvez aller vous faire foutre.

Courageuse. Grande gueule. Une combinaison dangereuse face à un mec qui n'avait rien à perdre, et surtout pas du temps. D'un pas menaçant, je me suis avancé vers elle. Elle s'est retournée et a allumé la lumière. J'ai cligné des yeux pendant un instant et elle s'est figée en me voyant, les yeux bloqués sur le tatouage près de mon œil.

— Carmen m'a appelée à la seconde où tu as quitté le restaurant, elle a dit. Tu n'as tout de même pas cru qu'elle n'allait pas me prévenir de l'arrivée d'un type dans ton genre ? Marco et Paulie ont relevé ta plaque d'immatriculation. Si je n'allume pas toutes les lumières dans moins de cinq minutes, les flics débarquent. Sans parler de ce qui arrivera à ta jolie voiture.

J'ai bloqué comme un con. Putain, jamais on ne m'avait doublé comme ça. Jamais. Et cette fille avec son air de bouseuse n'aurait pas dû être la première à y arriver.

— Pourquoi je suis encore là, alors ?

Je craignais pas les flics. Par contre, les gamins autour de ma bagnole...

La fille a croisé les bras sur sa poitrine toute plate et m'a observé de ses yeux verts. Cette meuf me disait quelque chose.

— Dans quoi s'est fourré Race ? elle a demandé.

— Je croyais que tu ne connaissais personne de ce nom-là ?

Ses yeux se sont étrécis et elle a lancé :

— Tu as quatre minutes pour m'expliquer.

— Y a pas grand-chose à expliquer. J'ai été pas mal occupé ces derniers temps et là, j'essaye juste de comprendre ce qui s'est passé en mon absence.

Elle s'est mordu la lèvre inférieure, ce qui lui a donné l'air encore plus gamine. Je savais pas ce que cette fille venait foutre dans l'histoire mais j'avais beaucoup, beaucoup de mal à comprendre ce que Race avait pu lui trouver. Il aimait les meufs à longues jambes et à grosses poitrines, et un peu connes. Cette fille avait peut-être de jolies jambes mais de ce que je pouvais voir de son visage anguleux, y avait pas de quoi s'exciter. Elle dégageait un truc trop doux ; et Race, les gentilles, c'était pas son truc. Pas plus que le mien, d'ailleurs, mais j'avais jamais vraiment essayé. Quand une fille gentille me croise, elle change de trottoir.

— Est-ce que tu peux l'aider ? elle a demandé.

— Je peux essayer.

— Tu es Bax, c'est ça ?

J'ai essayé de ne pas avoir l'air surpris qu'elle me connaisse et je me suis contenté d'acquiescer. La fille s'est encore mordu la lèvre et a enroulé une de ses mèches autour de son doigt.

— Il m'a dit que si on venait me poser des questions à son sujet, je devais faire comme si je ne le connaissais pas. Ça m'a inquiétée. Après, le gars en costard a débarqué avec sa bande. Quand j'en ai parlé à Race, il a pété les plombs. Il m'a dit de faire profil bas, qu'il s'en occuperait. Il m'a aussi dit que si un gars venait me voir, un gars avec une étoile tatouée sur le visage, alors je devrais lui faire confiance. Il m'a dit qu'il s'appelait Bax.

OK, mais ça ne me disait pas dans quel merdier Race s'était foutu et ce que cette fille venait faire là.

— T'es qui ?

— Dovie.

J'ai plissé les yeux et croisé les bras, comme elle.

— Et pour Race, t'es quoi ?

Si elle me répondait qu'elle était sa meuf, Race allait devoir m'expliquer ce qu'il avait foutu pendant que j'étais au trou.

Elle m'a observé d'un air concentré, ses sourcils formant deux traits couleur rouille.

— Je suis sa sœur.

Après une longue minute, j'ai éclaté de rire. Je me marrais tellement que j'en ai eu mal au crâne. Je me suis pincé l'arête du nez et j'ai secoué la tête.

— Ecoute, je sais pas qui t'es et d'où tu connais Race, mais j'ai pas le temps pour ces conneries. Je sors de cinq ans de taule, j'ai besoin de pioncer, de baiser, et surtout faut que je comprenne dans quelle embrouille s'est foutu Race. Si tu veux pas m'aider, je vais devenir nettement moins sympa.

Je me suis approché d'elle ; elle s'est protégé direct le visage avec sa main.

— C'est la vérité ! C'est mon grand frère !

J'ai gueulé un bon coup.

— Je connais Race depuis un bail, et il est fils unique.

La rouquine a rigolé avant de partir vers l'espace cuisine pas plus grand qu'un placard pour prendre un truc sur la porte du frigo. Elle m'a tendu une photo ; elle datait de quelques années mais impossible de ne pas reconnaître Race et sa belle gueule, le bras passé autour des épaules de cette fille bizarre.

— T'en connais toi, des hommes riches et puissants qui arrivent à garder leur braguette fermée ? Je suis le secret honteux de Hartman. Un secret pas si bien gardé puisque Race m'a retrouvée il y a quatre ans, juste après mon seizième anniversaire. Pas la même mère, pas le même nom, mais le même salaud de père. Si tu peux vraiment aider Race, alors je te dirai tout ce que tu veux savoir. Sinon, je le trouverai toute seule. Il est ma seule famille et je tiens à lui plus que tout. Il m'a sauvé la vie.

J'ai détourné mes yeux de la photo et j'ai regardé la fille. Race était un beau gosse, raffiné et classe. A l'exception de sa crinière rousse et de ses lèvres sexy — et de ses beaux yeux, il fallait l'avouer —, cette fille était carrément banale, à côté. Son regard a accroché le mien et c'est là que j'ai percuté. Des yeux verts. Profonds. Qui te transpercent. Les mêmes yeux que Race.

— Tu vas te contenter de me balancer tout ce que tu sais. Race est ma famille aussi, et je ferai tout ce que je peux pour le tirer de ce merdier.

Après tout, j'avais déjà tiré cinq ans pour lui. Après ça, une confrontation avec Novak serait easy.

2

Dovie

J'avais vécu assez longtemps dans les pires quartiers de The Point pour faire la différence entre un bad boy et un mec vraiment dangereux. Et ce Shane Baxter avait clairement un panneau « Attention, mec très dangereux » qui clignotait au-dessus de sa tête. Ce n'était pas tellement à cause de l'étoile tatouée au coin de son œil ou de sa façon inquiétante de bouger, comme s'il était prêt à vous injecter son venin au premier mouvement. Non, ça venait de son regard. Ses yeux étaient noirs et froids, comme si toute émotion les avait désertés depuis longtemps et qu'il n'avait aucune intention de ressentir quoi que ce soit.

J'ai grandi dans la misère. Le genre de misère où être juste « pauvre » est un luxe, parce que ça veut dire qu'on a au moins un peu d'argent à dépenser. J'avais croisé ce genre de regard vide plus d'une fois, mais jamais encore je ne l'avais vu sur un visage qui affichait la promesse silencieuse de pouvoir détruire tout ce que vous aimiez sans sourciller. Ce gars avait sûrement vécu — et vu — plus de choses au cours de son existence que la plupart des gens dans toute leur vie. Dans le monde de Bax, on ne survivait qu'en étant capable du pire, et je ne doutais pas que c'était ce qu'il avait fait.

D'accord, Race m'avait dit et répété que Bax était quand même un type bien. Qu'il n'avait pas eu de chance, qu'il avait dû faire avec ce qu'il avait. Qu'une fois sorti de prison, il pourrait l'aider à se tirer de ses ennuis avec Benny et Novak. Mais en le voyant au milieu de mon minuscule appartement, j'ai tout de suite compris combien mon frère se plantait. Race n'avait pas eu la même vie que moi, il n'avait jamais manqué de rien ; il n'avait pas pu voir ce que moi je voyais dans ce type en face de moi. Une froide détermination à faire n'importe quoi pour rester en vie. Cinq années de prison avaient transformé ce qui devait être un ado effrayé en un homme plus fort, plus menaçant et — à moins que je ne me trompe — en un dangereux criminel. Je ne voulais rien avoir à faire avec lui, mais s'il était mon unique chance d'aider mon frère, j'étais prête à faire tout ce qu'il me demanderait. Race comptait tellement pour moi.

Bax a sorti une cigarette et s'est mis à fumer, sans même prendre la peine de me demander mon avis. Sa lèvre inférieure était enflée et fendue, il s'était sûrement pris un coup. De ses yeux sombres, il a passé en revue mon mobilier, comme s'il établissait un rapide inventaire. Ça m'a énervée. Tout ici était à moi. Je travaillais comme une folle pour m'en sortir, et j'étais parfaitement capable de me défendre dans le quartier. Pas question qu'il me juge ou me traite comme je ne sais quelle assistée indigne de son monde. Après tout, il avait été arrêté pour vol. Je n'avais peut-être pas grand-chose mais au moins, moi, je l'avais obtenu honnêtement.

— Qu'est-ce que tu sais ? a-t-il demandé.

Sa voix était enrouée, comme s'il ne parlait pas souvent. Il a avancé vers la fenêtre cassée et a écarté les rideaux pour jeter un coup d'œil vers le restaurant de l'autre côté de la rue. Il voulait sans doute vérifier que rien n'était arrivé à sa précieuse voiture.

— Pas grand-chose, ai-je répondu. Race a débarqué au foyer où j'habitais après le déménagement de ma dernière famille d'accueil, c'était juste après ton emprisonnement. Il m'a annoncé qu'il était mon frère et m'a tout dit sur les Hartman. C'est comme ça que j'ai appris que mon père était lui aussi une ordure, comme ma mère. Race m'a sortie d'une situation vraiment pourrie. Pendant quelque temps, lui et moi, on a formé une famille, on menait la belle vie, puis il m'a ramenée ici et m'a demandé d'attendre.

— Attendre quoi ?

J'ai haussé les épaules et me suis affalée sur mon vieux canapé.

— Toi, j'imagine.

J'ai envoyé un texto à Carmen pour lui dire que tout allait bien. Cela faisait une semaine que tout le voisinage guettait l'arrivée du fameux voleur au tatouage en forme d'étoile. Malgré son entrée plutôt brutale, j'étais presque soulagée de le voir enfin. Mais j'étais dégoûtée de l'avoir loupé avec le Taser. J'allais devoir reprendre des cours de self-defence. Quand on est une fille et qu'on vit dans ce genre de quartier, on n'est jamais trop prudente.

— J'ai grandi dans un endroit au moins aussi craignos que The Point, ai-je repris. De ce que j'ai compris en écoutant les conversations de Race, lord Hartman, mon père, a payé ma mère pour qu'elle se débarrasse de moi. Ce qu'elle n'a pas fait. Elle a pris le fric et elle s'est tirée ; je ne valais pas quelques grammes de poudre, apparemment. J'ai été trimbalée de foyer d'accueil en foyer d'accueil. Race m'a retrouvée juste avant que je ne sois placée dans une famille à la réputation douteuse. Le père avait les mains baladeuses et la mère alcoolique se foutait de tout. J'ai voulu m'enfuir, mais Race m'en a dissuadée. Il a dit qu'il s'occuperait de moi. Il a payé un pot-de-vin et a fait jouer son lien de parenté pour me sortir de là. Lui et moi, on a vécu ensemble jusqu'à ce que j'aie mon bac. Il ne voulait pas revenir à The Point, et comme il ne voulait pas me dire pourquoi, j'ai arrêté de demander. Et d'un coup, il y a un an de ça, tout a changé. On est revenus vivre ici. C'était comme s'il était chargé d'une mission. Comme s'il avait un plan. Je l'ai suivi sans poser de questions ; je lui devais bien ça.

J'ai secoué la tête et j'ai croisé nerveusement mes doigts avant de reprendre :

— Je ne savais pas ce qu'il avait en tête, mais les gens du coin étaient sympas et le centre universitaire me plaisait. Alors je suis restée. Race a été très discret sur ses allées et venues. J'ai pensé qu'il attendait qu'on te libère. Puis le type en costume a débarqué. Il m'a un peu secouée et j'ai flippé. Race est devenu fou, quand il l'a su. Je ne l'avais jamais vu dans cet état. Je sais qu'il est allé voir Novak. Puis il a dit qu'il en avait marre d'être un pantin dont on tire les ficelles, qu'il se sentait responsable pour ce qui t'était arrivé et que si tu venais, je devais te faire confiance. C'était il y a des semaines et personne ne l'a revu depuis.

Bax a soufflé une bouffée de fumée et a rabattu sa capuche en arrière, révélant un gros bonnet de laine qui lui donnait un air encore plus inquiétant. En fait, tout chez lui le rendait inquiétant. Le bleu sur le visage, son pantalon et ses rangers noirs, le tatouage de Bip Bip sur le dos de sa main, ses sourcils épais qui assombrissaient encore son regard noir, et ses lèvres, bien trop belles pour un visage aussi intimidant. Il émanait de lui tant de force brute que pour rien au monde je ne me serais retrouvée coincée avec lui sans issue de secours — sans compter que je détestais profondément son mutisme et l'obscurité de son regard.

— Il est jamais allé à son école, finalement ? a-t-il demandé.

Une question bien étrange, et sans rapport avec tout ce que je venais de lui confier. Mais je devais jouer son jeu.

— Non, il a utilisé son argent pour nous faire vivre pendant quelques années. Pour mes deux dernières années d'études, il m'a retirée de l'école publique et m'a inscrite dans une école privée.

— Quel altruiste à la con.

Ce type commençait sérieusement à m'énerver.

— A l'école où j'étais, il y avait des détecteurs de métaux. Les élèves comme les profs étaient armés et une fille a été violée dans un vestiaire. Je ne savais jamais si on allait me donner des devoirs ou des coups de couteau. C'était horrible. Race voulait mieux pour moi, et comme lord Hartman n'a rien fait pour m'aider, Race s'est occupé de tout.

— Il n'a pas pu me sauver, alors il t'a sauvée toi, hein ?

Chaque fois que Race avait parlé de son meilleur ami qui avait fini en prison, j'avais pensé la même chose : les types dans le genre de Bax étaient juste des gros durs sans rien dans la cervelle. Je m'étais trompée. Bax était bien plus malin et perspicace que je ne l'avais supposé. Ce qui le rendait mille fois plus dangereux.

— Je ne sais pas pourquoi il a fait tout ça, et je m'en fous, ai-je poursuivi. J'avais quelqu'un qui m'aimait, et qui se souciait de moi. Race m'a donné une chance de vivre une vie normale ; il m'a montré ce que pouvait être une vraie famille. Il s'est démené pour moi et je ferai tout — j'ai bien dit *tout* — pour lui rendre la pareille.

Race était plus que mon frère. C'était mon héros. Mon sauveur. Le seul et unique élément essentiel à ma vie. L'argent, les meubles et même ma sécurité, rien de tout cela n'avait d'importance, comparé à Race. Il avait fait irruption dans mon existence et prouvé à l'ado seule et désespérée que j'étais que la vie valait la peine d'être vécue. Je ne pourrais jamais assez le remercier pour ça. J'étais prête à tout donner pour qu'il soit en sécurité à son tour.

Bax a écrasé sa cigarette sous la semelle de sa chaussure et s'est approché de la fenêtre. Il a remis sa capuche en place et s'est éloigné de moi de quelques pas. Il m'a toisée, de ses yeux insondables et sombres. Des yeux dont j'étais certaine de me souvenir toute ma vie.

— Fais-toi discrète, m'a-t-il dit. Si Benny ou un mec louche traîne dans le coin, appelle ce numéro.

Il m'a montré un numéro de téléphone griffonné à la hâte et dont je n'allais sûrement pas me souvenir, mais j'ai tout de même acquiescé.

— Si Race te contacte, peu importe comment, tu lui dis que je suis sorti, a-t-il repris. Dis-lui de me trouver et que Novak c'est mon problème, plus le sien. Dis-lui que jusqu'à ce que je dise le contraire, il ne me doit rien. T'as pigé, Red[1] ?

Je détestais ce surnom. Vivre dans des endroits craignos, c'est une chose, mais quand en plus on a une couleur de cheveux rouge pétant qui fait rire tout le monde, ça devient vraiment lourd. Mais Bax n'était pas le genre de mec que j'allais pouvoir rembarrer avec un surnom encore plus ridicule. En fait, il n'avait pas l'air d'être le genre de mec que l'on rembarrait tout court.

Il s'est dirigé vers la porte et j'ai bondi.

— C'est tout ?

1. Diminutif de *redhead*, qui en anglais signifie « rouquine ».

Il m'a regardée par-dessus son épaule et a ouvert la porte d'entrée.

— A moins que t'aies un truc utile à me dire, ouais, c'est tout.

— Mais qu'est-ce qui va se passer maintenant ? ai-je demandé sans le quitter des yeux. On fait quoi pour retrouver Race ?

Bax a levé un sourcil.

— *On* ne fera rien. *Je* vais me rencarder et faire parler quelques personnes. Il faut que je sache ce que Race a fait pour que Novak et Benny se fassent autant chier pour le retrouver. Toi, tu te contentes de me prévenir s'il te contacte.

Puis il est sorti si vite et si silencieusement que j'ai dû courir pour le rattraper. Je suis grande et avec mes longues jambes, je suis plutôt rapide. Mais pas autant que lui. Son ombre gigantesque s'est fondue dans l'obscurité de la cage d'escalier.

— Je veux t'aider ! Je dois t'aider ! Je dois au moins ça à Race !

Il m'a lancé un regard tandis que je me figeais quelques marches au-dessus de lui. J'ai frissonné. Ses yeux étaient si froids, et sans vie. Personne n'aurait dû avoir de tels yeux.

— Race n'est peut-être pas mon vrai frère, mais c'est comme si, a-t-il rétorqué. Et je le connais assez pour savoir que tout ce qu'il a fait pour toi, il l'a fait parce qu'il en avait envie, pas parce qu'il le devait. Jouer les héros, c'est son délire.

Je ne savais pas comment j'étais supposée le prendre.

J'ai eu à peine le temps de me remettre les idées en place que Bax était déjà en bas des marches. S'il disparaissait, je ne le reverrais jamais — et ça, c'était hors de question. Que ça me plaise ou non, Bax était la seule piste pouvant me mener à Race.

— Il faut que je t'aide !

Son regard m'a dissuadée de m'approcher davantage.

— Regarde-toi, a-t-il dit, tu ne peux même pas t'aider toi-même. Tu penses sérieusement sauver Race avec un Taser et une poêle ?

Race m'avait aussi laissé un neuf millimètres chargé. Il m'avait appris à m'en servir. Mais je jugeais préférable de garder cette information pour moi.

— Je t'attendais, ai-je répliqué. Je t'ai reconnu.

— Et si ça n'avait pas été moi ? Tu te serais bien fait baiser. Je bosse mieux en solo. Déjà que je sais pas ce qui se passe, j'ai pas besoin en plus d'une bouseuse qui me ralentira et fera foirer mes recherches.

J'en suis restée muette. J'avais déjà entendu mille remarques sur mon apparence, certaines moins flatteuses que d'autres, mais jamais encore on ne m'avait traitée de bouseuse.

— Pardon ?

Il s'est marré — ou du moins, il a fait un bruit que j'ai interprété comme un rire — et il a descendu quelques marches de plus.

— C'est les taches de rousseur et ta peau toute blanche, a-t-il dit. Ça te donne des airs de campagnarde. T'as vraiment pas l'air d'une fille de la ville, et t'as même pas l'air d'avoir vingt piges.

De son côté, Bax ne faisait pas son âge non plus. Par contre, il avait le look typique du criminel.

— Je n'ai jamais mis les pieds dans une ferme de ma vie, ai-je dit. Et je ramènerai Race à la maison avec ou sans ton aide.

Il fallait que j'aie l'air sûre de moi. Que je lui prouve que je n'étais pas un poids mort. Mais c'était raté. Je n'avais pas confiance en moi et j'avais peur. Et il l'avait senti.

— Sans moi, Red.

L'instant d'après, il était parti. Volatilisé. Disparu dans la nuit comme le voleur qu'il était.

J'ai soupiré et suis rentrée chez moi. Ce soir, plus de raison d'avoir peur ; toute possibilité de visite surprise était écartée, maintenant. Lester, le sans-abri qui dormait sur le perron, ne laissait aucun inconnu entrer dans l'immeuble. En échange de sa vigilance, je lui descendais un repas chaud et un pack de bières de temps en temps. La fois où Benny et sa bande m'étaient tombés dessus, c'était un dimanche matin, le seul jour où Lester se déplaçait ; il traînait ses loques jusqu'à l'église. Ils avaient eu du bol. Moi pas. Et j'avais eu la trouille de ma vie.

J'avais peur pour Race. Peur pour moi. Et pour être honnête, j'étais complètement terrifiée par Bax. Je connaissais bien le monde de la rue et je savais comment me protéger, mais je n'avais aucune idée de la manière gérer un type pareil. Il était vraiment flippant.

Seulement voilà, j'avais quand même besoin de lui, moi qui n'avais jamais eu besoin de qui que ce soit à l'exception de Race depuis qu'il avait fait irruption dans ma vie.

J'avais à peine tiré les verrous de la porte — maintenant bien inutiles en cas d'intrusion nocturne — que mon portable s'est mis à sonner dans ma chambre. J'ai décroché et suis allée à la fenêtre pour faire signe à Carmen.

Je l'ai entendue rire et me suis écroulée sur le lit. Carmen était adorable. Elle était mère célibataire et ses fils, Marco et Paulie, lui menaient la vie dure. Ces gamins étaient de braves gosses et Carmen était une bonne mère, mais leur vie n'avait rien d'un conte de fées. Surtout depuis que Marco avait eu ses treize ans. Carmen n'avait que six ans de plus que moi. On veillait les uns sur les autres mais, dans ce genre de quartier, c'est surtout chacun pour soi. Plus tôt on apprend cette règle, mieux on s'en sort. C'était stupide d'attendre autre chose des gens. La réalité de nos situations respectives ne nous permettait pas de nous attacher les uns aux autres.

— Alors, qu'est-ce qu'il t'a dit ? a demandé Carmen.

J'ai soupiré et tortillé une mèche de cheveux autour de mes doigts, les yeux rivés sur le plafond jauni. Cet appart n'était pas le grand luxe, mais c'était loin d'être le pire endroit où j'avais vécu.

— Pas grand-chose, ai-je répondu.

— Il ne sait vraiment pas où peut se trouver Race ?

— Non, et il n'a pas l'air plus inquiet que ça.

— Ton frère t'a bien dit que ce type était du genre à « régler les embrouilles », non ? Tu devrais lui faire confiance. Race a toujours été franc avec toi, même quand tu ne voulais rien entendre.

— Il ne reviendra pas, ai-je dit. Je ne saurai sûrement jamais ce qu'il se passe. Race est sans doute là, dehors. Blessé, ou même pire, et je n'en saurai rien !

Carmen a marmonné quelque chose et j'ai entendu des bruits de vaisselle.

— Ce Novak, c'est pas un rigolo, a-t-elle repris. Ton frère était bien conscient que se brouiller avec lui a été la pire erreur de sa vie. Je déteste avoir à te dire ça, ma chérie, mais c'est peut-être le genre d'affaire que les criminels doivent régler entre eux. Il n'y a pas de place pour les héros dans ce genre de combat. C'est œil pour œil, dent pour dent. Et on dit que dans The Point, il n'y a pas plus rancunier que Novak.

Je savais bien que Race n'était pas parfait et qu'il avait parfois pris de mauvaises décisions — de celles qui changent une vie ; n'empêche, il était MON héros, et si je devais vendre mon âme au diable pour l'aider, je le ferais.

— Si ce Novak est bien ce qu'on dit, ai-je rétorqué, je ne vois pas comment deux garçons qui ont à peine l'âge légal pour boire de l'alcool pourraient avoir la moindre chance contre lui. Ni comment ce Bax aurait assez d'influence en ville pour obtenir des infos sur Race. Il sort à peine de prison ! C'est déjà surprenant qu'il tienne debout.

D'accord, il émanait de lui quelque chose de suffisamment brutal pour que, en moins d'une heure, je me mette à espérer qu'il pourrait sauver mon frère. Mais son regard me hantait encore. Il avait l'air d'être si... indifférent à tout ce qui l'entourait. Comment allait-il pouvoir aider Race ? Il fallait d'abord qu'il comprenne à quel point aider mon frère était important pour moi. Personne n'avait plus envie que moi de le savoir sain et sauf.

— Ma chérie, a répondu Carmen, tu as bien vu comment Race parlait de ce Bax. Comme s'il était une sorte de super-héros. C'est le meilleur ami de ton frère et le lien qui les unit est si fort qu'il a même été en prison pour lui. Ça, Dovie, ça veut tout dire.

Je savais bien qu'elle avait raison. Mais entre ma peur, la panique et l'adrénaline, il n'y avait plus de place pour la logique.

— Il faut que je file, a-t-elle ajouté. J'ai une bande de gosses qui viennent d'entrer et je ne crois pas que leurs parents soient au courant qu'ils traînent dehors à cette heure.

Son ton était grinçant : elle savait très bien que ses deux fils à elle n'étaient pas non plus dans leurs lits.

— Je te l'ai déjà dit, mon chou, a-t-elle continué. Les gens finissent toujours par devenir ce qu'ils sont destinés à être. Si ce Bax cherche les ennuis, alors peut-être qu'il en créera à Novak. Reste vigilante et surveille tes arrières. Je n'aime pas le gars en costume, et ce que j'ai vu dans les yeux de Bax ne me dit rien qui vaille.

— Moi je n'y ai vu que du vide, ai-je ironisé.

— Oh ! mon chou, si tu regardes bien, tu y verras beaucoup de choses, au contraire. C'est pour ça qu'ils sont si sombres. Pleins de promesses, de secrets et de tentations qui peuvent rendre une fille sans histoires complètement accro jusqu'à l'entraîner sur la mauvaise pente. Fais attention à toi, Dove, ou ça pourrait très vite mal tourner pour toi.

C'était déjà le cas : mon appartement était retourné, un gangster notoire savait où j'habitais, mon frère était aux abonnés absents et mon seul espoir de le retrouver, c'était un criminel tout juste sorti de prison... J'ai dit au revoir à Carmen et me suis roulée en boule contre l'édredon déplumé. Je ne contrôlais plus rien et je détestais ça. Depuis toute petite, je m'étais toujours débrouillée pour survivre dans ce monde et pour me tenir à l'écart des ennuis. Puis Race était entré dans ma vie, tout avait changé et j'avais pu me reposer entièrement sur lui. Je lui avais fait confiance et je l'avais aimé, deux sentiments que je n'avais jamais éprouvés pour un être humain. Alors, me retrouver aussi impuissante et n'avoir que ce Bax sur lequel miser pour régler la situation me rendait folle.

On a frappé à la porte, ce qui m'a fait sortir de mes idées noires. C'étaient sûrement les gosses ; ces derniers temps, mes autres visiteurs ne se donnaient même pas la peine de frapper avant d'entrer. J'ai ouvert et trouvé Marco et Paulie sur le seuil. Marco était en bonne voie pour devenir un vrai caïd, mais c'était tout de même un bon garçon qui veillait sur son petit frère et me considérait comme quelqu'un de sa famille grâce aux gâteaux que je leur préparais de temps à autre.

— Ça va ? ai-je demandé.

— Je voulais juste être sûr que t'allais bien, a-t-il dit en se tortillant. Ce gars, il plaisante vraiment pas, c'est pas comme l'autre avec son costume.

— Je sais, Marco, t'inquiète pas. Il va essayer de retrouver Race.

— Ouais. Il en parlait au téléphone avant de partir. Elle est belle, sa caisse ! a-t-il ajouté avec envie.

— Qu'est-ce qu'il racontait au téléphone ? ai-je demandé en me mordant la lèvre.

Je n'aime pas cuisiner les gosses, mais comme Bax ne voulait pas que je l'aide, je n'avais pas le choix.

— Il parlait d'un endroit dans le District, le Spanky's.

Le District était le quartier des prostituées. Elles y vivaient et y travaillaient. On y trouvait tous les clubs de strip-tease et les bars où les filles pouvaient se faire de l'argent facile. C'est un de ces quartiers de The Point où on échoue quand la vie ne nous laisse plus d'autre choix.

— Qu'est-ce qu'il a dit sur le Spanky's ?

Marco m'a dévisagée d'un air dubitatif et j'ai voulu lui sourire pour le rassurer. Mais j'étais tellement angoissée que je n'ai pu sortir qu'une grimace. Il m'a répondu tout de même.

— Il a demandé si une fille qui s'appelle Honor y travaillait encore. Je sais pas à qui il parlait, mais il a dit qu'il viendrait demain pour la voir et lui causer.

Bax avait parlé du sexe comme une de ses priorités absolues, et cette fille n'était peut-être que son plan cul. Mais si elle avait un rapport quelconque avec mon frère, je ne pouvais pas me permettre de laisser passer une telle occasion d'en savoir plus.

J'ai ébouriffé les cheveux de Marco, qui a râlé avant de prendre son petit frère par le bras pour le ramener dans leur appartement.

— Fais gaffe, Dovie. Il pue l'embrouille, ce gars.

Si un gosse de son âge pouvait sentir tout le mal qui irradiait de Shane Baxter, alors peut-être que me mettre en travers de la route de ce gars n'était pas l'idée du siècle. Peut-être que je risquais gros. Mais je n'avais malheureusement pas le choix.

— T'as l'air pressée de partir, ce soir, toi !

J'ai jeté un rapide coup d'œil à la collègue près de laquelle j'étais assise. Brysen Carter et moi étions serveuses au même restaurant situé entre The Point et The Hill. J'étais originaire du premier et elle de l'autre, mais nous nous entendions à merveille. Si j'avais été du genre à avoir des amies, j'aurais considéré Brysen comme telle. Elle était sympa, ne se mêlait jamais de mes affaires et se montrait toujours disponible pour me remplacer si j'avais cours ou si mon autre employeur avait besoin de moi. Et elle n'était pas du genre à se laisser faire. Comme elle venait des quartiers chics et qu'elle était petite et jolie, les gars de The Point la prenaient pour une fille facile. Ils se plantaient complètement.

— Assez pressée, oui.

J'avais compté ma caisse bien avant la fin de mon service et laissé mes deux dernières tables à une petite nouvelle. J'allais perdre de l'argent mais tant pis, je pouvais me laver à l'eau froide pendant un mois, ça ne me dérangeait pas. Race devait passer en priorité.

— Tu as des devoirs à faire ? m'a demandé Brysen d'un ton amical.

Je n'avais pas le temps de discuter. Je n'avais toujours aucune idée de l'heure à laquelle Bax se rendrait au Spanky's, il fallait donc que j'y sois le plus tôt possible pour guetter son arrivée.

— Pas ce soir, non.

Le week-end, je travaillais dans un foyer pour des jeunes en attente de placement, comme je l'avais été. Malgré le nombre de familles d'accueil, beaucoup n'étaient pas recommandables. Je voulais apporter mon aide à ces gosses, leur donner une chance de mener une vie normale, comme Race l'avait fait pour moi. Je suivais des cours du soir pour avoir mon diplôme d'assistante sociale. Ainsi, les gamins dont je m'occuperais auraient une chance de s'en sortir, eux aussi.

— Comme les poules n'ont pas encore de dents, ce n'est pas pour un rencard, a ironisé Brysen. Donc, tu vas où ?

Je l'ai regardée avant de lever les yeux au ciel. Brysen était une fille sympa. Je m'étais toujours demandé ce qu'elle faisait ici au lieu de faire partie d'une des confréries étudiantes de la fac. Sa couleur de cheveux oscillait entre le blond platine et le blond cendré. Sa tenue de travail — jupe et T-shirt noir cintré — s'accordait à merveille avec ses beaux yeux bleus et son visage. Une fille adorable et d'un naturel curieux, mais je ne pouvais pas me confier à elle. Je n'avais pas besoin qu'une personne de plus me mette en garde contre le danger que Bax représentait. J'avais saisi, merci, c'était un gars dangereux. Et je ne pouvais rien y changer. J'ai incliné la tête et regardé Brysen d'un air interrogatif.

— Est-ce que j'ai l'air d'une bouseuse ?

Pendant un moment, elle m'a fixée comme si des cornes venaient de me pousser sur le front, puis elle a finalement éclaté de rire.

— Quoi ? Mais qui t'a dit une chose pareille ?

J'ai fourré dans l'enveloppe de dépôt la recette du jour et les reçus pour la banque, et j'ai glissé mes pourboires du soir dans mes poches.

— Un mec. J'en reviens toujours pas.

Brysen m'a examinée pendant quelques instants, puis a replacé ses cheveux derrière son oreille.

— Eh bien, tu as un petit côté innocent et frais, mais je te connais et je sais que tu n'es pas comme ça. Il a sûrement dit ça à cause de tes fringues trop larges et parce que tu ne portes pas de maquillage. Sans oublier que tu négliges tes cheveux. Ils sont tellement en désordre que ça te donne des airs de gamine de cinq ans, parfois.

Pour une fille, être bien habillée, bien coiffée et maquillée, ça attire trop l'attention dans The Point. Mes cheveux me rendaient déjà reconnaissable au milieu d'une foule. Autant ne pas en rajouter.

— C'est ce qu'il a dit, oui.

— C'est qui, ce gars ?

J'ai haussé les épaules avec autant de nonchalance que possible.

— Un ami de mon frère. Il est passé pour le voir et je lui ai dit que je n'avais pas eu de visite de Race depuis un moment.

Brysen a fait une drôle de moue. Elle n'aimait pas Race et je n'avais jamais compris pourquoi. Ils avaient pourtant le même passé et s'étaient tous les deux retrouvés dans des situations compliquées, mais étrangement, ils ne s'entendaient pas. Elle était toujours très sèche et cassante avec lui, et Race l'évitait le plus possible. Ça restait un mystère pour moi. J'appréciais sincèrement Brysen, et ce n'était pas le genre de choses que je disais souvent.

— Est-ce qu'il sait où Race peut être ?

J'ai secoué la tête et me suis éloignée de la table.

— Non, et s'il le savait, il ne me dirait sûrement rien. Il ne m'a pas paru du genre à partager ses infos.

— Vu ce qu'il t'a dit sur ton physique, il n'a pas l'air très sympa, en tout cas.

— T'as pas idée... Bon, il faut que je me sauve. On se voit plus tard, d'accord ?

Je n'ai pas attendu sa réponse et j'ai filé.

✦
✦ ✦

J'avais une voiture — enfin, celle de Race — mais pas question de m'en servir pour aller dans The Point. J'avais autant de risques de me la faire voler que de tomber sur un dealer à chaque coin de rue. J'ai rassemblé mes cheveux rebelles en queue-de-cheval et les ai planqués sous un large bonnet gris. Seule ma chevelure pouvait me trahir ; sinon, avec ma tenue basique — jean, grand sweat-shirt et Converse usées —, je ressemblais à un ado parmi tant d'autres. Comme Bax n'avait pas eu l'air le moins du monde impressionné par ma dégaine, il ne risquait pas de me repérer.

A chaque coin de rue du District, on croisait des hommes et des femmes venus gagner leur vie grâce au plus vieux métier du monde. Au milieu de tous ces bars et clubs de strip-tease, dont les enseignes et les noms se ressemblaient à s'y méprendre, le Spanky's ne se démarquait pas vraiment et j'ai eu plus de mal à le trouver que je ne l'aurais cru.

Du fluo et des néons. L'endroit respirait la débauche et le sexe. Rien que de me tenir sur le trottoir me hérissait le poil. Ma vie n'était pas toute rose, mais jamais je n'avais envisagé de vendre mon corps pour subvenir à mes besoins. Après avoir rassemblé mon courage, je me suis forcée à entrer. Dans le genre criard, c'était encore pire que vu de dehors. J'ai passé les lieux en revue pour trouver un endroit discret où me dissimuler, quand j'ai senti une main se poser sur mon épaule et m'obliger à faire volte-face.

— T'es sûre que t'as l'âge d'être ici, ma p'tite ? m'a demandé un Black taillé comme une armoire à glace.

Son crâne rasé luisait sous les lumières flashy. J'ai senti ma gorge se serrer. En dehors de son air hargneux et de ses incisives ornées d'un grill de diamants, ce qui m'effrayait le plus chez lui, c'était le flingue qu'il portait fièrement à sa ceinture. La violence et les types pas recommandables, j'avais l'habitude, mais les armes à feu, non. Il fallait pourtant que j'essaye de faire illusion.

— Ouais, j'ai l'âge.

— Toi, tu bosses pas là et t'es pas venue pour le spectacle, a-t-il deviné. T'es venue pour quoi ?

J'ai essayé de libérer mon bras mais il me tenait fermement.

— Je cherche quelqu'un.

Mauvaise réponse. Le videur a froncé les sourcils et m'a secouée. Mes dents se sont entrechoquées et j'ai senti un goût de sang sur ma langue.

— Ecoute-moi bien, si ton mec te fait des crasses, c'est pas mon problème. Mais si tu dois te mettre sur la gueule avec une des danseuses, tu fais pas ça ici pendant qu'elles bossent, c'est clair ?

Si ce gorille prenait ce genre de précautions à l'avance, c'est que des bagarres entre filles devaient souvent se produire.

— Allez, la rousse, casse-toi. Va te ravaler la façade et peut-être que ton mec aura pas à venir ici, la prochaine fois.

Mon orgueil a failli l'emporter sur ma volonté. J'ai de nouveau essayé de me dégager. J'allais envoyer le videur se faire voir quand la porte d'entrée s'est ouverte derrière moi. L'air frais de la nuit s'est engouffré à l'intérieur du club et l'atmosphère s'est chargée d'électricité.

— Salut, Chuck, faut que je voie Honor.

Aucun doute sur l'identité de l'homme à qui appartenait cette voix autoritaire, enrouée par le tabac.

— Deux secondes, Bax, je raccompagne ça à l'entrée.

Génial. Moi qui espérais passer inaperçue, c'était raté. Je sentais déjà Bax me fusiller du regard. De sa poigne d'acier, le videur m'a traînée vers la sortie, faisant tomber mon bonnet au passage. Ma queue-de-cheval m'a fouetté le visage. J'ai soufflé pour ôter une mèche de ma bouche, et mes yeux ont croisé le regard furieux de Bax. L'étoile tatouée près de son œil a été agitée d'un tic nerveux en même temps que sa joue. Il était aussi terrifiant que fascinant.

Le videur s'est écarté de moi, ce qui m'a fait heurter Bax de plein fouet.

— Qu'est-ce que tu fous là, toi ? s'est énervé Bax.

— Tu la connais ? a demandé sèchement le videur.

Bax m'a lancé un regard suspicieux avant de me pousser à son tour si brusquement que j'ai eu du mal à rester debout. Je me sentais comme un enfant qu'on punit de n'avoir pas fini son assiette. J'ai ramassé mon bonnet et l'ai enfoncé sur mon crâne avant de croiser les bras.

— Non, a répondu Bax. C'est Race qui la connaît.

— Ah... Niveau meuf, il a meilleur goût, d'habitude, a dit le videur d'une voix traînante.

S'il n'avait pas été si baraqué, je l'aurais giflé.

— Lâche-la, c'est sa frangine.

— Désolé, a fait Chuck.

Une excuse adressée à Bax et non à moi. Allez comprendre.

— Honor a encore cinq minutes de scène, a précisé Chuck. Elle savait pas que tu étais sorti de taule. Je lui ai dit que tu passerais la voir ce soir.

— J'ai été un peu occupé.

— C'est moche, ce qui t'est arrivé, Bax. On était tous tristes quand t'es allé au trou.

Bax a eu un petit rire sans joie et m'a tirée vers lui.

— Quand les flics ont débarqué, j'étais au volant de la bagnole, a expliqué Bax. Ça, plus mon casier, c'est le genre de trucs qui pardonne pas. J'ai eu du bol de prendre que cinq ans.

— J'ai entendu dire qu'il y avait bien plus que ça, dans l'histoire.

Bax m'a toisée de son regard sombre avant de se tourner vers le videur.

— Eh ben t'as mal compris. J'ai été chopé pour trafic de bagnoles pour Novak. Rien de plus. Maintenant je suis libre, et Novak peut aller se faire foutre. Je veux juste trouver Race, puis je continuerai mon chemin. Cinq ans sans rien faire, c'est trop long.

Le videur a hoché la tête pour indiquer qu'il comprenait et j'ai de nouveau tenté de libérer mon bras. Visiblement, Bax n'avait pas plus l'intention de lâcher prise que Chuck avant lui. Il me faisait mal et, à en juger par le regard qu'il avait, il en était tout à fait conscient.

— Dis à Honor que j'arrive dans deux minutes. Je dois d'abord gérer ça.

Ça, c'était moi, la fille qu'il était en train de traîner dehors. J'ai émis un petit cri de douleur doublé de surprise ; je n'avais pas l'habitude qu'on me malmène de cette façon, pas plus que d'être la cible d'autant de fureur. Si j'avais réussi à survivre, c'était parce que je ne me mêlais pas des affaires des autres. Me retrouver sur le chemin de Bax n'allait pas être sans conséquence.

— Qu'est-ce que tu fous là ? a répété Bax. Comment tu connais ce club ?

Pas question que je lui réponde. Je n'allais pas le laisser m'intimider. Je me suis libérée de sa poigne avec la ferme intention de m'éloigner le plus possible. Mais c'était sans compter qu'il s'agissait de Bax. Ce n'est pas le genre de gars qu'on peut ignorer. En un clin d'œil, je me suis retrouvée plaquée contre le mur de briques d'un club de strip-tease glauque dans l'un des quartiers les plus flippants de la ville, par un type tout aussi flippant. J'ai hoqueté et tenté de me dégager de son emprise. Il m'a quasiment soulevée de terre et je me suis retrouvée avec les yeux plongés dans les siens : deux trous noirs comme un ciel de minuit, qui brûlaient de rage.

— Tu penses que tu peux jouer à ça avec moi ? T'as cru que j'avais l'air d'un mec peinard et sans histoires ? Maintenant, je vais te le demander une dernière fois et si j'ai pas de réponse satisfaisante, alors on va le regretter tous les deux. Qu'est-ce que tu es venue foutre ici ?

Je tenais toujours ses poignets. Deux chaînes brisées y étaient tatouées. Comme s'il s'était libéré de ses propres liens, prêt à lâcher sa rage sur un monde qui ne se doutait encore de rien.

— Je suis inquiète pour mon frère, ai-je dit. Il pense que tu peux l'aider, il te fait confiance. Il faut que je sache ce que tu sais. Marco t'a entendu dire au téléphone que tu viendrais ici ce soir, alors je suis venue. J'aime mon frère.

Ma voix s'était brisée. Montrer mon émotion à mon ennemi était une faiblesse que je ne pouvais pas me permettre, mais impossible de retenir mes larmes.

— T'as pas la moindre idée de ce que t'es en train de foutre, a-t-il déclaré. Tu ne feras que me gêner. Chuck n'oublie jamais un visage. Si quelqu'un l'interroge sur une rouquine, il se souviendra direct de toi. Retourne à tes cours et à ton restau, à ton appart. S'il n'est pas trop tard, et que je trouve Race, je te préviendrai.

Il m'a relâchée. Je me suis laissée glisser le long du mur et mes cheveux se sont accrochés aux briques. Bax m'a tourné le dos pour s'en aller mais je l'ai rattrapé par le poignet. Je connaissais le désespoir, ce terrible besoin de vouloir quelque chose sans pouvoir l'obtenir. Mais là, c'était différent. J'étais prête à tout.

— Je t'en prie, Shane, laisse-moi t'aider. C'est mon frère, je ferais n'importe quoi pour lui. S'il te plaît. Je te donnerai tout ce que tu veux.

Je n'avais jamais supplié quelqu'un de ma vie, et je savais bien que Bax était le genre de type à qui il valait mieux ne rien devoir. Mais Race méritait bien une dette, il fallait que Bax le comprenne.

J'ai tenté de lui faire voir tout ce que je ressentais d'un regard, mais ses yeux noirs n'ont pas flanché. Il a fait claquer sa langue et m'a contemplée du haut de mon bonnet jusqu'à mes tennis usées.

— T'es vierge, Red ?

J'ai eu un mouvement de recul. Quel rapport avec le reste ? Une vague de chaleur a embrasé mes joues et j'ai croisé les bras.

— Pourquoi ? Qu'est-ce que ça vient faire là-dedans ?

Bax a sorti un paquet de cigarettes de la poche de son sweat et m'a lancé un regard équivoque.

— T'as dit que tu me filerais tout ce que je veux. Je pense pas que tu aies ce qui m'intéresse, mais j'ai passé cinq longues années seul en taule, alors...

Je n'aurais pas su dire s'il essayait vraiment de me draguer ou s'il était volontairement blessant et vulgaire. Est-ce qu'il était sérieux ? Ç'aurait été la pire des options.

— Ce n'est pas drôle, ai-je grincé.

Il s'est marré et a soufflé une bouffée de fumée avant de me tourner autour en passant son pouce sur sa lèvre inférieure.

— Déjà, personne m'appelle Shane. Pour toi, ça sera Bax et rien d'autre. Et ne dis pas que tu es prête à tout donner si tu ne peux pas assumer derrière. Les gens de cette ville, ils te prendront tout, avec ou sans ton accord. Allez, rentre chez toi.

Bax a posé sa main sur la porte, prêt à retourner à l'intérieur du club. Il allait de nouveau m'échapper. Je ne savais toujours pas quel échange il risquait de me proposer mais j'envisageais d'accepter. Pour Race. Quitte à haïr Bax de tout mon être.

— Je ne suis plus… vierge, ai-je finalement lâché. On ne peut plus me prendre ma virginité, je l'ai déjà donnée à Billy Clark. On avait bu. Une bouteille de vin volée. J'avais seize ans et il me trouvait jolie. C'était bien le seul. Je n'ai pas peur de toi, Bax. Mais je suis terrifiée pour Race. Alors, dis-moi ce que je dois faire.

J'avais dû être très persuasive car il a jeté sa cigarette et a ouvert la porte du club en grand.

— On va tous les deux le regretter, Red. Et tu pourras pas dire que je t'ai pas prévenue.

Il m'a laissée entrer dans le club et j'ai senti son regard peser sur moi. J'ignorais ce pour quoi je venais de signer, et ce qui m'attendait au tournant. Mais en cet instant, ce que je savais au plus profond de moi-même, c'est que j'allais sans doute y laisser une partie de mon âme.

3

Bax

Je ne suis pas le genre de mec qu'on surprend facilement. Mais cette fille avait réussi.

Je l'avais secouée, j'avais balancé des remarques salaces, mais elle avait rien lâché. C'était pas mon genre de meuf. J'aime les filles de mon milieu, celles qui ne se prennent pas la tête et qui te tapent pas une crise si tu les tutoies au premier rencard. Et cette tignasse orange et sa peau toute pâle, définitivement pas mon truc. Encore que les néons du Spanky's la mettaient plutôt en valeur. Ses yeux verts brillaient et avec ses cheveux en arrière, j'avais un aperçu de ses pommettes hautes, couvertes de taches de rousseur, et de ses lèvres sexy, qui juraient avec son visage de petite écolière catho. Elle était bien moins fade qu'elle n'en avait l'air, mais son petit côté jeune vierge me prenait la tête et j'avais pas de temps à perdre avec ses conneries. Je n'avais même pas envie de savoir ce qu'elle cachait sous ses fringues pourries. Ça ne m'excite pas, la douceur, pas plus que cette obstination à me suivre comme un clébard.

Mais je n'allais pas me débarrasser d'elle aussi facilement. Elle était déterminée à me coller au cul pour récupérer la moindre info que je pourrais dégoter sur Race. Alors, même si c'était chiant, mieux valait qu'elle soit avec moi : elle serait plus en sécurité qu'en me suivant. J'espérais qu'en voyant les lieux où j'irais et le genre de mecs que j'allais cuisiner, elle se barrerait d'elle-même. Si ça ne marchait pas, je lui referais le coup des propositions de plan cul. Peut-être qu'elle flipperait et se casserait. Elle n'avait pas l'air d'être le genre de meuf à accepter — mais si je pouvais tirer mon coup au passage, c'était tout bénef.

Les clubs de strip-tease se ressemblent tous. On y trouve toujours les mêmes filles désespérées en train de danser pour les mêmes types seuls et déprimés. Ces endroits puent la crème pour bébé et l'alcool bon marché, et j'en ai pas encore visité un seul dont les participants — employés comme clients — donnent l'impression d'avoir vraiment envie d'être là. Le Spanky's a ses petites particularités : les filles qui y bossent ne sont pas obligées de baiser les clients. Ernie, le gérant, est dans les petits papiers de Novak et il laisse ses gars se servir du club comme couverture pour leurs activités. Ils viennent parfois les week-ends pour organiser des parties de poker privées. Les filles en ont pour leur argent et elles servent plus pour la déco que pour le cul. Chuck s'occupe de surveiller le rade.

Moi et mon clébard rouquin, on a suivi le videur vers un des box de la section VIP. Une fois arrivé près de la banquette de cuir rouge, Chuck a jeté un drôle de regard à Dovie et m'a indiqué d'un mouvement de tête qu'il voulait me dire un mot en privé. J'ai viré Dovie d'un coup d'épaule, ignoré son air mauvais et j'ai suivi le videur à l'écart.

— Depuis quand il a une sœur, Race ?

— Depuis que je me suis fait choper.

— Elle lui ressemble pas du tout. T'es sûr que c'est pas une fille à Novak ? Il le cherche partout, ton pote, et il a mis un paquet de monde sur le coup. Il paraît qu'il serait prêt à payer cher celui qui le ramènera vivant.

J'ai haussé les épaules et passé ma main sur mon crâne rasé.

— Mate-la, j'ai dit. Tu la vois vraiment bosser pour Benny et sa bande ?

Chuck a rigolé sèchement.

— Non, mais toi non plus t'as pas la gueule de l'emploi pour la terreur de The Point et pourtant...

Ma réputation était toujours d'actualité dans les rues, ça me serait utile.

— C'est ses yeux, j'ai lâché. Elle a les mêmes yeux que Race. De vrais sapins de Noël qui clignotent. Bon, elle m'a l'air réglo mais si c'est pas le cas... je m'en occuperai.

Chuck s'est contenté d'acquiescer. Il savait que j'étais pas un grand sentimental. J'étais déjà coincé avec Dovie, mais si elle n'était pas celle qu'elle prétendait, alors je lui ferais subir des trucs qui en feraient une victime légendaire dans un quartier pourtant habitué au pire.

Depuis la banquette, les yeux vert sombre m'ont transpercé. J'allais m'asseoir à côté d'elle quand j'ai senti deux bras m'enlacer par-derrière et des lèvres à l'odeur sucrée m'embrasser derrière l'oreille. Malgré mon sweat, j'étais sûr qu'une belle paire de seins se pressait contre mon dos. La belle petite bouche de Dovie a affiché une grimace dégoûtée.

— Ça faisait longtemps, beau gosse. Je ne savais pas qu'on t'avait relâché !

Des mots prononcés par une voix ultra-chaude de meuf, du genre à convaincre le premier mec venu de dépenser tout son fric durement gagné, quitte à en priver sa femme et ses gosses.

J'ai fait volte-face et j'ai embrassé sa belle bouche pulpeuse.

C'était comme embrasser un truc brûlant. J'ai essayé de pas trop m'exciter quand elle s'est collée à moi, même si elle portait qu'un string et des talons hauts.

— Je viens de sortir, j'ai répondu. Je cherche Race. Tu l'aurais pas revu depuis son retour en ville ?

Elle a jeté un coup d'œil vers Dovie qui s'agitait sur la banquette.

— C'est qui, ta Pollyanna[1] ?

A mon tour, j'ai regardé Dovie par-dessus mon épaule et elle s'est figée, les doigts crispés sur la table.

— C'est personne, Honor. Ecoute, toi et Race, vous avez passé pas mal de temps ensemble juste avant que je me fasse choper. Il faut que je le trouve. Il a des ennuis.

La strip-teaseuse allait me répondre lorsque Dovie nous a interrompus.

— Jamais mon frère ne se taperait une strip-teaseuse !

Merde, alors. Honor était tellement vénère que je pouvais la sentir bouillir. On n'insulte pas une danseuse sur son lieu de travail. C'est une règle d'or dans le District. Ses faux cils ont trembloté, puis elle a regardé Dovie.

— Oh ! chérie, tu as raison : il ne s'est pas tapé *une* strip-teaseuse, il s'en est tapé plusieurs, si tu veux tout savoir, et pas qu'une à la fois. Quand Bax dit qu'on a passé du temps ensemble avec Race, c'est juste parce que j'étais sa préférée. Si c'est vraiment ton frère, comme tu dis, tu devrais savoir ça, non ?

Puis elle a pointé Dovie du pouce et m'a regardé en plissant les yeux.

— Sérieux ? Ça fait même pas une minute que tu es dehors et tu ramènes déjà les embrouilles ? Aurais-tu oublié les règles de la maison, Bax ?

1. Héroïne rousse du livre éponyme pour la jeunesse écrit par Eleanor H. Porter en 1913.

Blasé, j'ai soupiré et secoué la tête.

— J'ai rien oublié, Honor. Je dois comprendre dans quel merdier s'est foutu Race.

Elle a fait la gueule pendant encore une bonne minute sans cesser de provoquer Dovie du regard. Aucune des deux n'avait l'intention de baisser les yeux. J'ai attendu que la strip-teaseuse se concentre de nouveau sur moi. Elle m'a accordé un de ses grands sourires hypocrites dont elle avait le secret, preuve d'un changement de tactique. Elle s'est mise à agiter ses cils en plastoc en faisant courir ses ongles sur la fermeture de mon sweat. Je lui ai chopé le poignet.

— Débarrasse-toi de ce boulet et reviens me voir à ma pause, elle a dit. On pourra discuter et… rattraper le temps perdu !

— Honor, j'ai pas beaucoup de temps devant moi et encore moins de patience. Crois-moi, si je me retrouve à court de l'un ou de l'autre, tu vas pas aimer ça.

Elle a fait une grimace et a rejeté ses longs cheveux bruns par-dessus son épaule, découvrant ses seins.

— Tout ce que je sais, c'est que tout le monde le cherche. Et quand je dis tout le monde, c'est *tout le monde*. Après son retour en ville, il est venu ici. Il cherchait Ernie. Je lui ai bien proposé une petite chevauchée mais il n'était pas intéressé. Personne n'ignorait qu'il était de retour dans The Point, alors il s'est tenu à carreau pendant un temps. Puis tout à coup, il a foutu en rogne Novak et il s'est évanoui dans la nature, comme un fantôme. J'adore Race, tu le sais. Tout le monde l'adore.

Ces derniers mots étaient clairement adressés à Dovie qui a pris une grande inspiration.

— Si je savais quoi que ce soit d'autre, je te le dirais, Bax. Tu sais bien que je ne te laisserais pas dans la merde.

Je l'ai fixée un moment pour tenter de faire le tri entre ce qu'elle disait et ce qu'elle voulait me faire croire.

— De quoi il voulait parler avec Ernie ?

Elle a haussé son épaule nue et m'a caressé le bras de bas en haut. Ce genre de contact prolongé avec une fille à poil aurait dû avoir un effet de fou sur ma libido en manque. Mais bizarrement, ma queue tendue m'a plus énervé qu'autre chose.

— Je sais pas. Il ne m'a rien dit. Il m'a juste demandé si j'avais vu un gars dans les parages.

Je me suis raidi et l'ai chopée par les bras. Honor a hoqueté et s'est retrouvée sur la pointe des pieds.

— Quel gars ? j'ai demandé.

C'était important. Ce qui faisait de moi un criminel assez doué et un voleur efficace, c'était mon instinct quasi infaillible. Ce type que Race cherchait, je sentais qu'il était lié à sa disparition.

— Bax ?

Ce n'était pas la voix sensuelle de Honor qui venait de m'interrompre pour me faire comprendre que j'étais en train de lui serrer trop fort le bras. Mais celle plus posée de Dovie. J'ai relâché la strip-teaseuse et fait un pas en arrière.

— Quel gars, Honor ?

Ses yeux gris acier m'ont lancé un regard noir et elle a commencé à s'éloigner avant d'exploser de colère.

— Tu es toujours un gros connard, Bax ! J'avais oublié à quel point tu es taré ! C'était un richard que Race cherchait, t'es content ? C'est tout ce que je sais. La prochaine fois que tu viens, laisse ta Pollyanna à la maison et rappelle-toi que j'aime pas les trucs violents !

Honor s'est barré avec autant de classe que sa tenue de pétasse le permettait et je me suis tourné vers Dovie. C'était le bordel dans sa tête. Ça se voyait à la rougeur de ses pommettes et à la teinte foncée de ses yeux verts.

Ses poings serrés ont frappé la table et elle a claqué des doigts dans ma direction.

— Impossible. Je refuse de croire que Race se soit envoyé une traînée pareille !

Elle avait pas l'air de se poser la même question pour moi. J'ai mis les mains à plat sur la table et me suis rapproché d'elle, les yeux dans les yeux. Intimidée, elle a eu un mouvement de recul et a avalé de travers.

— Il y a une différence entre ce que tu sais et ce que tu crois savoir, Red.

— Je connais mon frère !

Elle a boudé, et j'ai bien aimé la façon dont sa belle bouche se pinçait sous la colère. Les gens bien et avec des principes comme elle sont rares, même si, perso, je trouve ça un peu con d'être aussi réglo.

— Tu le connais, maintenant, j'ai lâché en repoussant la table. T'as aucune idée de qui il était avant de te rencontrer. Et t'as intérêt à garder ça en tête si tu veux pas tomber de haut. Faut que j'aille voir Ernie. Toi, tu bouges pas ton cul de là et t'évites d'embrouiller les danseuses.

Elle a fait la gueule. Il fallait avouer que c'était très mignon à voir. Ses taches de rousseur commençaient à me faire de l'effet.

— Je veux venir avec toi, elle a dit.

— Ernie et Novak bossent ensemble, alors il me recevra. Mais toi, si tu t'incrustes, tu vas te retrouver à poil sur scène en un rien de temps. Crois-le ou pas, Ernie n'est pas le plus futé des proprios de club. Garde tes fesses sur la banquette et bouge pas.

J'en avais rien à foutre qu'elle m'écoute ou pas. Si elle voulait tant que ça se friter avec une bande de danseuses paumées et à moitié à poil, Chuck veillerait à ce que ça ne dégénère pas trop. Jouer au baby-sitter ne faisait pas partie de mes priorités et je n'avais pas le temps d'essayer de la convaincre que Race avait une vie avant elle, comme tous les habitants de The Point. Il avait peut-être un plus beau pedigree que le nôtre, mais sous la surface il était aussi pourri et bousillé que n'importe lequel d'entre nous. Plus vite elle le comprendrait, moins dure serait la chute quand les conneries de Race nous exploseraient à la gueule.

Je suis parti vers les coulisses en indiquant discrètement à Chuck que je laissais Dovie seule en salle. Il a hoché la tête et une fois devant le bureau du patron, j'ai enfoncé la porte à coups de poing. Je n'allais pas attendre un carton d'invitation.

Ernie, le patron du Spanky's, est un gros type ventru au crâne dégarni, aux yeux perçants et à la peau grasse, aussi avide que malin. J'ai ma petite théorie comme quoi les types dans son genre deviennent patrons de club de strip-tease parce qu'ils n'ont pas d'autres moyens de mater des bombasses à poil. Il est lâche et influençable. Novak l'adore pour ça. Ernie lui paye ce qu'il demande sans discuter et il lui laisse utiliser le bar quand Novak veut. En échange de quoi, Novak lui assure protection, meufs en quantité, clientèle pleine aux as et toutes les pipes gratos dont Ernie peut rêver. Ce genre de partenariat profite aux deux parties. Sans compter que lui et Novak sont deux branleurs qui n'en ont rien à foutre de la loi. Dans le cas de Novak, ça va même très, très loin.

Ernie était derrière son bureau, portable à la main. Ses sourcils se sont soulevés quand je suis rentré. Je lui ai fait un sourire du genre psychopathe et me suis adossé à la porte en croisant les bras. Le message était clair : personne n'entrerait ou ne sortirait de ce bureau avant que j'aie des réponses à mes questions.

— Ernie.

— Voyez-vous cela, le patron a fait. Le fils prodigue est de retour. On m'avait averti que tu viendrais sûrement ici. Après cinq ans de taule, la plupart de tes copines ont fichu le camp, tu sais.

Ce qui sous-entendait qu'elles en avaient eu marre du boulot, qu'elles avaient été trop cognées ou qu'elles étaient devenues trop vieilles pour rapporter du fric. Ce type avait le sens des affaires.

— Je cherche Race.

— Comme tous les connards de The Point. Je ne comprends vraiment pas pourquoi il est revenu ici. Avec toi derrière les barreaux, la belle vie lui tendait les bras. Loin des yeux, loin du cœur, comme on dit. Maintenant, tout le monde veut sa peau et ça ne fait plaisir à personne.

— Honor m'a dit qu'il était venu ici chercher un richard. C'était qui ?

— Pourquoi est-ce que je devrais te dire quoi que ce soit ? Tu as été absent longtemps, petit. Tu n'es plus dans la course. Avec ce qui est arrivé, tu peux t'estimer heureux que Novak ne t'ait pas fait descendre.

J'ai plissé les yeux, et souri d'un rictus qui avait déjà fait changer de trottoir des mecs bien plus dangereux que ne l'était Ernie.

— Novak n'est pas avec toi dans ce bureau, j'ai dit. Moi, si. T'es sûr que tu veux que je te repose la question ? J'ai passé cinq ans en taule à imaginer toutes les façons de faire chialer ceux qui m'ont foutu dans la merde.

J'ai quitté la porte et me suis rapproché du bureau.

Ernie a fait reculer son siège, qui a grincé sous son poids. Des gouttes de sueur faisaient luire son crâne chauve. J'allais le pousser à tout balancer.

— Ecoute, je ne sais pas qui c'était, ce gars, il a lâché. Quand Race est venu, il avait une photo, comme celles qu'on voit dans la rubrique « finance» des journaux. Il voulait savoir si le type était venu ici. Il avait l'air en colère. Je lui ai dit que je ne savais pas et il a flanqué son poing dans le mur.

Ernie a désigné un trou dans le mur, juste à côté de la photo d'une fille aux jambes écartées sur un lit.

— Et il n'a pas dit son nom ?

— Non ! Je lui ai dit que je ne parle jamais des affaires de Novak, mais que le type chicos de la photo était venu ici plus d'une fois pour jouer au poker. Et pas seul, si tu vois ce que je veux dire.

Je lui ai jeté un regard sombre.

— Il a même pas dit ce qu'il lui voulait ?

— Non, mais après ça, Benny et sa bande sont allés rendre une visite à la nana avec qui Race traînait. Quand il l'a appris, il a pété un câble et a juré de s'en prendre à Novak. Et moi qui croyais ce gamin intelligent ! Menacer Novak, c'est creuser sa tombe.

Race était un type futé et il ne balançait pas de menaces en l'air. S'il avait de quoi faire tomber tout l'empire criminel de Novak, rien d'étonnant à ce qu'il soit sur sa liste noire et qu'il ait tous ses hommes au cul. Restait à savoir : pourquoi maintenant ? Pourquoi avoir attendu que je sorte de prison pour agir et qu'est-ce qu'il pouvait bien avoir comme carte à jouer contre Novak ?

C'était pas net. Et j'aime pas quand c'est pas net.

— Le gars qu'il cherche, il est en affaires avec Novak ? j'ai demandé.

Ernie a reniflé avant de tapoter des doigts sur son bureau.

— Comme je l'ai dit au gamin, je ne cause pas des affaires de Novak. C'est parce que je reste discret que Novak me confie le club et me fournit en gonzesses. Tu as vu Honor ? Elle t'a manqué, je parie. Toutes ces filles, elles ont toujours eu un petit faible pour toi. Tu en as brisé, des cœurs, quand tu t'es fait prendre.

Les filles m'aiment parce qu'une fois que j'ai eu ce que je veux, je leur fous la paix. Je reste pas pour chialer sur ma vie dans leurs bras. Je me soulage et je me barre, point. Mais je suis pas égoïste, et à moins d'être en plein rush, je m'assure de donner autant que je reçois.

— Sauf que les affaires de Novak me concernent, j'ai lâché. Dis-moi ce que tu sais, Ernie.

J'ai fait craquer les articulations de mes doigts et Ernie s'est penché en avant.

— J'ai vu que tu as amené la rouquine de Race, ce soir, il a dit. Je ne comprends pas ce que vous avez tous les deux à baver sur cette fille, mais je suis sûr que Benny et sa bande seraient très heureux de savoir que tu te la tapes alors que Race est toujours planqué quelque part. Peut-être, et je dis bien peut-être, qu'elle pourrait le faire sortir de son trou.

Je n'aime pas les menaces ; encore moins quand elles viennent d'un pervers comme Ernie et quand elles sont balancées contre une fille. Dovie avait beau avoir connu la galère, les sacrifices et les emmerdes de la vie à The Point, elle était douce et innocente et elle n'avait pas besoin que des types comme Ernie ou Benny salissent sa réputation.

En deux pas, j'étais sur lui, la main autour de son cou. A la force de mon poignet, j'ai soulevé son gros cul dégueulasse au-dessus de son bureau. Il a gueulé et essayé de se libérer. Mais, malgré toutes ses menaces, il n'avait ni la force ni les couilles de lutter.

— Oublie la fille, t'as compris ? j'ai dit.

Il a juré et tenté de me mettre un coup de genoux dans les couilles. Une attaque de pédale qui n'avait pas l'habitude de se salir les mains.

— Je suis peut-être plus dans la course, Ernie, mais j'ai toujours un caractère de merde. Quand tu verras Novak et Benny, dis-leur bien qu'il vaut mieux pas énerver un mec qui vient de passer cinq putains d'années enfermé seul avec sa rage.

J'ai secoué le corps du gros tas, et ses dents ont claqué.

— C'est quoi le rapport entre Novak et le richard ? j'ai répété. Réponds.

— J'en sais rien ! Le richard avait un truc urgent à régler et il cherchait quelqu'un pour s'en charger ! Ça n'avait pas l'air très légal son truc, et quand Novak peut se mettre un type friqué dans la poche, tu sais qu'il n'hésite jamais.

Je l'ai regardé dans les yeux jusqu'à être certain qu'il m'avait bien tout balancé. Je l'ai repoussé et j'ai maté avec plaisir son gros cul flasque s'étaler par terre. Ernie a juré et m'a lancé un regard noir pendant que je me cassais de son bureau.

— T'es fini, Bax ! T'es plus dans la course et Novak le sait ! T'en as plus pour longtemps, alors pense à comment tu vas passer tes derniers jours ! Race n'en a rien à foutre de toi et Novak non plus. T'aurais dû te tirer direct après la taule. Pourquoi il faut que tu remues la merde et que tu te foutes tout le monde à dos ?

J'ai souri. Un sourire franc, pour une fois.

— Parce que je suis très bon pour remuer la merde, Ernie. Si t'as des nouvelles de Race, t'as intérêt à me prévenir. Sinon, ma prochaine visite sera beaucoup moins sympa, pour toi comme pour moi.

Une fois sorti, j'ai repensé à tout ce qu'Ernie m'avait appris. Race était venu ici pour du fric. Sa famille avait pas mal de contacts avec d'autres bourges de The Hill. Il avait très bien pu se renseigner sur ces richards et découvrir que l'un d'eux trempait avec Novak. C'était con que je puisse pas me rencarder à la source. Mais si je me retrouvais seul dans une piaule avec

Novak, un des deux n'en sortirait pas vivant, et j'étais pas certain que ce soit Novak.

— Hé, Bax ! Chuck m'a appelé. Benny et ses hommes viennent de débarquer et ils sont avec ta rouquine ! Tu m'avais pas dit que tu lui avais pété le nez. Il a l'air énervé, mec !

J'aime bien Chuck. C'est un bon gars qui se contente de suivre les ordres, mais il a quand même du flair pour juger les gens. Je lui ai montré mon œil au beurre noir.

— Ce con m'a collé une droite à peine une minute après ma première baise en cinq ans. Il peut me remercier de pas lui avoir défoncé autre chose.

— J'ai toujours dit à ces mecs de pas te chercher, il a balancé. Même quand t'étais gamin, t'étais plus flippant que tous les autres réunis.

— C'est ce que je me tue à leur dire.

De retour dans la salle du club, j'ai vu Benny et deux de ses hommes qui entouraient le box où j'avais laissé Dovie. Honor m'a adressé un petit clin d'œil depuis la scène, ça m'a gonflé. J'ai tracé à travers la foule et bousculé Benny pour me poser sur la banquette près de Dovie.

Sous son air énervé, elle flippait vraiment ; ça se voyait dans ses yeux. Je n'avais aucune idée de ce que Benny lui avait fait la dernière fois, mais j'allais faire comprendre à ce bâtard qu'il avait pas intérêt à recommencer. J'ai enroulé mon bras autour des épaules de Dovie, l'ai calée contre moi et j'ai attrapé sa crinière orange. Ses boucles étaient douces et souples. Ses taches de rousseur ressortaient sur sa peau laiteuse, et ses lèvres semblaient tout droit sorties d'un des innombrables rêves que j'avais faits ces cinq dernières années. Elle n'allait pas aimer ce que j'allais faire, mais avec un peu de bol, elle serait assez intelligente pour jouer le jeu. Sinon, ça serait chacun pour sa gueule et elle devrait se démerder pour que Benny lui foute la paix. Qu'elle me respecte, m'apprécie ou me déteste, j'en avais rien à foutre, je voulais juste qu'elle me fasse pas chier et obéisse quand je lui disais de faire un truc.

J'ai passé mon pouce sur sa lèvre inférieure et j'ai tout juste eu le temps de voir qu'elle pigeait ce qui allait lui arriver avant de me pencher et de l'embrasser. Je lui ai tenu la nuque d'une main et le visage de l'autre, histoire de l'empêcher de trop se débattre et de faire foirer le plan. Elle était toute raide et elle enfonçait ses ongles dans ma cuisse. Je ne m'étais pas trompé : ses lèvres étaient douces et son baiser plutôt sage. Elle sentait la framboise et l'innocence. J'aurais pu l'embrasser un bail sans fatiguer. La dernière chose dont elle avait envie, c'était sûrement de se faire peloter par un gars dans mon genre. Elle n'a même pas desserré les dents. J'aurais bien glissé ma langue si elle m'avait laissé faire. J'aurais kiffé d'envahir sa bouche chaude et douce. Mais c'était probablement une idée de merde. Si l'allumage de Honor avait pu me faire un peu bander, ce baiser ultra-sage avec cette fille quelconque me faisait frôler l'éjac'. La simple douceur de sa peau m'excitait à mort. Décidément, la petite sœur de Race était pleine de surprises. J'osais à peine imaginer ce qui se serait passé si elle s'était lâchée un peu et avait joué le jeu.

J'ai souri et donné un petit coup de langue sur ses lèvres pincées pour faire plus vrai. Dovie tremblait. De désir ? De colère ? Aucune idée et je m'en foutais. Je me suis reculé et lui ai fait un clin d'œil. Ses yeux étaient deux crans d'arrêt. J'ai pressé sa nuque en guise d'avertissement et j'ai lancé un sourire mauvais à Benny.

Il avait le nez bleu et violet, et l'air vraiment vénère.

— Tu guéris, on dirait, j'ai balancé en désignant son visage.

Il a grogné et j'ai immédiatement serré Dovie contre moi. Elle n'arrivait pas à se détendre et risquait de tout foutre en l'air. Dovie n'avait rien à voir avec les meufs que j'embarquais d'habitude ; les chances que Benny avale le truc étaient minces.

— Ton pote finira bien par sortir de son trou, Bax, il a lâché. Et là, je ne te ferai pas de cadeau.

— Ah ouais ? Ben, ça risque d'être plus compliqué pour toi si je sais que tu vas débarquer cette fois.

Son regard est passé de Dovie à moi.

— Alors comme ça, tu te fais la meuf de ton pote ? Y a vraiment pas d'honneur chez les voleurs.

— On sait tous ce que Race me doit. Et comme tu l'as dit toi-même, cinq ans, c'est long pour un homme. J'ai pris ce qui me plaisait, j'ai expliqué en pointant Dovie du menton.

J'ai étouffé une plainte quand j'ai senti le coude de Dovie me défoncer les côtes.

— Pourquoi elle ? Benny a demandé. Elle ressemble pas aux meufs que tu t'envoies.

J'ai jeté un coup d'œil à Dovie qui luttait pour fermer sa gueule. L'indignation la rendait vraiment trop mignonne. Juste pour la gonfler un peu plus, j'ai rabattu sa capuche et défait son élastique. Ses boucles rousses se sont étalées sur ses épaules.

— A force de vivre dans la merde entouré de gens pourris, peut-être que j'ai envie d'un truc pur, j'ai répliqué. Fais pas comme si tu me connaissais, Benny. Tu sais que dalle.

— Elle doit avoir quelque chose de magique, cette meuf, pour que toi et Race vous ayez craqué. Peut-être que j'y goûterai moi aussi à l'occase, histoire d'en avoir le cœur net.

Il me testait. Benny voulait que je pète un câble pour que sa bande puisse me coller une dérouillée. Mais je n'étais pas aussi con, et c'était moi qui avais écrit les règles de ce jeu. Peinard, je me suis adossé contre la banquette. Dovie a posé une main sur mon ventre et m'a regardé par en dessous. Elle avait pas l'air super-contente, mais elle n'était pas assez stupide pour me repousser.

— Rien ne t'empêche d'essayer, j'ai dit à Benny. Ton nez défoncé et tes coquards seront rien à côté de ce que je te ferai, mais vas-y, fais-toi plaisir.

Avec une grimace, Benny a attrapé sa queue à travers son jean et a balancé :

— Peut-être qu'elle voudrait un vrai mec plutôt qu'un gamin. D'après Roxie, tes cinq ans de prison t'ont fait oublier ce que veulent les filles. Qu'est-ce que t'en dis, mon chou ? Tu veux t'éclater avec tonton Benny ?

Il a maté Dovie et ça m'a donné envie de lui en coller une. Il faut vraiment être taré pour proposer ce genre de truc à une fille qu'on a terrorisée. J'allais dire à ce connard de la laisser tranquille et d'aller se faire foutre, mais Dovie m'a pris le visage entre ses mains et m'a forcé à l'embrasser.

Cette fois, elle n'a pas lutté, et sa bouche était grande ouverte. Sa petite langue s'est faufilée jusqu'à la mienne et ses ongles ont effleuré mon visage, de mon tatouage en forme d'étoile jusqu'à ma nuque. On aurait dit qu'elle voulait me rouler la pelle du siècle. J'ai mordillé sa lèvre inférieure et l'ai serrée plus fort contre moi, histoire qu'elle voie ce que ça fait quand j'embrasse à ma façon. Quand je me suis écarté d'elle, ses lèvres étaient gonflées et son regard était devenu aussi sombre que le mien. Sa poitrine se soulevait à intervalles réguliers et on ne s'est pas quittés des yeux. S'embrasser, c'est pas grand-chose ; pour moi, ça a toujours été un passage obligé un peu chiant pour arriver à mes fins. Mais ce baiser-là n'avait rien eu de chiant. Il m'avait même donné envie de savoir ce que les fringues dégueu de Dovie pouvaient bien dissimuler.

Elle m'a lancé un petit clin d'œil et a fait un sourire d'allumeuse à Benny et ses mecs. Ça jurait carrément avec son visage innocent.

— Ça ira, merci, elle a dit. Bax s'en sort beaucoup mieux.

Puis elle a posé la tête sur mon épaule et a battu des cils façon Honor. J'ai dû retenir un rire.

— T'as entendu la dame, Benny ? Alors trace ta route et te mets pas en travers de la mienne.

— T'as toujours été trop sûr de toi, Bax, il a répliqué. Un jour, ça va t'exploser à la gueule.

J'ai pris Dovie par la main et je me suis levé.

— En fait, je suis surpris que ça soit pas encore arrivé, j'ai dit. Mais le jour où ça arrivera, ça viendra sûrement d'un mec beaucoup plus balèze que Novak ou toi.

Là-dessus, j'ai tiré Dovie de la banquette, glissé un bras par-dessus son épaule et on a dépassé le gars de Benny le plus proche.

— Tu sais comment je conduis, Benny, j'ai lâché par-dessus mon épaule. Toi et tes gars, traînez pas sur mon chemin, ou vous finirez sous mes roues.

J'ai profité de la situation en plaquant une main sur le petit cul bien ferme de Dovie alors qu'on se dirigeait vers la sortie. Décidément, il allait falloir que je la voie dans des vraies fringues de meuf. Chuck nous attendait devant la porte.

— Tiens-moi au courant si ma visite fait bouger les choses, j'ai dit en cognant mon poing contre le sien. Il faut vraiment que je trouve Race, ça urge.

— Oh t'inquiète, ça va les faire bouger et pas qu'un peu ! C'est ce que tu voulais, non ? Fais quand même gaffe à Benny. Il est pas devenu le bras droit de Novak pour rien.

— T'inquiète, je gère. Ça va faire cinq ans que je me retiens d'envoyer les gens se faire foutre. Novak et sa bande vont se prendre toute ma rage en pleine gueule, et je compte bien lui faire savoir ce que je pense du dernier boulot que j'ai fait pour lui. Je dois juste m'assurer que Race va bien et qu'il s'est pas foutu dans quelque chose de trop dangereux pour lui.

— Je vais ouvrir l'œil. J'imagine que tu préfères pas qu'ils connaissent l'identité de la petite princesse ?

— Non. Laisse-les penser que c'est mon plan cul. Ça sera plus sûr.

— A lui rouler des pelles comme ça, tu joues avec le feu, Bax. Benny pense déjà qu'elle compte pour toi, ça va lui donner des idées.

— Très bien. Qu'il se fasse des idées. Allez Red, amène-toi. On va aller te mettre bien au chaud dans ton lit douillet.

Une fois dehors, Dovie s'est aussitôt écartée de moi et a marché loin derrière moi sur le trottoir. Son regard noir me faisait marrer. Elle avait du caractère, cette rouquine. En fait, ça me plaisait grave. Ça aurait pas dû. Comme j'aurais pas dû avoir envie de la balader dans ma caisse. Trop tard.

4

Dovie

Je tremblais. A cause de la peur, de la colère, de l'adrénaline ou du fait que Bax ne respectait pas les limitations de vitesse ni les panneaux de signalisation ? Je ne savais pas. J'ai vérifié ma ceinture de sécurité plusieurs fois et me suis cramponnée au tableau de bord. Nous n'avions pas échangé un mot depuis le Spanky's, et il n'avait rien dit sur sa disparition dans les coulisses ou son échange avec Benny.

Tout ça ne me ressemblait tellement pas. J'étais réservée, presque timide parfois, dès qu'il s'agissait de mecs. J'avais toujours été méfiante ; j'avais vu bien trop de filles mises en cloque et abandonnées par des beaux parleurs. Il était hors de question que ça m'arrive à moi. J'essayais de prendre les bonnes décisions, des décisions qui me permettraient de me sortir des endroits comme The Point. Et ça incluait d'éviter de perdre mon temps avec les gars du coin. Le fait que je m'habille comme un mec et ne prenne pas trop soin de moi limitait les occasions. En fait, ce n'était pas comme si les mecs se bousculaient à ma porte... mais ce baiser avec Bax était différent.

Quand il m'avait embrassée la première fois, je savais que c'était pour marquer son territoire devant le mec en costume. Son regard sombre n'avait pas cillé et ça avait été comme si j'avais embrassé une statue de marbre. Mais il y avait eu un truc électrique qui était passé, même si je savais très bien que tout ça n'était qu'un jeu pour lui. J'aurais voulu être assez forte pour empêcher que ma peau frémisse ; j'avais juste réussi à serrer les lèvres pour m'éviter de coller ma langue dans sa bouche. Quand un mec comme Bax vous embrassait, ça vous retournait le cerveau. Et je n'aimais pas ça. Alors, quand Benny m'avait lancé sa proposition, j'en avais profité pour reprendre le contrôle de la situation.

Seulement, ça n'avait pas tout à fait marché comme je l'espérais. Embrasser Bax, c'était comme être aspirée dans une tornade de désir ultra-puissant et j'avais été prise à mon propre jeu. Il était vraiment doué et avait une façon de faire bien à lui. Pas étonnant que toutes les petites frappes de la ville aient été choquées par son emprisonnement. Tout en lui respirait la confiance en soi et il savait clairement comment passer du bon temps.

Bax s'est garé brusquement sur le parking devant le restaurant et j'ai lâché un hoquet de surprise. Il conduisait comme s'il avait les flics derrière lui et bien que sa voiture ne soit pas des plus discrètes, personne — pas même la police — ne nous suivait.

— Bon Dieu, mais qu'est-ce qui te prend ?

Je n'avais pas eu l'intention de paraître effrayée mais ça m'avait échappé.

Je l'ai vu sourire malgré la pénombre de la voiture. L'étoile qu'il arborait au coin de l'œil s'est légèrement ridée. Même si ce gars avait quasiment écrit « mec à problèmes » sur le front, je ne pouvais m'empêcher de le trouver très sexy. Ça me faisait mal de l'admettre, mais Bax était criminellement canon.

Mais qu'est-ce qui ne tournait pas rond chez moi ? Ce baiser avait dû détraquer un truc dans mon cerveau.

— Je te ramène chez toi avant d'aller vérifier quelques trucs, a expliqué Bax. Race t'aurait pas parlé d'un mec riche qui bosse avec Novak ?

J'ai croisé les bras et me suis renfrognée.

— On avait un accord, lui ai-je rappelé. Si tu vas quelque part, je t'accompagne.

Bax m'a dévisagée puis s'est penché près de moi pour ouvrir ma portière. Il sentait le tabac froid et le parfum bon marché que portait la fille à moitié nue qui s'était frottée contre lui.

— On n'avait aucun accord. J'ai des trucs à faire qui n'ont rien à voir avec Race. J'ai cinq années à rattraper en plus de chercher ton frère. Et puis, les filles qui embrassent la bouche fermée, c'est vraiment pas mon truc.

Il m'a regardée d'un air mauvais tandis que je débouclais ma ceinture de sécurité.

— Franchement, je pense que tout ce qui possède un cœur qui bat et un vagin, c'est ton truc !

A ces mots, Bax s'est reculé et a passé son bras derrière le dossier de mon siège. Ses yeux noirs brillaient, tels deux onyx incrustés dans son visage aux traits aussi séduisants que bruts. Et cette cicatrice qui barrait son crâne ? D'où la tenait-il ?

— Il y a deux trucs sur lesquels je suis particulièrement exigeant : ma caisse et les filles. Je les choisis faciles à manœuvrer et pas trop compliquées, et tu corresponds à aucune de ces deux catégories, Red. Même si j'ai besoin de tirer un coup vite fait, je m'encombre pas d'une meuf difficile.

J'allais lui sortir une réplique bien sentie lorsqu'une main s'est lourdement posée sur mon épaule et m'a violemment tirée hors de la voiture. J'ai reconnu le regard malsain et légèrement dérangé de Lester et j'ai étouffé un cri. Mon cœur battait à tout rompre mais avant j'aie le temps de reprendre mon souffle, Bax a bondi de son siège pour s'interposer entre moi et le vétéran, l'a repoussé du plat de la main et m'a cachée derrière lui. Le vétéran a tangué légèrement sur ses pieds et a pris une expression désagréable.

— Dovie ?

J'ai écarté le coude de Bax pour pouvoir le contourner et je me suis excusée.

— Désolée, Les. C'est Bax. Tu te souviens ? Je t'avais demandé de le laisser monter chez moi si tu le voyais. C'est un vieil ami de Race.

— Celui qui a essayé d'entrer par effraction ?

Lester avait parfois des trous de mémoire. D'après Carmen, c'était à cause de toutes les substances dont il avait abusé dans les années soixante-dix. Moi, j'aurais plutôt parié sur un syndrome de choc post-traumatique dû à la guerre. Quoi qu'il en soit, Lester gardait toujours une machette cachée sous son manteau et il n'avait pas peur de s'en servir.

— Oui. Enfin, non ! Il essaye juste de retrouver Race, c'est tout. Il est cool, je te jure.

Lester et Bax se sont regardés droit dans les yeux et j'ai vraiment eu peur que l'un des deux finisse par faire quelque chose de stupide et ne blesse gravement l'autre.

— Qu'est-ce que tu fais ici à cette heure, Les ? ai-je demandé. Tu ne sors jamais la nuit.

J'essayais de garder un ton posé et calme. Inconsciemment, je m'étais glissée aux côtés de Bax, pour bien faire comprendre à Les qu'il n'était pas une menace. Ce qui était parfaitement idiot, bien sûr. Jamais de ma vie je n'avais croisé quelqu'un d'aussi menaçant que Bax.

— Trop de gens, a dit Lester. Des trucs pas cool. Ils m'ont dit de partir. M'ont donné une bouteille de whisky, aussi.

— Quels trucs pas cool, Les ?

Le regard du vétéran est passé de moi à Bax.

— Cool qu'il soit là. Cool, cool, oui.

J'ai frissonné et jeté un coup d'œil vers un Bax incrédule qui tentait de déchiffrer ces divagations.

— Les, je ne comprends pas, ai-je dit. Qui t'a donné une bouteille de whisky ?

— Rentre pas chez toi, Dovie. Des trucs pas cool. Toi, tu veilles sur elle. Elle est gentille.

Là-dessus, Lester a hoché la tête comme pour nous signaler qu'il n'avait plus rien à nous dire et il est reparti vers l'immeuble. L'appréhension me gagnait et j'ai de nouveau frissonné.

— Les est un ancien combattant, ai-je expliqué à Bax. Personne — et je dis bien *personne* — n'entre ou ne sort de l'immeuble sans son consentement. Il ne quitte le perron que les dimanches matin pour aller à l'église et il y reste s'il trouve un banc où s'installer. C'est un type bien.

— Qu'est-ce qu'il entend par *des trucs pas cool* ?

J'ai soupiré et ramené mes cheveux tout emmêlés sur mon épaule.

— Aucune idée mais j'ai comme la désagréable impression que je vais vite le savoir. Si tu as des choses à faire, je ne te retiens pas. Si tu apprends quoi que ce soit sur Race d'ici à demain, je compte sur toi pour tenir ta parole et m'en informer au plus vite.

Bax m'a prise par le bras et m'a entraînée de l'autre côté de la rue. Au début, j'ai lutté, puis j'ai compris qu'il se dirigeait vers mon immeuble. Quoi qu'il puisse m'y attendre, je n'avais plus du tout envie d'y rentrer seule.

— Je tiens toujours parole, Red. Ça fait au moins une chose pour laquelle t'auras pas à flipper avec moi.

Génial. Il avait déjà plus ou moins promis que si je restais en travers de sa route, il me le ferait regretter d'une manière inimaginable. Jusque-là, je n'avais jamais eu à vendre mon corps et je ne comptais pas commencer maintenant. Mais j'étais persuadée que si ça lui permettait d'obtenir ce qu'il voulait, il en tirerait avantage. Bax n'était pas le genre de gars à s'encombrer de scrupules. Je pensais même qu'il prendrait plaisir à me voir dans ce genre de situation.

Nous avons monté l'escalier aussi discrètement que possible et je suis restée cachée derrière Bax, collée à son dos. Il était aussi baraqué que vif. Comment pouvait-on être baraqué et se faufiler comme une ombre ? Bax se fondait littéralement dans l'obscurité. Je devais avoir l'air d'une empotée, à côté. Nous sommes finalement arrivés sur le palier de mon appartement.

— Merde...

Bax avait chuchoté plutôt que franchement juré. La porte était grande ouverte et même d'où j'étais, je pouvais déjà dire que la suite du spectacle n'allait pas me plaire. J'aurais vraiment dû changer les serrures.

— Benny ? ai-je demandé d'une voix étranglée.

Bax a secoué la tête et j'ai senti les muscles de son dos se contracter.

— Non. Tout défoncer, c'est pas son genre. C'est plutôt celui de Novak. C'est sa façon à lui de me faire comprendre qu'il m'a à l'œil. Il a attendu exprès que je sois avec toi pour agir. Est-ce qu'il y a des trucs ici dont tu as absolument besoin ?

— Mes affaires de cours.

Il a soupiré et a passé la main sur son crâne rasé.

— Si c'est bien le genre de bordel auquel je pense, y a peu de chances pour qu'il en reste quelque chose. Tu peux vérifier mais espère pas trop.

Je me suis remise à trembler.

— L'avantage quand on n'a pas grand-chose, c'est qu'on n'a pas grand-chose à regretter, ai-je déclaré avec philosophie. Laisse-moi voir ce que je peux sauver et ensuite je passerai un coup de fil à Carmen pour savoir si je peux m'installer chez elle pour quelques jours.

— Trop près, a-t-il dit en secouant violemment la tête. Il faut que tu t'éloignes d'ici…

— Et tu suggères quoi ? C'est The Point, pas le village des scouts ! Je n'ai pas beaucoup d'amis sur qui me reposer en cas de pépin, je te signale. Au cas où tu l'aurais oublié, la seule personne sur qui je peux compter est portée disparue. Carmen m'aidera et ça fera très bien l'affaire.

Cela dit, aller chez elle impliquait de la mettre en danger, et ça, j'aurais préféré l'éviter.

Bax a soupiré puis a serré les poings.

— Je connais un endroit où tu pourrais crécher quelques jours.

J'ai éclaté de rire et j'ai replacé une mèche de mes cheveux derrière mon oreille.

— C'est gentil, mais j'ai eu mon compte de putes et de strip-teaseuses pour ce soir. J'irai chez Carmen.

Il m'a dévisagée sévèrement et m'a prise par le bras pour m'entraîner à l'intérieur de l'appartement. La porte a tangué dangereusement sur ses gonds. Tout était sens dessus dessous. Rien n'avait été épargné : vêtements, boîtes, contenu du frigo. Tout ce qui n'était pas vissé d'une manière ou d'une autre gisait à terre ; le lit avait été renversé, les rideaux arrachés, les fenêtres brisées ; et bien sûr, tous les livres et cahiers de cours avaient été réduits en morceaux et répandus sur le sol. On aurait dit que tout le mobilier avait été passé dans une broyeuse. C'était pire qu'un désastre. J'étais comme pétrifiée, muette devant les dégâts.

— Viens, a dit Bax. Y a plus rien à sauver, ici.

Hébétée, je me suis tournée vers lui. Il semblait en colère, et ses yeux que j'avais crus incapables d'exprimer quoi que ce soit lançaient des éclairs. La rage qui y bouillonnait semblait venir du fond de son âme corrompue.

Avec appréhension, je suis rentrée dans ma chambre. Ma garde-robe avait beau ne pas être sensationnelle, il n'empêche que la voir réduite en confettis, ça faisait quelque chose. Ceux qui avaient fait ça semblaient avoir pris un grand plaisir à la tâche. Bax m'a saisi le bras et j'ai sursauté à son contact.

— On s'en va.

Nous sommes passés devant l'appartement de Carmen et nous avons descendu l'escalier. Je n'ai ni lutté, ni protesté. Pas question de les mettre, elle et sa famillen en danger. C'étaient mes affaires. Enfin... plutôt celles de Race, mais comme il était désormais tout ce que j'avais au monde, il m'incombait de régler tout ça moi-même. Si Bax tenait tant à me cloîtrer chez une de ses petites copines, je devrais m'en contenter. Plus tard, quand je prendrais mon prochain service au restaurant, je demanderais à Brysen si elle pouvait m'héberger. Elle serait sûrement d'accord. Un problème de résolu. Mais je n'avais plus ni livres, ni fournitures scolaires, ni fringues et encore moins d'argent pour en racheter.

Bax m'a fait m'asseoir sur le siège passager et a bouclé lui-même ma ceinture, comme si j'avais été une vulgaire poupée.

Je l'ai regardé s'installer derrière le volant, incapable de réagir. Le moteur a vrombi et le véhicule a filé dans les rues sombres de The Point. Il était minuit passé et il ne se passe jamais rien de bon dans cette ville à une heure pareille. J'aurais voulu demander où nous allions, mais je n'avais même pas assez d'énergie pour m'en soucier. J'ai fermé les yeux et me suis rappelé ce qui était vraiment important : Race m'avait sauvé la vie. Il avait changé mon existence. Voir mon appartement ruiné et devoir rouler des pelles à un criminel n'étaient que de maigres sacrifices en contrepartie, et j'y survivrais.

Mes ruminations m'ont fait perdre la notion du temps. Il avait pu s'écouler cinq minutes ou une heure complète entre notre départ et le moment où Bax s'est garé devant ce qui ressemblait à un immense entrepôt abandonné. J'ai tourné la tête pour regarder Bax, mais il était déjà dehors en train de chercher un jeu de clés dans sa poche.

— Où sommes-nous ? ai-je demandé.

Il m'a jeté un regard étrange, comme s'il remarquait seulement ma présence, et a rabattu sa capuche sur sa tête.

— Je reviens tout de suite. Toi, tu peux attendre dans la voiture.

J'ai ouvert ma portière et jeté un coup d'œil aux alentours. Dans The Point, aucun endroit n'est totalement sûr mais comme dans toutes les villes, il y a des coins plus craignos que d'autres. Cet endroit en faisait partie et j'avais déjà eu mon compte d'émotions fortes pour ce soir. Pour l'instant, rester près de Bax était la seule chose qui me rassurait un peu.

— Je viens avec toi, ai-je déclaré.

Bax a soupiré et s'est allumé une cigarette. Une sale habitude. Mais compte tenu de son passé, il aurait pu faire bien pire.

— Tu restes près de moi, pigé ? Je dois parler à un gars qui me doit de la thune.

— Ça ne peut vraiment pas attendre ?

J'étais épuisée. Le rythme de cette vie nocturne était bien différent du mien. Comment parvenait-il à rester debout ?

— Non.

Rien de plus. Juste *non*. De toute évidence, Bax n'avait pas profité de son temps en prison pour améliorer son sens de la communication. J'ai râlé et me suis engouffrée avec lui dans une volée de marches qui menaçaient de s'écrouler à tout moment. En fait, elles étaient si branlantes et délabrées que j'ai dû m'accrocher au sweat de Bax. Comme ça, au moins, si nous devions tomber, il amortirait ma chute. Cet endroit était vraiment flippant et il aurait fallu me payer cher pour m'obliger à y remettre les pieds, mais Bax semblait y être à l'aise.

En bas se trouvait une porte métallique peinte d'un violet criard, éclairée par une ampoule nue au bout de son fil. On aurait dit une entrée de service. Mais quand Bax a tapé une série de chiffres sur un digicode, la porte a cédé sous la pression de sa main.

— Où est-ce qu'on est ? ai-je demandé.

Je ne m'attendais pas à une réponse ; pourtant, après m'avoir regardée par-dessus son épaule, le visage à moitié dissimulé par sa capuche, il a dit :

— Dans un bar.

Nous avons remonté un couloir étroit — à en juger par l'odeur et les bruits tout proches, il pouvait en effet s'agir d'un bar —, et j'ai répondu à Bax en dissimulant à peine mon ironie :

— On n'entre pas dans un bar par une porte cachée verrouillée par un digicode. Où sont les enseignes PBR[1] et les filles qui sont à la recherche d'un plan cul ?

— C'est pas ce genre de bar.

Je pouvais sentir le sol vibrer sous mes pieds au son de la musique électronique. Nous avons bifurqué vers un grand espace ouvert —, manifestement, une ancienne chaîne de production — et c'est alors que j'ai compris ce que voulait dire Bax.

Nous n'étions clairement pas dans un bar ordinaire : des néons aveuglants éclairaient les lieux depuis les poutres en acier, et des filles de toutes les origines — habillées comme des strip-teaseuses ou des figurantes de clip de hip-hop — dansaient ou plutôt se trémoussaient sur des plates-formes dispersées un peu partout autour de nous. Il y avait environ deux cents personnes qui buvaient, fumaient — et pas que des cigarettes — et tournoyaient au rythme drum'nbass de la musique électro. Je n'avais jamais rien vu de tel et je n'aurais pas imaginé que Bax puisse venir passer son temps ici. C'était trop lumineux et coloré, sans parler de la surcharge sensorielle.

— Qu'est-ce qu'on est venus foutre ici ? ai-je hurlé pour couvrir la musique. Race est toujours porté disparu, je te signale ! Mon appartement a été saccagé, je suis crevée et sur les nerfs, c'est vraiment pas le moment rêvé pour une rave !

Bax m'a jeté un regard froid puis m'a attrapé la main pour m'entraîner vers le bar. Là, il s'est assis sur un tabouret en métal et s'est adressé à une barmaid en bikini.

— Où est Nassir ?

Elle a commencé par l'ignorer. Puis, lorsqu'il a ôté sa capuche, elle a tiqué en découvrant le tatouage au coin de son œil. Cette étoile le rendait immédiatement identifiable. La barmaid s'est essuyé les mains sur un torchon et a pointé du

1. Marque de bière américaine Pabst Blue Ribbon.

pouce un escalier métallique qui s'élevait en spirale derrière le bar éclairé aux néons.

— Au-dessus, dans l'espace VIP, a-t-elle indiqué.

Bax a hoché la tête et m'a traînée derrière lui. Plus je me débattais, plus sa poigne se resserrait. Je commençais à en avoir marre de me faire balader comme une de ses vulgaires pétasses. J'avais l'impression que ça faisait des semaines qu'il me traînait derrière lui.

La passerelle de l'entrepôt avait été convertie en espace VIP Tout n'y était que chaînes et métal. Tout avait l'air fragile et l'équilibre de la plate-forme semblait plutôt précaire. Seule une chaîne séparait l'espace VIP de la piste de danse en bas, et empêchait de tomber. Par chance, je n'ai jamais eu le vertige. J'ai dégluti et suivi Bax. Certaines personnes l'ont reconnu et ont essayé d'attirer son attention, mais il les a ignorées et a continué à traverser la foule. Bax était clairement venu ici dans un seul but et rien ni personne ne le détournerait de son objectif. Même pas ma crise de panique quand j'ai senti la plate-forme tanguer sous le poids de la foule.

Nous sommes arrivés à une partie surélevée de la plate-forme, où on avait dressé des tables couvertes de satin noir. Il y avait nettement moins de monde ici. D'un pas décidé, Bax a rejoint la zone où était assis un très bel homme, sûrement originaire du Moyen-Orient. Sur la table, un ordinateur portable et une bouteille de champagne au frais. De part et d'autre, une très jolie blonde et une petite brune qui n'avait rien à lui envier. Mais malgré leurs efforts pour attirer son attention, l'homme n'avait d'yeux que pour son écran et il n'en a levé le nez que lorsque Bax a pris un siège et s'est assis face à lui. Il m'avait enfin lâché le bras, mais à part me tenir debout derrière lui, je ne voyais pas bien ce que j'aurais pu faire. Je ne me sentais pas à ma place ici, encore moins avec lui. J'étais mal à l'aise et aucun doute que ça se sentait. Les deux filles m'ont scrutée des pieds à la tête et j'ai tripoté nerveusement une de mes mèches de cheveux.

Le bel homme à la peau olivâtre et aux cheveux noir de jais nous a observés, son regard passant de Bax à moi. Son sourire m'a fait détourner la tête et j'ai senti mes joues s'empourprer.

— On m'a dit que tu étais sorti, Bax. Je savais que tu viendrais. Ça fait plaisir de te voir. La prison t'a fait du bien, à ce que je vois.

— Tu as mon fric ?

Le regard sombre du type s'est posé sur moi, et mon souffle s'est coupé. C'était comme s'il essayait de lire mon âme. Wow, ce gars-là avait un truc ! Pas étonnant que deux top-modèles se battent pour attirer son attention.

— Je l'ai, mais je crois avoir mieux à te proposer. Tu t'es endurci, on dirait. Tu soulèves combien maintenant ? Vingt-huit, vingt-neuf kilos ? Tu devrais tenter ta chance contre un de mes gars. Laisse-moi t'arranger ça, quitte ou double, et je prends quinze pour cent au lieu des vingt habituels sur ma commission. Qu'en dis-tu ?

— Genre tu vas vraiment organiser un truc clean ? a répondu Bax. Ce que je t'ai dit au dernier combat que tu m'as proposé est toujours valable : j'ai pas de temps à perdre avec des amateurs.

— Dehors depuis à peine deux minutes et déjà en train d'exiger. Tu as toujours une paire de couilles en acier, à ce que je vois. Crois-moi, ça sera aussi réglo que possible.

— Quitte ou double de quinze briques, tu dis. Est-ce que tu peux te le permettre au moins ?

J'ai écarquillé les yeux. Je n'avais pas la moindre idée de ce dont ils parlaient, tous les deux mais ; quinze briques, ça fait beaucoup d'argent. Race considérait Bax comme son meilleur ami, mais quelle était cette vie qu'il menait ? Et Race ? A quoi ressemblait la sienne avant que je n'en fasse partie ?

— Je ne t'ai jamais doublé, Bax, a rétorqué Nassir. Je ne suis pas stupide.

Après un petit hochement de tête, Bax m'a considérée du coin de l'œil.

— Est-ce que tu as vu Race depuis qu'il est de retour en ville, Nassir ?

— Non, a répondu ce dernier en pianotant de nouveau sur son ordinateur. Mes affaires ne l'ont jamais intéressé. La dernière fois que je l'ai vu, il m'a demandé de retrouver quelqu'un pour lui. C'était un mois avant ton arrestation.

Bax s'est levé d'un bond.

— Qui ? a-t-il demandé.

— Une fille, a répondu Nassir en agitant négligemment la main. Il tenait beaucoup à la retrouver. J'ai fini par y arriver. Elle était à Carlson, j'ai juste fait suivre l'info. Depuis, Race m'est redevable mais je ne l'ai plus jamais revu, et comme tu t'es fait prendre, il ne m'était plus d'aucune utilité. Il paraît que Novak le cherche très activement. Je ne suis pas vraiment surpris que tu le cherches aussi, ni qu'il soit introuvable.

Le sang me battait aux tempes et j'aurais flanché sur mes jambes si Bax ne m'avait pas fermement retenue contre lui.

J'étais la fille en question. Celle de Carlson. Et Race avait demandé à cet homme influent, en apparence si distingué, de me trouver, et ce bien avant que Bax n'aille en prison et que mon frère ne puisse faire quoi que ce soit pour le sauver. Cette information m'était inutile mais ça n'était pas rien de le savoir.

— Vendredi, Bax, a indiqué Nassir. J'espère que tu n'as pas perdu la main.

Bax a arqué un sourcil.

— J'ai passé cinq ans à sauver mon cul dans une cour de prison.

Nassir a ri et les yeux de ses compagnes ont brillé d'excitation. C'était vraiment un mec charismatique.

— Tu marques un point, a-t-il reconnu. Vraiment Bax, ça fait plaisir de te revoir.

Au lieu de réagir au compliment, Bax m'a poussée pour m'indiquer de redescendre l'escalier. Une fois de retour sur la piste de danse, il est parti si vite vers la sortie que j'ai dû courir derrière lui pour le suivre jusqu'à sa voiture.

J'avais un million de questions à poser, mais Bax n'a pas daigné desserrer les dents et semblait fou de rage. Pas contre moi ou contre la bande de criminels qu'il fréquentait, mais contre le monde entier — et je n'avais aucune envie qu'il passe ses nerfs sur moi. J'avais survécu à cette vie bien assez longtemps pour savoir quand la fermer et me faire oublier.

Bax a conduit pendant environ un bon quart d'heure jusqu'à se garer devant un petit bungalow situé aux frontières de The Point et The Hill. C'était un quartier tranquille, du genre où les enfants peuvent jouer dehors sans souci, où il n'y a pas de barreaux aux fenêtres et où on n'a pas à garder une arme sous l'oreiller. Cela dit, je n'avais pas la moindre idée de ce que nous étions venus faire ici. Bax serrait les dents et la petite étoile battait au coin de son œil sous la pulsation d'une veine.

— C'est la maison de ma mère, a-t-il déclaré.

Je n'avais pas songé à poser ce genre de question, mais comme il s'était donné la peine de me renseigner, autant que je me jette à l'eau.

— D'accord. Et tu es sûr que ça ne la dérangera pas que je reste quelques jours ?

Il a serré un peu plus les dents.

— Elle ne vit pas ici. C'est inhabité depuis des années.

Je suis restée bouche bée. Qui aurait pu imaginer que Bax soit originaire d'une banlieue aussi paisible ?

— Est-ce qu'il lui est arrivé quelque chose ?

Bax s'est renfrogné.

— Non. J'ai acheté cette maison pour elle juste avant d'aller en taule.

— Mais tu n'étais qu'un gamin à l'époque, non ?

Il s'est raclé la gorge et a fait craquer les vertèbres de son cou.

— T'as grandi dans un ghetto, tu crois vraiment qu'on a l'occase d'être un gamin dans ces coins-là ?

C'était juste. Mais ça n'expliquait pas la maison.

— C'était très gentil de ta part. Pourquoi est-ce que ta mère ne vit pas ici ? La maison a dû te coûter un bras !

Je me demandais quel genre de choses Race avait bien pu me cacher sur son passé. J'aurais bien aimé qu'il me parle davantage de son meilleur — et très compliqué — ami, ça m'aurait bien été utile pour le comprendre.

— Quand on dit que le crime paie pas, c'est de la connerie, a lâché Bax. Ça paie très bien, au contraire. C'est pour ça que tant de mecs s'y mettent. La maison, je l'ai achetée pour que ma mère ne manque de rien si jamais il m'arrivait un truc. La seule condition, c'était qu'elle arrête la picole. Tant qu'elle boit, elle a pas le droit d'être là.

J'ai laissé échapper un sifflement. Les mères alcooliques, je connais bien...

— Tu veux dire qu'elle peut avoir une maison gratos en échange de sa promesse de rester sobre ?

— Ouais.

Waouh.

Bax m'a regardée puis a ouvert sa portière.

— Bref, c'est inhabité et personne n'est au courant, parce qu'elle n'a jamais assez décuvé pour pouvoir y emménager. Tu y seras tranquille pour quelque temps. Demain, on essayera de te trouver de quoi manger et te fringuer.

Je suis sortie de la voiture à mon tour et j'ai regardé la maison. C'était mon rêve : une petite maison tranquille dans une banlieue calme. La première fois que j'en voyais une. Et dire qu'il existait des gens incapables de renoncer à leurs addictions pour profiter d'un aussi beau cadeau...

— C'est adorable. Qui s'en est occupé pendant que tu étais en prison ?

Bax a grogné, réponse standard de sa part quand il entendait une question à laquelle il ne voulait pas répondre.

— La même personne qui a pris soin de ma caisse.

Qui ? Son seul ami était en cavale. Mais autant ne pas trop insister. J'avais hâte de voir l'intérieur de la maison.

— Est-ce que tu vas me laisser seule ici ? ai-je demandé.

La présence de Bax était assez épuisante : c'était comme de se prendre un coup de jus toutes les cinq minutes. Seulement, Race mis à part, je ne voyais pas qui d'autre était en mesure de me protéger.

Son regard sombre était insondable. J'aurais aimé qu'il soit plus facile à déchiffrer.

— Pas cette nuit, a-t-il déclaré. Je dormirai sur le canapé.

Inutile de lui demander s'il dormait seul d'habitude. Il avait bandé dur en m'embrassant et ça répondait à la question. Mais ce n'étaient pas mes affaires et je ne voulais surtout pas m'intéresser à cette partie de ses activités.

La porte a craqué en s'ouvrant.

— Au fait, qu'est-ce qu'il t'a proposé, le gars de la rave ? Une course ?

— J'aurais préféré. Mais personne ne se risquerait à faire une course contre moi. Je n'ai jamais perdu, alors ça décourage tout le monde.

Vu sa façon de conduire, rien de surprenant.

— Alors quoi ?

L'air mystérieux, Bax s'est contenté d'allumer la lumière. On se serait cru dans une maison témoin. Le mobilier était flambant neuf. L'éclairage doux et les couleurs neutres révélaient un travail de professionnel. C'était si joli et accueillant que ça en faisait presque mal. Bax, lui, jetait un œil bien plus sombre et désabusé sur le lieu.

— La chambre est derrière la cuisine, m'a-t-il expliqué. Il y a un grand lit et des draps propres dans le placard. C'est sûrement plein de poussière mais ça fera l'affaire pour une nuit ou deux.

Sa voix était rocailleuse et pleine de dédain. Là-dessus, il a sorti une cigarette et s'est dirigé vers l'entrée.

— Nassir m'a arrangé un combat.

— Tu veux dire un combat à mains nues ? ai-je demandé, incrédule.

Il a ricané.

— Ouais, on peut toujours espérer que l'adversaire ne se servira que de ses mains. Va dormir, Red. Si ça fait comme d'hab, les choses vont devenir vraiment merdiques avant de s'améliorer.

Je me suis mordu la lèvre et Bax l'a remarqué. Sous son regard, une vague de chaleur a couru le long de ma colonne vertébrale. Je n'étais pas habituée à ce que les hommes me regardent, encore moins les mâles comme Shane Baxter.

— Ce n'est pas bien d'être aussi négatif.

— Ça évite bien des déceptions. Va te coucher, Dovie.

C'était la première fois qu'il m'appelait par mon nom. J'ai tourné les talons et suis partie dans la direction qu'il m'avait indiquée. Sa voix rauque venait de me rappeler que j'étais une fille, avec un corps tout à fait disposé à réagir au contact d'un mec sexy. Même si ma raison me hurlait de m'éloigner de lui dès que possible.

Dans quoi est-ce que Race m'avait embarquée ?

5

Bax

J'avais toujours été du genre à pas beaucoup pioncer. Et c'était devenu pire une fois en taule. En plus, cette baraque me foutait la chair de poule. Elle me rappelait que même quand je faisais un truc bien, ça finissait toujours mal. J'ai entendu un bruit de pas et je me suis redressé direct. J'étais vraiment claqué et je m'étais vautré sur le canapé sans même choper une couverture : si Dovie se pointait dans le salon, elle me verrait en boxer. J'allais sûrement pas me relever pour enfiler mon futal rien que pour ses beaux yeux. J'étais pas du genre à être pudique et vu que c'était elle qui squattait, elle devrait faire avec.

Les bruits de pas étaient de plus en plus proches. Je me suis appuyé sur un coude et j'ai vu Dovie sortir de la cuisine. La maison était plongée dans le noir, mais sa peau laiteuse se devinait quand même. On aurait dit qu'elle brillait ou un truc du genre, et j'ai remarqué qu'elle non plus ne portait pas de fute. Son sweat lui tombait à la moitié des cuisses et laissait voir ses jambes bien dessinées. Si j'avais été un mec qui kiffait sur les jambes, les siennes auraient été dans mon top 10.

— Qu'est-ce qu'il y a ? j'ai demandé.

Elle a sursauté et a entortillé une mèche de ses cheveux autour de son doigt. Dès qu'elle était nerveuse ou mal à l'aise, elle faisait ce truc.

— Je te réveille ?

J'ai passé ma main sur mon visage et j'ai posé les pieds par terre. Je me suis appuyé contre mon oreiller et j'ai fixé le plafond.

— Non, j'ai répondu. J'aime pas être ici.

Dovie s'est rapprochée du canapé et s'est posée par terre, à distance raisonnable. J'ai essayé de pas trop mater entre ses jambes. Elle a glissé un coup d'œil vers moi et son regard s'est arrêté sur mon visage. Mon corps, c'est un peu comme une carte routière. Dessus, on peut suivre le trajet d'une vie pas super-calme, marquée par les coups et la douleur. Mes côtes sont barrées d'une grosse cicatrice due à un accident de vélo quand j'avais dix ans. Tout le long de mon biceps, on peut en voir une autre que je me suis faite à mes débuts en défonçant une vitre de voiture à main nue. Dans mon dos, j'en ai une belle qui va avec celle de mon crâne ; ces deux-là viennent de la seule et unique fois où j'ai pas été assez rapide pour échapper à un flic et sa matraque. Et puis, il y a mes tatouages : un grand logo V8[1] classique sur le ventre ; mon surnom — BAX — écrit en grosses lettres entre mes omoplates ; une fille à poil en train de chevaucher une bougie d'allumage sur mes côtes. Et à un endroit plus privé, réservé aux meufs, on peut voir une paire de drapeaux en damier, mais si vous les voyez, c'est que vous avez atteint la ligne d'arrivée.

J'étais persuadé que tout ça la choquait — comme tout le reste chez moi —, mais elle s'est contentée de tapoter son genou dénudé.

1. Marque de moteur automobile.

— Ça craint, elle a dit. Cette maison est superbe. Tu sais, ma mère aussi était une épave. C'est pour ça que j'ai fini en foyer. Elle préférait se droguer plutôt que d'être une mère.

Le blabla, j'aime pas ça et raconter ma life aux autres non plus, mais comme elle avait pas l'air décidée à se barrer, j'ai soupiré et posé mes mains à plat sur mon ventre.

— Elle se sèvre, j'ai dit. Enfin, elle essaye. J'ai renoncé à lui foutre la pression quand j'ai vu qu'elle tenait jamais très longtemps. Et c'est pas un type avec un casier judiciaire et aucun vrai job qui peut se permettre de faire la leçon aux autres. C'est ma mère et elle le restera quoi qu'il arrive.

Dovie a fait un petit bruit et un truc s'est serré dans ma poitrine. C'était pas de la pitié — si ç'avait été le cas, je l'aurais envoyée chier —, plutôt un truc genre compassion. Et je savais pas comment réagir à ça.

— Parle-moi de Race, elle a dit. J'ai besoin de savoir pourquoi tu fais tout ça, provoquer les gens, remuer les vieilles histoires. Tu te mets en danger.

J'ai tourné la tête et j'ai forcé mes paupières à s'ouvrir. Dovie avait le regard fixé sur mes mains et mon tatouage de Bip Bip. Si son regard était descendu un peu plus bas sur mon ventre, elle se serait mise à rougir. On était tous les deux assez à poil pour que ma queue se réveille, même si c'était une idée de merde.

— Je nous ai foutus dans la merde, Race et moi, j'ai expliqué. Et il nous en a sortis.

Dovie a reniflé et je me suis marré avant de reprendre :

— Nassir a dit que Race ne s'intéressait pas à son business et ça, c'est parce que en faisant affaire avec Nassir, je finis souvent par risquer ma peau ou par me prendre une branlée à sa place. Race détestait ça. Quand j'ai commencé à voler mes premières bagnoles, Nassir n'était qu'un intermédiaire entre moi et Novak. J'enfreignais la loi, je prenais tous les risques et il ramassait les bénefs. Il n'avait pas à se salir les mains, juste à s'asseoir et à me laisser faire le sale boulot.

J'ai décroisé un peu les jambes pour laisser de l'espace à ma queue qui était devenue ultra-tendue. Dovie a écarquillé les yeux et ça m'a donné envie de rigoler.

— C'est Race qui m'a convaincu de zapper Nassir pour m'adresser directement à Novak. C'est un gars ambitieux, Race. Il aime la compétition. Si j'avais envie de m'éclater, il s'arrangeait toujours pour s'éclater encore plus. Peu importe combien de meufs je sautais, il lui en fallait toujours une d'avance. A croire qu'il voulait se prouver quelque chose par rapport à son origine. Pour le crime, il faisait pareil. Moi, c'était les bagnoles et le frisson qui m'attiraient. J'étais bon dans ce que je faisais. Race, lui, il voulait plutôt gérer les affaires. Au début, c'était génial, puis on a vu à quel point on était plongés dedans. Moi, j'avais aucune attache mais Race était toujours lié à la famille Hartman et à The Hill. On s'est retrouvés coincés, déçus par le business, et on risquait de plus en plus gros à chaque coup. Il en a eu assez. Quand j'ai été chopé, il cherchait encore un moyen de nous sortir du système.

Dovie s'est raclé la gorge et s'est obligée à détacher les yeux de ce qui se passait entre mes cuisses.

— Si tu étais si bon, comment ça se fait que tu te sois fait prendre ?

Là, on entrait en terrain miné et peut-être qu'elle n'était pas prête à entendre ce que j'avais à dire.

— J'ai été balancé.

Elle a expiré si fort que ses boucles rousses ont valdingué autour de son visage.

— Par qui ?

J'ai joint mes doigts et j'ai étiré mes bras jusqu'à ce que le craquement de mes phalanges vienne rompre le silence ambiant.

— Par Race.

Un silence de mort s'est abattu sur nous. Par pure provoc, je me suis remonté le matos sous son nez. Dovie a lâché un son étranglé.

— Impossible. Il t'aimait comme un frère, jamais il n'aurait fait ça ! Pourquoi m'aurait-il dit de te faire confiance sinon ? Tu aurais pu te servir de moi pour te venger de lui.

Je me suis levé et j'ai ramassé mon futal sur le plancher pour y piocher une clope.

— T'es aussi persuadée qu'il se taperait jamais une strip-teaseuse alors que je sais de source sûre que c'était plutôt une habitude, chez lui. Au fond, on connaît jamais vraiment les gens et dans la rue, c'est chacun pour sa gueule.

— Je ne comprends pas. Il ne t'aurait pas trahi sans raison ! Il m'a souvent dit qu'il se sentait coupable que tu te sois retrouvé en prison, mais ça ne pouvait pas être pour ça !

J'ai retenu une bouffée de fumée et me suis rassis sur le canapé, une main sur l'accoudoir et l'autre par-dessus la tête de Dovie — qui s'y était installée — sur le dossier. Elle était coincée contre moi. Ses beaux yeux verts exprimaient un mélange de compassion, d'incrédulité et de peur. Je me suis penché vers elle jusqu'à ce qu'on soit presque nez contre nez, et j'ai vu ses joues rougir un peu.

— C'est pas évident d'expliquer les actes d'un mec désespéré, j'ai dit. Je sais pas pourquoi Race m'a piégé mais je compte bien le découvrir.

Elle a passé sa main autour de sa gorge après avoir lentement dégluti.

— Et après ? Tu feras quoi ?

A peine un murmure.

— Tout dépendra de sa réponse, j'ai lâché en me levant brusquement. Va dormir.

Elle a acquiescé sans un mot et je suis parti finir de m'encrasser les poumons sur le pas de la porte. J'y suis resté assez longtemps pour permettre à mes hormones en feu de se calmer. C'était la sœur de Race et il fallait que j'arrête de penser au cul. Mais putain, la dernière chose dont j'avais besoin c'était d'avoir les couilles pleines.

Quand je suis revenu dans le salon, j'ai viré mon fute et constaté que Dovie m'avait obéi. En partie. Elle était bien allée se coucher... mais sur le divan, roulée en boule dans un coin. J'en suis resté sur le cul. Qu'est-ce que j'allais bien pouvoir faire d'elle ? C'était pas bien confortable comme position pour dormir, mais ça ne le serait pas plus quand je la ramènerais dans sa chambre par la peau du cou. Je me suis gratté la tête et j'ai décidé d'aller squatter le lit jusqu'au petit matin. Une fois dans la cuisine, j'ai entendu Dovie gémir. Peu importe le truc qui l'avait réveillée au départ, ça n'avait pas encore fichu le camp.

Après avoir juré à voix basse, je me suis posé près d'elle, un bras autour de ses épaules pour l'allonger plus confortablement sur les coussins du canapé et je me suis installé au mieux. J'allais finir par dormir sur le plancher, c'était clair. J'ai pas un petit gabarit et à deux là-dessus, c'était chaud. Mais Dovie m'a pris par la nuque, a glissé une jambe entre les miennes, et sa respiration est devenue plus lente et profonde. Au moins, un de nous deux se reposerait. Me retrouver aussi près d'une fille — quasiment sur elle, en fait —, aussi intrigante et surprenante qu'elle soit, ça mettait à l'épreuve non seulement mon self-control mais aussi ma volonté. Il n'y avait rien d'attirant chez elle et pourtant... Merde, j'aimais pas ça.

Son souffle a balayé ma nuque et j'ai soupiré. Une longue nuit d'insomnie m'attendait.

— Je te jure, je voulais attendre qu'on se voie au boulot, mais la situation est pire que ce que je croyais.

Je me suis protégé de la lumière avec le bras et me suis étiré de tout mon long. Mes muscles étaient douloureux et j'étais seul sur le canapé. Apparemment, Dovie était au téléphone. Le soleil matinal me brûlait les yeux et j'avais une méchante crampe à la nuque à cause de la rouquine, que j'avais tenue contre moi toute la nuit.

— Plus rien, oui, Dovie a continué. Ni fringues, ni livres. Rien. Mon appartement n'est plus sûr du tout. Je ne sais pas combien de temps je vais rester chez toi, du coup.

Elle a marmonné un truc que j'ai pas compris, a remercié calmement la personne au téléphone et j'ai entendu le bruit de ses pieds nus revenir vers le salon. Elle s'est assise sur l'accoudoir et j'ai viré mon bras de devant mes yeux pour les plonger dans son regard couleur feuille. Vu la façon dont elle se mordillait la lèvre et se tripotait les cheveux, elle n'était pas très à l'aise.

— Ma copine Brysen vit à six pâtés de maisons d'ici, elle a dit. Je vais aller m'installer chez elle. Ça devrait être sûr, on est juste collègues. Personne ne s'en doutera.

Je ne voyais vraiment pas pourquoi elle se faisait chier à s'expliquer.

— Je te déposerai, j'ai balancé en me protégeant à nouveau de la lumière.

Dovie s'est raclé bruyamment la gorge. Bon, elle allait pas

me laisser me rendormir. Entre le moment où je lui avais servi d'oreiller et son réveil, un truc avait dû changer.

— Je veux tout de même m'assurer que Race va bien. Après ce que tu m'as dit hier soir, je ne suis plus très sûre de tes motivations le concernant.

Il était tôt, j'étais claqué et de sale humeur. Pas question que je me fatigue à convaincre cette reloue que j'avais pas l'intention de buter Race. J'ai sauté sur mes pieds et j'ai enfilé mon T-shirt. J'avais les dents sales et un Advil ne m'aurait pas fait de mal.

— T'as besoin d'argent ? j'ai demandé en enfilant mes pompes.

Elle a cligné des yeux.

— Pardon ?

J'ai juré et me suis brusquement relevé. C'est dingue ce que j'avais la dalle. Il fallait vite que je la largue chez sa copine et que je me trouve à bouffer. J'avais ni le temps ni la patience pour ses embrouilles et ses conneries.

— Du cash, des thunes, des dollars, de la monnaie courante, tu vois ? Je te la refais : est-ce que t'as besoin d'argent pour des fringues ou des trucs de filles pendant que tu fais profil bas ?

Pour toute réponse, elle a incliné la tête sur le côté, comme si elle ne comprenait pas. Putain mais je parle pas chinois, pourtant ! J'ai sorti quelques centaines de dollars de mon portefeuille et les lui ai fourrés dans la main.

— On se casse, j'ai lâché en fonçant vers la porte. J'ai la dalle et j'en ai plein le cul de cette baraque.

Son numéro de gamine apeurée commençait sérieusement à me gonfler. Qu'elle me suive ou pas, j'en avais rien à foutre. Je n'avais rien fait qui justifie qu'elle pète un câble. Elle agissait comme si j'avais mis à exécution mes menaces de la veille.

J'avais même pas atteint la voiture que j'ai entendu Dovie me rattraper. Elle a bien tenté de me retenir par le bras pour me rendre mon fric, mais je l'ai poussée et me suis installé derrière le volant.

— Je ne peux pas prendre ton argent, Bax. On n'est pas amis, toi et moi. Je ne sais même plus si on est dans le même camp. Je ne veux pas avoir de l'argent sale sur les bras.

J'ai grincé des dents. Elle se la jouait garce, ce matin. C'est pas parce que je lui avais servi de matelas que je devais en plus être son défouloir.

— Monte dans la caisse, Dovie. C'est pas de l'argent sale.

En fait, il était aussi clean que possible. Je l'avais gagné en vendant une Super Bee que j'avais retapée en petit bolide. Bon, j'avais gagné la caisse en question dans une course clandestine avant même d'avoir l'âge légal de voter, mais c'était un détail.

— J'ai pas de temps à t'accorder aujourd'hui, Red. T'as deux options : soit tu montes en voiture, soit tu y vas à pied. L'un ou l'autre, c'est pareil pour moi.

Elle a hésité puis elle a fini par grimper dans la caisse au moment où je mettais le contact. Elle avait les cheveux tout emmêlés. Cette crinière était le truc le plus doux que j'aie jamais touché de ma vie, même quand elle était en bordel. Mais j'avais pas envie de penser à ça maintenant. Dovie pinçait les lèvres, et ses bras étaient croisés par-dessus sa poitrine. Poitrine qui avait en fait l'air assez intéressante, si elle allait avec la paire de jambes que j'avais reluquée. On aurait dit une gamine en train de bouder. J'allais pas céder au coup de la fille compliquée qui tient absolument à m'éviter, et ça la foutait en rogne. Si elle tenait tant que ça à m'éviter, nickel. Je serais peinard pour retrouver Race.

Dovie m'a indiqué comment se rendre chez sa copine. Elle habitait une petite baraque sympa de The Hill, juste un peu plus haut que la maison de ma mère. Personne penserait à la chercher ici, c'était clair. Je me suis garé un peu plus loin dans la rue et j'ai attendu qu'elle sorte. C'était pas comme si je lui devais des adieux ou un truc du genre. Finalement, elle a pris le fric que je lui avais donné et l'a balancé sur le tableau de bord. Sans un mot, elle est sortie de la caisse et a tracé vers la baraque. J'ai expiré longuement, comme si j'avais retenu ma respiration pendant des heures, et j'ai démarré en trombe, dans un nuage de fumée et un crissement de pneus.

Qu'elle soit ou pas la sœur de Race — la seule personne dont je me sois vraiment préoccupé —, je ne pouvais pas la laisser taper l'incruste dans ma vie déjà en bordel. J'avais pas de place pour les trucs positifs.

J'ai passé le reste de la journée à reprendre contact avec des gens qui m'avaient manqué, d'autres qui me devaient de la thune et avec n'importe quel gars susceptible de m'informer sur Race. Puis je suis allé au taudis où vivait ma mère. C'était un genre de grande baraque louée par des camés et des déchets de la société. Elle aurait pu vivre dans la maison que je lui avais achetée, mais elle n'avait jamais été capable de lâcher la bouteille. Ça me foutait en rogne et rien que d'y penser, j'avais l'impression qu'on me cramait les tripes à l'acide.

J'ai aussi mis un point d'honneur à clarifier les choses avec Roxie et je l'ai avertie que je reviendrais plus tard dans la nuit. J'ai fait tout mon possible pour pas penser à Dovie ou à ce qui avait pu lui faire péter un câble. Je sais que je suis pas un type bien, mais je lui avais fait aucun mal et même si c'était ce qu'elle pensait, ça me soûlait d'être considéré comme un ennemi.

J'avais mené mon enquête toute la semaine et j'avais fini encore plus vénère qu'au départ. Personne – et je dis bien *personne* – n'avait la moindre info concernant Race. Trois autres gars m'avaient confirmé l'histoire du richard, mais pas un n'avait été foutu de me dire de qui il pouvait bien s'agir. Où que j'aille, je me heurtais à un mur ou à Benny. Son arrogance commençait aussi à me gonfler. Et quand il a demandé si Dovie appréciait sa nouvelle déco, j'ai dû prendre méchamment sur moi pour ne pas lui défoncer toutes les dents de devant. Mais s'il y a bien une chose que la prison m'a apprise, c'est la patience, comment attendre son heure et combien la vengeance est meilleure quand on la mange froide. A chacune de nos rencontres, je me suis contenté de tracer en m'assurant qu'il sente bien qu'il allait en prendre plein la gueule un jour ou l'autre.

En milieu de semaine, j'ai envoyé un texto à Dovie pour l'informer que j'avais pas trouvé masse de trucs, mais je n'ai reçu aucune réponse de sa part. Pas étonnant, vu qu'elle était persuadée que je traînais dans les rues pour faire payer à son frère sa trahison. Ça me soûlait d'être aussi emmerdé par son silence. J'avais pas envie d'essayer de la convaincre que je voulais avant tout entendre des explications de la part de Race. Je suis pas du genre à justifier mes actions, surtout en ce qui concerne un gars qui m'a toujours épaulé. Il devait forcément y avoir une explication logique à cette trahison, la plus douloureuse que j'avais jamais connue, et je voulais l'entendre de sa bouche, d'homme à homme. Y avait de grandes chances que je le bute si sa réponse ne me plaisait pas, mais je connaissais bien Race. Il m'avait si souvent sauvé le cul que je ne voyais aucune raison pour qu'il m'ait volontairement envoyé en taule.

Le vendredi est arrivé super-vite et je me suis préparé pour aller au club de Nassir. Je n'avais pas eu de baston mode vénère et bien sanglante depuis ma première année de taule. Une fois que l'énergie du désespoir vous a fait défoncer les plus baraqués de vos codétenus, ils arrêtent soudainement d'essayer de vous humilier. En fait, ils arrêtent même de vous regarder. Evidemment, des bastons, y en a toujours. C'est le quotidien des mecs violents enfermés trop longtemps au même endroit. Mais ça faisait un moment que je n'avais pas eu à me battre pour ma vie ou ma réputation. Et me battre pour de la thune, ça m'était pas arrivé depuis le début de mon adolescence. J'espérais que j'étais encore assez costaud pour encaisser une branlée et avoir la force de marcher le lendemain.

J'enchaînais clope sur clope, à cause de la tension et de l'appréhension — même si je l'aurais jamais avoué. Le club de Nassir était passé de la boîte de nuit criarde au rade pour combats clandestins, et au lieu des petits gamins friqués de The Hill venus pour s'amuser, l'endroit était maintenant blindé de mecs et de meufs venus assister à un spectacle bestial. Je cherchais pas à comprendre pourquoi. J'ai aperçu mon adversaire, entouré de ses potes, et y a pas à dire, il était monstrueux. Au moins une tête de plus que moi, mais en plus élancé et nerveux. Je devais ma musculature aux vieilles machines de muscu de la prison. Ce gars-là avait été entraîné par un coach et il était entouré de tout un staff dont le seul but était de le transformer en machine à tuer.

— Nerveux ?

La voix doucereuse de Nassir m'a écorché les nerfs — déjà bien éprouvés. En bas, à la place de l'ancienne piste de danse, un grand cercle tracé à la bombe rouge délimitait l'arène. Ni ring, ni poteaux. Juste du sang et des poings. Une manière simple et violente de se faire du fric.

— Non.

Je l'ai regardé par-dessus mon épaule. Il tenait un verre de scotch qui devait être plus vieux que moi et il m'observait de ses yeux insondables.

— Honnêtement, je ne pensais pas que tu accepterais, il a dit, surpris. Sept cent cinquante, c'est déjà une belle somme, et je sais que tu as dépensé presque tout ce que Novak t'as payé. Ça ne te ferait pas de mal, un peu d'argent. Au départ, j'ai pensé que tu voulais sauver la face devant la rouquine mais tu es venu seul, finalement, on dirait.

— J'ai pas à sauver la face devant qui que ce soit.

— Aaah... Mais elle, c'est différent. Ça fait un moment que je suis dans le milieu, Bax. Mon boulot, c'est de jauger les gens au premier coup d'œil. Cette fille n'est pas une de tes traînées habituelles.

Je lui ai lancé un regard noir et me suis échauffé les poignets par réflexe. A cause de ma mère, j'ai jamais été du genre à picoler mais là, j'aurais donné cher pour avoir une bouteille de tequila et un endroit sombre et calme pour me mettre en condition. Je me suis penché par-dessus la chaîne de la plate-forme et j'ai jeté un œil sur la foule en contrebas. Une bonne moitié du public voulait me voir la tête fendue en deux et l'autre se foutait bien de ce qui pouvait m'arriver du moment qu'ils repartaient avec leur fric en fin de soirée. J'en ai eu mal au bide. Soudain, je n'ai plus eu envie que ma vie se résume à tout ça, même s'il y avait que peu de chances que j'en sorte complètement un jour.

— Elle est importante pour quelqu'un d'important pour moi, j'ai dit. C'est tout ce qu'elle a de différent.

— C'est plus que ça. Quand on met un gars comme toi en

cage, soit on le domestique, soit il se change en bête. Comme tu étais déjà une bête, il ne restait plus qu'à t'apprivoiser. On t'a coupé les griffes, Baxter, et quand Novak le saura, il cherchera à l'exploiter par tous les moyens. Tu dois rester prudent.

Ses mots ont rampé sous ma peau et j'ai senti le sang me battre aux tempes. Sans même réfléchir, j'ai arraché le verre des mains de Nassir et l'ai balancé sur la foule en dessous. Je l'ai regardé tomber et se fracasser par terre, éclaboussant les gens de morceaux de verre et de gnôle hors de prix. Nassir s'est contenté de faire claquer sa langue et m'a secoué par l'épaule.

— Tu vois ? Avant, tu m'aurais tout simplement ignoré. Bonne chance à toi, mon ami. D'ordinaire, tu n'en as pas besoin mais ce soir, je ne suis plus sûr de rien te concernant.

Nassir s'est retourné vers les escaliers.

— Tu as dix minutes, il a conclu. Je te suggère de les mettre à contribution pour te concentrer sur le jeu.

J'ai expiré profondément et me suis pris la tête entre les mains. J'ai fermé les yeux si fort que j'ai vu des taches noires apparaître derrière mes paupières. Ça me faisait mal de le reconnaître, mais Nassir avait raison : je voulais sortir de cette vie avant qu'il ne soit trop tard. Mon séjour en prison m'avait ouvert les yeux : vivre comme si j'avais neuf vies et que j'étais invincible, ça me donnait l'air con et il fallait que j'arrête. Lorsque j'ai rouvert enfin les yeux, la première chose que j'ai vue, c'est une masse de boucles orange et rouge en train de se frayer un chemin parmi la foule. J'ai d'abord cru à une hallu, mais son regard a croisé le mien. Plus de doute possible. Une fille blonde au carré plongeant plutôt stylé a posé une main sur son épaule et lui a hurlé quelque chose à l'oreille. Les yeux toujours rivés aux miens, Dovie a hoché la tête.

Je ne l'avais pas vue depuis une semaine. Mais ça m'avait paru bien plus long. Sa peau semblait plus pâle, ses yeux plus embrumés et ses taches de rousseur encore plus marquées sur son petit nez retroussé. Elle n'avait pas l'air de savoir pourquoi elle était venue ici. Sa copine l'a prise par le bras et l'a écartée de la foule quand mon adversaire a bondi au centre du cercle rouge.

Sous les cris des spectateurs, il a commencé à hurler comme un taré. Putain. Vu ses veines saillantes et son regard fou, ce mec avait pris quelque chose. Sous les acclamations hystériques du public, il a déchiré son T-shirt noir et leur a balancé les restes. Il portait un pantalon militaire et avait deux espèces de traces noires sous chaque œil, genre soldat en mission. La nuit promettait d'être longue.

Curieux de savoir ce que Dovie foutait là, je suis descendu vers le dernier endroit où je l'avais aperçue, tout en jurant à voix basse. Je n'ai pas eu à chercher longtemps. J'avais à peine descendu la dernière marche qu'elle est apparue devant moi. Sans un mot, j'ai viré mon sweat, sorti mes clopes et lui ai confié le tout. Sa copine m'a maté de haut en bas, l'air carrément surprise, mais mes yeux étaient piégés par le regard forêt de Dovie.

— J'ai reçu un texto qui disait que Race serait sûrement présent pour te voir combattre, elle a crié. On m'a même envoyé le code de la porte d'entrée !

— Il viendra pas, j'ai dit en secouant la tête. C'est un coup monté pour me distraire. Une façon de permettre à l'autre Hulk là-bas de me défoncer le crâne plus facilement.

Dovie a écarquillé les yeux et ses mains se sont crispées sur mon sweat.

— Benny ?

J'ai haussé les épaules.

— Novak, je dirais. C'est trop futé pour du Benny.

J'étais vraiment content de la voir, mais ça me gonflait de l'admettre. Son menton volontaire et sa crinière bordélique m'avaient manqué. J'ai viré mon T-shirt par le col et lui ai aussi filé. Le regard de Dovie s'est attardé sur mon torse pendant une seconde, puis il s'est fixé sur mon visage. Elle pouvait passer son temps à me traiter de criminel mais elle me kiffait, pas de doute là-dessus.

— Reste pas près de moi, je lui ai dit. La foule s'excite. Y a pas de règle ici, les choses peuvent dégénérer très vite. Si y a des gens qui ont parié sur moi et que je perds, y aura pas que le gars en face qui voudra ma peau. Fais pas ta maline, si tu sens que le vent tourne, tu te barres direct. Ou mieux : casse-toi maintenant.

Dovie a serré mes affaires contre elle et a jeté un regard interrogateur à sa copine, qui a haussé les épaules et m'a regardé.

— C'est toi qui vois, Dov, la blonde a fait. Je t'ai dit que ton texto, je le sentais pas.

Dovie s'est alors retournée vers moi.

— Si je pars, est-ce que ça sera moins dangereux pour toi ?

J'ai pas eu le temps de lui confirmer, car Nassir s'est pointé.

— C'est l'heure du spectacle, le lover, il a balancé.

Après un dernier regard à Dovie, je l'ai contournée et j'ai traversé la foule. J'ai passé mes poings sur mon crâne rasé et j'ai essayé d'oublier le bruit, l'odeur ambiante de transpiration et la tension de l'attente. Des mecs me touchaient le dos et me tapaient dans les mains pour m'encourager.

— Qu'est-ce qu'il a consommé, ce mec-là ? j'ai demandé à Nassir.

— Va savoir, il a répondu en haussant les épaules.

— Pas d'arnaque, mon cul, ouais.

— Tu t'attendais à autre chose ?

Pas de sa part.

— Surveille la fille pour moi, j'ai demandé. S'il lui arrive quoi que ce soit, je te tiendrai pour personnellement responsable.

Plus que quelques spectateurs me séparaient du cercle.

— Si tu tiens vraiment à t'assurer de sa sécurité, tu as tout intérêt à sortir vainqueur de ce combat.

Le regard noir que je lui ai lancé m'a valu qu'un sourire commercial de sa part. Je lui aurais bien collé une droite, mais j'ai été interrompu par un rugissement digne d'un putain de lion du Serengeti. Le dernier rempart humain qui me séparait de l'arène s'est ouvert en deux et mon adversaire m'a percuté avec la force d'un bulldozer. Mon corps s'est écrasé si violemment sur le béton que mes oreilles ont bourdonné sous le choc, et j'ai vu Big Bird[1] le piaf danser la gigue irlandaise au-dessus de moi. Deux directs ont frappé mes côtes et, à part la foule en délire et les halètements de mon adversaire, je n'entendais plus rien.

D'une main sur la gorge, je l'ai repoussé le plus loin possible pour pouvoir me relever, mais pas assez fort pour le faire flancher. Sans attendre, il s'est jeté de nouveau sur moi, sauf que cette fois j'étais prêt à le recevoir et je lui ai envoyé un coup de genou bien placé qui l'a fait se plier en deux. Ce gars était balèze mais la came l'avait rendu imprudent. Sans aucun remords, j'ai profité de cet avantage pour lui coller un crochet en pleine gueule pendant qu'il était HS. Un filet de sang a giclé de sa bouche et des hurlements de colère ont résonné dans la foule.

Le gars s'est soudainement redressé pour m'envoyer un coup de boule en plein dans le bide. J'ai tenté de l'éviter mais pas assez vite. Putain, ça a fait mal. Tout mon air s'est échappé de mes poumons et ma vision s'est obscurcie pendant un

1. Gros oiseau jaune issu de l'émission pour enfants « Sesame Street ».

moment. Ce coup m'a suffisamment déstabilisé pour ne pas pouvoir anticiper le coup de poing suivant, qui m'a ouvert la joue. Le goût de mon sang m'a foutu en rogne.

Mon adversaire a tenté de me faire trébucher mais j'ai réussi à l'éviter. J'ai chopé un de ses bras et lui ai maintenu dans le dos, appuyant dessus jusqu'à entendre un craquement au niveau de son poignet, puis je l'ai relâché. Je ne comptais pas lui péter le bras, mais avec une main en moins, il limiterait les attaques de ce genre. J'ai à peine eu le temps de cracher du sang qu'il m'a fait une putain de clé à la tête. Je savais pas comment il avait pu se muscler à ce point, mais il savait utiliser sa masse à son avantage. Il a serré et serré, et mes doigts ont glissé sur sa peau poisseuse de sang. Impossible de respirer. J'étouffais.

Avant qu'il soit trop tard, j'ai balancé un coup de boule en arrière, son souffle contre mon oreille m'indiquant où frapper. Une chance que j'aie la tête dure. Même avec les cris de la foule et le sang de l'autre qui me coulait dans l'oreille, j'ai pu entendre son nez se péter, et son hurlement. Deux nez pétés en deux semaines. Seulement, ce gars-là n'était pas Benny. Mais une masse sanguinaire de muscles sous prod. Il a avancé vers moi d'une démarche lourde et j'ai reculé. Ma tête me lançait, mes côtes ne tarderaient pas à être couvertes de bleus, et le sang coulant de mon visage et de ma lèvre m'emplissait la bouche. Depuis la foule, quelqu'un a balancé une bouteille de bière qui s'est éclatée à mes pieds. J'aurais dû y réfléchir à deux fois quand j'avais fait pareil avec le verre.

Après une double esquive, j'ai éclaté le genou de mon adversaire. J'étais crevé. Lui aussi ; même s'il était complètement camé, son visage ressemblait déjà à un bout de barbaque crue et sa main pendouillait au bout de son poignet en un angle assez inquiétant. Il fallait en finir. J'étais encore en train de réfléchir à un moyen, de chercher son point faible, quand il a sorti un truc de sa ranger. J'ai juré et j'ai instinctivement reculé en voyant jaillir la lame du cran d'arrêt. En voyant l'arme, la foule a pété un câble. Un déluge de bris de verre – et de liquide que je ne tenais pas forcément à identifier – s'est mis à pleuvoir sur nous. Ça puait pour moi.

Il m'a chargé et j'ai limite réussi à l'esquiver. La lame tranchante a effleuré la peau ferme et glissante de mon abdomen. J'ai reculé de nouveau, un œil sur lui et l'autre sur le couteau.

Merde. Ses yeux bougeaient dans tous les sens, il était vraiment complètement défoncé. Il devait être aussi amoché que moi, mais les drogues le rendaient insensible à la douleur. Il a paré mon attaque, je me suis reculé. Il m'a repoussé, j'ai sauté en arrière. Le seul moyen de terminer ça, c'était de le laisser venir assez près pour que je puisse lui choper la lame.

J'ai pris une grande inspiration et, lorsqu'il a encore attaqué, je me suis avancé vers lui et j'ai laissé son couteau s'enfoncer entre mes cotes, juste sous l'aisselle. J'ai baissé mon bras pour le bloquer. Il était coincé. Son nez était complètement ruiné et il haletait comme un putain de taureau. Il avait l'air d'être prêt à renoncer. Son bras toujours bloqué contre ma cage thoracique, je me suis penché malgré la plaie ouverte dans mon flanc et j'ai appuyé de tout mon poids, encore et encore, jusqu'à ce que son os cède et que j'entende le bruit de la lame sur le béton. Le gars a hurlé, braillé de toutes ses forces en se débattant pour que je libère un peu son bras pété. Ce que j'ai fait quand il est tombé à genoux face à moi, ses peintures de guerre à moitié effacées par le sang et la morve.

Du bout du genou, j'ai relevé son menton pour qu'il me regarde.

– Blessé ?

En réponse, le mec m'a hurlé dessus.

— Sérieux, mec, c'est bon, on a fini ? j'ai demandé en serrant son bras défoncé contre mes côtes qui dégoulinaient de sang.

Il a lâché une autre plainte et a tenté de se libérer de sa main à moitié pétée. J'ai soupiré et l'ai relâché avant de lui balancer un coup de pied bien vénère en pleine gueule. Ses yeux se sont révulsés et il s'est écroulé par terre comme un putain de bébé rhinocéros qui vient de se prendre une fléchette de tranquillisant.

La foule était en délire. Ils hurlaient mon nom. Mais je galérais pour rester debout. Nassir m'a fait un petit signe de la tête, les rangs de spectateurs se sont refermés autour de moi tandis que l'équipe de mon ex-adversaire essayait de le relever. Fallait que je sorte. J'avais besoin d'air et vite.

Soudain, une paire de grands yeux verts s'est mise sur mon chemin.

— Tu es blessé ? Tu saignes beaucoup ! elle m'a dit en me tendant mon T-shirt dont je me suis servi comme pansement pour ma plaie au flanc.

Le sang l'a immédiatement trempé.

— Je survivrai. Il faut que je demande mon fric à Nassir avant qu'il ait une nouvelle idée à la con à me soumettre.

Dovie s'est mordu la lèvre et m'a montré une épaisse enveloppe emballée dans mon sweat.

— Nassir me l'a donnée avant même ton premier coup de poing. Brysen a compté pendant que tu te battais. Le compte y est, moins sa part. Il devait avoir confiance en tes capacités.

J'avais du mal à me concentrer sur ce qu'elle disait.

— Faut que je sorte.

— Il faut que tu ailles à l'hôpital, surtout.

— Quelques pansements et ça ira. C'est ce que Race faisait après chacun de mes combats.

Merde ! Je devais être sacrément à l'ouest. Sinon, jamais je lui aurais balancé ça.

Dovie a juste incliné la tête et m'a tendu mon sweat. J'avais tellement mal qu'elle a dû m'aider à l'enfiler, manche par manche. Je l'ai regardée d'un air absent pendant qu'elle fouillait dans une des poches à la recherche de mes clés.

— Rentrons chez ta mère et voyons si je peux te garder parmi les vivants.

— Personne conduit ma caisse.

On aurait dit que j'étais bourré. Pas sûr que j'arrive à conduire jusqu'en banlieue.

— Personne... Que moi, j'ai ajouté.

Dovie s'est mise du côté où j'étais pas blessé et a passé mon bras par-dessus ses épaules. J'ai failli m'évanouir sur elle. Pour la première fois depuis mes seize ans — et ma première virée avec Race à l'hosto —, je laissais un autre être humain s'occuper de moi. Je refusais de penser à ce que ça pouvait signifier pour elle. Ou pour moi.

6

Dovie

Je savais bien que ce SMS était bizarre. Mais me réveiller nichée contre Bax sur un canapé, ça aussi, ça l'était. Même avec Race, je ne m'étais jamais sentie en totale sécurité, protégée contre tout. Je savais bien que dans ma vie, chaque nouvelle journée était une lutte constante. Mais ce matin-là, lovée contre lui, je m'étais sentie à l'abri de tout. C'est pour ça que j'avais fui : quels que soient les plans de Bax concernant mon frère, j'étais terrifiée par ceux qu'il avait pour moi. Je n'aurais pas dû renvoyer Brysen seule dans The Hill. Il aurait été plus sage de m'éloigner le plus vite possible de Bax. Mais plus je le fuyais, plus nous nous rapprochions inexorablement l'un de l'autre.

J'avais dû lutter de toutes mes forces pour ne pas répondre au texto qu'il m'avait envoyé en milieu de semaine. Je mentirais si je prétendais ne pas avoir traîné Brysen à ce combat pour le voir lui, plutôt que dans l'espoir d'y trouver mon frère. J'étais dangereusement attirée par lui ; il était si magnétique et difficile à cerner... Après avoir assisté à ce combat, j'avais compris toute la brutalité vicieuse qui émanait de son corps tatoué. Il perdait beaucoup de sang mais refusait obstinément qu'on l'emmène à l'hôpital. Il s'était contenté de me filer du fric pour acheter une trousse de soins d'urgence et quelques médicaments de base dans une pharmacie pour contenir son hémorragie. Il m'avait aussi demandé de prendre deux tubes de Super Glue. Je ne voulais même pas savoir ce qu'il comptait en faire.

Une fois devant la maison, ses yeux se sont plissés sous la douleur. Il était pâle comme de la cire et son tatouage en forme d'étoile semblait encore plus noir qu'avant, palpitant contre sa tempe. Lorsque je lui ai ouvert la portière, j'ai hoqueté en voyant son sweat souillé de rouge.

— Bax, tu perds beaucoup de sang !

Il s'est contenté de grogner et de tracer vers la maison.

Je me suis précipitée devant lui pour lui maintenir la porte ouverte et j'ai failli me noyer dans ses yeux noirs lorsqu'il m'a regardée. J'ai dégluti en soutenant son regard. Après un bref hochement de tête, Bax a commencé à décoller le T-shirt souillé de sa plaie, avant même que j'aie pu allumer les lumières. Le vêtement qui avait fait office de bandage était si imbibé de sang que Bax l'a jeté directement dans la poubelle de la salle de bains. Je n'avais pas la moindre idée de ce que j'aurais pu faire de plus. Je l'avais conduit en lieu sûr et c'était un grand garçon, parfaitement capable de s'occuper de lui... J'aurais pu rejoindre Brysen chez elle ; elle habitait juste à côté et j'aurais pu être à l'abri en deux minutes. Mais abandonner Bax ne me semblait pas envisageable. J'ai suivi des yeux sa silhouette à moitié nue dans la salle de bains tandis que le débat faisait encore rage en moi.

Des ecchymoses s'étaient déjà formées partout sur son corps et l'entaille à son flanc avait manqué de peu son tatouage de pin-up. Son visage était couvert par le sang séché qui lui avait coulé de la joue et sa lèvre s'était rouverte. Il était vraiment dans un sale état.

— Assieds-toi sur le siège des toilettes, lui ai-je dit. Je vais te nettoyer au mieux.

Les plaies et les bosses, j'y étais habituée. Les fils de Carmen se battaient si souvent avec d'autres gosses du quartier... Mais là, c'était un tout autre niveau de blessure. Sans compter que de me retrouver si près de lui me lançait des petites décharges électriques tout le long de l'épiderme.

Depuis le miroir du lavabo, son reflet m'a adressé un regard vide. On aurait cru qu'il revenait d'une zone de guerre.

— Je te fais peur ? a-t-il demandé de sa voix éraillée.

Je l'ai regardé dans le miroir.

— Tu me terrifies, oui.

Il a acquiescé d'un signe du menton.

— Et tu me fais confiance ?

— Non.

Son regard noir comme la nuit s'est obscurci un peu plus et il a essuyé le sang de son visage avec son poing.

— Tu vas coucher avec moi ? a-t-il repris.

J'ai inspiré profondément par le nez. Impossible de le lâcher des yeux.

— Sans doute...

Finalement, Bax a détourné le regard et pris une serviette-éponge qu'il a plaquée sur sa blessure.

— La semaine dernière, j'ai baisé avec Roxie, a-t-il commencé. Je suis pas un mec bien, tu sais. J'ignore comment les choses vont tourner pour toi et ton frère, mais une fois que j'en aurai fini avec Novak, il y a de fortes chances pour que je sois mort ou de retour en taule. Alors, tu veux toujours qu'on couche ensemble ?

Soudain, mon cœur s'est mis à battre bizarrement et on

aurait dit que mon sang se mettait à couler plus lentement dans mes veines. Difficile de mettre ses intentions en doute. Bax a fait volte-face et s'est appuyé contre le lavabo. Son flanc saignait sans discontinuer. J'ai soupiré et plaqué une serviette propre sur la plaie. Malgré la chair de poule sur son torse, sa peau poisseuse de sang restait chaude.

— Si je couche avec toi, est-ce que ça sera différent de quand tu couches avec Roxie ou la strip-teaseuse du bar ?

— Tu veux que je te mente ?

J'ai pris sa main et l'ai plaquée sur la serviette pour que je puisse m'occuper des dégâts de son visage. Puis je l'ai nettoyé avec un coton et de l'eau oxygénée, ce qui l'a fait grogner et me fusiller du regard. Enfin, j'ai soigné sa joue avec des pansements.

— Je crois que je préférerais, oui, ai-je répondu.

De toute façon, avec lui, impossible de différencier le mensonge de la vérité.

Il a grogné et ses yeux se sont plissés tandis que je nettoyais sa lèvre avec du gel antiseptique.

— Non. Ça sera pareil qu'avec toutes les autres.

Nos regards se sont alors croisés et nous sommes restés les yeux dans les yeux pendant une longue minute. Je me suis finalement éclairci la gorge.

— Laisse-moi m'occuper de cette blessure au couteau, ai-je dit, avant de rire amèrement. C'est drôle, je n'aurais jamais cru dire ça un jour.

J'ai retiré la serviette et Bax a grimacé de douleur.

— Si tu traînes encore un peu avec moi, ces mots vont vite faire partie de ton vocabulaire.

Je n'avais rien à répondre à ça. Je me suis contentée de faire couler de l'eau chaude pour nettoyer tout ce sang. La plaie était sérieuse et faisait dans les quinze centimètres à vue d'œil. Mais elle n'était pas trop vilaine et ne semblait pas avoir entamé le muscle. J'ai chassé une de mes mèches rebelles et j'ai préparé quelques bandages et compresses. Lorsque Bax a éloigné à son tour une mèche de mon front, je me suis figée en sentant ses phalanges calleuses effleurer ma peau. Voilà ce qui me perturbait chez lui : c'était un criminel toxique, dangereux et imprévisible, pourtant il avait réussi à calmer mes angoisses nocturnes et dès qu'il me touchait, je perdais toute contenance. Difficile de lutter contre une combinaison aussi malsaine.

— Lève ton bras, si tu peux.

Manifestement, Bax dégustait mais il a réussi tout de même à soulever son bras pour que je puisse nettoyer la plaie. Je n'avais jamais approché un corps forgé comme une arme et il fallait reconnaître que c'était assez impressionnant. Et pas si désagréable à voir, malgré toute cette encre noire qui lui recouvrait les épaules et le ventre. Lorsqu'il s'est déplacé, j'ai aperçu d'autres lignes noires qui descendaient sous sa ceinture.

— Si tu refuses d'aller chez le médecin, je ne peux pas faire mieux, ai-je déclaré en me reculant prudemment.

Bax s'est retourné et s'est penché avec raideur pour ramasser son sweat. Le carrelage blanc était recouvert d'une couche de sang écarlate.

— Si ça s'est pas arrangé demain matin, il faudra que tu me rafistoles à la Super Glue, a-t-il dit en sortant.

— C'est dégueu ! me suis-je exclamée en le suivant. Ne compte pas sur moi. Si ça ne va pas mieux demain, direction l'hôpital.

Bax m'a ignorée et s'est rendu dans la chambre où le lit était toujours dépourvu de draps et de couvertures. Après avoir balancé son sweat dans l'armoire, il a déboutonné son jean, s'est déchaussé et s'est allongé, le dos sur le matelas.

— Ça ira, a-t-il assuré. Pas besoin de docteur.

— Tu es blanc comme un linge.

— Je viens de me prendre une branlée. Evidemment que j'ai l'air d'une merde !

En fait, ce n'était pas vraiment le cas. Certes, il avait des bleus de partout, il était épuisé et plus désagréable que d'habitude, mais Bax, ressembler à une merde ? Jamais. Il avait fermé les yeux et sa poitrine se soulevait au rythme de sa respiration régulière. Peut-être qu'il s'était endormi. Il fallait que j'en profite pour piquer ses clés et aller acheter de quoi manger et d'autres bricoles nécessaires à cette maison vide. Bax y avait plein de mauvais souvenirs, alors peut-être que ça ne lui ferait pas plaisir, mais il semblait tout de même considérer cet endroit comme un refuge et il avait besoin de provisions.

— Où tu crois aller comme ça ? a-t-il demandé sèchement, me coupant dans mon élan tandis que j'allais récupérer ses clés dans le salon.

— Faire des courses. Cette maison est vide et il nous faut de quoi manger.

Ses yeux étaient encore fermés, la colère dans sa voix était palpable.

— Non.

— Non, quoi ?

Avant que je puisse réagir, Bax s'est levé et a passé un bras autour de ma taille. J'ai hoqueté quand j'ai senti le matelas sous mon dos. Puis Bax s'est mis au-dessus de moi, ses yeux sombres brillant comme des braises.

— Je veux que tu restes là.

Appuyé sur son bras valide, Bax m'a regardée et sa main a soigneusement déboutonné ma chemise en flanelle.

— Bax, l'ai-je interrompu. Il n'y a rien dans cette maison. Il faut que j'aille faire des courses, je n'en aurai pas pour longtemps.

Il était en train de me déshabiller et je ne faisais rien pour l'en empêcher... Pourquoi ? ! Mon chemisier s'est ouvert en grand et a glissé le long de mes bras, libérant un soutien-gorge qui n'avait rien d'exceptionnel ou de sexy. Mais sa couleur noire faisait ressortir la blancheur de ma peau et mes taches de rousseur.

— Putain ! s'est exclamé Bax. Tu m'étonnes que tu t'habilles en clodo. Si tu exhibais ces deux-là dans la rue, tu pourrais jamais sortir tranquille.

Sa voix avait chuté d'une octave et ses yeux étaient fixés sur moi, luisant d'une admiration toute masculine. De toute évidence, Bax aimait les gros seins et il fallait avouer que j'étais plutôt bien dotée, de ce côté-là.

— Bax. J'ai dit que je coucherais avec toi, mais pas ce soir.

Il a glissé son poing serré le long de mon soutien-gorge, et le contact de sa peau rugueuse et plus sombre que la mienne m'a arraché un frisson.

— On peut pas baiser, a-t-il dit. J'ai pas de capote sur moi. Je peux être un gros connard, mais je te ferai prendre aucun risque.

Sa bouche s'est pincée, sa mâchoire a été agitée d'un tic, et il a repris :

— Tu veux pas savoir où j'ai traîné.

Très juste. J'étais d'ailleurs plutôt surprise qu'il n'ait pas tout un harem qui coure en permanence derrière lui. Jusqu'à ce que je me souvienne que le genre de filles qu'il s'envoyait vivaient plutôt de leurs charmes. Dégueu...

— Et je tiens à peine debout, a-t-il poursuivi. Je t'ai demandé si tu voulais *coucher*... Pas baiser. J'ai juste envie de dormir avec toi, c'est tout.

J'aurais pu avoir à redire là-dessus. J'aurais pu le faire changer d'avis. Mais avec un geste qui devait lui être très familier, Bax a passé une main derrière mon dos et, en un clin d'œil, a défait l'attache de mon soutien-gorge.

Mes bras étaient toujours prisonniers de ma chemise. Impossible de lutter, et c'est avec un mélange d'appréhension et d'émerveillement que je l'ai laissé libérer ma poitrine.

Comme je suis plutôt grande et fine, ma poitrine peut être considérée comme assez imposante en comparaison. Comme le reste de mon corps, mes seins sont parsemés de taches de rousseur. J'ai senti mes tétons se durcir sous son regard noir. C'était mal. Mais je n'avais ni la volonté ni les mots pour arrêter ça.

— Très joli, a reconnu Bax, avec un ton appréciateur. Au début, j'étais pas sûr, mais là... Putain, comment j'ai pu rater ça.

— Bax...

C'était autant un avertissement qu'une question, exhalée par mes poumons à bout de souffle. J'avais beau ne pas être la fille la plus expérimentée du monde, j'en savais assez pour me rendre compte que je me sentais excitée et à fleur de peau, qu'une chaleur m'envahissait et que la tête me tournait. Et dire qu'il ne m'avait même pas embrassée. C'était plus que je ne pouvais endurer. Soudain, il a déboutonné mon pantalon et mon ventre s'est contracté.

— Tu dois arrêter...

Mon avertissement n'a servi à rien car la fermeture Eclair a suivi, et ma culotte de coton noir — que je n'aurais jamais imaginé devoir montrer à quiconque — est soudain apparue. La bouche de Bax n'était plus qu'un trait ; ses yeux, deux obsidiennes, et j'étais bien incapable de dire s'il transpirait de douleur ou d'excitation. Je sentais une énorme érection derrière le tissu de son boxer, mais Bax continuait à prendre son temps. Et il avait dit qu'il voulait juste dormir. Mais c'était aussi un menteur. Je me suis un peu reculée afin de pouvoir couvrir ma nudité partielle.

Tandis que j'essayais de me rhabiller, Bax a usé de tout son poids pour m'en empêcher. Malgré mes efforts pour lui résister, il a attrapé ma main et l'a plaquée entre mon ventre palpitant et le sien. Son sourire était aussi sombre que ses intentions. C'était un rictus dément, porteur de mille promesses effrayantes. J'en ai eu le souffle coupé et je ne me suis même pas rendu compte que sa main gigantesque dirigeait lentement mais sûrement la mienne sous le tissu de ma culotte.

J'ai compris ses intentions et me suis mise à paniquer un peu — *beaucoup*, en fait. Ma raison me dictait de fuir sa présence, mais mon corps désirait tout le contraire. Mes doigts ont bien vite été imprégnés d'une chaleur humide, moite et intense. Une lueur étrange brûlait dans les yeux de Bax. J'ai tenté de me libérer de son poids mais impossible. J'ai gémi quand nos deux mains ont glissé plus loin encore, vers cette partie vibrante de mon corps qui se contractait rien qu'à la pensée de tout ce qu'un gars comme Bax pouvait me faire.

— Dis-moi d'arrêter.

Sa voix était rauque et teintée du désir sexuel qui nous embrumait l'esprit à tous les deux.

— Arrête...

J'aurais dû y mettre plus de conviction et de défi. Mais non. Ma voix était râpeuse et j'étais essoufflée par les mouvements qu'il me faisait faire contre mon clitoris tandis que son doigt cherchait mon point G.

— Pense-le vraiment, a-t-il murmuré contre ma joue.

Sa lèvre blessée a caressé ma joue. Jamais je n'avais vécu quelque chose comme ça et je ne pouvais échapper au flot de sensations qui m'électrisait. Les yeux rivés à son regard sensuel, je me suis cambrée sous ses délicieuses caresses.

J'ai incliné la tête sur le côté et Bax a profité de cet instant de distraction pour attraper l'un de mes seins et engloutir dans sa bouche brûlante mon téton dressé. J'ai sursauté et son doigt a pénétré plus profondément en moi tandis que j'accélérais les mouvements de mes doigts sur mon clitoris. Je n'avais plus aucun contrôle de moi-même. Rien de tout cela ne me ressemblait, je ne faisais pas ce genre de choses, encore moins avec des types comme lui. Mais lorsque son attention s'est portée sur mon autre sein et qu'il a glissé un autre de ses doigts en moi, tout en m'ordonnant d'appuyer plus fort mon pouce sur mon clitoris, j'ai cessé de lutter. Je me suis cabrée sous lui et de ma main libre, j'ai plaqué sa tête entre mes seins, oubliant tout de ses blessures. Plus rien n'avait d'importance. Le contrôle, la pudeur, les apparences et la réalité, je les envoyais tous valdinguer par la fenêtre. Je n'étais réduite qu'à une boule de nerfs à vif et incontrôlable, avide de plaisir. Ce plaisir qui nous submergeait de toute part et souillait nos mains. Mes yeux se sont mouillés de larmes tandis que je luttais pour reprendre mon souffle.

Il a relevé la tête et m'a regardée. Il n'était pas moqueur et ne jubilait pas de sa petite victoire. Ce regard n'était qu'avidité et désir. Je n'avais jamais rien vu de tel.

— Tu as l'air si pure et innocente, a-t-il déclaré. T'es sûre que c'est pas ta première fois ?

J'ai viré ses mains de mon corps et je l'ai repoussé violemment. Bax s'est reculé après un dernier petit mouvement du doigt contre mon clitoris, qui m'a fait frissonner.

— Je te l'ai dit, ai-je répondu en réajustant ma tenue. J'ai couché avec Billy Clark quand j'étais ado et il y a eu ce mec avec qui j'ai bossé au restaurant. Je suis trop occupée, et pas très intéressée par ces choses-là. On n'a pas tous des putes et des strip-teaseuses à disposition.

Bax a reniflé avec dédain et s'est rallongé sur le lit. J'ai grimacé en voyant le sang qui avait teinté le bandage de son flanc.

— N'importe quoi, a-t-il rétorqué. C'est justement l'intérêt des putes et des strip-teaseuses. Allez, Red, je suis mort. Amène tes fesses et viens dormir.

Comment pouvait-il s'allonger, fermer les yeux et faire comme si de rien n'était ? Je voyais bien la bosse de son caleçon et la petite auréole humide sur le devant. Frustrée, j'ai remis mes cheveux en ordre et j'ai croisé les bras sur ma poitrine.

— Je t'ai dit d'arrêter, ai-je lâché.

Bax a entrouvert un œil et s'est servi de son bras valide comme d'un oreiller.

— Mais tu ne le voulais pas vraiment.

— Ça, ce n'est pas à toi d'en juger !

Il a soupiré et refermé sa paupière.

— Je crois ce que je vois : une main qui me chope et l'autre qui se caresse. D'ailleurs, je suis presque sûr d'avoir les traces de tes ongles plantés dans ma nuque. Et les « oh, Bax, continue, Bax », ça n'est pas le même refrain que « arrête, Bax ». Si j'étais dans mon état normal, tu peux être sûre que j'aurais pas eu besoin de ton aide. Si t'es décidée à faire ça, Dovie, alors assume. Sinon, appelle ta copine et tire-toi. J'ai pas l'habitude de suivre les règles, ni les tiennes, ni celles de personne. Comme j'ai dit, si t'aimes pas un truc que je fais ou si tu veux que j'arrête, faut vraiment que tu le penses. Maintenant, soit tu te pieutes et je t'emmènerai demain matin t'acheter de la bouffe et toutes les conneries de filles dont t'as besoin — j'en profiterai pour me payer une bonne grosse boîte de capotes —, soit tu dégages.

J'ai un putain de mal de tête, les côtes qui me lancent et t'es en train de ruiner mon kif de t'avoir foutue dans tous tes états avec une seule main et un minimum d'efforts.

Je l'aurais giflé. Si je le tuais, est-ce que je m'en tirerais ? J'aurais dû appeler Brysen. Là, j'étais loin de mon domaine d'expertise et pas moyen que je continue à supporter ses critiques. Il m'avait dit d'assumer, mais je n'en étais pas capable. Autant que je trouve mon téléphone et que j'appelle Brysen. Bax se débrouillerait. J'allais agir intelligemment et me barrer d'ici. Mais il s'est relevé et s'est assis sur le lit pour m'attraper par le poignet. Il m'a tirée vers le lit et en deux secondes j'étais allongée contre lui.

— Sois pas un boulet.

Sa voix était chaude et séduisante. Sa main a couru le long de mon dos et je me suis laissée sombrer dans le sommeil.

Qu'est-ce que j'étais supposée faire maintenant ?

Race et Bax se connaissaient peut-être depuis l'adolescene, mais ils étaient aussi différents que le jour et la nuit. Et pas seulement parce que mon frère avait grandi dans une famille privilégiée et Bax dans les rues. Non, cela allait bien au-delà de l'appartenence sociale. Je me suis de nouveau levée tôt, surtout à cause de la présence musculeuse et presque nue d'un Bax dont les doigts s'étaient emmêlés dans ma chevelure. Même pendant son sommeil, on aurait dit qu'il était en lutte perpétuelle contre un ennemi invisible. J'en avais mal au cœur. Race, au contraire, avait l'habitude de dormir comme un bébé, en ronflant et étalé de tout son long. Même une bombe ne l'aurait pas réveillé.

La séance shopping avec Bax avait tout du parcours du combattant version camp d'entraînement des forces spéciales. Il parcourait les allées à toute vitesse et balançait les produits au hasard dans le Caddie, sans même se soucier de la pertinence des aliments. Apparemment, il avait une faiblesse pour les sucreries : il y avait plus de bonbons dans le Caddie que n'importe qui aurait pu en avaler. Race, lui, avait toujours une liste de courses et évitait toutes les allées où il n'avait rien à acheter. Bax ignorait les autres clients ou leur criait dessus s'ils avaient le malheur de le dévisager un peu trop. Vu son visage tatoué, j'aurais pensé qu'il avait l'habitude d'attirer l'attention. Il ne portait pas son sweat, et son pansement imbibé de sang ne passait pas inaperçu sous le T-shirt gris à manches longues qu'il avait récupéré sur la plage arrière. De son côté, Race était plutôt du genre sociable. Il aimait discuter et charmait les femmes âgées comme les jeunes ados. C'était difficile de croire que ces deux-là aient une quelconque histoire d'amitié qui puisse les lier. Sauf si on s'en tenait au fait que Bax s'était sacrifié pour aller en prison au nom de leur fraternité.

Sans que je m'en sois rendu compte, nous avons atteint le rayon parapharmacie et Bax m'a regardée. Un mur de boîtes de préservatifs se présentait à nous et, de toute évidence, Bax attendait que je fasse mon choix. Mais je n'ai rien fait d'autre que le dévisager. Ç'aurait été plus facile s'il n'agissait pas sans arrêt comme s'il était deux personnes différentes. Je n'étais pas fan de son côté brutal et de la façon qu'il avait de me rembarrer en permanence. Par contre, je craquais pour le garçon doux qui me tenait tout contre lui et me caressait les cheveux pendant la nuit. Dommage que ces deux personnalités cohabitent au sein d'un même corps de super-combattant-survivor-tatoué.

— Allez, prends-en, ai-je soupiré. On n'est jamais trop prudent.

Bax a souri puis s'est tenu le flanc en grimaçant. J'avais refusé d'utiliser la Super Glue pour le rafistoler, mais peut-être que j'aurais dû l'écouter. La plaie n'arrêtait pas de suinter et le moindre faux mouvement lui faisait mal. Il a attrapé non pas une mais deux boîtes et les a lancées dans le Caddie avant de rouler jusqu'aux caisses.

— Tu devrais aller voir un médecin pour faire recoudre ta plaie, ai-je dit. Tu as été poignardé, Bax.

— Coupé, pas poignardé, nuance, a-t-il corrigé. Ça ira, la plaie est propre. C'était un couteau bien aiguisé.

Depuis la file d'à côté, une cliente lui a lancé un regard appréciateur qui m'a fait lever les yeux au ciel. Bax fait cet effet au sexe opposé.

— Comment est-ce que Nassir a su que tu allais gagner ? Il m'a donné l'argent avant même que le combat commence.

Bax m'a dévisagée avec attention avant de remarquer la façon dont la femme d'à côté le regardait. Mon frère lui aurait souri ou adressé un clin d'œil complice. Bax, lui, l'a fixée jusqu'à ce qu'elle détourne le regard, gênée.

— Il fallait que je gagne. Tu étais là.

— Quel rapport ? ai-je demandé en lui tendant les courses qu'il a déposées au fur et à mesure sur le tapis roulant.

— Ce genre de combat dure jusqu'à ce que le gars d'en face soit à terre, inconscient ou mort. Si j'avais perdu, tu te serais retrouvée toute seule et Nassir t'aurait livrée à Benny ou Novak... au premier qui lui aurait donné de la thune. Il savait que je ne perdrais pas.

Je l'ai regardé comme si une paire de cornes venait de lui pousser sur le front.

— L'autre gars avait un couteau, ai-je souligné. Il aurait très bien pu gagner.

— Mais c'est pas le cas.

Ma soudaine mauvaise humeur l'a fait sourire et j'ai repris :

— J'aurais dû me méfier de ce texto. Comment est-ce que Novak a pu avoir mon numéro, d'ailleurs ?

Avec un haussement d'épaules, Bax a tendu du liquide à la caissière.

— Les criminels trouvent toujours un moyen d'obtenir ce qu'ils veulent. Allez, viens, faut qu'on se casse. Je dois encore me trouver des nouveaux T-shirts et un sweat.

Là-dessus, Bax m'a détaillée et un sourire a tordu sa bouche.

— Tu devrais me laisser te trouver des fringues qui te vont.

Je devrais surtout l'empêcher de me les enlever de nouveau. Nous avons rangé les courses dans le coffre et j'ai changé de sujet.

— Où est-ce que tu vivais ? Il n'y a rien chez ta mère. Je veux bien croire que tu aies squatté tous les lits qui s'ouvraient à toi, mais tu dois bien avoir un endroit à toi où dormir, non ?

Il m'a regardée par-dessus le capot du coffre ouvert.

— J'ai un endroit où crécher, c'est dans The Point. Juste un pied-à-terre où je garde mes affaires. Et j'ai pas squatté tant de pieux que ça, si tu veux tout savoir. Je préfère rester dans ceux que j'ai testés et approuvés.

Je lui ai adressé un regard glacial et l'ai rejoint dans la voiture.

— Je ne suis pas sûre que ce soit mieux.

Nouveau haussement d'épaules, puis il a fermé sa portière.

— Les mecs ont des besoins, mais les filles aussi. Tout ce qui leur faut, c'est un bon partenaire qui leur donne assez confiance en elles pour qu'elles demandent ce dont elles ont envie.

Bax n'était pas du genre causant mais quand il prenait la peine de dire quelque chose, il était difficile de le contredire.

— Je n'ai jamais rencontré un tel garçon, ai-je marmonné, dans l'espoir qu'il ne m'entende pas.

Mais bien sûr, Bax a compris et s'est mis à rire.

— Ça, c'est parce que tu sais pas encore ce dont tu as besoin. Mais ça viendra.

J'ai boudé jusqu'à ce que Bax se gare devant un petit centre commercial situé à mi-chemin entre le supermarché et la maison. J'avais bien l'intention de rester là le temps qu'il fasse son shopping, mais c'était oublier que quand Bax veut quelque chose, il l'obtient. Il m'a arrachée au siège passager et m'a plantée à côté de sa voiture, moi boudeuse et lui en train de se marrer.

— Tu peux continuer tant que tu veux, Red. T'es adorable quand tu fais la tête, a-t-il ajouté en plaquant le bout de son pouce contre ma lèvre inférieure.

J'ai essayé de le mordre en représailles, mais il m'a embrassée à pleine bouche et j'ai complètement perdu pied.

Sa lèvre était encore fendue mais sa chair à vif ne rendait pas son baiser moins doux. Il a forcé ma langue à s'enrouler à la sienne et j'ai entouré sa nuque de mes bras tandis qu'il se pressait contre moi. Ses dents se sont attardées sur ma lèvre inférieure et mon cœur s'est mis à battre au rythme des allées et venues de sa bouche, puis de l'infime pression de ses hanches contre les miennes. J'ai haleté et Bax en a profité pour raffermir sa prise sur mon corps et sur ma langue. Normalement, un baiser ne donne pas spécialement envie de fusionner avec son partenaire, mais avec lui...

Lorsqu'il s'est écarté, sa lèvre était encore plus sanglante et ses yeux brillaient comme deux joyaux. Moi, j'étais carrément sur la pointe des pieds, désespérément accrochée à ses larges épaules.

— S'il fallait que je devine ce dont tu as envie là tout de suite, qu'est-ce que ça pourrait bien être ? a-t-il lâché sur un ton ironique.

Je lui aurais bien balancé un coup de genou entre les jambes, mais il a pivoté juste à temps et a pris ma main dans la sienne.

— Allez, on termine la mission fringues et on rentre ranger les courses.

J'avais comme l'impression que « ranger les courses » était une sorte de code pour « ouvrir la boîte de capotes ». Bax faisait ce qu'il voulait de moi et je ne savais pas bien si je devais en être excitée... ou terrifiée.

7

Bax

C'était la fille la plus bornée, compliquée et reloue que j'aie jamais rencontrée. Un tempérament de feu qui allait carrément bien avec ses cheveux. J'ai essayé plusieurs fois de lui faire essayer des pantalons qui mettraient sa taille fine et ses longues jambes en valeur, mais elle m'a lancé un regard assassin et m'a envoyé chier. Pas sûr qu'elle soit énervée à cause de mon argent sale ou à cause de mes critiques sur ses fringues de mec. Je voyais clair dans son jeu, donc j'en avais rien à foutre, mais je pensais qu'en tant que mec, c'était mon devoir de faire un truc pour ses fringues. D'après ce que j'avais pu voir de son corps, c'était vraiment trop con qu'elle se sente obligée de se fondre dans la masse crasseuse de The Point.

Elle s'est éloignée et j'en ai profité pour ajouter discrétos quelques jeans, deux T-shirts et un pull à capuche noirs à mes achats perso qui étaient déjà dans le Caddie. Si je devais me planquer en banlieue quelque temps, il fallait que je récupère certains trucs à mon appart en ville. Et Dovie allait devoir arrêter de faire la gueule et de se renfermer dans sa coquille à la con, que ça lui plaise ou non. C'était drôle de la voir démarrer au quart de tour, on aurait dit qu'elle allait craquer. J'adorais la teinte rose de ses joues couvertes de taches de rousseur, la façon dont sa belle petite bouche virait au rouge et ses yeux verts qui s'assombrissaient. Mais surtout, j'adorais son côté virginal, comme si chaque truc que je faisais pour elle, chaque contact, était tout nouveau pour elle. Dans ces moments-là, toute la merde qui nous entourait n'avait plus aucune importance.

Je l'ai retrouvée à la caisse mais elle a évité mon regard. Mon petit rire moqueur a inquiété la caissière, qui nous a dévisagés à tour de rôle. J'aurais dû penser à mettre des soutifs et des strings dans le Caddie, juste pour mettre Dovie mal à l'aise, mais trop tard. Quelques minutes après, on était dehors avec un sac de courses plein.

— Quel genre de filles n'aime pas acheter des fringues ?

Dovie m'a lancé un regard mauvais par-dessus son épaule et a rejeté ses cheveux en arrière. J'avais hâte de caresser cette crinière et d'en respirer l'odeur. On aurait dit des flammes, rouge et orange, autour de son visage pâle.

— Cette situation est déjà assez embarrassante, flippante et incontrôlable, elle a fait en nous désignant du doigt à tour de rôle. Il se pourrait que tu fasses du mal à mon frère et j'ai même la quasi-certitude que c'est ce que tu vas faire. Je ne suis pas ta copine et ce n'est pas la peine de me promener et de m'emmener faire les courses comme si c'était le cas.

— T'as plus rien, Red.

Sa grimace m'a fait sourire.

— Si, j'ai ma fierté. J'ai mon frère. Et assez de bon sens pour savoir que plus je traîne avec toi et plus ce sera dur quand tu auras eu ce que tu veux et que tu te débarrasseras de moi.

Je me suis contenté de secouer la tête et — comme elle

s'était plantée devant moi — je l'ai contournée pour aller vers mon coffre. C'est là que j'ai compris pourquoi elle s'était figée. J'ai posé une main au creux de ses reins et j'ai regardé le type adossé à la portière de ma caisse. J'ai tendu le sac et mes clés à Dovie.

— Je reviens, j'ai dit.

Elle a voulu me retenir, mais elle pouvait rien faire contre cinq ans de rage refaisant surface d'un coup. Je l'ai entendue appeler mon nom, j'ai regardé le type se décoller de ma bagnole et se préparer à encaisser le méchant coup de poing que je lui réservais. J'ai pas cogné de toutes mes forces. Mon flanc était encore très douloureux et je sentais déjà mon pansement se tremper de sang. Ma victime a secoué la tête et s'est redressée en malaxant sa mâchoire endolorie.

— Tu n'es pas dehors depuis un mois et tu agresses déjà un agent de police ? il a lâché. La prison te manque donc à ce point ?

J'avais envie d'arracher le foutu badge de son ceinturon et de lui faire bouffer. Je m'apprêtais à lui recoller une droite quand deux petites mains ont entouré mon torse pour m'en empêcher.

— Frapper un flic, mais t'es complètement fou ou quoi ? Oh ! pas la peine de répondre, bien sûr que tu l'es.

J'ai baissé les yeux vers elle, puis j'ai lancé un regard noir au flic. Son sourire narquois m'a fait serrer les poings un peu plus fort.

— Dovie, je te présente l'agent de police Titus King... l'enfoiré à qui je dois mon arrestation et cinq putains d'années passées à pourrir en taule.

Titus m'a regardé sans ciller, puis son attention s'est portée sur Dovie que j'ai poussée pour me planter face à lui.

— T'es gonflé de te pointer ici devant moi.

Il a mis ses mains devant lui en un geste de défense et s'est reculé d'un pas.

— On m'a dit que tu étais sorti. Gus demande après toi. Je me suis dit que tu serais peut-être intéressé par un travail honnête, pour changer...

— C'est maintenant que tu proposes de m'aider ?

Putain, j'avais qu'une envie : mettre mes mains autour de sa gorge et serrer jusqu'à ce que sa tête explose. Titus a soupiré et sa main s'est posée sur le holster qui pendait à sa hanche. Le message était clair : il ne me laisserait pas m'en tirer comme ça.

— Tu as été pris en flagrant délit, Bax. Qu'est-ce que j'étais supposé faire, d'après toi ? Tu étais seul dans l'Aston Martin. Race n'était pas là. Quant à Novak, comme d'habitude, il avait un alibi en béton et pouvait s'en sortir blanc comme neige. Toutes les preuves étaient contre toi, putain, et tu aurais dû prendre bien plus que cinq années ! Ça n'a pas été le cas et tu devrais t'estimer heureux. Je te rappelle que le proprio de la voiture est mort.

Je voulais le cogner mais je préférais pas entrer dans les détails glauques de ce que Race et moi on faisait avant que tout nous pète à la gueule devant Dovie.

— Barre-toi, King, j'ai dit. J'ai pas besoin d'une baby-sitter. Je suis pas en conditionnelle.

— C'est vrai, mais vu ton rythme de vie, tu aurais bien besoin d'un putain d'ange gardien, Bax. Passe voir Gus. Fais le bon choix, pour une fois. J'ai pas envie d'avoir à te remettre en prison.

Je lui ai lancé un regard noir, j'ai balancé le sac dans la bagnole et me suis tourné vers Dovie.

— En voiture, Red.

Elle était sur le point de répliquer, mais mon regard a suffi pour qu'elle la ferme et m'obéisse.

Une fois la rouquine éloignée, je me suis rapproché de Titus. Lui et moi, on jouait dans la même catégorie : il me dépassait d'une tête et était aussi baraqué que moi. Là où ses muscles étaient taillés pour la protection et la sécurité, les miens étaient voués à la destruction et au carnage. Même carrure et mêmes cheveux, mais il avait hérité son regard bleu azur de son père, alors que le mien était noir comme la nuit. Même si on avait la même mère, on était assez différents. Mais impossible de pas voir qu'on était de la même famille quand on était l'un à côté de l'autre.

— Je préfère crever que de retourner en taule, Titus.

Avant que j'aie le temps de réagir, mon demi-frère a posé une main sur mon épaule.

— C'est bien ça qui me fait peur, petit con. Maman est dans la merde. Quant à Novak, il veut ta mort, ou pire. Et je sais qu'il veut me crever aussi. Race est toujours dans la nature et toi, tu te bastonnes et tu parades partout en ville avec je ne sais quelle meuf, qui en plus a l'air à peine majeure ! Tu cherches les embrouilles à longueur de temps et à ce rythme, je vais finir par t'enterrer. Tu crois vraiment que c'est ce que je veux ?

Je me suis dégagé et j'ai plaqué ma main contre son épaule massive.

— J'ai pas peur de Novak. Je vais retrouver Race et tirer toute cette histoire au clair. Cette meuf, c'est sa sœur et elle est totalement majeure. Je parade pas. Benny a ruiné son appartement et il la harcèle pour trouver son frangin. Maman, c'est pas mon problème et le tien non plus. T'as perdu le droit de jouer les grands frères le jour où tu m'as passé les menottes, Titus.

J'allais pour ouvrir ma portière quand ses mots m'ont coupé dans mon élan.

— Tu es prêt à pardonner à Race de t'avoir piégé et à protéger sa sœur, mais tu me pardonneras pas d'avoir fait mon job ?

J'ai jeté un œil à mon demi-frère, la seule et unique personne au monde à part Race à avoir tenté de me sauver de moi-même. On n'avait jamais été très proches, lui et moi. On a six ans de différence et Titus a toujours été du genre à respecter les règles — enfin, autant que possible quand il s'agit de survivre. Quand j'ai eu dix ans, il nous a laissés seuls maman et moi et s'est barré pour vivre chez un ami à lui dans The Hill. Il s'est tiré des quartiers et a changé d'école. En tant qu'adulte, je ne peux pas lui en vouloir mais le gamin que j'étais s'est senti abandonné. Le poids que représentait ma mère allait peser lourd sur mes jeunes épaules, et ça me paraissait pas juste que Titus aille se la couler douce chez les bourges alors que moi j'allais devoir devenir un criminel pour nous garder en vie, ma mère et moi.

— Ton travail craint, agent King.

— C'est inspecteur King.

— Va te faire foutre.

J'ai ouvert la portière et me suis glissé près de Dovie. Les mains nouées, elle n'avait pas cessé de me regarder par la fenêtre. Elle mourait d'envie de m'interroger sur la situation, c'était évident. Mais ses belles petites lèvres sont restées scellées.

— Va voir Gus, Bax.

La voix de Titus était à peine audible par-dessus le ronronnement puissant de mon moteur.

J'ai conduit si vite qu'on a rejoint la banlieue en dix minutes au lieu de vingt. La présence de Dovie rendait cet endroit de plus en plus supportable. Elle agissait comme un baume sur mes souvenirs douloureux. Une fois les courses déposées dans la cuisine, je me suis retourné vers Dovie, qui était appuyée contre la porte du frigo. Ma voix a été plus agressive que prévu.

— Faut ranger tout ça.

Dovie a rejeté sa tête en arrière et j'ai eu soudain envie de lécher son cou.

— Parle-moi de la nuit où tu as été arrêté, elle a dit.

— Non.

— Si, Bax. Il faut que je comprenne comment Race t'a piégé.

— Même moi j'y comprends que dalle.

— Qui est ce flic par rapport à toi ?

— Personne.

— Bax...

J'ai grondé — littéralement — et marché vers elle d'un pas lourd. J'ai plaqué mes mains contre le congélateur, la rendant prisonnière de mes bras. Je ne savais pas si je voulais lui faire peur, l'intimider ou tout simplement me perdre dans ses yeux verts comme de la mousse et oublier la réalité pour un court instant.

— Il faut que je sache, elle a insisté.

OK, mais j'avais pas envie d'être celui qui lui apprendrait la vérité. Elle s'est mise sur la pointe des pieds et ses mains se sont posées sur mes joues mal rasées. Impossible de m'arracher à la supplique de ses yeux hypnotiques.

— Cette nuit-là, Race m'a appelé pour me dire que Novak avait un boulot à me filer, j'ai commencé. Il fallait voler une Aston Martin Vanquish dans The Hill. Au départ, je voulais pas le faire. C'est une bagnole haut de gamme, ce qui signifie que les systèmes de sécurité sont quasiment inviolables. J'ai dit non. Déjà, parce que c'était risqué, mais aussi parce que Race et moi on essayait de se ranger. Novak voyait de plus en plus gros et il passait sans arrêt des commandes à Race, et ça devenait bien trop gros.

Ma respiration s'est accélérée pendant que les souvenirs revenaient, même si Dovie essayait de me maintenir dans le présent.

— Quelques heures plus tard, Race m'a rappelé et m'a dit qu'on devait faire le coup. Qu'on n'avait pas le choix. Soit je venais, soit il irait seul. Même s'il est super-bon pour déjouer les systèmes de sécurité, les LoJack[1] et tout ce qui peut alerter les flics, c'est pas un voleur et il y connaît que dalle en bagnoles. Si je le laissais y aller seul, ça allait mal finir.

J'ai cligné des yeux, pour essayer de voir plus clair dans tout ce merdier, puis j'ai continué :

— J'aurais dû demander pourquoi. Pourquoi cette caisse-là ? Pourquoi ce soir-là ? Pourquoi on avait pas le choix ? Je voulais pas que Race risque sa peau sans raison. Alors je lui ai donné rendez-vous dans The Hill et j'ai fait le taf.

Je me suis éloigné de Dovie pour aller m'appuyer contre l'évier.

— Race était bizarre, ce soir-là. Il était tendu, nerveux. Je lui ai demandé ce qui allait pas mais il répétait juste qu'il nous fallait absolument cette bagnole. Novak avait été très clair, là-dessus. Une fois le portail et la sécurité passés, on a tracé dans le garage. La caisse était là, neuve et canon, comme prévu. J'avais hâte de la conduire.

L'odeur de cuir et de peinture fraîche m'est revenue. J'ai penché la tête en avant et j'ai fermé les yeux. Après un petit massage de la nuque, j'ai repris :

— J'ai demandé à Race de faire son taf mais il est resté planté là, à me regarder. Quelque chose n'allait pas, c'était clair. Ce n'était pas comme d'habitude. En quelques minutes, on

1. Système de sécurité spécifique aux voitures américaines.

était dans la baraque, pour braquer le proprio, un vieux richard à la con, et l'embarquer avec nous dans la caisse. Puis on a pris la bagnole direction le District et Novak. J'ai pas arrêté de demander qui était ce type mais Race ne faisait que s'excuser et me disait que je pouvais pas comprendre, qu'il me le revaudrait, en attendant je pigeais que dalle. On est arrivés au point de rendez-vous, Novak était là, Benny aussi. Le vieux, lui, il flippait grave. Je voulais leur refiler les clés et me barrer sans me retourner, mais j'en ai pas eu le temps, les flics sont arrivés de nulle part, comme à chaque fois qu'ils nous tombent dessus dans cette foutue ville. Les balles ont commencé à pleuvoir, tout le monde s'est jeté au sol et Race a disparu au moment où j'essayais de me tirer au volant de la caisse. Je me rappelle encore mon pouls qui s'accélère, l'odeur de caoutchouc brûlé, le bruit des sirènes de flics et le regard désolé de Race en me voyant me barrer. J'aurais pu y arriver et disparaître dans la nuit. Mais je voulais pas l'abandonner. Et tout ce bordel m'a fait perdre le contrôle de la bagnole et je me suis planté dans une cabine téléphonique. Les flics ont eu tout le temps de me choper. Je leur ai demandé où était Race, sans savoir ce qu'il s'était passé. Je voulais des réponses. C'est Titus, mon propre demi-frère, qui m'a arrêté. Il m'a foutu sur la banquette arrière de la voiture de patrouille, m'a dit que le vieux richard était mort, qu'on m'arrêtait pour vol de voiture et délit de fuite et que je pouvais m'estimer heureux de pas plonger pour kidnapping et tentative de meurtre. Direct, j'ai demandé à parler à Race. Je voulais savoir ce qui avait merdé, pourquoi il avait enlevé le vieux. Titus m'a simplement répondu que je saurais tout en temps voulu. C'est grâce à lui si j'ai pris que cinq ans et pas quinze.

Je me suis éclairci la voix et j'ai tourné mon regard vers Dovie. Elle avait les yeux humides et semblait aussi mal à l'aise que moi. Je voulais pas de sa pitié. A l'époque, j'avais merdé et je m'étais fait prendre, ça faisait partie du jeu. Mais la trahison de la seule personne en qui j'avais confiance, ça, ça avait du mal à passer.

— Titus savait ce qui avait mal tourné, j'ai expliqué. Race l'avait appelé. Ton frère m'a volontairement envoyé en prison et je dois savoir pourquoi. Il a laissé Novak buter le vieux, il l'a même aidé à le faire. Je dois savoir pourquoi, et s'il a changé de camp. Cette nuit-là, Race a agi seul, et je dois comprendre pourquoi.

Dovie a murmuré mon nom et s'est glissée entre moi et le plan de travail, encore recouvert des provisions qu'on n'avait pas eu le temps de ranger. Elle a entouré mes épaules d'un bras, et son autre main s'est posée sur mon palpitant qui essayait de traverser mon torse.

— Il devait avoir une bonne raison, elle a dit. C'est ton meilleur ami. Je te jure qu'il n'est pas devenu un homme de Novak, il est venu à moi immédiatement après toute cette histoire. Il faut régler tout ça. Race n'est pas mauvais... et je suis sûre que toi non plus.

Elle avait tort. Pressé contre elle, j'ai viré les provisions du plan de travail qui sont allées s'écraser sur le carrelage. J'ai pris Dovie par sa petite taille menue et l'ai assise sur le rebord. Là, les yeux dans les yeux, je me suis glissé entre ses jambes.

— Tu as tort, Dovie. S'il m'a piégé pour pas se faire choper ou parce qu'il craignait Novak, je le buterai sans le moindre regret.

Elle n'a pas détourné le regard et mes yeux se sont posés sur le seul article qui n'était pas tombé par terre : la boîte de capotes. Elle était là, à portée de main, comme un putain de signe divin m'informant que mon temps était compté et que je méritais bien un moment de répit avec cette fille aussi douce que têtue.

— Dis-moi, Bax. Est-ce qu'il existe une raison que Race pourrait donner et qui justifierait ton pardon ? Une seule.

Ma mâchoire s'est contractée et ma paupière a tiqué. Ça faisait bien cinq ans que cette option, la seule acceptable, tournait dans ma tête : Race m'avait piégé dans le seul but de me protéger de moi-même, comme il l'avait toujours fait. Ça, je pourrais le comprendre.

— Honnêtement, elle a poursuivi, je ne crois pas que tu lui feras quoi que ce soit. Tu ne pourrais pas vivre avec ça.

Elle ne me connaissait pas assez pour pouvoir affirmer un truc pareil, mais elle allait bientôt voir combien je pouvais être déterminé quand je voulais quelque chose. Je peux tout détruire très facilement et sans me fatiguer, quand je le veux. C'est un jeu auquel je suis très doué. Et j'y joue souvent.

J'ai ouvert le premier bouton de son haut du bout du doigt et Dovie a hoqueté. J'ai attendu un instant qu'elle réagisse mais devant son silence, j'ai pris les deux côtés de sa chemise et l'ai ouverte d'un coup sec, faisant sauter les boutons en plastique sur le sol. Son nez tacheté s'est plissé. Putain, et dire que je la trouvais fadasse et sans intérêt au départ. Dovie était chaude et rayonnante comme un soleil prisonnier d'une enveloppe de porcelaine, et elle avait la plus belle paire de seins que j'avais jamais vue. Généralement, j'aimais pas les taches de rousseur, mais les siennes...

— C'était ma seule chemise...

D'un coup sec, j'ai baissé le vêtement et viré ce qui en restait. Son soutif a suivi, libérant sa peau blanche. J'en avais vu des filles sexy, certaines utilisaient même leur corps et leur pouvoir sur les mecs pour se faire de la thune. Mais rien de comparable avec la beauté naturelle et virginale de Dovie.

— T'inquiète, je t'ai acheté quelques T-shirts pendant que tu boudais.

Mes mains ont glissé sous son baggy et j'ai fait descendre la fermeture Eclair. La peau de son ventre, douce comme celle d'un bébé, s'est tendue sous mes poings abîmés, mais lorsque je lui ai demandé de se lever pour que je puisse virer le reste de ses fringues, elle a obéi et a fini nue, face à moi sur le plan de travail. Ses grands yeux verts lui dévoraient le visage et ses mains reposaient le long de ses hanches dénudées. Elle s'est mordu la lèvre si fort qu'une goutte de sang a perlé sur ses dents. Cette fille était la pureté incarnée, bien trop sage et trop clean pour tout ce que j'avais envie de lui faire.

— Je vais te prouver que tout ce que tu crois savoir sur moi est faux. Et alors, tu le regretteras.

Elle a caressé mon tatouage en forme d'étoile du bout du doigt.

— Non, elle a répondu. Je sais que tu n'es pas une erreur.

J'allais devoir lui montrer le contraire, alors.

D'un geste brutal et impatient, je l'ai renversée sur le plan de travail, ma queue dressée collée contre elle. Les mains plaquées sur son cul, je l'ai embrassée. Pas comme on embrasse pour séduire une meuf, mais comme on embrasse pour la posséder. L'avoir nue, à ma merci, alors que j'étais encore fringué, ça avait quelque chose d'ultra-excitant, de puissant. Les rapports dominé-dominant et toutes ces merdes, ça a jamais été mon truc. Mais avec elle, putain, j'aurais pu jouer au maître et à l'esclave toute la journée si elle me le demandait.

J'ai attrapé ses cheveux au creux de ma main et j'ai tiré sa tête en arrière contre mon bras pour la punir d'être aussi douce. Ma langue l'a pénétrée avidement et j'ai mordu ses lèvres, prenant sa bouche encore et encore, en la maintenant immobile sous moi. Je voulais la marquer, la prendre tout entière, pour que rien ne subsiste de son air virginal qui me rendait fou. J'ai mordu un peu plus fort sa lèvre inférieure et Dovie a gémi tandis que j'enroulais ses jambes autour de mon bassin.

Elle a enlevé mon T-shirt et l'a jeté au sol, déjà recouvert de plein de bordel. Ses yeux se sont arrêtés sur mon pansement déjà trempé de sang. Je l'ai vue hésiter et j'ai retenu sa main avant de poser un baiser au creux de sa paume que je serrais fort. Ses yeux se sont replongés dans les miens.

— T'occupe pas de ça. J'ai l'habitude.

Elle a voulu protester mais hors de question qu'elle se laisse distraire par cette connerie. J'ai pris son autre main et l'ai plaquée sous ma ceinture, la gardant loin de ma blessure. Je l'ai forcée à se cambrer au maximum, pour qu'elle offre sa poitrine parfaite à ma bouche affamée. Sa peau était la plus douce que j'aie jamais goûtée. J'adorais sentir ses tétons pointer sous ma langue, comme des mûres. Ses ongles se sont enfoncés dans la peau de mon crâne et derrière mon épaule. Elle a murmuré mon nom entre ses dents et ça ne m'a pas dérangé qu'elle m'appelle *Shane*.

J'ai écarté les jambes pour que les siennes s'ouvrent un peu plus et j'ai glissé ma main pour m'assurer qu'elle était prête à m'accueillir. Elle paraissait si fine et petite sur le plan de travail, son corps ondulait, trempé de sueur, comme s'il allait s'enflammer au moindre contact. Sa peau était soyeuse, crémeuse, et j'ai dû retenir un râle quand ses ongles se sont enfoncés dans mes mains. Ma langue s'est attardée entre ses seins et j'ai laissé un suçon bien visible sur chaque partie de son épiderme qui se présentait à moi. Lorsque je suis arrivé à son autre sein, ses ongles ont creusé un peu plus ma peau, et ses talons se sont enfoncés dans mes hanches.

Ses cheveux s'étaient entortillés autour de mon avant-bras

et sa main qui me caressait la queue s'est perdue contre mes côtes. Elle allait jouir bien avant que j'entre en elle. D'une main ferme, elle a saisi mon menton et j'ai plongé mon regard dans ses yeux écarquillés. J'ai pressé son clitoris du bout du pouce et l'ai contemplée tandis qu'elle perdait pied. C'était incroyable, puissant même. Aussi excitant que de conduire toutes les caisses du monde. Dovie semblait si fragile entre mes mains écorchées. Je m'étais jamais trop emmerdé à savoir si les autres meufs prenaient vraiment leur pied avec moi. Mais avec Dovie, il fallait que ça soit le cas.

— Shane...

Sa voix était à peine plus qu'un murmure et ses yeux exprimaient fatigue et contentement. Elle s'est redressée et a commencé à défaire ma boucle de ceinture. Puis elle s'est attaquée à ma fermeture Eclair. J'ai réprimé un autre râle et l'ai aidée. Elle était serrée contre moi et chacun de ses gémissements me rendait plus dur. Ma queue menaçait de traverser mon boxer à tout moment. Une fois mon fute ouvert, j'ai laissé Dovie le faire glisser avec mon boxer, le long de mes hanches et de mes fesses. J'étais encore plus habillé qu'elle, mais mes tatouages en forme de drapeaux le long de l'aine étaient maintenant exposés à ses grands yeux surpris. Elle les a fixés, fascinée, avant de s'intéresser à ma queue, fièrement dressée entre nous.

Je me suis penché sur elle pour attraper la boîte de capotes et lorsque ma queue a effleuré son sexe trempé, j'ai failli craquer.

J'ai juré et je l'ai regardée. Elle a arqué un sourcil appréciateur et m'a entouré de ses bras. Ses tétons se sont frottés contre mon torse tandis que ses cuisses m'ont plaqué contre son ventre. J'ai pioché une capote et l'ai ouverte avec les dents. Pas facile de l'enfiler vu notre position, mais je me sentais si bien contre elle que je refusais de me décoller de son corps.

C'était comme si j'allais me fondre en elle, faire partie d'elle pour toujours.

J'ai posé mes deux mains de chaque côté de sa tête, encadrée par les mèches enflammées de ses cheveux. Je ne l'ai pas quittée des yeux quand j'ai enfoncé tout doucement le bout de ma queue dans sa chair brûlante.

Elle a affiché un petit sourire grimaçant que j'ai voulu balayer de son visage avec un baiser.

— C'est le point de non-retour, alors ?

Je n'avais jamais été avec quelqu'un comme elle, j'avais jamais senti ce truc, comme si elle était toute à moi. Je n'étais pas son premier mec, mais quand j'ai enfoncé ma queue en elle, j'aurais juré qu'elle était encore vierge. Elle s'est cambrée et a plaqué violemment sa bouche contre la mienne. Sa langue a caressé mon palais et elle a resserré les cuisses autour de moi, ce qui m'a fait un mal de chien au niveau de ma blessure mais m'a fait entrer plus profond encore en elle. On a tous les deux retenu notre souffle sous cette putain de sensation. Je me suis éloigné de sa bouche et j'ai enfoncé mon visage au creux de son cou. Les ondulations de son corps m'ont fait péter un câble et j'ai perdu le contrôle. Mes violents coups de reins déplaçaient nos deux corps le long du plan de travail. Dovie était étalée de tout son long sur le meuble et sa tête pendait maintenant dans le vide.

Je sentais ses ongles s'enfoncer dans mes épaules et sa poitrine aller et venir contre mon torse. Putain que c'était bon. Elle était étroite et humide, et je la sentais se contracter tout autour de ma queue. Je ne pensais plus à rien, la seule chose qui comptait était d'aller jusqu'au bout. J'ai mordu le creux de sa nuque, où une veine palpitait, ce qui lui a fait basculer la tête en arrière et murmurer quelques mots bien trop indécents pour sa si jolie bouche. Sa chair se resserrait autour de ma queue, m'emprisonnait, comme pour me garder en elle pour toujours. Putain, j'en pouvais plus.

J'ai attrapé ses hanches brutalement et je l'ai prise encore plus fort. Elle allait sûrement avoir des bleus demain. J'avais eu l'occasion de baiser depuis ma sortie de prison, mais rien à voir avec ce que je vivais en cet instant. Je me sentais désespéré, dépendant, affamé d'elle. Je pouvais sentir tout, chaque partie d'elle, sa peau, sa bouche, ses cheveux, sa chair brûlante qui me gardait prisonnier. La retenue, le besoin de faire durer, le besoin de la faire jouir autant que moi, tout ça, c'était fini. Il fallait qu'on arrive au bout, qu'on se libère de ce truc puissant et trop intense. J'ai crié son nom comme si je jurais et l'ai redressée sur le comptoir pour qu'on soit face à face. Je l'ai embrassée avec violence et j'ai joui en elle comme jamais je n'avais joui de ma vie. Le baiser a duré jusqu'à ce qu'elle-même se mette à trembler et à se déhancher autour de ma queue, jusqu'à ce qu'elle atteigne le septième ciel et que je reprenne mes esprits. Je savourais ce baiser comme si chaque nouveau contact était décompté et me rapprochait du moment où je n'aurais plus le droit de la toucher. Je voulais que chaque baiser soit un souvenir à part entière.

Il nous a fallu une bonne minute à chacun pour reprendre notre souffle et redescendre sur terre. J'ai décollé mon front de son cou et je lui ai parlé d'une voix qu'on aurait dite rongée par l'acide.

— Voilà. Ça, c'était le point de non-retour.

Dovie a laissé échapper un adorable petit rire. Sa bouche s'est ouverte mais sa réplique a été interrompue par une vibration de téléphone portable. J'ai soupiré et me suis retiré pour partir à la recherche du téléphone au milieu de la pile de fringues qui recouvraient le sol. Une fois l'appareil en main — celui de Dovie —, je lui ai tendu, en plus d'un T-shirt, avant qu'elle saute du plan de travail pour répondre. Je suis allé dans la salle de bains pour me rendre compte de l'étendue des dégâts sur mon flanc.

La plaie suintait mais commençait déjà à cicatriser. Dovie ne m'aiderait pas. J'ai donc pris un des tubes de Super Glue pour coller la blessure. C'était comme se verser de l'huile bouillante sur la peau, mais le sang s'est arrêté de couler presque aussitôt la colle séchée. J'allais peut-être me payer une putain d'infection, mais au moins ce serait pas des connards de gangsters qui mettraient fin à ma carrière criminelle. Je le devrais à la gangrène.

J'allais jeter les pansements sales et me laver les mains quand la tête de Dovie est apparue par la porte, avec mon T-shirt pour seul vêtement. Je savais qu'elle était nue en dessous et ses jambes retenaient toute mon attention.

— C'était le foyer pour lequel je bosse, elle a dit. Un de mes collègues est malade, et il faut que je le remplace. D'habitude, je n'y reste que les week-ends, mais là il va falloir que j'y passe deux jours.

En clair, je la reverrais pas avant lundi. Ça m'a fait grave chier et je savais pas pourquoi. J'ai hoché la tête et j'ai passé la main sur mon crâne.

— OK. Donne-moi une minute pour ranger un peu le bordel de la cuisine et je t'emmène. Je t'ai acheté deux trois trucs qui devraient te permettre de tenir quelques jours, t'as qu'à les prendre avec toi.

L'expression de son visage trahissait la déception, mais elle a acquiescé avant de tourner les talons.

— Cool. Je vais t'aider à ranger.

Je l'ai regardée s'éloigner. Et c'est là que je l'ai ressenti, dans une zone de mon palpitant que je croyais vide et condamnée pour toujours. Un pincement violent, comme une sensation de déchirure, à l'idée qu'elle s'en aille. Une nouvelle douleur à laquelle j'allais devoir m'habituer. Pour son propre bien.

8

Dovie

Quoi que j'aie pu faire avec Billy Clark ou cette espèce de loser du restaurant à l'époque, ça n'avait rien de commun avec ce que je venais de vivre avec Bax. Je savais bien que le sexe ne représentait pas grand-chose à ses yeux, que c'était juste un moyen de se sentir bien, d'intimider une fille et de la contrôler, mais pour moi, c'était complètement différent. C'était comme avoir accueilli une partie de lui en moi, une partie brûlante et palpitante, vibrant en rythme avec les pulsations de mon cœur. Tandis qu'il conduisait à vive allure jusqu'au foyer, ses yeux noirs m'observaient à la dérobée. Qu'attendait-il de moi ? Que je me mette à flipper, que je m'excuse ou bien une réaction plus dramatique et appropriée ? Aucune idée, mais il risquait d'être déçu, car la seule chose dont j'avais envie là maintenant, c'était de me retrouver de nouveau sur ce plan de travail, entièrement livrée à son désir. Il était effroyablement sexy et l'avoir à proximité était tout aussi terrifiant.

Dans ses moments de gentillesse — avec des gars dans son genre, ça n'arrive pas souvent —, Bax était plutôt perturbant et je ne savais absolument pas comment réagir. Par contre, lorsqu'il était en colère, silencieux ou qu'il s'énervait, là, je restais sur mes gardes, prête à en découdre. Quoi qu'il ait pu se passer entre nous, jamais je ne m'étais sentie aussi adorée et désirée. On ne se retourne pas souvent sur moi, mais pendant ces instants volés dans la cuisine, son regard sombre m'avait fait me sentir comme la plus belle fille du monde. Ou de The Point, au moins.

Après avoir passé une boucle de mes cheveux derrière mon oreille, j'ai trituré nerveusement les manches longues du T-shirt — imbibé de taches de sang séché — qu'il m'avait donné. Etrangement, je n'avais pas envie de m'en séparer. De toute façon, il n'avait pas demandé à le récupérer.

— On se dit à lundi ?

— Ouais, ai-je confirmé d'un air absent. Je dors ici cette nuit et j'y passe toute la journée et la nuit de demain. J'adore cet endroit. Ces gosses me rappellent moi quand j'avais leur âge. J'espère vraiment obtenir mon diplôme d'assistante sociale. Comme ça, je pourrai aider des enfants comme on a été, leur éviter des parents de merde, une mauvaise éducation et de passer leur enfance à enchaîner les foyers et les familles d'accueil. La plupart d'entre eux sont persuadés de tout savoir et ne peuvent pas s'adapter. J'imagine que c'est aussi ça, la malédiction de la rue. Les gosses y grandissent bien trop vite...

Bax s'est contenté de grogner, mais du peu que j'en savais à son sujet, c'était plus ou moins son profil à lui aussi. Les enfants ne se réveillent pas un matin en pensant que devenir voleur de voitures, ça serait un job cool.

— Alors, ton frère, c'est...

— Demi-frère, m'a coupée Bax en me toisant sévèrement.

— Euh... demi-frère... Il ne t'aide donc pas à prendre soin de ta mère ? Est-ce qu'il sait pour la maison ?

Sa mâchoire a été agitée d'un spasme. Pas de chance pour lui : m'avoir vue nue — et avoir couché avec moi — m'octroyait le droit à quelques questions indiscrètes à son sujet.

— Titus a toujours été un mec hyper-carré, a-t-il répondu. Avec lui, tout est tout noir ou tout blanc. Son père était un gros trafiquant de drogue et il s'est fait choper quand Titus n'était encore qu'un môme. Il s'en est jamais remis. Il rêvait d'une famille idéale, avec des parents qui s'aiment, sans défauts ni problèmes. Comme c'est le genre de choses qui n'existent pas dans The Point, Titus nous a tout simplement rayés de sa vie et s'est trouvé une nouvelle famille. Il s'est pas occupé de ma mère, parce qu'elle était pas foutue de s'occuper d'elle-même. Et moi…

Il m'a lancé un regard à glacer le sang.

— Il m'a montré sa vision de la famille le jour où il m'a bouclé.

Je me suis éclairci la gorge et j'ai regardé fixement le pare-brise.

— Il n'a pas vraiment eu le choix. Tu es un criminel et lui, un flic.

— On a toujours le choix, Red. Faire le mauvais choix, ça demande d'avoir plus de couilles et d'en assumer les conséquences, mais on a toujours le choix.

Que pouvais-je répondre à ça ? Muette, j'ai continué à jouer nerveusement avec une mèche de cheveux jusqu'à ce qu'on arrive près du foyer. Ce dernier était situé au cœur de The Point. Il y avait des barreaux aux fenêtres et un parc de jeux maussade devant le bâtiment. Ce n'était pas le grand luxe vu de dehors mais une fois à l'intérieur, tout n'était qu'amour et ça en faisait l'un des plus beaux endroits du monde à mes yeux. J'ai eu à peine le temps de remercier Bax et de lui demander quand je le reverrais, qu'il était déjà dehors en train de me tenir la portière ouverte.

Il m'a tendu sa main pour m'aider à descendre, ce qui m'a

laissée dubitative. Les jeunes pensionnaires de l'établissement avaient le visage s collé s aux vitres et assistaient à la scène, mais je m'en fichais. Quand Bax s'est penché vers moi pour m'embrasser, je lui ai rendu son baiser avec intensité, lui offrant tout ce qu'il voulait de moi. Je m'habituais dangereusement vite à lui et si je ne me reprenais pas très vite, je n'allais pas sortir indemne de tout ça. Sa langue a quitté ma lèvre inférieure, me laissant essoufflée et un peu perdue.

— Je passe te prendre lundi.

J'ai acquiescé d'un air absent et pris le sac que Bax me tendait et qui contenait mes maigres possessions. J'ai secoué la tête pour chasser la vague de désir provoquée simplement par sa proximité et j'ai posé ma main sur son avant-bras.

— Non.

Il a levé un sourcil.

— J'ai cours du soir, le lundi, ai-je précisé. Je ne serai dispo qu'à 10 heures du soir.

A en juger par son expression et par son regard ombrageux, l'info ne lui faisait pas plaisir. Il a soudain lâché ma main et a rabattu sa capuche sur sa tête. J'ai ajouté ça à la liste des gestes qui m'énervaient au plus haut point chez lui. On aurait dit qu'il se recouvrait d'une armure. Shane disparaissait alors au profit de Bax.

— T'auras qu'à m'appeler quand tu seras dispo.

Il s'est éloigné vers sa voiture et j'ai senti un filet de sueur froide me couler le long du dos.

— Bax ?

Il s'est arrêté et m'a regardée. Toute mon angoisse et mon manque de confiance se reflétaient dans les deux gouffres sombres qui me fixaient.

— Pas de Roxie, ni de Honor ce week-end, promis ?

Il fallait que je pose la question. C'est vrai, après tout, qu'étais-je en droit d'attendre de lui ? Ce n'était pas comme s'il était un modèle de vertu et d'honnêteté. Nous nous sommes regardés pendant un bout de temps par-dessus le toit de sa voiture, puis il a fait un mouvement du menton.

— Appelle-moi.

J'ai dégluti et l'ai regardé s'éloigner à toute allure depuis le trottoir. Une grande bouffée d'air a quitté mes poumons. Allais-je tenir le coup avec Bax jusqu'à ce que je retrouve Race ? J'avais l'impression de tenir une grenade au creux de ma main. Quand j'allais dans une direction, Bax allait toujours dans l'autre. Il était aussi fatigant que fascinant.

J'avais à peine franchi le seuil qu'une foule de petits corps agités m'a entourée. Les ados, eux, se croyaient trop cools pour manifester leur joie de me voir. Mais leurs yeux brillaient de mille et une questions. Il faut dire que Bax ne passait pas vraiment inaperçu et les jeunes savaient bien que ma vie personnelle était assez discrète. Bien sûr, ils voudraient tout savoir sur Bax et sur la super bagnole dans laquelle j'étais arrivée. Ils avaient l'habitude de me voir débarquer en bus.

J'ai réussi à me frayer un chemin au milieu de la foule de jeunes et de leur barrage de questions jusqu'à la cuisine, où Reeve Black était en train de préparer le dîner pour tout le monde. Il y avait pas moins de douze bouches à nourrir, entre cinq et seize ans. Pas une mince affaire et Reeve semblait déjà épuisée.

— Un coup de main ?

Ma voix l'a fait légèrement sursauter.

— Dieu merci, te voilà ! Lindsay et Blake étaient en train de m'aider mais il y a eu un mouvement de foule à cause de quelqu'un sur le perron. On parlait d'une *belle caisse* et d'un *mec canon*, et ainsi de suite. Le blabla d'ado habituel !

Reeve avait quelques années de plus que moi. Sans connaître toute son histoire, je savais qu'elle me ressemblait pas mal sur bien des aspects. Sa dévotion exemplaire envers les gosses restait un mystère à mes yeux, mais ce foyer ne serait rien sans elle. Je m'étais toujours demandé pourquoi elle traînait avec des gens du commun alors qu'avec son physique, elle aurait pu devenir mannequin ou être la maîtresse d'un mec riche, mais je n'avais pas le culot de le lui dire. Honnêtement, avec ses longs cheveux noirs et son regard de cobalt inébranlable, Reeve m'intimidait. J'étais du genre cachottière et elle semblait toujours en savoir plus sur les gens qu'elle ne voulait bien l'admettre. C'est pourquoi j'essayais de garder une relation strictement professionnelle avec elle. J'ai déposé mes affaires sur la longue table et retroussé les manches de mon T-shirt d'emprunt pour me mettre à l'ouvrage.

— La rumeur dit vrai, ai-je expliqué. J'ai été déposée en voiture, aujourd'hui. Une belle caisse, conduite par un bad boy tout aussi canon ! Par quoi je commence ?

Reeve m'a tendu des pommes de terre à éplucher.

— Je ne savais pas que tu voyais quelqu'un.

Elle avait dit ça sur le ton de la conversation, mais j'avais parfaitement saisi la question derrière sa phrase.

— Rien à voir, ai-je répondu. C'est un ami de Race. Lui aussi s'inquiète pour lui, alors on s'entraide pour le trouver.

— Je vois. Tu n'avais jamais parlé d'un ami de ton frère dont tu sois proche.

A vrai dire, je n'avais jamais parlé de quoi que ce soit avec elle, avant. Intriguée, je l'ai dévisagée.

— Nous ne sommes pas vraiment proches. Bax est différent,

il connaît mon frère depuis longtemps. Il est le seul qui soit capable de le sortir du pétrin dans lequel il s'est fourré.

J'ai sursauté au son de la louche que Reeve venait de faire tomber par terre.

— Tout va bien ? ai-je demandé, en lui tendant une serviette, inquiète.

Ma collègue a marmonné quelque chose d'inintelligible et s'est penchée pour essuyer la sauce qui tachait le carrelage.

— Shane Baxter ? Tu traînes avec ce type-là ?

Je l'ai regardée, surprise.

— Je n'irais pas jusqu'à dire que je *traîne* avec lui, mais oui, lui et Race se connaissent très bien. Pourquoi ? Tu le connais ?

Reeve a juré entre ses dents et s'est dirigée vers le frigo où un groupe de gamins réclamaient du jus de fruits. Je pensais qu'elle allait laisser tomber la conversation mais en revenant, Reeve m'a prise par les épaules et a plongé ses yeux bleus dans les miens. J'ai avalé avec difficulté. Elle semblait très sérieuse, concernée, même.

— Je sais d'où tu viens, Dovie, et tu sais comment ça se passe dans des endroits comme The Point. Au fond, tu es une fille bien, avec beaucoup de cœur et j'admire énormément tes ambitions et tes projets. Ne t'approche plus de Shane Baxter.

Elle m'a secouée fermement par les épaules au point de me faire claquer des dents puis elle a repris :

— Ce type est un poison. Il prendra plaisir à te détruire et à t'enlever tout ce que tu aimes.

Je ne savais pas quoi dire. En plus, c'était déjà trop tard. Si Bax était un poison, il m'avait irrémédiablement infectée.

— Qu'est-ce qu'il t'a fait, Reeve ?

Ma collègue a secoué la tête.

— Rien. Je ne le connais même pas, mais j'ai trop entendu

parler de lui. Il a une terrible réputation, Dovie. C'est un voleur et une brute. Il fait beaucoup de mal aux gens. Et on sait tous dans The Point que la seule raison pour laquelle on ne l'a pas accusé de meurtre, c'est parce que son frère est dans la police. Sérieusement, Dovie, tu es sûre que Race se planque à cause de Novak ? Il me semble plus évident qu'il se cache pour échapper au type qu'il a fait arrêter ! Shane Baxter ne t'apportera que des problèmes avec un grand P !

Elle avait en partie raison. Bax n'apportait que des problèmes. Mais Shane, lui, pouvait être doux, attentionné, prévenant. Il ne fallait pas se fier aux apparences. Ce n'était pas Bax qui m'avait tenue contre lui la nuit, qui m'avait acheté des fringues et qui me supportait quand je faisais ma gamine capricieuse, et encore moins Bax que j'avais laissé me toucher et qui m'avait emmenée aux portes du paradis. C'était Shane. Dommage que lui et Bax ne fassent qu'une seule et même personne. Son *alter ego* mis à part, Shane était un mec bien. Mais je ne me berçais pas d'illusions. L'un n'existait pas sans l'autre et ils formaient un mélange compliqué.

J'ai gardé le silence et nous avons terminé de préparer le dîner. Après ça, nous avons rassemblé les gosses devant un film, puis devant un dessert avant de lutter pour tous les mettre au lit. J'ai dû leur expliquer une bonne dizaine de fois que Bax n'était qu'un ami et que je ne pouvais pas négocier des balades pour eux dans sa voiture. J'expliquais aux adolescentes du foyer que, canon ou pas, Bax n'était pas le genre de gars avec lesquels elles devraient traîner. Je n'avais pas dû paraître bien convaincante. J'étais plutôt mal placée pour parler en toute objectivité des réactions rationnelles à avoir face à un gars qui vous fait complètement craquer et devenir folle, vu qu'elles m'avaient vue en embrasser un quelques heures plus tôt.

✦
✦ ✦

Ce n'est que tard dans la nuit que la maison a été enfin rangée. Pour moi, c'était la meilleure façon de passer mes week-ends. Enfin, ça l'était. Plus tard, allongée dans le petit lit que l'équipe se partageait, je n'ai pas pu m'empêcher de me demander comment j'aurais passé mon temps si j'étais restée dans la petite maison des beaux quartiers de The Hill. Puis je me suis demandé si Bax parviendrait à ne pas aller sauter une fille ce week-end. Après tout, il ne me devait rien. Nous ne sortions pas ensemble et c'était à peine si nous étions amis. Je ne pouvais me reposer que sur sa parole et elle ne valait pas grand-chose. Impossible de dire pour qui j'étais la plus triste : lui ou moi ?

Les yeux fixés sur le plafond, je ressassais une question : comment avais-je pu en arriver là ? Secrètement, je maudissais mon frère pour avoir déclenché ces événements. Qu'importe ses motivations à la base. Soudain, le bruit familier de mon téléphone a résonné dans la chambre. Discrètement, j'ai jeté un œil vers l'autre lit dans lequel Reeve dormait à poings fermés et je me suis glissée en dehors des draps. Nous devions aller faire une ronde des dortoirs toutes les heures à tour de rôle. Comme ça allait être mon tour, autant faire d'une pierre deux coups et vérifier mes messages dans la foulée.

Les gosses étaient K-O. Par contre, les ados étant ce qu'ils sont, ils faisaient semblant de dormir. Ça me convenait, tant qu'ils étaient dans leurs lits et pas en train de zoner dans la rue. Une fois sur le perron, j'ai pu enfin regarder le texto sur mon téléphone.

Tu passes une bonne nuit ?

Je ne m'attendais pas à avoir de nouvelles de lui avant lundi.

Mais je n'étais pas certaine d'avoir très envie de lui parler, non plus. Loin de lui, je sentais clairement son pouvoir sur moi s'amoindrir. J'ai soufflé pour dégager les mèches de cheveux qui me barraient les yeux.

Ça peut aller, et toi ?

Il lui a fallu une bonne minute pour répondre. Non pas que je m'attende à ce qu'il le fasse – on était samedi soir et Bax était au top de son sex-appeal. Je préférais ne pas songer au genre de saloperies qu'il serait capable de faire dans ces conditions. J'en avais la chair de poule. Comment avais-je pu penser une seule seconde qu'il n'irait pas voir ailleurs ? C'était un pro à ce jeu-là. Moi, une simple amatrice.

Jsuis allé dans quelques endroits, poser deux trois questions. Race a cherché un vieux richard qui deal avec Novak. Faut que je sache qui c'est. Ça pourrait être la clé de tout.

T'es où ?

Je n'aurais pas dû demander. Ce n'étaient pas mes affaires et je savais que je n'allais pas aimer la réponse. J'avais raison.

Le District.

J'ai fixé l'écran de mon portable en me mordant la lèvre. Avant de me connaître, Bax était un habitué du District. Rien d'étonnant à ce qu'il y retourne. Ça m'agaçait que ça puisse me toucher. Je réfléchissais à quoi répondre quand j'ai reçu un nouveau texto. Comme s'il avait pu percevoir mon malaise à distance.

Je retourne chez ma mère, jsuis juste passé prendre quelques affaires chez moi. Jt'avais dit que je serais sage.

Je ne crois pas que tu saches ce que ce mot veut dire…

Ah bon ? pourtant jviens de te le prouver. Faudra que je me surpasse, la prochaine fois.

J'ai rigolé, songeant que s'il se surpassait la prochaine fois, je ne serais plus capable de marcher. Mes cuisses étaient couvertes de bleus, j'avais des suçons sur la poitrine et des courbatures à des endroits où je n'aurais jamais pensé avoir de muscles. J'ai revu alors ses deux tatouages en forme de drapeaux, qui s'agitaient sous mon nez comme pour se moquer de moi. Une légère chaleur m'a envahie. Avec un soupir, j'ai dégagé mes cheveux de mon visage.

Merci.

Je ne voyais pas ce que j'aurais pu dire de plus. J'avais envie de lui faire confiance et de croire qu'il serait sage – parce qu'il le voulait et pas parce que je lui avais demandé – et j'étais reconnaissante qu'il le soit sans raison.

J'ai l'impression que tu me laisseras plus te toucher si je vais voir ailleurs. Pour l'instant, j'en ai pas envie et je veux pouvoir poser mes mains sur toi aussi souvent que tu l'autorises.

Bien. Super, maintenant j'avais ultra-chaud et une certaine partie de mon anatomie était trempée.

Tu me fais peur, Bax.

Je sais.

C'était tout. Plus d'autres messages. Je suis restée une bonne demi-heure à me demander si tout ça allait me mener à ma perte ou, plus vraisemblablement, à une lente et douloureuse agonie.

Le matin suivant, les gosses se sont levés tôt. J'étais claquée : j'avais passé la nuit à ressasser les deux derniers mois dans ma tête, ainsi que chaque moment passé avec Bax. Je n'aurais jamais dû lui dire que j'allais coucher avec lui. A quoi est-ce que j'avais pensé ? Comme s'il avait besoin d'une invitation ou d'encouragement pour ces choses-là. J'aurais dû sentir le piège venir, résister à la tentation et rester sur mes positions. Je lui avais demandé de me mentir, de me dire qu'avec moi, ce serait différent. Mais ça s'était retourné contre moi quand Bax avait fait tout le contraire. Je ne représentais peut-être rien pour lui, mais au moins il avait eu l'honnêteté de reconnaître que ce qui nous liait l'un à l'autre n'avait rien à voir avec ce qu'il avait déjà vécu.

J'ai apporté le petit déjeuner aux gosses quand Blake, l'une des ados du foyer, s'est mise à me cuisiner à propos de Bax. Blake était très jolie et son histoire m'avait profondément touchée. Mes parents étaient de vrais enfants de chœur à côté des siens, et elle avait vécu tellement de choses à seulement quatorze ans que j'en éprouvais une haine farouche envers le monde entier. Blake était partie pour devenir pensionnaire à long terme de ce foyer, car elle ne faisait confiance à personne. Elle et moi avions beaucoup parlé et j'avais essayé à de nombreuses reprises de la convaincre que tous les parents ne prostituent pas leurs enfants pour rembourser leurs dettes de drogue. Mais autant parler à un mur et vu tout ce qu'elle avait vécu, il était difficile de lui en tenir rigueur.

Malgré ma mauvaise humeur, Blake s'est pris le menton dans les mains et m'a regardée en battant des cils.

— Alors, qui c'est le beau gosse dans la bagnole ? Tu nous cachais ton petit copain ?

Je l'ai regardée d'un air sévère.

— Non, ai-je répondu en servant des céréales aux enfants. Je n'ai pas le temps pour un petit copain. Vous, les mioches, vous m'occupez déjà bien assez !

— Vu comme il t'a embrassée, on dirait bien que c'est ton petit copain.

J'avais oublié qu'ils avaient assisté à la scène. C'est à cet instant gênant que Reeve a fait irruption dans la cuisine et m'a adressé un regard sévère. Je l'ai ignorée et j'ai reporté mon attention sur Blake.

— Ce genre de gars ne t'embrassent que parce qu'ils en ont envie, pas parce que tu représentes quelque chose à leurs yeux ou qu'ils te considèrent comme leur copine.

L'adolescente a eu l'air dubitatif de celles qui ont malheureusement grandi trop vite.

— On s'en fout de représenter quelque chose ou d'être spéciale à leurs yeux, a-t-elle rétorqué. Quand un mec comme ça t'embrasse, putain, tu profites grave !

— Ton langage ! s'est exclamée sèchement Reeve, tandis que je levais les yeux au ciel.

— Ce n'est pas ce que tu crois, ai-je repris. C'est un ami de mon frère, c'est tout.

— J'aimerais bien connaître quelqu'un qui a des amis comme ça, a-t-elle soupiré.

La conversation a lancé un débat parmi les gamins — plutôt les gamines — sur les garçons de leurs rêves. Même dans le monde où nous vivons, chaque petite fille peut encore se permettre de croire au beau prince en armure qui viendra la secourir, même si ledit prince arbore une étoile au coin de son œil et qu'au lieu d'un cheval, il en chevauche plusieurs, rassemblés sous le capot d'une bagnole. Je les ai laissées à leur discussion et même si j'ai ignoré les critiques de Reeve, ses avertissements ne m'ont pas quittée de la journée.

Aucune nouvelle de Bax et je n'allais pas me mentir, ça m'embêtait. Mais plutôt mourir que de lui avouer. Une fois l'agenda du jour établi avec l'équipe, je suis sortie du foyer avec la ferme intention d'aller voir Carmen et les garçons pour leur demander de m'aider à remettre mon appartement en ordre avant mon cours du soir. Je ne pouvais pas me cacher éternellement et plus vite j'en aurais fini avec ça, plus vite je serais à l'abri des mystères de Shane Baxter. J'allais prendre le bus mais, à ma grande surprise, Reeve m'a proposé de me déposer en voiture. J'ai hésité à accepter, son comportement hostile des deux derniers jours ne m'avait pas beaucoup plu. Mais la perspective de passer une demi-heure à poireauter dans le bus n'était pas plus réjouissante et j'ai fini par céder.

Il a fallu au moins cinq bonnes minutes avant qu'elle ne joue cartes sur table et ne s'adresse à moi d'un ton rigide :

— Dove, je sais que nous ne sommes pas amies et que je ne te connais pas vraiment, mais je dois t'avertir : fais attention à toi. Tu n'as aucune idée de ce à quoi tu t'exposes en fréquentant Bax. Je sais combien tu aimes ton frère et que tu as une haute opinion de lui, mais si Bax fait partie de son cercle d'amis proches...

Reeve a secoué la tête, faisant onduler ses longs cheveux noirs, et a repris :

— Il faut que tu sois extrêmement prudente.

Je lui ai adressé un regard contrit et j'ai replacé mes cheveux derrière mon oreille.

— Je comprends ton inquiétude, Reeve, crois-moi. Mais tu ne connais pas Race, ni Bax d'ailleurs, même si sa réputation laisse un peu à désirer. Tout ira bien.

— J'espère. Tu sais, les gars comme lui...

Elle a laissé sa phrase en suspens ce qui m'a fait tourner la tête vers elle.

— Tu disais qu'il allait me détruire, mais je n'ai aucune intention de le laisser faire.

— Est-ce que tu couches avec lui ?

Cette question m'a fait me raidir sur le siège, nous n'étions pas plus proches que des collègues.

— Pourquoi ?

— Ça fait un an que tu travailles au foyer et pour autant que je sache, tu n'avais jamais mentionné de garçon avant. Mais tout à coup, voilà que ce type débarque de nulle part et que vous vous roulez des pelles devant l'entrée. C'est tout à fait leur genre, à ces mecs-là. Te faire faire ce que tu ne ferais pas en temps normal. D'abord, tu couches, puis ensuite, c'est l'alcool, peut-être une ligne de coke par-ci par-là, et du jour au lendemain, tu es si accro au type que tu te retrouves à enfreindre la loi pour lui. Tu deviens un pion. Tout ça n'est qu'un jeu pour eux, Dovie. Rien d'autre.

— Est-ce que tu es certaine de ne pas connaître Bax ? On dirait que ça sent le vécu.

— Je te l'ai dit, je ne le connais pas. Mais je connais sa réputation. Et quand les gars de son espèce en ont fini avec toi, c'est pas joli à voir. C'est le genre d'expérience dont on ne se remet jamais et je détesterais que ça t'arrive à toi.

Je n'avais pas l'intention non plus que ça m'arrive.

— Je ne bois pas, Reeve, et ma mère était une junkie, que je couche avec Bax ou pas, il peut courir pour me faire sniffer quoi que ce soit.

Je me suis tue et j'ai haussé les épaules d'un air dégagé.

— Pour le reste, j'ai besoin de lui, pour l'instant. Je vais donc devoir faire avec. Bax ne me ment pas. Il n'essaye pas de me faire croire qu'il se soucie de moi ou qu'il est un mec bien. Je lui ai bien fait comprendre qu'il me fait flipper, mais il peut aussi se montrer très doux et attentionné à l'occasion. Je n'ai pas d'autre choix que de jouer son jeu pour l'instant. Il est bien le seul à savoir comment gagner la partie.

Le discours de Bax à propos des mauvais choix et du fait d'assumer leurs conséquences m'est revenu en tête.

— Reste vigilante et si les choses s'enveniment, éloigne-toi.

J'ai hoché la tête parce que, objectivement, c'était un bon conseil. Si j'étais restée loin de Bax, je n'aurais pas connu le plaisir de ses caresses, d'être dévorée par ses yeux noirs comme la nuit, et je n'aurais pas connu le désir qui me consumait en ce moment.

Dans ma vie, je n'avais jamais eu grand-chose. Bien sûr, avec l'aide de Race, tout était devenu plus facile et j'acceptais de mieux en mieux d'espérer certaines choses : une famille sur laquelle compter, la sécurité, la possibilité de finir mes études et d'aider les gens. Mais JAMAIS je n'avais eu autant envie de quelque chose que de Bax. Et vu le genre de mec qu'il était, c'était un désir non seulement stupide mais aussi dangereux, qui risquait de me détruire.

Le reste du trajet s'est effectué dans le silence le plus complet, l'avertissement de Reeve ayant jeté un froid. Je brûlais d'envie de lui demander d'où elle tenait ses certitudes à propos de Bax, mais j'avais peur de ce que je pouvais entendre, sans compter que je n'avais toujours aucune nouvelle de lui. Une fois devant chez moi, j'ai remercié Reeve et lui ai encore promis d'être prudente. Je n'étais pas sûre qu'elle m'ait crue, mais j'avais déjà un pied dedans et elle ne pourrait rien faire pour changer ça. Il fallait bien que j'assume mes erreurs.

Carmen et les garçons ont été ravis de me voir et ils n'ont pas hésité à venir m'aider pour sauver ce qui pouvait l'être de mon mobilier en ruine. Au passage, j'ai subi un véritable interrogatoire à propos du cambriolage et de Bax. J'ai alors dû répéter au moins une vingtaine de fois à Marco que je rappellerais à Bax qu'il lui devait une balade en voiture. Le ménage a duré tout l'après-midi, et la plupart de mes affaires se sont retrouvées dans la benne à ordures derrière l'immeuble, mais au moins l'endroit était de nouveau habitable. Après ça, Carmen est allée se préparer pour le travail et j'ai emmené les gosses au McDo pour les remercier. Pour ce qui était de mes livres de cours, je finirais bien par trouver un moyen de m'en racheter.

Ce n'est que plus tard, dans le bus en route vers mon centre de cours, que j'ai reçu des nouvelles du mec ténébreux qui hantait mon esprit depuis deux jours. J'avais envie d'ignorer son message et d'appeler Brysen pour lui demander si je pouvais dormir chez elle le temps que Race fasse surface, mais impossible de m'y résoudre. La simple pensée de ce beau visage démoniaque tatoué a eu raison de moi.

Je passe te prendre après tes cours. J'ai des trucs à faire, avant.

C'est bon, je peux dormir chez Brysen.

Je viens te chercher, j'ai dit.

Même à travers un simple texto, sa colère était palpable. Son long silence ne présageait rien de bon. A moins qu'il n'ait tenu parole et que le manque de sexe ne l'ait mis sur les nerfs ? Anxieuse, j'ai mâchouillé une mèche de cheveux et réfléchi à la meilleure façon de gérer la situation. J'avais envie de le voir, d'être avec lui. Mais les avertissements de Reeve me trottaient encore en tête.

OK, mais je vais avoir des devoirs à faire, donc il faudra que je rentre tôt pour m'y mettre.

C'est noté.

Rien d'autre. Pas de moquerie, ou de sous-entendu genre : « On aura mieux à faire que des devoirs. ». Juste : « C'est noté. » Bax était définitivement imprévisible. J'aurais dû m'en inquiéter mais c'était loin d'être le cas.

9

Bax

— T'as mauvaise mine, fiston.

Le vieux mécano avait raison. J'avais la gueule en vrac. Mon flanc guérissait mais pas assez vite. Difficile de lui cacher les multiples branlées que j'avais prises récemment.

Avec un grognement, j'ai serré la main de ce bon vieux Gus, l'homme qui m'avait appris tout ce que je savais à propos des bagnoles. Son garage servait de couverture aux vols de Novak. Si ma caisse était aussi puissante, c'était clairement grâce à Gus. Quand j'étais môme, Titus m'emmenait toujours ici après l'école. C'était bien le seul truc que lui et moi on avait eu en commun : la mécanique. Mon demi-frère était presque aussi doué que moi. Et ça me faisait grave chier. Tous les deux, on cherchait sans arrêt l'approbation du vieux mécano.

— Content que tu sois sorti, il a repris. Les amateurs de bons moteurs américains, ça court pas les rues par ici, et j'aime pas trop confier du matériel d'avant 1976 à mon équipe de bras cassés. Ils y connaissent rien.

J'ai rigolé et j'ai soufflé une taffe. Ça faisait bien deux jours que je traînais partout à la recherche du vieux richard que cherchait Race. Pas une piste. En plus, j'avais grave envie de voir Dovie. Mais avec tout le bordel qui menaçait de me tomber sur la gueule, je préférais éviter de me prendre la tête en plus avec une meuf, alors j'avais gardé le silence radio. C'était censé être qu'un passe-temps, cette meuf. Juste de quoi patienter en attendant de retrouver son frangin. Mais ça servait à rien de me mentir : y avait pas que ma queue qui avait envie de la revoir.

— Je suis tombé sur Titus, j'ai dit au vieux. Paraît que tu veux me voir.

Gus s'est essuyé les mains sur son bleu de travail.

— Depuis quand t'écoutes ce que te dit ton frère, toi ?

— Un, demi-frère, et deux, je ne l'écoute pas. J'allais passer te voir de toute façon. J'ai pas eu une minute à moi. Je cherche Race. T'aurais pas eu de ses nouvelles, par hasard ?

Avec un grognement, Gus a allongé ses jambes et posé ses bottes sur son bureau métallique, le tout en évitant soigneusement mon regard.

— Va falloir que tu lâches un peu ton frangin, Bax. Faut bien qu'il bosse, lui aussi. Et c'est pas parce qu'il a décidé d'être réglo que c'est un mauvais gars, tu comprends ?

Nouvelle taffe.

— Tu changeras de chanson quand il fera une descente dans ton garage clandestin, j'ai lâché en croisant les bras. C'est pas un grand sentimental. Peu importe qui t'es pour lui, il hésitera pas à te foutre en taule.

— Fiston, je gère une affaire tout ce qu'il y a de plus légal et personne ne peut prouver le contraire. Si Titus découvrait le pot aux roses, il serait totalement dans son droit de me coffrer, tout comme il l'a fait avec toi. N'oublie pas que c'est grâce à lui si t'es pas resté coincé derrière les barreaux jusqu'à tes trente ans. Tu devrais le remercier au lieu de le rembarrer.

— Il t'a tout raconté, alors.

— Je suis pas aveugle, Bax. Un coquard pareil, il l'aurait pas s'il ne t'avait pas laissé faire. Si tu tiens vraiment à te salir les mains, j'ai des bagnoles qui ont besoin d'un coup de Polish et d'être correctement retapées : une Mustang, une Nova, une Chevrolet et une Hemi Cuda. Des caisses de choix pour un mécano. Novak en a besoin et je te paierai grassement pour le boulot. Ça sera moins pénible que de servir de punching-ball aux tarés de Nassir.

J'ai levé les yeux au ciel.

— Je t'ai dit que je dois trouver Race. Et Novak, ses ennuis ne font que commencer.

— Ça serait pas malin de lui rentrer dans le lard, Bax.

— C'est pas le but. J'en ai plein le cul qu'il règne sur The Point. Faut le foutre hors circuit. De toute façon, j'ai rien à perdre.

Gus a soupiré avec force et s'est frotté les yeux.

— Tu as un frère de sang et un frère de cœur qui seraient bien peinés sans toi. Et bon Dieu, ta mère ! T'enterrer ? Elle n'y survivrait pas !

J'ai fini ma clope et l'ai écrasée sous ma semelle. J'allais signaler à Gus que tout ça, c'était pas mon problème, mais il a poursuivi son discours :

— Et la petite sœur de Race dont il s'occupe tellement ? Tu y as pensé ? Tu vas entraîner avec toi des gens innocents, Bax, et c'est à peine si ça te touche.

Incrédule, j'ai sorti vivement les mains de mes poches.

— Tu sais quoi à propos de Dovie ?

— Race a été plutôt bavard à son sujet. Apparemment, son paternel n'assume pas vraiment son existence et la mère de la môme n'avait pas l'intention de fermer sa gueule. Alors ce vieux salaud a décidé de tout faire pour l'effacer de l'équation. Les bonnes vieilles méthodes de The Hill, comme on dit. Race en est devenu fou, je ne l'avais jamais vu comme ça.

— C'était quand j'étais en taule, tout ça ?

Gus m'a dévisagé, les mains croisées sur son bide à bière.

— Quelques semaines avant que tu plonges, en fait. Race voulait retrouver la fille et la mettre en sûreté. Il tenait le même discours que toi sur Novak, qu'il fallait qu'il paye et qu'il en avait marre qu'il tire les ficelles. Ça a dégénéré et Race s'est envolé. Je ne sais pas ce qui l'a poussé à ramener la fille ici, sous les yeux de son père et de Novak, mais il devait avoir un plan derrière la tête.

Putain, j'y croyais pas. Donc Race connaissait Dovie avant que j'aille en taule et il m'en avait jamais parlé. Tout revenait à Dovie. Cette histoire puait de plus en plus.

— Juste avant de se faire la malle, Race s'est baladé en ville avec la photo d'un mec. Il était à la recherche d'un vieux richard. Ça te dit quelque chose ? j'ai demandé.

— Ouais. C'est la photo de son vieux.

J'ai cligné des yeux, ébahi, et je me suis figé.

— Quoi ?

Là-dessus, Gus a sauté sur ses pieds, poussant le bureau de quelques mètres.

— Race avait bien compris que son vieux demanderait à Novak de se charger du sale boulot. Dès son retour en ville, il a essayé de les rassembler tous les deux au même endroit.

— De quoi tu parles exactement ? Quel *sale boulot* ?

— Tu connais Novak aussi bien que moi, Bax. De quoi tu crois qu'on parle, là ?

J'ai lâché un juron et j'ai suivi le vieux mécano dans son

garage. Les bruits des soudeurs et des tuyaux à air rendaient impossible toute discussion. Si Race pensait que son propre père avait ordonné à Novak de tuer Dovie pour lui, c'était pire que ce que je pensais. Mais dans quel merdier ce con s'était fourré ?

On s'est arrêtés près d'un gros tas de rouille qui, après un peu de boulot, ferait une belle bagnole. J'ai posé le pied sur le pare-chocs.

— C'est une chouette fille, j'ai dit.

— La frangine, tu veux dire ? Gus a demandé en s'appuyant sur la tôle. Comment tu le sais ?

J'ai levé un sourcil et il a vite percuté.

— Race va te tuer, petit. Il y tient comme à la prunelle de ses yeux, à cette fille !

— Ouais ben pour la protéger, il s'y prend comme une bite, en tout cas. Quand Benny et sa bande sont venus l'emmerder, c'est moi qui ai sauvé ses fesses, je te signale.

— Et qui va la sauver de toi et de ton engin ?

— C'est une fille bien et apparemment elle joue un rôle plus important dans cette histoire que je le croyais. Faut que je foute toute cette merde au clair et vite. Va falloir que je fasse un saut dans The Hill, on dirait.

— Sois prudent. Les gars de ce quartier feraient n'importe quoi pour te voir retourner derrière des barreaux. Tu leur as piqué pas mal de trucs, faut dire...

Sa remarque nous a fait marrer. J'ai viré mon pied du pare-chocs et collé ma capuche sur ma tête.

— Je t'aiderai à réparer ces épaves, mais c'est tout. Je veux rien avoir à faire avec Novak.

— Je préfère que tu restes loin de lui. Joue pas au con, fiston. Sinon, la prochaine fois, c'est pas en prison qu'il t'enverra.

Après avoir serré la main de Gus, j'ai listé tous les éléments qu'il m'avait balancés. Race connaissait donc Dovie avant que j'aille en prison. Son père, le vieux lord Hartman, voulait sa mort et allait payer Novak pour s'en charger. Dovie encore en vie, Race avait kidnappé le vieux la nuit de mon arrestation. Tout ça l'avait mené à revenir en ville, puis à disparaître encore une fois. Il devait avoir quelque chose de sérieux pour faire tomber Novak, sinon il serait pas revenu un an avant ma libération. A croire qu'il avait volontairement attendu ma sortie de taule pour que je puisse agir. Mais qu'est-ce qu'il attendait de moi ? J'étais sûr d'un truc : je n'étais qu'un putain de pion dans son plan. J'avais sacrifié cinq ans de ma vie pour quelqu'un d'autre et ça me foutait vraiment, vraiment en rogne. Jamais j'aurais cru pouvoir me faire utiliser comme ça.

Tout ça tournait encore dans ma tête sur la route pour aller récupérer Dovie. Elle avait dit qu'elle sortirait à 10 heures et que je devais l'attendre devant son truc de cours. Quand je suis arrivé, elle était déjà sur le trottoir. Ma pression sanguine a augmenté quand elle s'est assise sur le siège passager en claquant la portière un peu trop fort. Elle affichait un air boudeur et une légère rougeur soulignait ses taches de rousseur. Quelque chose l'énervait. Moi, tout ce que je voulais, c'était lui virer ses fringues et la faire crier de plaisir.

— Quoi d'neuf ?

Dovie a basculé la tête sur le dossier de son siège et ses yeux se sont fixés sur moi. Dans ces moments-là, ses yeux verts se teintaient d'un noir profond. J'adorais ça. Quand je la faisais jouir, ça faisait pareil.

— Sans livres, je n'arrive pas à suivre les cours, même ceux du soir, elle a grogné. Je déteste Benny, je déteste ce Novak.

Et je déteste encore plus mon frère de m'avoir foutue dans cette situation.

— T'as besoin de fric ?

Nos regards se sont croisés.

— Certainement pas du tien, en tout cas.

J'ai lâché un grognement. Quelle chieuse... Comment est-ce qu'elle avait pu me manquer ? Elle s'est tortillée sur son siège, ce qui m'a permis de mater un peu la peau laiteuse de son cou, marqué par un énorme suçon. Ça a suffi pour que ma queue se réveille.

— Et de la part de Race, t'accepterais du fric ?

Elle a finalement acquiescé et a croisé les bras sur sa poitrine. Sa putain de poitrine qui allait me hanter pendant longtemps, même quand Dovie serait plus qu'un vieux souvenir pour moi. J'ai mis les choses au clair :

— Ton frère est pas là, et je suis tout ce que t'as sous la main. Prends ce fric, ou tu vas foirer tes cours. Dis-toi que c'est pour la bonne cause.

— Je ne suis pas une œuvre de charité !

— J'en suis pas si sûr, moi.

La casser, c'était trop marrant. Elle se braquait toujours pour un rien.

— Et avec les gosses, ça s'est bien passé ? j'ai dit.

Elle a eu l'air surprise. Genre comme si elle pensait que j'allais lui tendre un piège avec ma question. La vérité, c'est que je voulais vraiment savoir. J'avais encore jamais rencontré quelqu'un d'aussi concerné par les autres. Dovie était une sorte de sainte, en fait... Une sainte carrément bonne !

— Ça a été. Tout le monde était de bonne humeur, c'est plutôt rare. Ils ont trouvé ta caisse trop classe.

J'ai ricané.

— Normal, elle l'est.

Elle s'est mordu la lèvre et a dégagé ses cheveux de son visage. Je l'aurais bien mordue aussi.

— Il paraît que tu as promis une balade à Marco, mon petit voisin. Il m'a demandé de te le rappeler.

— Ce petit con a essayé de m'arnaquer.

Elle a laissé échapper un petit rire, puis j'ai démarré.

— Tu devrais l'emmener faire un tour, elle a dit. Il serait fou de joie. Il n'a pas beaucoup d'occasions de s'amuser.

— Je vais voir.

Une fois arrivés, on a marché côte à côte jusqu'à la maison.

— Qu'est-ce que tu devais faire exactement, ce soir ? elle a demandé.

— C'est déjà fait. J'avais un vieil ami à aller voir.

Elle m'a lancé un regard interrogateur pendant que j'ouvrais la porte, puis j'ai passé un bras par-dessus son épaule. J'avais promis que je la laisserais bosser et je comptais bien tenir parole, mais si elle continuait à me tenter avec ses regards ultra-chauds, elle allait finir plaquée contre une porte. En plus, j'étais allé voir Gus avant exprès pour pouvoir passer plus de temps avec elle.

— Et pour Race, elle a dit. Tu as découvert quelque chose ?

Une fois dans le salon, Dovie a bloqué en voyant une télé et un ordinateur. J'étais allé les chercher exprès hier au magasin du coin. J'avais pas la moindre idée de comment fonctionnait tout ce bordel mais vu que j'allais m'enterrer ici, autant que j'aie le strict minimum à dispo.

— Non.

Je préférais pas lui parler de ce que j'avais appris sur Hartman. Même si elle jouait les grosses dures, si elle apprenait que son propre père avait organisé sa mort, elle allait péter un câble. Tant que j'avais pas de réponses claires et nettes sur la situation, je préférais qu'on s'évite une crise de nerfs.

— Tu veux manger un truc ?

— Tu sais cuisiner ? elle a lancé en s'affalant sur le canapé.

— Il y a plein de trucs que je sais faire, j'ai dit avant de me féliciter intérieurement en la voyant rougir.

— Je grignoterais bien quelque chose, oui.

— Ça sera pas de la grande cuisine, mais ça sera nourrissant.

— Ça fera l'affaire. Il faut que je commence mes devoirs. Je peux utiliser l'ordinateur ?

Je lui ai donné le mot de passe et je suis allé en cuisine. Quand on a une mère qui passe son temps à picoler et un frangin qui fait tout son possible pour se tirer, on apprend à faire sa bouffe tout seul. Sûr, j'aurais jamais ma propre émission de cuisine, mais je pouvais mélanger plusieurs trucs comestibles ensemble pour éviter qu'on crève de faim.

J'ai posé une assiette pleine sous son nez et j'ai allumé la télé. J'étais pas du genre à rester des heures collé devant. J'avais souvent trop de trucs à faire ou des gens à voir. C'était sûrement pour ça que j'attirais les embrouilles. J'ai viré mes pompes et mon sweat. J'avais plus qu'à attendre que Dovie se décide à aller se pieuter avec moi. Ou sur moi — je suis pas un mec difficile.

— C'est très bon, elle a dit.

Son ton surpris m'a fait sourire. Je me suis tourné vers elle, et j'ai trouvé son regard. Elle me matait au lieu de bosser.

— Quand j'étais gamin, il fallait se débrouiller ou crever de faim. J'ai appris tout seul.

Elle a pivoté et on s'est retrouvés face à face.

— C'est pour ça que tu as commencé à voler ? Pour subvenir à tes besoins ?

J'ai déplacé son assiette vide sur la table basse et j'ai plongé mes yeux dans les siens. C'était ouf cette façon qu'elle avait de vouloir me trouver des excuses pour ce que j'étais.

— Non. Les gens avaient des choses dont j'avais envie, alors je leur prenais, c'est tout. Bagnoles, télés, cartes de crédit... C'était pas pour subvenir à quoi que ce soit. Je me suis mis à voler parce que j'avais pas envie de bosser pour avoir ces trucs.

Elle a affiché un air dégoûté.

— Je sais que ce n'est pas totalement vrai, elle a dit en se retournant vers l'ordi.

J'ai rassemblé la vaisselle. J'avais envie de fumer et de baiser. Pas forcément dans cet ordre.

— Qu'est-ce que t'en sais ?

Dovie a haussé les épaules.

— Ta voiture, par exemple. Tu l'aimes plus que tout et tu ne l'as pas volée. Tu voulais aussi faire quelque chose de bien pour ta mère, et aussi douteuses que soient tes méthodes, tu t'es plié en quatre pour lui offrir cette maison. Tu ne voles pas toujours des trucs juste parce que tu en as envie.

J'avais pas l'habitude que quelqu'un arrive à décoder mes vraies motivations. Et j'aimais pas trop ça.

— Je sors une minute, j'ai dit.

Elle m'a fait un petit geste de la main et je suis sorti en marmonnant dans ma barbe. Cette meuf me prenait vraiment trop la tête. Pourtant, je pouvais encore sentir sa langue sur la mienne et j'avais du mal à me blinder contre elle, comme si je l'avais déjà dans la peau.

✦
✦ ✦

La fumée de cigarette m'a empli les poumons. Tout se bousculait dans ma tête : le merdier avec Race, Titus qui s'incrustait dans ma vie, sans parler de cette fille qui me cernait un peu trop bien. En à peine un mois de liberté, ça faisait beaucoup à encaisser. Je suis pas du genre à vouloir découvrir des trucs sur moi-même, et on aurait dit que le destin voulait me forcer à sortir la tête du sable.

Après avoir balancé mon mégot dans le caniveau, je suis remonté vers la maison en enlevant mon T-shirt. Si Dovie continuait de jouer à la petite écolière modèle – une image bien cool qui m'excitait grave –, j'irais peut-être me branler sous la douche.

– Je vais à la d...

Dovie m'a sauté dessus, et m'a plaqué sur le canapé. Les coussins – et mes fringues – ont volé à travers le salon sous ses petites mains impatientes. Je l'ai attrapée par les hanches et l'ai assise sur moi, encore tout habillée. Elle a posé une main sur mon torse et s'est penchée sur moi, nous emprisonnant dans un cocon de cheveux couleur rouille.

– Pourquoi ne m'as-tu pas appelée, dimanche ? elle a demandé.

Comment elle faisait pour parler alors que ma queue ultra-dure frottait contre son ventre ? Elle a viré son haut. OK, s'il fallait causer pour qu'elle enlève ses fringues plus vite, alors j'allais causer.

– Parce que j'en avais trop envie.

Elle s'est figée, les bras au-dessus de la tête. J'en ai profité pour défaire son soutien-gorge, libérant ainsi sa poitrine magnifique. Ses seins pointaient déjà et elle a frissonné au contact de mes pouces sur ses tétons. Elle était plus réactive que toutes les filles que je m'étais tapées. Comme si mes mains avaient un pouvoir spécial sur elle.

— Donc, c'est parce que tu avais envie de m'appeler que tu ne l'as pas fait ?

— Dovie, d'habitude, j'appelle les filles pour baiser, pas pour discuter. Donc, oui, si je t'ai pas appelée, c'est parce que j'avais justement envie de le faire.

J'ai tracé un cercle du bout de l'index autour de son nombril, ce qui l'a fait glousser. J'avais envie d'y glisser ma langue et d'embrasser chaque parcelle de sa peau, mais il fallait d'abord que je la pousse à être aussi à poil que moi, ce qu'elle attendait visiblement avec impatience.

— Tu n'avais donc pas envie de coucher ? elle a insisté, inquiète.

J'ai grogné et chopé sa main pour la plaquer contre ma queue.

— A ton avis ?

Mordillage de lèvre, nouveau grondement de ma part. Son petit air innocent me mettait au supplice.

— Avoir envie de toi me fait peur, Bax, elle a murmuré d'un ton à peine audible.

Tout en susurrant ces mots, sa main a glissé le long de ma queue. Surpris, j'ai déboutonné son jean d'un geste appliqué et j'ai mis ma main dans sa culotte.

— J'allais te laisser bosser, tu sais, j'ai dit. J'allais prendre une douche.

Mon doigt a atteint sa cible et Dovie a hoqueté, écartant légèrement les cuisses pour s'offrir davantage à mes caresses.

Elle s'est penchée et m'a embrassé de ses lèvres pleines. Je l'ai laissée jouer avec ma langue. A ce train-là, j'allais pas tarder à craquer et à la prendre direct sur le canap, qu'elle soit prête ou non. Entre ses caresses sur ma queue et sa langue, dans ma bouche, ça serait fini avant qu'elle réalise ce qu'elle avait déclenché. Elle s'est redressée et j'en ai profité pour attraper ses seins. Ses tétons se sont dressés un peu plus sous ma langue tandis que sa main continuait à aller et venir sur ma queue rendue dure comme de l'acier.

— Mais on en serait arrivés là de toute façon, elle a haleté. J'ai déjà failli te sauter dessus dans la voiture. Tu me fais perdre le contrôle.

Elle avait ponctué chaque mot d'une petite pression à la base de ma queue, un geste qui m'a arraché des râles surpris. Putain, il fallait vraiment que je la foute à poil et que je la prenne tout de suite.

— Perdre le contrôle n'est pas toujours une mauvaise chose, j'ai dit.

J'ai essayé de la dégager de mes hanches, mais le canapé était bien trop étroit et Dovie refusait de lâcher prise. J'étais à sa merci, captivé par son regard vert.

Soudain, elle a sauté sur ses pieds, me laissant libre de mes mouvements. Pendant un moment, j'ai cru qu'elle allait virer son baggy pour revenir me chevaucher, histoire que je lui fasse oublier sa culpabilité de merde. Mais au lieu de ça, elle s'est agenouillée devant moi et mon cerveau s'est déconnecté. Le temps que je m'en rende compte, elle avait déjà enfoui ma queue entre ses lèvres qui, à elles seules, me faisaient déjà bander à mort.

— Merde...

J'ai écarté ses cheveux et les ai réunis dans ma main, dégageant une putain de vue sur ce beau spectacle. J'ai inspiré profondément pour pas craquer tout de suite. Voir ce joli visage tacheté et cette bouche sensuelle contre mes tatouages de drapeaux, c'était le plus beau truc de ma vie. Heureusement que ça s'était pas passé avant que j'aille en taule. J'aurais pas pu supporter d'être hanté nuit et jour par l'image de la bouche pulpeuse de Dovie Pryce pendant cinq putain d'années. Ça m'aurait rendu fou.

Sa langue s'est enroulée autour de mon gland, a glissé le long de ma grosse veine et j'ai failli jouir dans sa petite bouche magique. J'ai bougé pour m'échapper de ce piège, je lui ai demandé d'arrêter mais Dovie était déterminée à me faire péter les plombs.

Mon membre s'est enfoncé au fond de sa gorge et son autre main est venue se glisser entre mes jambes. La dernière pensée cohérente qui m'a traversé l'esprit lorsque ses dents ont rencontré le bout de ma queue a été : *Oh putain*. Moi qui me félicitais de toujours garder le contrôle, voilà qu'elle m'avait complètement retourné. Dovie avait fait de moi ce qu'elle voulait. Ça m'a laissé complètement sur le cul et je suis resté comme un con sur le canap.

Sa langue a léché un de mes drapeaux tatoués et elle m'a fait doucement relâcher ma prise sur sa crinière. Elle s'est mise debout entre mes jambes écartées et a fait glisser son baggy le long de ses cuisses. Elle portait plus qu'une simple culotte et je pouvais distinguer plusieurs des suçons que je lui avais faits pendant notre petit break dans la cuisine. Elle a posé ses deux mains sur mes épaules, s'est assise sur moi et a commencé à me chevaucher. J'aime à croire que je suis bien chargé niveau testostérone, mais Dovie m'avait foutu dans tous mes états. Malgré la belle paire de seins qui s'agitait sous mes yeux, j'allais avoir besoin d'une petite minute pour récupérer.

Je l'ai chopée par le cul et me suis relevé, ce qui lui a arraché un petit couinement. Elle m'a entouré la nuque de ses bras et a enroulé ses jambes autour de mes hanches. Je l'ai emmenée sur le pieu.

— Voilà qui est inattendu ! elle a ricané.

Je l'ai balancée sur le matelas et son rire a redoublé. D'un doigt expert, j'ai attrapé le bord de sa culotte et j'ai viré ce dernier bout de tissu qui nous séparait. Le temps que sa culotte descende le long de ses jambes, ma queue commençait déjà à se réveiller.

— J'avais jamais fait ça, avant.

Je me sentais carrément bien. Dovie me donnait l'impression d'avoir enfin quelque chose à moi, un truc de valeur que j'avais pas eu besoin de voler à quelqu'un d'autre. Je l'ai embrassée au creux de son ventre et l'ai regardée. Doucement, j'ai écarté ses jambes et me suis agenouillé par terre pour m'occuper d'elle.

— Et ça, un mec te l'a déjà fait ?

Sa tête s'est agitée sur le polochon et sa main est venue caresser le tatouage de mon étoile et ma joue. J'avais remarqué qu'elle aimait bien faire ça quand on était que tous les deux.

— Non. Enfin, le dernier a essayé mais j'ai pensé que c'était un peu trop, donc je lui ai demandé d'arrêter.

— C'est très agréable. Tu devrais laisser les autres te faire du bien, Dovie.

Nos regards se sont aimantés l'un à l'autre et sa respiration est devenue incertaine. Ses doigts ont effleuré mes lèvres.

— Et toi, tu devrais accepter qu'être quelqu'un de bien ce n'est pas si terrible, Bax.

J'ai léché l'intérieur de sa cuisse et j'ai avancé mes épaules entre ses jambes.

— Je vais me surpasser pour toi, Red. T'es une sacrée chanceuse.

J'avais envie de lui faire péter les plombs comme elle avait fait avec moi. Je bandais à nouveau et dès que je l'aurais fait craquer, je la prendrais. Bordel, j'aurais bien passé toute la nuit à faire ça. La semaine entière même, si elle me laissait faire.

La peau de Dovie était brûlante et moite. Et son sexe était encore plus humide. Elle était ultra-réactive, chaque caresse, chaque coup de langue, chaque baiser sur son clitoris la faisait immédiatement réagir. Elle aimait ça, aucun doute là-dessus. Lorsqu'elle a commencé à trembler et à répéter mon nom, encore et encore, je me suis senti mieux que jamais dans ma putain de vie. C'est à peine si j'ai remarqué qu'elle prononçait « Shane » et plus « Bax ».

Elle était tout humide et tremblotante, je sentais sa chair se contracter autour de ma langue en même temps que ses ongles dans mon crâne. Elle était presque en train de tomber du lit, et son clitoris gonflait un peu plus chaque fois que je la torturais avec ma langue. Elle gémissait, couinait, avide. J'aurais pu la faire craquer facilement mais j'avais besoin de la sentir tout entière, d'être en elle quand elle jouirait. Dovie était le salut que j'avais jamais pensé à m'accorder. Jusqu'à ce qu'elle entre dans ma vie.

Tout en l'embrassant comme un fou, j'ai farfouillé dans la table de nuit pour prendre une capote. J'y avais rangé la boîte, juste au cas où. Elle m'a rendu mon baiser et m'a entouré de ses bras, pour qu'on soit collés l'un à l'autre. Chaude comme la braise, elle frottait ses hanches contre moi, ondulait, comme pour me supplier de la prendre. Que cette fille ait autant envie de moi que moi d'elle était carrément excitant. Et dangereusement addictif.

— Allez, ma petite colombe[1], jouis pour moi.

Je me suis enfoncé profondément en elle et ses jambes se sont enroulées autour de mon bassin. Sa bouche s'est immo-

1. En anglais, *Dove* signifie « colombe ».

bilisée en un cercle parfait. Le plaisir nous a submergés et ses yeux se sont assombris. Elle était aussi humide et douce que j'étais dur et chaud. On s'est laissé emporter, collés l'un à l'autre, tandis que mes reins cognaient furieusement contre ses hanches. Ça devenait n'importe quoi. C'était trop violent, trop intense, trop puissant. Je voulais être doux mais pas moyen. Putain, c'était trop bon. Dovie était trop étroite et trop serrée.

On bougeait ensemble, comme si on était faits pour ça. Je voulais qu'elle prenne autant son pied que moi et vu son état, c'était pas loin. Elle a secoué frénétiquement la tête et ses ongles ont violemment griffé mes côtes.

— Oh mon Dieu, Shane ! elle a hurlé en fermant les yeux.

Je l'ai embrassée tandis qu'elle jouissait sous moi. Je pouvais sentir son plaisir à travers les caresses langoureuses de sa langue sur la mienne.

J'ai encore accéléré mes coups de reins, ce qui était peut-être un peu bourrin, et en une minute j'ai atteint l'orgasme à mon tour. J'ai grogné dans son cou, le visage noyé dans sa crinière. Je savais pas si c'était ce qu'elle avait prévu quand elle m'était tombée dessus dans le salon, mais putain ! j'étais carrément fan.

Ses doigts ont commencé à caresser mes épaules couvertes de sueur et elle a tracé les lettres de mon nom tatoué entre mes omoplates. Ses pieds caressaient doucement mes mollets. Je voulais rester comme ça pour toujours.

— J'ai changé d'avis, elle a dit d'une voix rauque, sûrement parce qu'elle avait trop crié.

— Hmmm, sur quoi ? j'ai demandé en suçotant la peau de sa clavicule, qui avait un goût de sucre.

— Pas besoin de te forcer à montrer tes bons côtés. Je préfère largement les mauvais.

Je me suis reculé et j'ai posé un baiser sous son oreille, elle a soupiré. Ça tombait bien, j'avais aucune intention de jouer au mec bien. Etre un mauvais garçon, c'était mon truc. Et après cette baise de dingue, je sentais que ça allait aussi devenir le truc de Dovie.

10

Dovie

On était jeudi après-midi et le restaurant était vide. Tandis que nous rangions les tables, Brysen me jetait des regards inquisiteurs mais je m'appliquais à les ignorer. La semaine avait été rude : mardi, j'avais passé la journée à potasser les nouveaux livres que Bax m'avait achetés, malgré mes protestations. Et la nuit suivante, j'avais tenu à le remercier de son geste. Le mercredi, j'avais cours, ce qui était une bonne chose car Bax était plutôt envahissant. A force de coucher avec lui, j'étais en train de passer du niveau « amateur » à « experte ». Le soir, Bax était parti à la pêche aux infos, j'étais donc allée passer la nuit chez Brysen. Je pensais que nous avions un deal à ce sujet, mais il m'avait informée par téléphone qu'il était en bas de chez elle et que j'avais deux minutes pour ramener mon *petit cul dans la voiture*. Je n'aime pas qu'on me dise ce que je dois faire et je l'aurais bien rembarré et laissé poireauter dehors. Mais je ne l'avais pas fait. En moins de vingt minutes, nous étions de retour à la maison et sur le lit. Bax avait tout pris en main et même si son côté dominateur était agaçant — voire flippant —, je n'avais aucune envie de l'arrêter.

— Ne me regarde pas comme ça !

Brysen a tiré une des chaises que je venais de ranger et s'est assise dessus.

— Tu disparais en plein milieu de la nuit avec un type que j'ai vu déboîter le bras d'un gros balèze, comment veux-tu que je ne m'inquiète pas ! Dovie, qui c'est ce mec ? Et surtout, qu'est-ce qu'il est pour toi ? Depuis que tu traînes avec lui, tu n'es plus la même.

Mes cheveux étaient ramenés en queue-de-cheval pour le boulot, donc impossible de me laisser aller à mon toc habituel.

— Je te l'ai déjà dit, il m'aide pour trouver Race.

— Et il le retrouve quand, exactement ? Ça va faire bientôt un mois et toujours aucune trace de ton frère. Tu couches avec lui, inutile de nier. Qu'est-ce qui te dit qu'il ne se sert pas juste de toi comme plan cul de secours ?

Question légitime. Mais Bax n'était pas du genre à galérer pour trouver un plan cul.

— Brysen, ce n'est pas ce que tu crois.

— Alors dis-moi ce que je dois croire, parce que là, tu m'inquiètes sérieusement.

J'ai soupiré, je me suis assise près d'elle et l'ai regardée fixement, le menton posé dans les mains.

— Il m'attire.

— Bah, il est sexy, je comprends. Les bad boys font cet effet à plein de filles. Mais tu es assez intelligente pour comprendre qu'il est dangereux et que ça durera pas avec lui.

— Même en sachant tout ça, il suffit qu'il me regarde ou pose la main sur moi et je perds tout contrôle de moi-même.

C'est comme si j'étais accro à ce gars ! Je sais qu'il est toxique, mais je m'en fiche.

Le ton de Brysen est devenu plus inquiet.

— Dovie, a-t-elle commencé. Il faut que tu arrêtes tout ça avant qu'il ne soit trop tard. Etre attirée par un mec et en être définitivement accro, c'est pas pareil. Tu devrais rester chez moi jusqu'au retour de Race. Mieux encore, quitte la ville avant que tout ce bordel ne t'explose à la gueule.

Anxieuse, j'ai mâchouillé ma lèvre inférieure avant de secouer la tête. Je n'avais aucune envie de quitter The Point. Et pas qu'à cause de mon frère...

— Je ne peux pas.

Brysen avait tort. Quand Bax n'avait pas cette manie d'être lui et qu'il laissait place à Shane, il y avait de quoi être accro ! Bax me rendait dingue et je ne pouvais rien contre lui. Shane, quant à lui, me donnait envie de soigner ses blessures et de tout faire pour le rendre heureux, pour lui faire oublier les cinq années qu'il avait passées en prison.

Brysen était sur le point de répliquer mais les premiers clients de la soirée ont débarqué. J'ai donc gardé tout ça dans un coin de ma tête et me suis concentrée sur les clients au cas où de bons pourboires tomberaient. Je m'en sortais plutôt pas mal de ce côté-là, jusqu'à ce qu'une bande de gamins turbulents, manifestement des gars du centre de The Point, arrivent dans le restau, tous bourrés. Malgré mes nombreux allers et retours entre leur table et la cuisine pour leur conseiller de baisser le ton, ils étaient intenables. Sans parler de leurs mains baladeuses. J'étais terriblement agacée, car quoi que je fasse, ils me rembarreraient. Ramon, le proprio du restaurant, a refusé d'intervenir soi-disant parce qu'il était trop occupé. C'était surtout un sale lâche...

Brysen compatissait en silence mais elle avait ses propres tables à gérer. J'étais donc seule au combat, tenant bon jusqu'à ce qu'ils daignent foutre le camp. Ce qu'ils ont fait avant même que j'aie eu le temps de débarrasser la table. Je me suis énervée et aussitôt j'ai couru à leur suite, bien décidée à leur faire payer l'addition.

— Hé, vous cinq, une minute ! Vous ne pouvez pas partir sans payer.

J'ai attrapé un des voyous par le coude. Ce dernier ne s'est pas seulement dégagé, il m'a repoussée du plat des deux mains.

— Toi, ta gueule ! J'suis pas satisfait du service ! On te paiera que dalle !

Toute sa bande s'est mise à rire, et leurs gloussements n'ont fait que m'énerver un peu plus.

— Le service était très bien et vous allez payer votre addition.

Le gars a fait un pas vers moi et j'ai reculé par pur instinct. J'ai tenté un coup d'œil vers Ramon, mais il faisait comme si de rien n'était. Connard.

— On voulait la blonde sexy, pas toi. Va te faire foutre !

Il a levé la main, comme pour me gifler et je me suis recroquevillée sous la menace. La dernière chose dont j'avais envie, c'était d'arriver chez Bax avec un coquard. Ma gorge s'est serrée. J'étais sur le point de crier à l'aide, quand soudainement le type bourré s'est volatilisé, instantanément remplacé par le crâne rasé de Bax. Il a attrapé le gars par le col et l'a balancé sur sa bande. Tout du long, le gars a crié, ou du moins essayé vu que Bax l'étranglait, et appelé ses potes à l'aide.

— Merde, ai-je râlé en me précipitant à la suite de Bax hors du restaurant avant que Brysen ne me retienne.

— Est-ce que ça va ? a-t-elle demandé.

— Non, il faut que je sorte ou il va le tuer.

— Laisse-le faire. Cet enfoiré allait te frapper.

— Je sais. Mais je ne veux pas que Bax se salisse les mains à cause de moi.

— Dovie, a appelé Brysen dans mon dos tandis que je me précipitais dehors. Oublie ce que j'ai dit, tu mérites un mec qui prenne ta défense !

Dehors, le ton était monté d'un cran. Sans surprise, la voix de Bax couvrait toutes les autres. Je l'avais déjà vu en action et il n'était pas du genre à perdre du temps à discuter. Le gars qui m'avait agressée gisait sur le béton, inconscient. Bax tenait en respect un des membres de la bande sous la semelle de sa ranger, lui écrasant la nuque. Son regard plein de haine suffisait à garder les autres voyous à distance respectueuse.

— Laisse-le, Bax, ai-je dit. Il n'en vaut pas la peine.

Ses yeux sombres m'ont fait frissonner ; je détestais quand je pouvais voir mon reflet dedans.

— Il allait te cogner, bordel de merde. Il a du bol que je lui aie pas déjà brisé la nuque.

Un des gars du petit groupe a levé les bras au ciel, en guise de reddition.

— Ecoute, mec, on sait très bien qui t'es, mais je te jure qu'on savait pas que c'était ta meuf. C'est un malentendu.

Mauvaise réponse. Bax a libéré le gars qu'il maintenait au sol et s'est avancé vers l'autre d'un air menaçant, tandis que ce dernier reculait en piaillant d'un air pathétique. Bax l'a attrapé par le cou et l'a soulevé de terre.

— Et si c'était pas ma meuf, tu pouvais la frapper, c'est ça que t'es en train de dire ? Parce qu'elle est plus petite et sans défense, tu peux tout te permettre, c'est ça ?

Il a secoué le gars si fort que j'ai entendu ses dents claquer.

— Et moi ? a continué Bax. Pourquoi tu t'en prends pas à moi, connard ?

Le pauvre type semblait sur le point de pleurer.

— T'es un putain de malade ! Je t'ai vu bousiller le bras de ce mec chez Nassir !

— Ah ouais ? Ben j'étais pas aussi énervé que maintenant.

Finalement, Bax a reposé le type par terre et l'a envoyé valdinguer à l'autre bout du parking.

— Quand ton pote émergera, dis-lui que j'ai gardé son portefeuille. Si jamais il se bourre encore la gueule et joue au con ailleurs, je saurai où le trouver.

Les membres du petit gang ont relevé maladroitement leur copain inconscient et l'ont jeté sur la plage arrière de leur pick-up avant de démarrer en trombe.

— Bax, je...

Il m'a intimé le silence du plat de la main et a sorti son téléphone. J'aurais bien aimé savoir ce qu'il faisait là, mais ce qui était sûr, c'est qu'il était arrivé au bon moment. Il s'était peut-être moqué de Race et de son côté altruiste, mais lui-même semblait avoir un petit côté chevaleresque.

— Titus, c'est Bax. Dis à ta brigade antialcoolisme qu'un pick-up conduit en état d'ébriété est en train de rouler plein sud.

Il lui a donné le numéro de plaque du véhicule et a raccroché sans dire au revoir, ni merci. Il m'a regardée et j'ai été absorbée par ses yeux. J'ai soupiré et avancé vers lui pour plonger entre ses bras.

— C'était obligé d'assommer ce type ?

— Il peut s'estimer heureux que je lui aie juste pété la mâchoire. On frappe pas les filles. D'ailleurs, si Benny avait pas déjà le nez pété, je l'aurais défoncé pour ce qu'il t'a fait.

— Je ne voudrais pas me montrer ingrate, mais qu'est-ce

que tu fais là ? Je t'ai dit que j'irais dormir chez Brysen après le boulot.

— Je dois aller au Spanky's et je préférais passer te prévenir avant.

Un frisson a couru dans mon dos rien qu'à l'évocation du club de strip-tease.

— Qu'est-ce que tu vas y faire ?

S'il me répondait que c'était pour voir Honor, j'allais le frapper. Il connaissait bien les filles du District, mais je n'étais pas obligée d'aimer cet aspect de sa vie. En fait, je détestais carrément ça.

— Y a une partie de cartes ce soir et je vais passer voir si certains de mes contacts y sont. J'ai peut-être une piste pour trouver le vieux richard.

Bax ne me disait pas tout, je le sentais.

— Est-ce que je peux venir avec toi ?

Il fallait s'attendre à une réponse négative, bien sûr. Il allait dire que j'allais le gêner. Mais contre toute attente, Bax a simplement penché la tête sur le côté avant de m'observer en silence pendant une longue minute.

— Tu rentres avec moi, après ?

Un frisson m'a parcourue et j'ai frotté mes bras pour me réchauffer.

— Oui.

— Tu finis vers quelle heure ? J'irais bien prendre un verre au bar et toucher deux mots au connard pour qui tu bosses.

— J'ai bientôt fini mon service, encore quelques tables. Mais laisse Ramon tranquille. Ça me coûterait mon boulot et j'aime bien bosser ici. C'est facile et ça paie bien. Ramon est restaurateur, après tout. Pas videur.

Bax n'a pas paru convaincu et j'ai levé les yeux au ciel. J'ai entouré son cou avec mon bras et me suis dressée sur la pointe des pieds pour l'embrasser à pleine bouche. Il avait un goût de tabac froid et de débauche.

— Merci, ai-je murmuré.

— T'as assez pris de coups dans ta vie, Red. T'as pas besoin que ce genre de connards en rajoute. Et tant que je serai là, ça n'arrivera plus.

Il m'a suivie à l'intérieur du restaurant.

— Et combien de temps ça va durer ? lui ai-je demandé par-dessus mon épaule.

Ses yeux se sont réduits à deux fentes, et son étoile a tiqué.

— De quoi ?

— Toi, combien de temps tu seras là ?

Nous avons échangé un long regard, interrompu par Brysen, qui m'a informée qu'elle avait encaissé ma dernière addition, ne me laissant plus qu'un peu de nettoyage à faire. Bax me regardait de cette façon caractéristique, comme s'il pouvait lire mes pensées et comprendre qui j'étais vraiment.

— Dis-toi que jusque-là, je suis resté avec toi plus longtemps qu'avec n'importe quelle autre meuf. Magne-toi de finir, sinon ma piste va refroidir.

J'ai cligné des yeux comme une chouette.

— Et tu vas m'en parler, de cette piste ?

— Non.

Là-dessus, il a tourné les talons et s'est dirigé d'un air plus qu'énervé vers le bar. Ramon allait sûrement avoir son lot d'émotions pour la semaine. Je n'appréciais pas tellement qu'il se mette à intimider et menacer les gens en mon nom.

Si seulement j'avais craqué pour un mec moins compliqué... et moins dangereux. Sa double personnalité était dure à gérer mais plus je passais de temps avec lui, plus j'apprenais à apprécier

Bax, cette part sombre et dangereuse de son tempérament, tout comme j'aimais le côté plus doux et attachant qui caractérisait Shane. La dernière chose dont j'avais besoin était de craquer pour les deux en même temps...

Excitée à l'idée de découvrir ce que Bax avait flairé comme piste — mais tout aussi inquiète qu'il fasse du mal à Ramon et me mette au chômage —, j'ai expédié mes dernières tâches en quatrième vitesse. Brysen me lançait sans cesse des regards entendus qui me faisaient rougir. Qu'il soit sexy était une chose, mais qu'il se la joue gladiateur pour moi, ça changeait tout. Je n'avais pas l'habitude qu'on me protège ; même avec Race, je m'occupais seule de moi. Que Bax intervienne pour me préserver des ennuis avait l'effet d'un puissant aphrodisiaque et ça détruisait toute possibilité d'être objective à son sujet.

Une fois le travail terminé, j'ai libéré ma chevelure de son élastique et enlevé mon pull informe, restant couverte par un seul et unique T-shirt moulant, un de ceux que Bax m'avait achetés. Pas question de retourner au Spanky's habillée comme un sac.

Ma tenue était très simple mais à en juger par la façon dont Bax m'a regardée des pieds à la tête, c'était plutôt efficace. Le noir profond de ses yeux charbon semblait briller en me voyant. Ramon a fait le tour du bar et s'est planté devant moi. Il m'a prise par les épaules et s'est mis à déblatérer un flot de mots en espagnol auxquels je ne comprenais rien. Soudain, il m'a embrassée sur chaque joue et s'est excusé avec tant d'ardeur que Bax a dû venir me libérer de son accolade enthousiaste.

— Tout va bien, Ramon, lui ai-je assuré.

— Non, c'est ma faute, j'aurais dû faire plus attention.

— Ça arrive.

— Mais ça n'arrivera plus.

D'une main ferme sur la nuque, Bax m'a guidée jusqu'à la sortie.

— Y a pas intérêt, a-t-il grondé à l'intention du propriétaire, sans aucune trace de menace mais d'un ton suffisamment sérieux pour impliquer que, dans le cas contraire, on ne retrouverait jamais son corps.

En route vers le District, Bax et moi n'avons pas beaucoup parlé. Ce n'était pas un grand bavard, et quand il parlait, c'était toujours pour dire quelque chose d'important. C'était plutôt un homme d'action avant tout, mais quand il prenait la parole, ses deux personnalités se fondaient en une seule.

— Pourquoi est-ce que tu ne me dis pas ce que tu vas chercher dans ce club ?

Ses mains se sont crispées sur le volant tandis que nous roulions au cœur des rues.

— Parce que si je me plante et que la personne que je cherche est pas là, je veux pas que tu sois dégoûtée ou énervée pour rien.

J'ai frissonné d'appréhension.

— Pourquoi est-ce que je serais énervée ? Quel rapport avec moi ?

— C'est ce que j'essaye de découvrir.

J'ai essayé de le cuisiner mais à part des grognements et des regards, je n'ai rien obtenu de plus. Lorsque nous sommes arrivés au club, j'étais sur les nerfs. La possibilité de croiser cette fille qui avait couché avec mon frère et Bax — quoi qu'il représente pour moi — n'aidait vraiment pas. Je n'avais aucun droit sur Bax, je le savais très bien et je ne pouvais pas les juger, lui ou mon frère, par rapport aux filles qu'ils s'étaient tapées avant que j'entre dans leurs vies. Mais ça ne voulait pas dire que ça ne me touchait pas.

✦
✦ ✦

L'imposant videur à la peau d'ébène se tenait devant l'entrée, telle une sentinelle. Il a souri à Bax de toutes ses dents dorées et ils ont échangé une de ces poignées de main complexes typiques des mecs. Lorsque ses yeux se sont posés sur moi, son sourire s'est agrandi encore.

— Eh bien fillette, j'avais tort. Oublie le ravalement de façade. Tout ce qui te manquait pour garder ton mec à la maison, c'était des fringues à ta taille.

Bax a grogné et posé une main possessive entre mes reins.

— Je lui avais bien dit que ses deux ogives pouvaient faire des ravages, s'est-il vanté.

L'hilarité de Chuck m'a donné une envie pressante de recouvrir ma poitrine.

— Ernie ne va pas être jouasse de te voir. Il m'a dit de te dire que Novak a révoqué ton entrée libre.

— Il est là ?

— Non. On l'a pas beaucoup vu ces derniers temps, mais Benny traîne plus souvent dans le coin que d'habitude. Ta copine, ils veulent son frangin, à mort. Garde-la bien près de toi, surtout. S'ils pensent qu'elle les mènera à lui, ils vont l'embarquer.

J'ai tremblé et me suis raccrochée à Bax. Je n'aimais pas la façon que ce Chuck avait de parler de moi comme si je n'étais pas là, mais ce n'était rien en comparaison de ce qu'il venait de dire. Je me sentais comme un pion dans un jeu d'échecs joué par des criminels.

Bax m'a serrée contre lui et a levé le menton d'un air de défi.

— Je pense que c'est pour ça que Race se planque. Il me connaît et il sait très bien que s'ils la veulent, ils devront d'abord passer par moi. Ça lui donne du temps pour faire ses trucs. Benny peut aller se faire foutre et j'attends Novak avec plaisir.

S'il essaye de l'approcher, ça me donnera une bonne raison de lui briser la nuque.

Ce mec était tellement violent. Rien que ça, ça aurait dû me donner envie de fuir à toutes jambes. Ces mots me donnaient le sentiment que Benny et ce mystérieux Novak n'oseraient jamais m'approcher. Bax était une sorte de bouclier qui me protégeait des dures réalités de ma vie.

Il semblait plus énervé que d'habitude. Il ne portait pas sa capuche et ses yeux étaient constamment aux aguets. Ce soir-là, le Spanky's ressemblait moins à un club craignos qu'à un casino bordélique. Il y avait des tables, des croupiers, et les filles ne dansaient pas mais se contentaient de déambuler en petite tenue en servant des verres aux joueurs, s'asseyant parfois sur les genoux de vieux clients. L'odeur de l'argent sale et des cigares refroidis m'a empli les poumons. J'ai senti les muscles de Bax se contracter. Il s'est penché finalement vers mon oreille, ses lèvres frôlant presque mon lobe.

— Tu vois le mec en polo gris, là-bas ?

J'ai scanné la foule ; chaque client ressemblait à un banquier ou à un golfeur, la dégaine même du mari infidèle. Une fois la cible en vue, j'ai acquiescé discrètement.

— Il te dit quelque chose ? a insisté Bax.

Etait-ce cet homme qui était supposé me faire péter un câble ? Je n'ai pas eu le temps de demander une explication, car le vieil homme a levé les yeux vers moi, comme s'il avait perçu mon regard sur lui. Soudain, j'ai senti le sol se dérober sous mes pieds. Cet homme, je ne l'avais jamais vu de ma vie. Je ne le connaissais absolument pas, mais ses yeux... Ils me toisaient tous les matins dans le miroir. Cet homme était le portrait craché de Race et c'était manifestement de lui que je tenais mes yeux verts. Malgré ça, il n'était pour moi qu'un parfait étranger.

— Lord Hartman.

Ce n'était pas une question. Un sourire sinistre s'est dessiné sur le visage du vieil homme. Je me suis raidie et j'ai voulu m'éloigner de Bax, mais ce dernier me tenait fermement.

— Ne bouge pas, a-t-il grondé en me fusillant du regard.

— Mais à quoi tu joues ? Pourquoi tu veux qu'il nous voie ensemble ?

C'était n'importe quoi. Bax était tout simplement en train de m'utiliser. Et moi qui croyais qu'on représentait plus que ça l'un pour l'autre. Quelle conne j'avais été ! Pas étonnant qu'il ne se soit pas plus opposé à ce que je vienne avec lui.

— Arrête ça, a fait Bax. C'est lui le gars que Race a cherché partout. Il est lié à sa disparition et à mon incarcération. Je veux qu'il comprenne que, même sans Race, tu es sous protection constante.

— Mais pourquoi ?

— Parce que cet enfoiré de richard veut ta mort.

Je me suis dégagée de son étreinte et lui ai fait face. C'était comme si tout le sang s'était retiré de mon visage et j'avais la tête qui tournait. Je savais que lord Hartman ne m'avait jamais assumée, mais de là à me faire disparaître de la surface de la terre ? C'était un peu extrême. Mais ce qui me perturbait le plus dans tout ça, c'était cette façon détachée dont Bax me balançait cette information. On parlait d'un homme voulant ma mort. Ça aurait au moins dû ébrécher son cœur de glace, mais non. Son regard noir restait plus insondable que jamais.

— Génial. Mon frère a disparu et mon géniteur veut ma mort. Super rencard, Bax. On se tire maintenant ?

— Non, faut que je lui parle. Il y a trop de zones d'ombre dans cette histoire, et il est le seul qui puisse les éclairer.

J'ai commencé à paniquer.

— Pas moyen que je vienne avec toi !

Le regard de Bax s'est fait encore plus dur.

— Je dois lui parler, il le faut. Soit tu m'accompagnes, soit tu te démerdes jusqu'à ce que j'aie fini. Ernie a dû prévenir Benny de mon arrivée, et il sera là d'une minute à l'autre. T'as intérêt à être prudente.

Je commençais à en avoir marre d'entendre ce genre d'avertissement. Ça semblait résumer toute ma vie. Je me suis éloignée de Bax — pas assez vite à mon goût — en évitant de croiser le regard du vieil homme. Je n'étais même pas née qu'il avait déjà essayé de me liquider. Apparemment, il voulait finir le travail. Une fois au bar, je me suis assise sur un tabouret vide. La barmaid m'a regardée de travers. J'ai levé les yeux au ciel, ne pas faire son âge était un truc vraiment, vraiment agaçant. J'avais besoin d'un remontant. Du bout du pouce, j'ai pointé Bax par-dessus mon épaule — lequel fendait la foule.

— Je suis avec lui.

Malgré l'air dubitatif de la barmaid, elle m'a servi un Jack on the rocks tandis que je me massais le cuir chevelu, pour calmer la tempête d'émotions contraires qui faisait rage dans ma tête.

— Tiens, voilà une revenante. Voilà qui est plutôt surprenant.

Pas une question, un constat. Pas la peine de gâcher ma salive. Mais impossible d'éviter la strip-teaseuse vulgaire, la même qui se frottait tout contre Bax d'un air aguicheur lors de ma première visite ici. Soit je soutenais son regard, soit je passais pour la fille qui s'écrasait devant elle.

Si seulement cette garce avait l'air aussi usée et camée que les strip-teaseuses de The Point. Mais non, maintenant qu'elle n'était pas à moitié nue en train de se frotter à Bax, Honor m'apparaissait comme terriblement jolie. Elle devait se faire une véritable fortune dans son boulot.

— En quoi est-ce une surprise ?

Elle a pris une fausse petite épée en plastique sous le bar et s'en est servie pour piocher quelques olives, qu'elle a avalées en me toisant sans ciller.

— La dernière fois que je t'ai vue, tu avais l'air terrifiée et dégoûtée. En plus, Bax ne revient jamais deux fois avec la même fille, si tu vois ce que je veux dire. Son carnet de bal est plein à craquer !

J'ai bu mon whisky cul sec et j'ai basculé la tête en arrière pour savourer la coulée de lave dans ma gorge.

— On n'est pas en train de danser.

Honor a émis un petit rire et a désigné Bax du bout de sa petite épée parmi la foule.

— Oh que si, vous dansez. Si tu voyais le regard meurtrier qu'il me lance en ce moment ! Si je ne savais pas qu'il frappe jamais les filles, je flipperais grave !

Je me suis massé le front et l'ai dévisagée du coin de l'œil.

— Pourquoi est-ce que tu te fais appeler Honor ? C'est bizarre comme nom de scène.

Elle a pris les pintes que la barmaid lui tendait.

— *Honor*, a-t-elle répété. *On-her*[1]. Tu piges ? a-t-elle gloussé. Mon vrai nom, c'est Keelyn.

J'ai renversé la tête en arrière. Mais qu'est-ce que je faisais ici ?

— Je ne sais vraiment pas ce que je fous là !

Cette fille ne m'aimait pas, je n'aurais pas dû lui raconter ma

1. *On her* signifie littéralement « sur elle ».

vie. Elle avait couché avec les deux personnes qui comptaient le plus à mes yeux et, clairement, je ne voyais pas comment je pourrais m'en faire une alliée. Les mots m'avaient juste échappé. Mais Honor a penché curieusement la tête, et un petit sourire s'est dessiné sur sa bouche parfaitement maquillée.

— Quand on fréquente un mec, même si c'est pas sérieux, comme Bax, on finit toujours dans ce genre d'endroit, chérie. Le voyage en vaut la peine mais la destination laisse très souvent à désirer. Tomber amoureuse de Bax sera sûrement la plus belle connerie de ta vie. Rends-toi service, sinon ta vie va grandement se compliquer et on sait tous que c'est déjà assez galère comme ça.

— Je ne suis pas amoureuse de lui.

Je n'avais pas dû paraître bien convaincante sur ce coup-là, car Honor m'a adressé un regard compatissant. Super, je faisais pitié à une strip-teaseuse.

— Chérie, ta simple présence ici ce soir prouve que le mal est déjà à moitié fait.

— Y se passe quoi, ici ?

La voix profonde de Bax venait de nous interrompre, sévère et suspicieuse. Ses mains se sont posées sur mes épaules.

— On discute, c'est tout, ai-je répondu d'un ton acide.

— Ah ouais ?

Honor a rigolé et s'est éloignée discrètement en roulant les fesses exprès pour Bax.

— Ouais. Tu as des amis tellement charmants, Bax.

Il a grogné et m'a prise par le bras.

— Foutons le camp avant que le comité d'accueil ne débarque.

En glissant du tabouret, mes jambes se sont mises à flageoler. Bax a dû me retenir pour que je garde l'équilibre.

— Et toi, comment ça s'est passé ? ai-je demandé. Tu as eu tes réponses ?

Comme si Hartman pouvait trouver une excuse valable pour le meurtre qu'il planifiait.

— Quelques-unes, ouais, a-t-il lâché en me traînant dehors comme une poupée de chiffon. J'ai dû le convaincre d'être un peu plus bavard. Il a plus vraiment sa gueule de grand seigneur maintenant.

J'ai regardé ses mains et noté qu'elles étaient couvertes de sang. Cette vision aurait dû me retourner l'estomac. Mais je n'ai ressenti qu'une vague anxiété — et même de la déception — à m'imaginer Bax en train de soutirer des réponses à l'homme dont je partageais au moins la moitié du patrimoine génétique.

— Raconte.

Bax a soupiré avant de dégager quelques mèches de mon visage.

— Ça va pas te faire plaisir.

— Comme d'habitude.

— On rentre d'abord.

Cette idée m'a réconfortée. Cette petite maison était si calme, si éloignée des horreurs de The Point. Mais je préférais ne pas entendre ce que Bax avait à me dire là-bas. Je ne voulais pas que tout ça salisse la maison et les sentiments que j'y associais.

— Allons plutôt chez moi, ai-je suggéré. C'est tout propre, maintenant.

— T'as plus un seul meuble en état, Dovie.

Il ne faisait pas froid mais un frisson m'a tout de même secoué l'épiderme.

— OK, allons chez toi alors, ton appartement en ville.

Bax s'est reculé et ses yeux se sont étrécis.

— Pourquoi ?

— Pourquoi pas ?

Peut-être qu'en voyant son pied-à-terre, je réaliserais que Shane n'était qu'une illusion et que seul Bax existait vraiment. Un homme à qui je ne pourrais jamais offrir mon cœur. Il a dû voir clair dans mon jeu, car il s'est aussitôt renfrogné.

— OK, on y va.

11

Bax

Franchement je savais pas à quoi elle s'attendait. Mon appart en ville était juste une piaule pour stocker mes affaires et pioncer quelques heures entre deux trucs à faire. Un simple studio crado dans une barre d'immeubles, juste à côté de chez elle. Le hall d'entrée n'avait pas encore été défoncé mais entre les couloirs dégueu et les voisins qui foutaient le bordel, ça ressemblait pas mal à chez elle.

J'avais pas grand-chose, là-bas : un lit défait, un écran plat — qui faisait ma fierté à chaque fois que je rentrais chez moi —, un fauteuil en cuir aux accoudoirs défoncés et des posters de meufs à poil et de belles bagnoles. C'était sale, ça puait le moisi. Elle est entrée et quand j'ai vu ses beaux yeux verts se poser sur ce merdier, j'ai eu l'impression qu'elle voyait qui j'étais vraiment à l'intérieur. C'était mon monde, tout ça, là où je devais être. Et pas dans la baraque en banlieue.

— Assieds-toi, j'ai dit. Tu veux une bière ?

Elle a secoué la tête, faisant s'agiter ses boucles rousses

autour de son visage pâle. Elle s'est installée sur le bord du lit et ça m'a surpris.

— Qui a payé ton loyer quand tu étais en prison ?

Je me suis servi une bière dans le frigo et je l'ai regardée par-dessus mon épaule. J'aimais pas la savoir là. C'était pas sa place. Elle méritait mieux que ça, et mieux que sa piaule pourrie à Skylark.

— Ma mère.

Dovie a fait un bruit de gorge étrange et a dégagé ses cheveux de sa nuque. Elle avait l'air d'une gamine perdue. Putain, pourquoi j'arrivais pas à la laisser partir alors que je savais très bien que j'allais détruire ce truc pur et lumineux qu'elle dégageait ?

— Quoi ? j'ai lâché tandis qu'elle me regardait bizarrement.

Elle a levé les sourcils et a mordu sa lèvre. C'était une vraie manie chez elle. J'allais pas aimer ce qu'elle allait me balancer, je commençais à repérer les signaux.

— Comment a-t-elle fait alors qu'elle n'est même pas fichue de renoncer à l'alcool pour venir vivre dans la maison que tu lui as offerte ? Et ta voiture ? Il a bien fallu que tu la mettes quelque part, et les endroits sûrs sont souvent chers. Tu es sûr que c'est elle qui a géré tout ça en ton absence ?

Sans la quitter des yeux, je me suis vautré dans le fauteuil en râlant. Dovie me regardait avec insistance.

— Qui alors ? j'ai dit. Race ?

Elle a secoué ses boucles rousses avant d'en enrouler une autour de son doigt. Nouveau signal.

— Non, elle a répondu. Il n'avait pas beaucoup d'argent de côté et comme il prenait soin de moi, il ne roulait pas sur l'or. Je ne pense pas qu'il aurait risqué d'attirer l'attention de Novak en prenant soin de ta voiture.

Mes yeux se sont plissés tandis que Dovie me menait vers la seule piste possible.

— Tu penses à Titus ?

— Peut-être, elle a dit en haussant les épaules.

— Titus est un connard d'égoïste qui pense qu'à sa gueule. Il s'est tiré avant même que je puisse me débrouiller tout seul. Depuis, tout ce qu'il a fait c'est me pourrir la vie juste parce que je suis pas aussi clean que lui. On a pas eu les mêmes chances, lui et moi. Il pense qu'il peut me juger mais c'est de la connerie. Je me suis démerdé comme je pouvais pour m'en sortir.

Ses yeux vert émeraude se sont voilés. Encore cette sale habitude de vouloir me voir comme je suis pas. Elle se plantait, j'étais pas le mec qu'elle croyait. Et la vérité était trop sombre et trop glauque pour qu'elle l'accepte.

— Ce n'est pas totalement vrai, Bax, et tu le sais. Les parents sont censés aider leurs enfants jusqu'à l'âge adulte. Mais on sait tous les deux que c'est plutôt rare dans le coin. Titus a fait son choix. Il a laissé ta mère et s'est construit sa propre vie ; toi, tu as fait celui de rester avec elle et de la soutenir de ton mieux. Tu aurais pu la laisser se débrouiller, comme elle l'a fait avec vous deux. Tu avais la possibilité de choisir une autre voie. Tout n'est pas la faute de Titus.

— Dovie, j'étais qu'un gosse. Qu'est-ce que j'avais comme options ? Mourir de faim ? Finir en foyer puis dans une gentille famille de bourges où j'aurais été qu'un cas social, pendant que ma mère se soûlait à mort ? Dis-moi comment tout ça aurait pu être mieux pour moi que de devenir un voleur ?

Elle s'est éclairci la voix et j'ai cru voir ses yeux s'humidifier.

— Au moins, tu n'aurais pas fini en taule et tu n'aurais jamais eu à vendre ton âme à Novak. Tu n'aurais pas eu à combattre pour Nassir, ni à te retrouver poignardé. Je ne connais pas la bonne réponse, Bax, mais je sais que c'est par choix que tu t'es retrouvé du mauvais côté. Et tu peux encore choisir de ne plus l'être.

Mouais. J'étais pas vraiment d'accord. C'était la seule façon de vivre – de survivre – que j'avais connue et si on enlevait les embrouilles avec Novak, c'était une vie qui m'allait très bien. C'était pas mon problème si Dovie voulait – méritait – un mec bien. Même quand elle se serait barrée de ma vie, je survivrais. Aucune chance qu'elle foute le bordel dans mes habitudes et dans ma life alors qu'elle était que de passage. Même si, OK, c'était un peu ce qu'elle faisait.

Il me fallait une clope mais devant son regard insistant, j'ai renoncé à me lever et j'ai vidé ma bière avant de changer de sujet, revenant à ce qui nous avait amenés ici.

– Hartman voulait que Novak te bute, j'ai dit. Ta mère s'est fait coffrer pour fraude, alors elle a fait chanter ton père pour qu'il la fasse libérer et blanchir, ce qu'il pouvait pas faire. Quand il a refusé, elle l'a menacé de tout balancer à la presse et à sa femme. Dans The Hill, c'est le genre de truc qui te plombe une réputation. Hartman s'est retrouvé au pied du mur et il a mis un contrat sur ta tête. Seulement, Novak est loin d'être con et du fric, il en a déjà. Avoir le vieux dans sa poche lui était bien plus utile.

Je me suis interrompu et j'ai secoué la tête.

– Je sais pas si tu t'es renseignée sur ta mère ces derniers temps, mais je parie qu'elle fera plus chier personne. Ou alors que Novak la garde quelque part pour avoir un moyen de pression sur ton vieux.

Son regard s'est égaré avant de revenir sur moi. Elle était pâle, plus que d'habitude, mais elle attendait patiemment que je continue. Même si je voyais que sa poitrine se soulevait plus vite.

— Hartman voulait te buter mais Novak, lui, voulait encore plus me garder avec lui. Il devait se douter que j'allais pas tarder à me barrer. Alors il a préparé un coup. Il a tout dit à Race sur toi et sur le contrat qu'il y avait sur ta tête. Comme par hasard, il lui a aussi refilé un enregistrement de sa conversation avec Hartman, où il lui demande de te tuer. C'est comme ça que Race a voulu à son tour faire chanter ton père pour qu'il te reconnaisse et te fasse sortir du foyer. C'est aussi comme ça qu'il a réussi à obtenir de la thune pour s'occuper de toi le temps que tu finisses tes études.

Dovie a frissonné. Je l'aurais bien prise dans mes bras, mais toute cette histoire était moche et ça allait pas la rendre plus facile à digérer.

— Et qu'est-ce que Race devait fournir à Novak en retour ? elle a demandé.

— Ma loyauté et la garantie que je serais un gentil clébard pour toujours. Le vieux qu'on a amené à Novak cette nuit-là était en affaires avec lui. C'était un genre de géant de la finance et il valait plus de fric à lui seul qu'on en verra jamais dans toute notre vie. Il lui blanchissait son fric. Je pense qu'il s'apprêtait à aller voir le FBI pour le balancer. Peut-être qu'il en avait marre de rouler pour un gangster. Novak voulait se débarrasser de lui et il voulait surtout que ça soit moi qui m'en charge. Race devait l'enlever, l'amener à Novak et la soirée aurait dû finir avec mon flingue sur sa tempe et une balle dans sa tête. Novak allait filmer la scène et s'en servir comme moyen de pression contre moi. Mais Titus s'est pointé et on connaît la suite.

— Pourquoi est-ce que Novak a pensé que tu allais tuer cet homme ? Comment aurait-il pu te pousser à aller si loin ?

Elle avait parlé calmement, apeurée par ma réponse.

J'ai soupiré, fermé les yeux et basculé la tête en arrière.

— Parce qu'il savait que si je le faisais pas, il avait qu'à forcer Race à le faire. Et jamais j'aurais laissé ça arriver, il me connaît trop bien. D'une main, il tenait Race grâce à toi, et de l'autre, il me manipulait avec Race. Ce bâtard n'est pas devenu le maître de la ville en étant con.

Je devais avouer que Dovie avait l'air de bien encaisser cette sale histoire.

— Tu étais en prison et Race était loin. Pourquoi est-il revenu alors ? Pourquoi faire circuler la photo de Hartman et qu'est-ce qu'il peut bien avoir contre Novak ?

— Quand je l'ai interrogé, le vieux salaud m'a dit qu'il n'était pas au courant. Mais je sais lire entre les lignes et j'ai ma petite idée.

— Et ?

— Comme je te l'ai dit, Novak estime qu'un homme d'influence lui est plus utile que du pognon au quotidien. Or, le gars qui lui blanchissait son argent sale est mort, cette nuit-là. Pas comme il l'espérait mais il s'est quand même fait buter. La place est donc libre pour le premier enfoiré prêt à lui blanchir sa thune. Et qui de mieux placé pour le poste qu'un type qui a déjà les mains dans la merde ?

— Tu crois que Novak fait chanter Hartman pour qu'il lui blanchisse son argent ?

— Ouais.

— Et tu penses que Race l'a découvert et que c'est pour ça qu'il a menacé Novak, cherché Hartman partout et qu'on se retrouve dans ce bordel ?

Futée, la fille.

— Ouais.

J'ai penché la tête pour la regarder droit dans les yeux. Toujours ces trucs, avec sa mèche et sa lèvre…

— Balance ce que t'as à dire, Dovie.

Je pouvais voir sa poitrine se soulever à travers son T-shirt. Son self-control me laissait sur le cul. Cette fille lâchait rien.

— Et qu'est-ce que ça signifie pour moi ? Pour nous ? Comment tout ça va finir ?

Pour moi, dans le sang et derrière les barreaux. J'aurais aimé pouvoir lui promettre que pour elle, ça finirait dans son appartement pourri, dans son restaurant à nettoyer des tables et par son diplôme pour qu'elle puisse enfin aider des gosses dans le besoin à s'en sortir. Mais je pouvais pas lui mentir.

— Tu sais, ton frangin, c'est vraiment le plus futé. Non seulement il a fait chanter ton père pour obtenir de la thune, mais en plus il s'est démerdé pour que tu en sois le bénéficiaire exclusif. Si j'en crois ce que le vieux m'a dit, la somme se monte à près d'un million de dollars et si quoi que ce soit devait t'arriver — et je dis bien *quoi que ce soit* —, la totalité reviendrait automatiquement au foyer pour lequel tu travailles.

Dovie a cligné des yeux, complètement sous le choc.

— Mais quel intérêt ? elle a murmuré. Hartman peut changer le nom du bénéficiaire en un rien de temps.

— Non, j'ai dit en secouant la tête. Race s'est arrangé pour que ce soit définitif. La seule qui puisse changer le nom du bénéficiaire, c'est lady Hartman. Et pour ça, il faudrait qu'elle soit au courant pour la thune, mais aussi pour les infidélités de son connard de mari, donc de ton existence. Race tient ton père par les couilles.

J'ai essayé de répondre le plus honnêtement possible à la deuxième partie de sa question.

— Tout le reste dépend de ce que Race a. Je suis la seule raison pour laquelle ils t'ont pas encore effacée de l'équation. Il savait que je les laisserais pas se servir de toi pour l'atteindre. Même sans ta mère, Hartman est pas con au point de tenter un truc contre toi tant que Race et moi on est dans le coin. Novak était sa seule solution, et regarde où ça l'a mené. C'est pas le genre à accorder des faveurs. Pour Novak, t'es bien plus utile vivante pour attirer Race et récupérer ce que ton frère a sur lui. Et c'est de Novak qu'on doit vraiment se méfier pour l'instant.

— Bax, dis-moi la vérité, est-ce que tu te sers de moi pour retrouver Race ?

J'ai soupiré profondément. Le sang dans mes tempes battait à toute vitesse. Mes yeux se sont arrêtés sur mes tatouages de chaînes brisées, puis sur Dovie. Je n'étais plus très sûr d'avoir la réponse à sa question.

— J'en sais rien.

— Pourquoi ?

— Je dois le retrouver. Je t'aime bien, Dovie, et coucher avec toi, c'est vraiment super. C'est sûrement le meilleur truc que j'ai testé dans ma vie. Mais dans tous les cas, le mec qui m'a foutu cinq ans en taule va devoir payer. Je vais pas te mentir : ça se peut que ce soit Race. De toute façon, quand j'en aurai fini avec Novak, tout ça, ce sera terminé. Donc non, Red, je sais pas quoi te dire.

Dovie s'est levée et s'est approchée de moi. Je l'ai pas lâchée des yeux. Ses bras pendaient mollement le long de son corps et ses yeux affichaient un mélange de colère, de peur et d'un autre truc que j'arrivais pas à définir. Cette fille était l'exemple parfait de tout le bien qui peut sortir des endroits pourris comme The Point. Elle était comme une fleur poussant dans l'ombre de falaises tranchantes. J'ignorais comment elle pouvait garder cet air de douceur et de tendresse malgré tout ce bordel. Putain, j'espérais vraiment qu'elle allait un jour trouver un mec qui serait prêt à tuer pour elle.

Elle a soupiré si fort que j'ai senti son souffle jusqu'à moi, puis elle s'est penchée et a posé ses mains sur mes genoux, rivant son regard dans le mien. J'ai pas pu m'empêcher de mater son décolleté mais quand mes yeux sont remontés vers son visage, j'ai été direct capturé par ses yeux.

— Titus n'est pas arrivé par hasard cette nuit-là. Race était déchiré entre votre amitié et le chantage de Novak. Demande à ton frère.

— Demi-frère.

— Appelle-le. Je suis prête à parier que c'est Race qui l'a fait venir. Oui, mon frère t'a piégé… mais c'était pour te sauver.

J'ai senti mon palpitant s'arrêter quelques secondes avant de se remettre à battre comme un ouf.

— Qu'est-ce que t'essayes de me dire, là ?

Ses mains ont glissé le long de mes cuisses. Sa bouche magnifique, qui pouvait tout guérir, frôlait presque la mienne.

— Pendant tout ce temps, Race n'a fait que surveiller tes arrières, essayer de te sauver. Entre t'envoyer en prison pour cinq ans et te voir devenir l'esclave de Novak pour l'éternité, Race a choisi le moins horrible. Il a probablement demandé de l'aide à Titus et le rendez-vous est donc devenu un piège. En fuyant, tu as juste empiré les choses, mais ce n'est pas très surprenant.

Soudain, j'ai eu envie de me déchaîner, de laisser cette rage qui avait grandi pendant cinq putains d'années exploser à la surface. Mais en dehors de Dovie, y avait personne à défoncer ici et elle ne méritait pas que je me défoule sur elle. Il me fallait de l'air, que je sorte le temps de me calmer, mais Dovie m'en a pas laissé l'occasion. Ses lèvres douces et accueillantes se sont posées sur les miennes et ont aspiré toute ma colère. Elle avait cet effet bizarre sur moi.

Sa main a caressé mon visage, un peu comme si c'était une

plume, et ses pouces ont glissé sous mes yeux. Elle a eu un petit sourire triste.

— La première fois que je t'ai vu, tes yeux étaient vides et je n'arrivais pas à comprendre pourquoi Race te faisait une confiance aveugle, au point de revenir dans cet endroit atroce. Mais aujourd'hui, quand je vois tes yeux, je sais pourquoi il voulait à ce point te sauver.

C'était comme si on me triturait les entrailles. Mon souffle s'est coupé. Soudain, cet appartement pourri m'a paru être le plus bel endroit sur terre et pour rien au monde j'aurais voulu être ailleurs.

— Alors dis-moi, Red, c'est quoi ? Qu'est-ce que tu vois dans mes yeux qui me différencie de tous les criminels à deux balles de The Point ?

Elle a relâché mon visage et s'est reculée d'un pas, frottant ses bras d'un air absent. L'expression de son joli visage m'a fait mal au cœur.

— On est maître de sa destinée, Bax. Si ce n'était pas le cas, je serais devenue une meurtrière ou une junkie. Tu ne cesses de parler de choix et de conséquences. Pourquoi est-ce que tu n'essayes pas de voir au-delà de tout ça ? Ce petit garçon apeuré qui a dû voler pour subvenir à ses besoins et ceux de sa mère, tu peux le laisser partir. Tout comme le jeune homme colérique qui refuse de pardonner à son frère de l'avoir abandonné et qui continue à défier la loi juste pour lui prouver quelque chose. Tu vaux bien plus que tout le mal que tu as fait.

Ses mots s'insinuaient en moi comme une putain de colonie de fourmis rouges. Je me suis relevé si brutalement de mon siège qu'il a craqué. Dovie m'observait. Fallait que je m'éloigne d'elle.

— J'ai besoin d'une clope, je reviens.

Et moi qui pensais que j'étais un putain de mystère, genre que mes secrets étaient bien planqués sous une carapace. Mais le regard de Dovie me montrait que je m'étais planté. Elle voyait clair. Et elle me renvoyait la triste vérité : je fuyais. Je l'ai vue tourner le dos au moment où je suis sorti en claquant la porte.

J'avais allumé ma clope bien avant d'être sur le trottoir. J'ai sorti mon téléphone et l'ai regardé fixement tout en m'emplissant les poumons de fumée. Pour la seconde fois en une nuit, j'ai appelé Titus, et comme la première fois, il a répondu direct.

— Shane ?

Je l'ai pas corrigé.

— La nuit où tu m'as arrêté, tu savais ce qui se tramait ? Est-ce que Race t'avait prévenu que Novak voulait me faire buter un mec ?

J'ai entendu Titus jurer, et s'excuser. Apparemment, il s'éloignait de ses collègues pour discuter en privé. J'ai regardé la nuit, cette nuit que j'avais débutée en pensant avoir toutes les réponses et que je finissais sans la moindre idée de ce qu'il se passait.

— Je ne savais pas tout, il a enfin dit. Race m'a juste prévenu que si je n'étais pas présent ce soir-là à l'entrepôt avec toute une équipe du SWAT, tu allais sévèrement morfler et que Novak ne te lâcherait plus jamais. Il m'a aussi dit que vous étiez en train d'essayer de quitter le business mais que Novak n'avait pas l'intention de vous laisser faire. Pour le meurtre et le kidnapping, je ne savais rien. J'ai eu la surprise en arrivant. Race devait vouloir limiter les dégâts mais, au final, il a plus foutu la merde qu'autre chose en nous mentant. Si t'avais pas essayé de fuir au volant de cette Aston, t'aurais probablement jamais été en prison.

Il a lâché un juron. La grossièreté, c'est de famille. Puis il a repris :

— On a bien essayé de mettre le meurtre sur le dos de Novak, mais il y avait trop de témoins et trop de dépositions différentes. Il a un paquet de gens dans la poche, certains prêts à faire de la taule pour lui, si besoin.

— Race essayait de protéger sa sœur, j'ai dit. C'est pour ça qu'il a rien dit. Novak la menaçait mais il avait pas prévu qu'il fasse appel à toi. Il sait que je peux pas te blairer.

— Eh bien, t'es un grand garçon, maintenant, Bax. Passe à autre chose, putain. On est une famille, que tu le veuilles ou non, et même si on n'est pas d'accord avec les choix de l'autre, on n'est que tous les deux.

J'ai reniflé. Je sentais ma poitrine se serrer.

— Tu veux jouer à la famille parfaite ? j'ai balancé. Il fallait y penser avant de te barrer faire ta vie en me laissant dans la merde.

Un long silence a suivi mon coup de gueule. Je pouvais sentir comme une pointe de regret émaner du téléphone.

— Moi aussi, j'étais jeune, Bax. Je sais que j'ai fait des erreurs. J'essayais juste de survivre.

J'ai fermé les yeux et me suis concentré sur ma respiration pour éviter d'exploser mon téléphone sur le bitume. Ça m'emmerdait de le reconnaître, mais la survie était un truc qu'on avait en commun.

— Est-ce que c'est toi qui as pris soin de ma caisse quand j'étais au trou ?

Il a ri sèchement.

— Non, c'était Gus. Je me suis contenté de payer les frais de garage.

— Et pour l'appart ?

— Putain, Bax, je sais que tu me détestes, mais est-ce que

t'as vraiment cru que j'allais te laisser en taule sans m'assurer que t'aies un endroit où crécher en sortant ?

Je savais pas quoi dire. Titus et moi, on avait jamais été vraiment sur la même longueur d'onde. C'était trop d'infos d'un coup.

— Reste prudent, Bax. Toute cette histoire est loin d'être terminée. Ils ne laissent la fille tranquille que parce qu'ils espèrent trouver Race grâce à elle. Mais dès qu'il refera surface, la chasse sera ouverte.

— Elle va rester en dehors de ça. Novak peut m'avoir s'il veut, j'ai pas mal de trucs à lui dire en ce qui concerne ses plans.

Nouveau soupir.

— Bax, m'oblige pas à te refoutre en taule. Ou pire, à aller t'identifier à la morgue.

A mon tour de rire jaune.

— Marrant, je vois pas d'autres options, moi non plus. Pour une fois qu'on est d'accord sur un truc.

— Elle s'inquiète pour toi, Shane. Tu comptes continuer à vivre ta vie comme si de rien n'était ?

Je me suis pincé l'arête du nez, comme si je pouvais chasser tous les événements de cette soirée.

— J'en sais rien, Titus. Je vais juste vivre ma vie comme je sais le faire.

— Apprends de tes erreurs, petit frère. Il n'y a rien d'autre à faire. Faut que je file, on a un braquage dans le District.

J'ai raccroché et suis remonté à l'appartement. J'avais plus envie que Dovie soit là. Elle en avait trop vu. Une fois chez moi, j'ai halluciné : en même pas un quart d'heure, Dovie avait refait le lit, passé l'aspirateur, nettoyé la télé, rangé l'espace cuisine et poussé le linge sale dans un coin. On aurait dit un appart normal au lieu d'une piaule pour baiser et pioncer.

J'ai passé la main sur mon crâne et me suis assis près d'elle sur le pieu. Elle a haussé les épaules et m'a lancé un regard genre « je m'ennuyais ». Du bout du doigt, j'ai viré une mèche qui lui barrait le visage.

— Même si tu vires le bordel, ça change rien, tu sais.

— Est-ce qu'on parle de l'appartement ou de toi ?

— Ni l'un ni l'autre, j'ai dit en posant mon doigt sur sa lèvre inférieure. Je serai jamais un gars bien, Red.

Elle a pris ma main dans la sienne et a embrassé le creux de ma paume. Mes veines se sont enflammées.

— Mais ça ne veut pas dire que tu es obligé de rester un criminel. Pourquoi tu ne pourrais pas être un peu des deux ?

Parce que je suis du genre tout ou rien. Un peu comme pour notre relation. J'aurais pu garder un œil sur elle et faire savoir à tout le monde que le premier qui l'emmerderait se ferait défoncer la gueule. Mais non. Au lieu de ça, j'étais même pas foutu de savoir où on en était tous les deux. Cette fille était comme une récompense après les cinq putains d'années que j'avais passées en prison. Mais comme toujours, les trucs bien duraient jamais. Si je laissais faire, toute cette histoire allait me démolir. Ce soir, je voulais plus penser à tout ça, je voulais plus la voir me regarder avec l'espoir que je puisse devenir quelqu'un que j'étais pas. Je me suis allongé et je l'ai embrassée. Parce que avec elle, y avait plus de bien ou de mal. Tout était juste mieux.

12

Dovie

Bax agissait bizarrement avec moi. Il semblait particulièrement tendu, et mes alarmes « danger » s'étaient déclenchées. Dans ses yeux, j'ai pu voir le combat intérieur qu'il était en train de mener. Qu'est-ce qui pouvait le mettre dans un tel état ? La discussion avec son frère ? Son appartement ? Ou peut-être le fait de songer à lord Hartman ? Je pouvais sentir chaque parcelle de ma peau qu'il avait dénudée frémir sous sa colère. Il tentait de prouver quelque chose, mais de toute évidence, il ne savait pas à qui. A lui ou à moi ? Alors, au lieu de lutter ou de mettre de l'huile sur le feu déjà bien brûlant, je me suis laissé porter. Je me suis retrouvée complètement nue tandis que lui était encore habillé. Ça commençait à devenir une habitude.

Les mains à plat sur les draps propres que je venais de mettre sur son matelas, je me suis plongée dans la spirale noire de son regard et suis restée immobile tandis qu'il me surplombait. Sa bouche était trop exigeante, ses mains trop brutales et, pour la première fois depuis que j'avais décidé de me lancer dans cette relation, j'ai pris conscience du danger qu'il représentait pour moi. Je venais juste d'apprendre que j'avais échappé de peu au meurtre commandité par mon père ; Bax aurait dû être en train de me réconforter. Au lieu de quoi, il se montrait presque brutal, comme s'il cherchait à m'intimider, à m'effrayer, pour que je le supplie d'arrêter. Je n'allais certainement pas entrer dans son jeu, mais je n'allais pas non plus lui donner la satisfaction d'emporter la partie.

Ses dents se sont enfoncées au creux de mon cou et il a enlevé son T-shirt. Mes yeux se sont fixés sur la veine pulsant à la base de sa gorge. Je voulais l'embrasser, lui faire comprendre que tout irait bien, mais je ne voulais pas lui mentir. S'il continuait comme ça, je quitterais cet appartement et laisserais tout le danger qu'il représentait derrière moi pour continuer ma vie. Race ne me laisserait pas tomber. Je n'aurais qu'à rester en vie le temps qu'il mette son plan à exécution.

Les contours musculeux de son torse se sont frottés contre la peau sensible de ma poitrine. Mon corps a immédiatement réagi à ce contact. Comment aurait-il pu y rester insensible ? J'avais terriblement envie de lui, comme depuis la première fois que je l'avais rencontré. Maintenant que j'avais goûté à sa langue, que je connaissais les caresses de ses mains lorsqu'il voulait provoquer du plaisir plutôt que de la douleur et de la destruction, je ne pouvais pas m'empêcher d'être excitée. Pas moyen d'interdire à mes tétons de se dresser. Ou à mon sexe de mouiller lorsqu'il a pris mes mains pour les maintenir au-dessus de moi.

Ses jambes encore enfermées dans son jean m'ont écarté les cuisses, et il s'est plaqué contre mon bassin. Je l'ai regardé, l'implorant silencieusement d'arrêter. Ce n'était plus Shane qui était là, ni même Bax. Juste un parfait étranger, froid et détaché, sans remords. J'ai fixé son étoile. Ce tatouage aurait dû le faire paraître ridicule et écœurant, mais c'était mon seul point de repère au cœur de ce ciel sombre.

Pas de doute, Bax voulait m'obliger à lui dire d'arrêter. Il le faisait exprès. Il tremblait, mais pas d'excitation. Il tremblait parce qu'il s'acharnait à tirer sur le fil ténu qui nous liait l'un à l'autre. Bax m'a embrassée sans douceur sur la joue avant de descendre vers mes lèvres sans que je proteste. Il me serrait si fort les poignets que j'aurais des bleus pendant quelques jours. Je pouvais sentir son cœur tambouriner contre le mien.

Il a écrasé mes lèvres sous les siennes. Plus une agression qu'un vrai baiser. J'étais immobile et je me laissais faire docilement. Je ne voulais pas lui donner ce qu'il attendait de moi, même si sa langue glissant sur mes lèvres me rendait folle. Je le voulais de toutes mes forces. Mais pas comme ça...

Son torse massif a ondulé contre moi. Et j'ai réalisé que son érection — qui d'habitude se dressait entre nous — n'était pas là. Bax ne prenait pas plus de plaisir que moi en ce moment, mais je ne l'empêcherais pas de continuer. Il devait s'arrêter de lui-même. Ou cela prouverait que tout en lui, tout ce qui faisait Shane Baxter, était mauvais. Et que ce que j'avais cru percevoir de lui quand il avait baissé sa garde, quand il m'avait embrassée et regardée comme si j'étais la plus belle chose qui lui soit arrivée, tout ça n'avait été qu'une illusion.

Sa bouche impitoyable a émis un râle et je n'ai pas pu retenir l'une de mes larmes. Nous étions si proches l'un de l'autre qu'elle ne lui a pas échappé.

— Dis-moi de m'arrêter, a-t-il murmuré.

Nous avions eu cette même conversation le soir de notre rencontre, cette nuit fatale où ses yeux diaboliques s'étaient posés sur moi pour la première fois.

— Non.

— Dis-moi d'arrêter, Dovie.

Ses doigts ont serré plus fort mes poignets, et j'ai tressailli. Ses yeux de velours ont pris un nouvel éclat sombre. Il ne voulait pas me faire du mal, mais il ne pouvait pas s'en empêcher.

— Non.

— Tu peux tout arranger, Dovie.

Il semblait si perdu que j'en ai eu mal au cœur. Bax n'avait jamais eu la chance d'avoir une vie ordinaire. Il n'aurait jamais de travail de bureau stable, ni de vie simple et sans problèmes. Il serait toujours ce gars avec un casier judiciaire, sauvage et brutal, et accompagné d'une dangereuse réputation. Il était Bax et Shane. L'un n'existerait jamais sans l'autre et il fallait qu'il trouve un juste équilibre entre ses deux personnalités. Je pouvais l'y aider, tant qu'il ne me détruisait pas au passage.

— Toi aussi, tu peux tout arranger, Bax. Mais si tu continues ça, c'est fini. Je partirai et je ne reviendrai pas.

Une lueur étrange est passée dans ses yeux et mes mains ont soudain été libres de toute entrave. Bax s'est relevé, tout le haut de son corps tremblait.

— C'est inévitable, non ?

Il voulait fuir, c'était plus qu'évident. Il voulait que ça vienne de moi, histoire d'avoir la conscience tranquille. Mais je n'avais pas suivi son plan, et il s'apprêtait à libérer toute sa hargne et à se défouler sur une ville qui ne verrait rien venir. J'étais tentée de le laisser faire.

— Bax...

Au lieu de se ruer dehors, il m'a surprise en me prenant par les hanches pour me plaquer sur le matelas, prisonnière sous son torse nu. Cette fois, il m'a accordé un vrai baiser, bougeant ses lèvres avec ardeur mais sans brutalité. Il a voulu glisser sa langue dans ma bouche et je l'y ai autorisé, l'entourant de mes bras au point que mes doigts se sont rejoints sous son cou. Nos langues dansaient l'une contre l'autre et ses dents ne mordaient que pour m'exciter, plus pour me punir. D'une main tremblante, il a dégagé mes cheveux de mon visage. Ses yeux noirs se sont fondus dans les miens et j'y ai vu un regret éternel.

— Dovie, t'es une fille bien. Tu devrais être n'importe où sauf ici. Tu mérites infiniment mieux que tout ce bordel entre Race, Novak et ton connard de père. Tu as une vraie vie qui t'attend et un jour ou l'autre, tu vas finir par me haïr.

J'ai posé mon pouce sur sa lèvre et j'ai hoqueté lorsqu'il l'a aspiré dans la moiteur de sa bouche.

— Ou pas, ai-je dit en l'observant enrouler sa langue autour de ma phalange avant de sortir mon doigt de sa bouche avec un petit bruit humide.

— Red, si tu fais ça, tu vas le regretter toute ta vie.

Bax était la deuxième personne à me dire ça aujourd'hui. Mais j'avais la quasi-certitude qu'il était déjà trop tard pour moi. Je restais persuadée qu'à la longue Bax serait moins toxique, qu'il m'inspirerait toujours plus d'amour. Tant qu'il me laissait voir son bon côté de temps en temps, ça serait possible.

— Je n'ai que vingt ans, Shane. J'ai toute la vie devant moi pour prendre les bonnes décisions. Autant faire des erreurs maintenant, pour pouvoir en apprendre quelque chose.

Bax a pris la main que j'avais posée contre son cœur, a regardé les petites marques rouges laissées par sa poigne et a embrassé doucement le creux de mon poignet, là où mon pouls battait en rythme avec le sien.

— Je t'ai fait mal, a-t-il dit. Je t'ai fait pleurer.

J'ai soupiré. Il avait raison.

— Mais tu m'as aussi protégée, défendue, et tu m'as fait me sentir en sécurité... et belle. Je ne peux pas en dire autant des autres personnes que j'ai rencontrées dans ma vie. Quand je suis avec toi, le bien et le mal ne vont pas l'un sans l'autre.

Bax a pivoté et s'est lové contre mon corps, avant de poser un baiser au creux de ma clavicule. Mon corps a réagi aussitôt. Tout en évitant sa blessure au flanc, mes doigts ont glissé le long de sa cage thoracique. Bax était un roc, solide et inébranlable sous mes caresses. Quand il n'était pas toxique pour lui-même, il était l'homme le plus droit et le plus stable que j'aie connu. Ce qui était totalement en contradiction avec la façon dont il menait sa vie.

— Est-ce que c'est pour ça que tu m'appelles Shane à chaque fois qu'on couche ensemble ? a-t-il demandé en m'embrassant le haut du ventre, ignorant volontairement mes seins.

Je ne saurais dire comment il s'est retrouvé sur moi, mais je me tenais prête pour la suite, comme toujours avec lui.

— Je t'appelle par ton nom quand nous sommes ensemble, parce que tu es différent dans ces moments-là. Je pense que Bax est l'identité que tu prends quand il est question de survie et de mener la vie que tu as délibérément choisi de vivre. Mais quand tu te décides à baisser ta garde et à laisser ta violence derrière toi, c'est Shane qui prend le relais.

J'ai fait courir mes doigts sur son crâne rasé, m'attardant sur la peau de sa cicatrice.

— Je mentirais si je disais que je ne préfère pas Shane. Mais je peux gérer Bax, tant qu'il ne se manifeste pas quand on est au lit...

Bax s'est glissé plus bas et a embrassé chaque côté de mon bassin. Mon ventre s'est contracté sous ce contact. Sa langue a plongé sur mon nombril, puis son baiser a laissé une marque sur ma cuisse. Rien ne nous séparait et j'étais complètement exposée à son regard avide, à ses mains et à sa bouche curieuse.

— C'est juste moi, Dove. Ni plus, ni moins.

Son souffle est venu rafraîchir mon sexe trempé, qui se languissait déjà de la suite. J'ai frissonné et mes ongles se sont enfoncés avidement dans son crâne, lui arrachant un râle.

— Etre toi, c'est bien plus que ce que peuvent assumer la plupart des gens.

Sa tête a disparu entre mes cuisses et le temps s'est arrêté. Bax avait le pouvoir étonnant de faire disparaître les horreurs du quotidien à la seule force de sa langue et de ses dents. Ce n'était pas la première fois qu'il utilisait sa bouche pour me donner du plaisir, mais cette fois-ci il y avait quelque chose de différent. On aurait dit qu'il essayait de se faire pardonner de m'avoir fait peur. Il était respectueux, doux, et tellement appliqué et doué ! Je sentais le plaisir irriguer chaque partie de mon corps. C'était si fort et si intense que j'ai failli le repousser, mais c'était trop bon et je savais qu'il ne m'aurait sûrement pas laissée m'en tirer comme ça.

Il a suçoté avidement mon clitoris et il a utilisé ses doigts pour me pénétrer. J'aurais voulu qu'il fasse pareil avec son impressionnante érection qui palpitait contre mes cuisses quelques minutes plus tôt. Quand sa langue est venue frotter contre mon clitoris, j'ai compris que j'allais exploser avant même qu'il soit en moi. Il n'avait aucune pitié. Il a continué sa délicieuse torture et, soudain, j'ai été emportée par l'orgasme et j'ai été incapable de faire autre chose que crier son nom. J'ai senti toute la pression en moi redescendre et je me suis détendue alors que la langue de Bax s'attardait encore sur ma chair ultrasensible. Ses doigts sont remontés doucement, traçant des chemins imaginaires le long de mon genou, puis de ma cuisse.

J'ai dû lutter de toutes mes forces pour garder les yeux ouverts. Agenouillé à mes pieds, il était en train de déboutonner son jean. Je n'avais jamais rien vu d'aussi sexy que Shane Baxter en train de se déshabiller devant moi, prêt à me rendre folle... Les deux drapeaux de son bassin sont apparus devant mes yeux, et tous mes sens engourdis se sont immédiatement réveillés. Bax avait cette expression caractéristique, celle qu'il affichait après m'avoir donné du plaisir. Un mélange de satisfaction masculine et d'appréciation, comme si je venais de lui offrir un cadeau en le laissant me faire jouir. Me savoir spéciale pour lui, et sentir qu'il n'avait pas l'habitude d'éprouver ça, ça me touchait profondément.

Le tissu de son boxer a glissé, libérant ses fesses musclées, puis il m'a tendu un préservatif qu'il m'a demandé de mettre en place. J'étais encore sous l'effet planant de l'orgasme mais je mourais d'envie de poser mes mains sur lui, de faire tomber cette ultime barrière ici, dans cet endroit qui l'avait poussé à être si sombre avec moi. Je ne pouvais plus prétendre que je me contentais de rester à la limite en attendant le retour de Race ; désormais, j'étais entrée tout entière dans son monde.

J'ai entouré son membre avec le latex, prenant le temps d'apprécier la longueur de son sexe brûlant et son gland déjà humide. Mais Bax n'en pouvait plus d'attendre et, même si j'étais encore très sensible, et pas encore tout à fait remise, il s'est enfoncé en moi. Nous avons gémi en même temps quand son sexe a écarté ma chair encore très serrée. Il s'est appuyé sur ses bras tendus tandis que j'ai entouré son bassin avec mes jambes, et j'ai attrapé ses larges épaules tatouées.

— Ça va ? a-t-il demandé.

Cette simple question a chassé de mon corps les dernières brumes de l'orgasme et a enflammé mes nerfs. Je me suis cambrée et j'ai enfoncé mes talons contre ses fesses pour le faire bouger en moi.

— Plus que bien.

Bax a juré et une ombre est passée dans son regard. Il a plongé ses yeux dans les miens et j'ai été consumée sous leur intensité. Son corps était brûlant et chacun de ses coups de reins me faisait perdre complètement le contrôle. Il me prenait à un rythme presque insoutenable, avec pour seul but de me faire atteindre le plaisir ultime. Notre connexion était purement physique. Il y avait eu trop de révélations, trop de confessions ce soir pour qu'il en soit autrement.

Bax m'a embrassée avec passion et j'ai dû m'accrocher à lui pour ne pas tomber du lit. L'une de ses mains a glissé le long de mon dos et il s'est agrippé fermement à mes fesses. Son torse frottait si férocement contre ma poitrine que mes tétons en devenaient douloureux, tandis que nos bouches s'entrechoquaient, affamées l'une de l'autre. C'était violent, notre étreinte était frénétique, incontrôlable, presque désespérée.

Il a murmuré mon nom tout contre mes lèvres, et j'ai compris qu'il allait jouir le premier. Ses coups de reins sont devenus plus puissants encore et ses mains plus insistantes, tandis que j'essayais de me raccrocher à lui dans cette tempête de sensations. Soudain, la main qui était dans mon dos a glissé de mes fesses pour venir entre mes cuisses et se poser sur mon clitoris. Des taches de lumière ont explosé devant mes yeux et je pense même que j'ai déconnecté quelques secondes quand il m'a embrassée, puis ç'a été l'explosion.

Bax a gémi et j'ai senti la tension quitter peu à peu ses muscles. Mais j'étais déjà dans un autre monde, un monde où je n'étais qu'une fille, et lui un homme, où il n'y avait ni gangsters, ni meurtriers, ni frère en cavale. Un monde où nous pourrions simplement être heureux, nichés l'un contre l'autre, et où notre relation ne serait pas destinée à s'arrêter.

Son front s'est plaqué contre le mien et j'ai dû faire appel à toute ma concentration pour entendre ce qu'il m'a dit.

— Qui aurait cru que ce serait toi qui serais dangereuse pour moi, Red ?

J'ai soupiré et l'ai bercé tout contre moi.

— On pourrait ne pas se faire de mal, Bax. Ni l'un ni l'autre. C'est ce que font les gens qui s'apprécient, d'habitude.

— Ça marchera jamais.

Mes doigts se sont attardés le long de ses vertèbres. J'ai enfoui mon visage au creux de son épaule.

— Malheureusement, non, ai-je reconnu en soupirant.

— Mais on peut au moins profiter de ce qu'on a là. J'ai appris à savourer les trucs bien quand y en a.

J'ai bâillé et j'ai tenté de me blottir contre lui, mais Bax était toujours dans ses pensées.

— On peut pas espérer mieux.

Il a murmuré quelque chose, ses mots étant en partie étouffés par mes cheveux. Mais j'étais trop exténuée, physiquement et mentalement, pour comprendre quoi que ce soit. J'ai fermé les yeux et le dernier truc que j'ai entendu, est que de toutes les choses que je méritais, le plus important était de trouver quelqu'un de mieux que lui.

Quelques heures plus tard, je me suis soudain réveillée. Bax et moi nous faisions face, chacun allongé sur le côté. Il m'entourait de l'un de ses bras tandis que l'autre me servait d'oreiller. Durant la nuit, j'avais passé une de mes jambes autour de sa taille et mon bras libre s'attardait contre son flanc. Nous étions littéralement collés l'un à l'autre. Sa poitrine se soulevait lourdement à intervalles réguliers, comme s'il dormait à poings fermés. La première chose que j'ai vue en ouvrant mes paupières lourdes, a été ses grands yeux sombres qui me dévisageaient sans ciller.

Je n'avais toujours aucune idée de ce qui nous avait réveillés si tôt et j'allais interroger Bax lorsque j'ai remarqué la pointe sombre d'un flingue, posé contre sa tempe. C'était donc la présence d'un intrus dans le petit studio miteux qui m'avait réveillée. J'étais sur le point de hurler quand la silhouette armée s'est déplacée légèrement. Un rayon de lune a fait briller ses cheveux blonds et a révélé un visage que je connaissais par cœur. J'étais sur le point de lui demander à quoi il jouait, mais Bax a soudainement bougé à une vitesse impressionnante, me protégeant de son corps.

Il avait pivoté si vite que j'en étais presque tombée par terre. Race aurait pu avoir peur et tirer par accident. Malgré mes supplications, ni lui ni Bax ne m'écoutaient. D'un geste vif, Bax a saisi le revolver et l'a retourné en direction de mon frère. Peut-être qu'avant, tous les deux jouaient dans la même catégorie, mais les cinq ans de prison de Bax avaient endurci son corps et nourri sa haine. Cinq années perdues, et qu'il comptait bien faire payer à Race, même s'il était complètement nu à cet instant.

Tous deux ont émis un grognement bestial, et en un rien de temps le flingue s'est retrouvé sur le lit à côté de moi tandis qu'ils se battaient rageusement. Je me suis levée sur mes jambes tremblotantes et j'ai enfilé le premier truc qui me tombait sous la main, le sweat de Bax. J'ai attrapé l'arme et, sans hésiter, l'ai pointée dans leur direction, d'abord en appelant Race, puis Bax. Ils m'ont complètement ignorée. Le studio était rempli par les bruits sourds des impacts de poings sur la chair et par l'odeur cuivrée du sang. Je n'ai même pas essayé de leur signaler qu'ils se rapprochaient dangereusement de l'écran plat de Bax. Quand deux mecs furieux et décidés à s'entretuer se battent ainsi, une pauvre télé n'a pas la moindre chance de survie.

J'ai plissé les yeux lorsque Race a envoyé un solide crochet dans les côtes meurtries de Bax et que ce dernier lui a rendu la pareille avec plusieurs coups de coude répétés dans les pommettes. Malgré l'obscurité de la pièce, je pouvais voir le sang ruisseler sur leur visage, ainsi que la détermination qui habitait leurs yeux. Si je n'y mettais pas un terme, ce combat n'en finirait jamais. Mais comment faire ? J'ai pris ma tête entre les mains, j'ai fermé les yeux et crié de toutes mes forces. Si leur bagarre n'avait pas encore alerté les voisins, mon cri allait sûrement s'en charger. J'ai hurlé jusqu'à ce que ma gorge soit sèche et brûlante, jusqu'à ce que mes yeux pleurent, jusqu'à ce que mes poumons soient complètement vides. Jusqu'à ce qu'une paire de bras m'entoure et qu'on me serre très fort. Vu la sueur et le sang qui maculaient le torse contre lequel je me trouvais, j'en ai déduit que c'était Bax et non Race qui était venu me calmer le premier.

D'un rapide coup d'œil par-dessus son épaule, je me suis assurée que mon frère se portait bien. Il tenait debout mais il semblait furieux. Bax a relâché son étreinte et Race en a profité pour lui balancer son jean et lui crier de se rhabiller s'il voulait rester à côté de moi. Après l'avoir rembarré, Bax a cherché son paquet de cigarettes dans les poches du sweat que je portais.

— Je reviens dans deux secondes, lui a-t-il dit en me regardant moi. Si les voisins ont appelé les flics, il va falloir que je prévienne Titus que c'était une fausse alerte.

Il a lancé un regard d'avertissement à Race.

— Si elle est en larmes quand je reviens, je m'arrêterai pas cette fois.

— Tu me fais du chantage avec ma sœur, Bax ? a explosé Race. Pour qui tu te prends ? Tu devais la protéger, pas la baiser.

Bax a grogné et s'est avancé vers mon frère d'un air menaçant, mais je l'ai attrapé par le bras et j'ai essuyé une traînée de sang qui lui coulait du nez. D'un regard, je lui ai assuré que tout irait bien. Apparemment un peu calmé, il a pris une cigarette entre ses lèvres et s'est dirigé vers la porte.

— T'aurais p'têt dû me laisser un petit mot avant de te barrer et de la laisser seule face à tous les connards de The Point qui n'en veulent qu'à ton cul, a-t-il fait à l'intention de Race. Désolé, vieux, comme d'hab, tu m'as zappé de tes plans, du coup j'ai joué selon mes règles.

— Comme toujours... Et regarde où ça t'a mené !

La mâchoire et les poings de Bax se sont contractés.

— On m'a un peu aidé, a-t-il dit en me jetant une œillade à la dérobée.

Les ombres étaient revenues hanter ses yeux et mon cœur s'est serré.

— Je reviens.

Etait-ce un avertissement pour moi ? Une menace pour mon frère ? Aucune idée. Mais sa voix m'a donné la chair de poule.

Bax est sorti en claquant la porte et j'ai enfin pu allumer la lumière. Race était assis dans le fauteuil de cuir, l'air aussi hagard et défait que ses vêtements déchirés. Mon frère était grand et imposant, même s'il n'était pas aussi baraqué que Bax. Où qu'il ait été pendant un mois, il n'y avait pas pris bien soin de lui : ses joues étaient creuses et une barbe mal rasée dissimulait ses jolis traits ; ses yeux, normalement aussi verts que les miens, étaient devenus ombrageux. Sans parler de sa perte de poids, de l'état désastreux de ses fringues et de sa coiffure d'ordinaire si soignée. Une balafre lui barrait la joue, son arcade sourcilière était fendue et des plaies mal cicatrisées recouvraient le dos de ses mains.

Je me suis dirigée vers l'espace cuisine en soupirant en quête d'une serviette humide pour qu'il se lave.

— Où étais-tu passé ?

— Et toi, qu'est-ce que tu fous à coucher avec Bax ? Tu ne sais pas qui il est, Dovie, ni de quoi il est capable ! Si j'avais su que tu serais assez bête pour te le taper, jamais je ne t'aurais laissée seule avec lui.

J'ai grincé des dents et lui ai balancé le torchon au visage avant de m'asseoir sur le comptoir.

— Tu m'as abandonnée après m'avoir sortie de l'enfer et tu m'as demandé de l'attendre, Race. Pour qui tu te prends à débarquer de nulle part et à me juger ?

Ses yeux, si similaires aux miens, m'ont dévisagée, voilés par la colère et la culpabilité.

— Il le fallait. Ou ils n'auraient jamais cessé de me poursuivre. Je devais savoir à qui faire confiance.

— Ils allaient s'en prendre à moi pour te retrouver. Ça ne t'a jamais effleuré l'esprit ?

Mon frère a passé la main dans ses cheveux dorés en désordre et a fait les cent pas.

— Bien sûr que si. Tout ce que j'ai fait, c'était pour garder tout le monde en sécurité. Je savais que Bax te trouverait et qu'il te protégerait de Novak.

— Et s'il ne l'avait pas fait ? ai-je dit, d'un air de défi en croisant les bras. Et s'il s'était envolé une fois sorti de prison ? Tu as pris un gros risque, tu as joué avec ma vie et tu ne m'en as même pas parlé.

— Je connais bien Bax, a-t-il répondu en jetant un œil au lit défait. Enfin, c'est ce que je pensais.

— Je croyais que c'était ton meilleur ami et qu'il était comme un frère pour toi. C'est pour ça que tu m'as dit de lui faire confiance, au départ, même s'il me faisait peur et qu'il avait l'air dangereux.

— C'était avant que je sache combien il était déterminé à me faire payer.

— De quoi tu parles ?

Race a repris son manège, incapable de tenir en place.

— Jamais je n'aurais cru qu'il coucherait avec toi pour se venger de moi.

J'ai hoqueté si fort que j'en ai eu mal à la gorge. Je dévisageais Race, l'air désolé. Il m'avait tant manqué et je m'étais tellement inquiétée pour lui... Mais il n'avait pas le droit de se pointer comme ça pour dire de telles absurdités.

— Crois-moi, Race, tu n'y es pas du tout. Jusqu'à ce soir et aux révélations de Hartman, il ignorait tout de cette histoire. Il se doutait bien que tu avais quelque chose à voir avec son arrestation, mais Titus lui a tout avoué il y a seulement quelques heures. J'avais déjà couché avec lui. Bien avant ça.

— Bon Dieu, épargne-moi les détails.

— Alors, arrête de jouer au con. Tu te pointes ici et tu menaces d'un flingue la seule personne qui m'a aidée quand tu t'es barré. La seule personne qui était inquiète pour toi.

— Ouais ben, je ne m'attendais pas à te trouver dans son pieu, figure-toi !

— Et ta première réaction, c'est de le menacer avec un flingue ? Après tout ce qu'il a déjà enduré ?

Race m'a regardée longuement puis a frotté ses yeux fatigués avec ses poings.

— Tu es tombée amoureuse de lui.

— Peut-être un peu, oui, ai-je reconnu en haussant les épaules. Mais il a fait tout ce que tu attendais de lui, Race. Ni Benny ni Novak, personne n'a osé m'approcher. Et ils ont essayé, crois-moi. Quoi que tu leur aies fait, ils sont tous sur les nerfs.

La porte de l'appartement s'est ouverte sur un Bax toujours aussi énervé et renfrogné. Son visage était bien moins tuméfié que celui de Race, mais sa blessure au côté s'était rouverte et suintait. Un vrai film gore. Sans broncher, il s'est approché de moi, m'a prise par le menton et a plongé son regard dans le mien.

— Ça va, toi ?

— Oui. Il faut soigner ta coupure.

Il a jeté un œil vers la plaie béante.

— J'en mourrai pas.

Il s'est assis près de moi et a toisé mon frère, les bras croisés.

— Alors, Race, pourquoi tu nous dis pas ce que t'as sur Novak pour qu'il te veuille vivant malgré tes menaces ? Explique donc à ta sœur pourquoi tu l'as ramenée dans The Point, là où tous les gros connards en ont après toi.

Mon frère s'est enfoncé dans son fauteuil en marmonnant dans sa barbe, puis il a soudain claqué des mains et a débuté son explication, les yeux rivés sur le sol.

— La nuit où j'ai chopé le vieux, je savais que tu ne le tuerais pas mais que Novak le ferait quand même disparaître. J'ai alors installé des caméras un peu partout autour du point de rendez-vous à l'entrepôt.

— Bien joué, mon salaud, a reconnu Bax en secouant la tête.

— Ouais, on peut voir Novak et on peut le voir presser la détente, mais quand tu t'es barré avec la caisse, tout est parti en couille, a répondu Race. Je devais refiler les vidéos à Titus et il devait faire tomber Novak pour meurtre. Mais rien ne s'est passé comme prévu. Novak m'a prévenu que si je ne me tirais pas vite fait de The Point, il s'en prendrait à Dovie et qu'il te ferait tuer en prison. Je lui ai dit de pas trop me chercher, mais je ne voulais pas griller mes cartouches trop vite. Quand j'ai appris pour ta libération, j'ai compris qu'il était temps de revenir.

Race a incliné la tête en arrière et a fixé le plafond décrépi. Bax, lui, n'arrêtait pas de s'agiter.

— Tout était prévu, je devais aller remettre les vidéos à Titus mais c'est pile le moment que mon connard de père a choisi pour m'apprendre que ça faisait des années qu'il blanchissait le pognon de Novak. Jusqu'à ce qu'on arrive à The Point avec Dovie, je ne prenais plus vraiment de nouvelles de mes parents. Je n'ai rien vu venir. Si je faisais tomber Novak, il entraînerait mon père avec lui.

Bax a grogné et repris d'un ton détendu :

— Qu'est-ce que ton vieux vient foutre là-dedans ? Il a voulu faire tuer Dovie, qu'est-ce qu'on s'en tape s'il se fait prendre ?

Race a juré.

— Mon père, peut-être. Mais ma mère ne survivrait pas au scandale. Il irait en taule à cause de la loi RICO[1] et elle découvrirait l'existence de sa fille illégitime en prime. Et Novak la ferait tuer de toute façon, histoire de me garder dans le rang.

— Mais pourquoi avoir ramené Dovie ici ? Pourquoi avoir pris le risque alors que t'aurais pu vivre peinard dans une autre ville ?

— Je n'aurais jamais pu être à l'abri. Novak se serait servi de moi pour te faire chanter. Il est loin d'être con, et tu le sais. Il savait que le premier truc que tu ferais en sortant de taule, ce serait de chercher des réponses. Et me chercher, moi. Je suis revenu pour lui faire comprendre que je n'ai pas peur de

1. Loi américaine permettant de faire tomber tous les complices d'un malfaiteur si la culpabilité de ce dernier est prouvée.

lui. Aussi horrible que soit cet endroit, c'est chez moi. Je voulais qu'il comprenne que son temps était compté et j'ai attendu la première occasion pour pouvoir entrer en contact avec Titus. Il est le seul en qui j'ai confiance.

Race s'est interrompu et a jeté un œil sur le lit défait, puis sur moi.

— Je ne pouvais pas laisser Dovie toute seule. Il fallait qu'elle vienne avec moi. J'attendais juste qu'elle soit plus vieille, qu'elle finisse ses cours. Je voulais qu'elle puisse se faire sa place ici avant que tout nous pète à la gueule. Pendant tout ce temps, j'avais l'impression que le temps s'était arrêté et qu'il ne reprendrait qu'une fois que tu serais sorti de taule. Car tout se joue entre toi et Novak.

Mon frère a lancé un regard à Bax, qui a eu l'air mal à l'aise.

— En plus, a-t-il poursuivi, si quoi que ce soit devait m'arriver, je savais que tu serais là. Et Titus aussi. Dovie ne serait plus jamais seule. Même si tu essayes de l'oublier, tu as une famille ici dans The Point.

— Comment ça, seule ? Benny lui a foutu la peur de sa vie et toi tu t'es barré sans un mot.

Devant la colère de Bax, Race a rougi de honte et m'a regardée avec remords. Je savais très bien comment mon frère raisonnait. Il était du genre à démonter des trucs pour voir comment ils fonctionnaient. Pour lui, la situation n'était pas différente : il ne me voyait que comme un rouage dans un plan plus grand imaginé par Novak. Ça aurait dû me mettre hors de moi, mais je commençais à avoir l'habitude d'être juste un simple pion au service des joueurs d'un jeu dont je ne saisissais pas toutes les règles.

— Je sais et j'en suis désolé, a fait Race. Mais quand j'ai

menacé Novak, il s'est passé un truc bizarre. Un truc qui a tout changé dans The Point.

Bax s'est raidi et j'ai senti sa température monter.

— Il s'est passé quoi ?

Race nous a regardés à tour de rôle, puis ses yeux se sont verrouillés sur son meilleur ami.

— Rien. Absolument rien. J'ai débarqué en ville et menacé Novak, et que dalle. La vidéo, les fédéraux, les menaces de prison à perpète, ça n'a pas eu plus d'effet sur Novak qu'une mouche qui l'aurait un peu gonflé en volant trop près. Il savait que je ne serais pas revenu sans un moyen de pression solide et j'ai pensé qu'ils avaient voulu faire avouer à Dovie ce que c'était, vu que la rumeur disait que tu serais bientôt libéré. Mais je suis sorti du QG de Novak sans la moindre égratignure. Ça n'a aucun sens. On sait tous les deux que ça aurait dû se finir avec une balle entre mes deux yeux.

Cette simple vision m'a fait frémir d'horreur, ce qui n'a pas échappé à Race.

— Je ne comptais pas rester plus d'un jour ou deux, histoire de prendre un peu la température. J'ai dormi chez Carmen et payé Lester pour qu'il me signale le moindre problème, mais aucune nouvelle, ni de Benny ni de Novak. Je ne comprenais plus rien, j'ai donc mené mon enquête. Il y a un autre truc qui se trame ici et j'ai passé les dernières semaines à essayer de savoir quoi. C'est un truc énorme, et le seul qui a la solution, c'est Novak.

Ses yeux se sont posés finalement sur Bax et il a soupiré.

— Au centre de l'échiquier, il y a toi, Bax. Seulement, je n'ai pas la moindre idée du prochain mouvement de Novak pour t'atteindre.

J'ai dégluti avec difficulté. J'aurais voulu me lover contre Bax mais ça aurait été prendre parti. Mieux valait me réconforter toute seule. Comme je l'avais toujours fait.

— Et maintenant, qu'est-ce qu'on fait ? ai-je demandé en me frictionnant les bras et en observant les deux amis tour à tour.

— J'en sais rien, a répondu Race. C'est pour ça que je suis là. Je peux pas rester caché, Bax. Un jour ou l'autre, Novak enverra Benny s'en prendre à toi pour me choper. Je sais pas quel est le plan de Novak mais ce qui est sûr, c'est qu'il veut que j'en fasse partie. Ils savent pour la vidéo. J'ai menacé de l'envoyer au FBI si jamais ils s'en prenaient à toi. Je pensais que c'était pour ça qu'il me cherchait, mais je ne suis plus sûr de rien. A part moi, personne ne sait où est la vidéo. Novak paye grassement les flics pour le renseigner, il a des yeux partout. J'ai passé ces dernières semaines à essayer de savoir qui il a avec lui. A part Titus, je ne vois vraiment pas à qui on va pouvoir faire confiance.

La tête de Race s'est baissée et ses épaules se sont affaissées.

Un silence de plomb est tombé sur la pièce. Je pouvais entendre le souffle régulier de Bax et voir l'appréhension et la peur dans les yeux de mon frère. Je commençais à croire que Bax avait raison, je méritais mieux que tout ça.

Bax s'est décollé du comptoir en se grattant furieusement la tête, puis il m'a regardée, avant de se tourner vers Race.

— File-moi la vidéo, lui a-t-il ordonné.

— Non !

J'avais crié par peur de ce qu'il adviendrait de Bax une fois qu'il aurait la bande. Mon frère avait plus répondu par indignation. Bax a secoué la tête avant de reprendre :

— Tu n'as pas d'autres options. Novak salive déjà à l'idée de me foutre la main dessus. Sans moi, il vous aurait jamais impliqués toi ou Dovie. C'est moi le voleur, c'est ma faute. Je vole des trucs et je finis toujours dans les embrouilles avec des mecs comme ça. Vous avez plus à galérer à cause de moi. C'est moi qui ai foutu le bordel et c'est moi qui vais tout nettoyer. Vidéo, chantage, peu importe le moyen.

Je me suis jetée sur lui. Je n'ai pas pu m'en empêcher. J'ai entouré son biceps de mes bras, mais je pouvais déjà apercevoir ses barrières se remettre en place tandis qu'il baissait la tête vers mon visage paniqué.

— Alors, quoi ? ai-je dit. Tu vas te sacrifier ? Ça ne résoudra pas le problème, tu vas juste prendre la place de Race.

— Ouais, a fait Race. Je savais très bien que c'était risqué quand je me suis lancé avec toi. Je savais que c'était risqué et dangereux. Tout ça t'a déjà trop coûté. Novak, c'est mon problème.

Bax a juré et s'est libéré de mes bras. Mon cœur s'est serré face à ce rejet.

— Non. Novak c'est le problème de tout The Point.

J'avais un goût amer dans la bouche. Là, sous mes yeux, Shane disparaissait progressivement devant Bax.

— Et pourquoi ce serait à toi de t'occuper de lui ?

Question stupide que j'ai regrettée presque immédiatement.

Bax m'a regardée et ses yeux n'exprimaient plus rien. Il était de nouveau cet étranger, aussi effrayant que fascinant. Il a alors sorti l'artillerie lourde, celle contre laquelle Race n'avait aucun argument, ni repartie. Et j'ai tout de suite compris que le combat était terminé.

— Je suis allé en taule pour toi, Race. J'ai passé cinq putains d'années à te haïr et à essayer de me convaincre qu'il fallait pas que je te bute dès que je sortirais. Je commence à comprendre pourquoi tu as fait ça. Mais ces cinq ans, je les récupérerai jamais. Tu me dois une énorme faveur. Donne-moi cette putain de vidéo et laisse-moi Novak. Toi, tu veilles sur ta sœur et tu t'assures qu'elle reste en dehors de ce merdier.

Race aurait dû au moins protester, mais il s'est contenté d'acquiescer et tout a été fini. Je n'étais pas la copine de Bax, ni son amie, ni même son égale. Je n'étais qu'une fille parmi d'autres, et lui un gars de passage, car c'est ainsi que la vie de The Point est faite. Au final, il n'y avait jamais de fin heureuse. Et j'aurais dû savoir dès le début que je n'allais pas faire exception à la règle.

13

Bax

J'aurais dû savoir que Gus me cachait des trucs. Rien ne lui échappait, au vieux. La disparition de Race l'avait pas trop inquiété : rien que ça, ça aurait dû me faire tiquer. Et donc Race s'était planqué dans l'appart que Gus se gardait au-dessus de son garage pour plusieurs raisons. Des raisons un peu plus compliquées qu'une meuf jalouse ou une maîtresse pas très discrète. Putain, et dire que Novak l'avait sous son nez depuis le début. Quand il l'apprendrait, il allait vraiment criser. Que ça lui serve de leçon, à ce connard. Voilà ce qui arrive quand on se prend pour Dieu. J'étais impatient de me foutre de sa gueule après l'avoir défoncé.

Avant ça, il fallait que je me fasse à l'idée de plus voir Dovie. Le regard qu'elle m'a lancé était clair : elle voulait que je lui demande de rester avec moi, que je laisse tomber ma vengeance. Mais je ne pouvais pas. Déjà, si elle restait avec moi, elle allait finir brisée. Mais surtout parce qu'elle m'avait amené tout au bord d'une ligne que je pensais jamais franchir un jour. Elle m'avait rendu complètement accro, m'avait donné vraiment envie de faire les choses autrement, d'être quelqu'un d'autre. Et ça, c'était pas possible. Je l'ai assise sur le siège passager de la Mustang 1966 de Race et j'ai refermé la portière direct, sans même l'embrasser une dernière fois. J'ai regardé ses beaux yeux verts devenir sombres comme le ciel et ça m'a fait mal à l'intérieur. J'ai failli tomber à genoux.

Race a assisté à toute la scène, les sourcils froncés. Je lui ai bien fait comprendre que s'il arrivait quoi que ce soit à sa sœur, je le tiendrais pour responsable. Au lieu de se braquer, il a juste hoché la tête et lâché :

— Bien compris, Bax. Sois prudent.

Quand on joue à la roulette russe avec un mec comme Novak, la prudence n'a rien à foutre là. J'ai allumé une clope en regardant les feux arrière de la Mustang disparaître au coin de la rue. L'aube arrivait déjà et c'était mort pour se pieuter. Me faire coller un flingue sur la tempe et la baston avec Race faisaient encore bouillir mon sang. Et le regard déçu de Dovie me hantait toujours. Je pouvais pas dire que j'en avais rien à foutre d'elle mais ce qui était certain, c'est qu'elle méritait mieux que ce que j'avais à lui offrir. Des visites en taule ou au cimetière, voilà ce qui l'attendait si on restait ensemble.

J'ai sorti mon portable et, pour la troisième fois en une nuit — plus que dans toute ma vie —, j'ai appelé mon frangin. Il n'a pas répondu. J'ai écrasé mon mégot et je suis remonté à mon appart en bordel. J'avais pas vraiment voulu défoncer Race mais, putain, je suis pas le genre de mec qu'on peut menacer impunément avec un flingue. Même si je comprenais qu'il avait pas dû kiffer de me voir à poil avec sa sœur. C'est pas le genre de truc auquel un grand frère aime assister.

J'étais en train de me désaper, prêt à passer le reste de la nuit sous la douche, quand mon portable s'est mis à sonner dans l'autre pièce. Gavé, j'ai enroulé une serviette autour de mes hanches et j'ai répondu.

— C'est pour quoi, cette fois ?

Titus avait l'air gonflé, mais je pouvais pas trop lui en vouloir. Il avait dû rappeler à l'arrache les flics que les voisins avaient alertés pendant ma baston avec Race. Il a eu l'air vénère quand je lui ai dit que Race était revenu, et encore plus vénère quand je lui ai raconté l'épisode du je-te-réveille-avec-un-neuf-millimètre-sur-ta-gueule. Il devait être en train de regretter d'avoir voulu resserrer nos liens fraternels. Surtout qu'il savait très bien que je me servais de ça que quand ça m'arrangeait.

— J'ai la preuve, Titus.

Pas besoin de plus d'infos. Je l'ai entendu inspirer nerveusement.

— Tu as la vidéo ?

— Une copie. Elle est sur un disque dur, au garage de Gus. C'est là qu'il se planquait, d'ailleurs.

Juron au bout du fil.

— J'étais sûr que ce vieux salopard en savait plus qu'il ne le disait !

— C'est ce que j'ai dit aussi.

— Donc, tu vas me filer cette vidéo pour qu'on s'en serve contre Novak.

C'était pas une question.

J'ai regardé mon reflet abîmé dans le miroir au-dessus du lavabo de la salle de bains. Depuis ma sortie de taule, y avait pas eu une semaine où je m'étais pas retrouvé dans une baston. Ma vie était violente, pleine de sang et d'incertitudes. Y avait pas de place pour quelqu'un comme Dovie dans un monde comme ça. Mais son absence laissait déjà un grand vide.

— Je vais le faire tomber tout seul.

Silence. J'en attendais pas moins. Mon frère était un citoyen modèle, un flic qui voyait les choses qu'en bien ou en mal. Lui et moi, on pouvait pas gérer les trucs pareil. Son monde n'était fait que de certitudes toutes noires ou toutes blanches. Dans le mien, y avait que du gris dégueulasse avec des taches de rouge... et de vert. Rouge pour le sang et vert pour l'argent sale.

Titus s'est pas lancé dans un de ses sermons sur l'importance de faire les choses dans les règles, comme quoi c'était le boulot des forces de l'ordre de faire tomber Novak et de protéger The Point. Ça m'a surpris.

— Ça te dit d'aller prendre un petit déj' ? il a juste demandé.

— Mouais, pourquoi pas, j'ai répondu, un peu surpris.

On s'est donné rendez-vous dans un café près de son commissariat, puis j'ai fait partir les souvenirs de Dovie de ma tête et son parfum de ma peau. Ma blessure au flanc s'était rouverte, Race m'avait frappé plusieurs fois sur les côtes, du coup j'étais un peu lent. En m'habillant, j'ai réalisé que Dovie s'était barrée avec mon nouveau sweat à capuche. Hors de question d'admettre que l'idée qu'elle porte un truc à moi me faisait quelque chose. En dehors de ma caisse et de mon amitié avec Race, j'avais jamais été très possessif. Mais comme d'hab avec Dovie, ça avait changé. C'était comme si l'espoir et tous les trucs que je m'étais interdits dans la vie pouvaient m'arriver.

Une fois près du commissariat, j'ai trouvé un endroit sûr où garer ma caisse, histoire que ça reste discret pour moi comme pour Titus. Mon frère était déjà arrivé : assis dans un box au fond du restaurant, il dissimulait son visage derrière un menu en plastique. Quand je me suis installé en face de lui, il a levé discrètement les yeux par-dessus et a grommelé un truc genre

« bonjour ». Il avait l'air crevé et bien plus âgé que ses vingt-neuf piges. Ses yeux bleu clair étaient rouges et ses cheveux noirs étaient si gras qu'on aurait dit qu'il les avait lavés à l'huile de moteur. Comme il était pas en service, il portait qu'une chemise blanche et une cravate noire. Il aurait très bien pu me mettre la misère dans un combat chez Nassir. Ou canarder avec moi du flic au fusil à pompe pendant une course-poursuite. En dehors des yeux, on s'était toujours ressemblé, lui et moi, mais c'était encore plus évident maintenant. Titus avait l'air aussi brutal et dangereux que moi.

Quand la serveuse est arrivée à notre table, il lui a demandé de laisser la cafetière pleine et a commandé un copieux petit déj'. Je me suis contenté d'œufs au bacon. J'avais pas vraiment la dalle, j'aimais pas ce silence.

— Quoi de neuf, agent King ?

— Race t'as bien démonté, on dirait, il a dit. C'est un sacré bleu que t'as sur la joue.

— Et encore, t'as pas vu mes côtes. Je peux pas lui en vouloir. Il m'a trouvé au pieu avec sa sœur...

— C'est quoi l'histoire avec elle ? C'est franchement pas ton type de filles.

J'ai mâché mon bacon et lui ai lancé un regard mauvais.

— Parce que tu sais c'est quoi mon type de meufs, toi ? T'étais pas vraiment présent quand j'ai commencé à m'intéresser à ça.

Il m'a rendu mon regard, sa tasse au bord des lèvres.

— C'est pas parce que j'étais pas là que je gardais pas un œil sur toi. Si je n'avais pas surveillé les allées et venues de l'effroyable Shane Baxter, tu te serais retrouvé en taule bien avant tes dix-huit ans.

Depuis toujours, j'avais eu des embrouilles avec la loi, mais la chance était souvent de mon côté. J'avais bien passé un mois ou deux en centre de détention pour ados, et les fourgons de flics, je les connaissais par cœur, mais en dehors du dernier coup foireux qui avait gâché cinq ans de ma vie, mon casier n'était pas si chargé que ça, au final.

— Pourquoi ? j'ai demandé. Pourquoi me couvrir et faire comme si j'étais important alors que t'étais occupé à devenir mister super-flic ?

— Parce que tu as beau être un putain d'emmerdeur, tu es mon petit frère. Tu sais, je me demande souvent comment tu aurais tourné si maman avait été capable de gérer. Peut-être que tu n'aurais pas été forcé de voler, de violer la loi. Tu aurais peut-être fini l'école et aujourd'hui, tu serais un abruti rangé comme tous les gars de ton âge.

— J'en doute, j'ai dit en reniflant.

— Ouais, moi aussi, il a souri en buvant son café. Alors, et cette fille ?

J'ai grommelé et me suis avachi contre la banquette.

— Sexy, adorable. Comme moi, elle connaît la galère. Mais on dirait que ça ne lui a rien fait. J'avais jamais vu quelqu'un d'aussi loyal et elle est au centre du bordel de Novak. Je lui ai dit de partir avec Race, parce qu'à part avec lui, je vois vraiment pas où elle serait en sécurité. Une fois que j'aurai dit à Benny que j'ai la vidéo, il va balancer à Novak et tous les dominos vont commencer à s'écrouler.

— Ecoute, Shane...

Ça commençait vraiment à me gonfler qu'on m'appelle comme ça. A chaque fois, c'était comme si on balançait un tir de mortier dans mes murailles.

— Pour une fois dans ta vie, Titus a repris, essaye de voir les choses selon une autre perspective que la tienne. Je sais que tu penses que ça sera plus facile d'enfoncer la porte de

Novak et de tirer sur tout ce qui bouge, mais ça n'arrangera rien, crois-moi.

J'ai évité son regard et jeté un œil par la fenêtre crasseuse du restaurant.

— A la seconde où Novak saura pour la vidéo, il va se mettre à détruire tout ce à quoi tu tiens, et je ne parle pas de ta voiture, Bax.

— De quoi tu parles alors ? Je vois personne sur cette liste.

— Tu n'es qu'un imbécile.

— Je t'emmerde.

— Maman, Race, Gus, moi et maintenant la fille. Ça me semble être une liste assez conséquente pour que Novak prenne l'avantage. Tu t'en rends peut-être pas compte, mais y a des gens qui tiennent à toi. Et leur disparition te touchera forcément.

Je l'ai fixé, à court d'arguments. J'avais toujours cru qu'au final, ça serait juste moi contre Novak, genre ultime confrontation. Mais la vérité serait sûrement plus sale et plus violente, avec plus de cadavres que juste le mien ou celui de Novak.

— Alors quoi, Titus ? Je te donne la vidéo, et toi et tes gentils flics, vous arrêtez Novak pour un meurtre qui date d'il y a cinq ans ? On sait très bien tous les deux qu'un avocat pourri le fera sortir avant même qu'il foute le pied dans un tribunal et que Novak se débarrassera de tous les gens qui pourront témoigner contre lui. Voilà comment ça se passera si on agit à la régulière. La seule façon d'en finir avec un mec comme Novak, c'est de se salir les mains. Tu le sais, Titus.

— Je le sais, oui. Et je sais aussi que t'es pas obligé de faire ça.

— Alors, qui ?

— Je ne suis pas sûr d'avoir la réponse. Toi et Race, vous devez vous faire oublier pendant un temps et garder la fille loin de Benny jusqu'à ce qu'on trouve un plan qui permette de vous garder tous en vie. Tu penses pouvoir te tenir à carreau pour quelques jours ?

J'en avais aucune envie mais avec le recul, il fallait reconnaître qu'il avait raison.

— Novak sait que Race a la bande, et la seule raison pour laquelle il a encore rien fait contre lui, c'est parce que le père de Race lui blanchit son fric. Race veut pas que sa mère subisse les conneries du vieux qui, au passage, a voulu faire assassiner Dovie.

J'ai vu la colère traverser les yeux de Titus et ses poings se sont contractés.

— Putain, c'est quoi, ces gens ? ! il a lâché. Dans quel monde on vit pour qu'on se débarrasse de personnes comme de simples pions sur un échiquier ?

J'ai haussé les épaules, ce qui a provoqué une douleur sourde dans mes côtes.

— C'est The Point, j'ai dit. Ça a toujours été comme ça. T'as eu de la chance de te barrer avant que ça te contamine toi aussi.

Il a cligné des yeux, l'air con, sans savoir quoi dire.

— C'est vraiment ce que tu crois ?

— Quoi ? je lui ai dit.

— Que je t'ai abandonné et que je suis allé vivre dans The Hill sans que The Point ne m'ait marqué. Comme si j'avais jamais eu une mère alcoolique, un frère voleur et un père qui a gagné sa vie en vendant de la drogue et en tuant ? Tu crois qu'un simple code postal a changé ma vie ? Tu te plantes, Bax. Etre un gamin pauvre avec une famille de merde dans The Point fait de toi un cas parmi des milliers d'autres. Mais grandir pauvre dans The Hill, ça fait de toi une victime, quelqu'un de différent, qu'on laisse à l'écart et qu'on regarde d'un sale œil. Je n'y étais pas à ma place et à leurs yeux, je resterai toujours un pauvre con du ghetto qu'on regarde de haut, avec pitié.

Je savais pas quoi dire. Pendant toutes ces années, j'étais persuadé que Titus nous avait laissés moi et ma mère. Je ne m'étais jamais mis à sa place. En fait, il avait fait comme tout le monde à The Point : il avait juste lutté pour s'en sortir. Dovie avait raison. Rien qu'à penser à elle, mon estomac a fait un truc bizarre, et le vide dans ma poitrine s'est mis à vibrer comme un moteur de voiture. Ça faisait moins de vingt-quatre heures et elle me manquait déjà, mais j'avais pris la bonne décision. Elle serait en sûreté avec son frère. Si je devais refaire de la taule, y avait pas moyen que j'y aille en sachant qu'elle m'attendait dehors. Ça me rendrait fou.

— Et tu t'es quand même démerdé pour te sortir de tout ça avec un badge et tout, j'ai lâché avec ironie.

— Avec un frère délinquant et un père criminel, qu'est-ce que j'aurais pu faire d'autre ? Ma seule porte de sortie, c'était de devenir flic. Peu d'entre nous connaissent les deux villes, moi si. Les habitants de The Hill sont au moins aussi cinglés que ceux de The Point. Peu importe d'où vient le coupable, la loi est la loi, et si on la viole, je mets le coupable en prison. T'es bien placé pour le savoir, Bax.

— C'est comme ça que tu me vois ? Comme un criminel de plus ?

— Non, il a soupiré en repoussant son assiette vide sur le côté. Tu es mon petit frère, mais tu restes un gros connard avec un don pour te mettre dans les pires emmerdes. J'aurais préféré que tu ne sois pas si doué en mécanique, surtout pour trafiquer celles qui t'appartiennent pas, mais tu as fait ce que tu pouvais pour t'en sortir et je te le reprocherai jamais.

— Je voulais raccrocher, Titus, tu le savais, ça ? j'ai lâché en triturant les dents de ma fourchette. C'est pour ça que Novak voulait me faire tomber pour le meurtre du vieux à l'Aston. Je commençais à me lasser de tout ça. OK, j'étais bien payé et vivre en bricolant des caisses, c'était carrément bandant, mais je savais que ça finirait mal pour moi. Je voulais arrêter avant que Race tombe avec moi.

— Et pourquoi tu n'y as pas pensé avant ? Putain, Bax, va falloir élargir tes horizons...

— Ça veut dire quoi, ça ?

Je savais que j'étais agressif, mais je pouvais pas m'en empêcher. J'étais en train d'avoir la plus longue conversation de ma vie avec mon frère. J'avais pas besoin d'un sermon en plus.

— Regarde-toi, Bax, il a fait en me désignant vaguement de la main. Quel genre d'avenir s'offre à toi, avec ton putain de tatouage sur la gueule ? Vers quoi ça te mène, tout ça ? Encore plus de braquages, de bastons et de chances de te retrouver six pieds sous terre. Il faut que tu commences à songer à ton avenir.

L'étoile sur mon visage faisait partie de moi et ça me ferait bizarre de voir ma gueule dans la glace sans elle. Mais je voyais où Titus voulait en venir. Quand je m'étais fait tatouer, j'avais pas pensé une seconde aux conséquences sur ma vie d'adulte ou aux occases que ça allait me faire rater. Comme il le disait, je pensais que quelques voitures, des bastons et des casses allaient me suffire. J'ai posé ma fourchette et j'ai fait la gueule.

— Et toi, à quoi tu penses pour mon avenir ? j'ai lâché, en posant mes mains à plat devant lui avant de rapprocher mon visage du sien.

Pour la première fois, j'ai vu le même éclat tranchant dans ses yeux que dans les miens.

— C'est ma vie, j'ai continué. On est dans The Point. Même si on arrive à faire tomber Novak, il y aura toujours un autre connard pour prendre sa place. T'as vraiment cru qu'un jour, j'allais me réveiller et devenir un putain de banquier ? Oublie les contes de fées. Je suis un criminel, c'est ça mon truc.

On s'est longuement regardés lui et moi, puis Titus a sorti son portefeuille en jurant. Il a posé quelques billets sur la table et s'est levé brusquement. Il avait l'air crevé et blasé.

— J'espérais que la rouquine t'aurait peut-être fait changer d'avis. J'ai vu comment tu la regardes, Bax. Aucun homme sensé ne tourne le dos à une fille qui lui fait avoir ce genre de regard. Donne-moi une semaine, je vais voir ce que je peux faire avec la vidéo. En attendant, fais-toi discret et essaye, si possible, de pas chercher la merde avec Benny ou Novak.

J'ai sifflé d'agacement.

— Une semaine, pas plus, j'ai grondé. Après, si je dois gérer ça en mode vénère et sanglant, je le ferai.

— Je sais, et c'est bien le problème avec toi, petit frère. On se tient au courant.

Je l'ai regardé s'éloigner et j'ai essayé de pas être jaloux en le voyant grimper au volant d'une GTO de 1969 flambant neuve. Toute ma vie, j'avais détesté Titus pour m'avoir abandonné et s'être barré avec l'élite de The Hill. Quand il m'avait envoyé en taule, j'étais persuadé que c'était pour me punir, me prouver qu'il valait mieux que moi, mais aujourd'hui j'étais plus sûr de rien. Je savais même plus à quoi ressemblerait ma vie si j'arrivais à sortir en vie et libre de ma confrontation avec Novak. J'étais tellement persuadé que ma route s'arrêterait là que j'avais même pas réfléchi à ce qu'il pouvait se passer après.

Je suis sorti du box et j'ai marché jusqu'à ma voiture, encore énervé que Titus ait pu lire en moi. Il fallait que j'aille voir Nassir et qu'il m'organise un autre combat. J'étais sur les nerfs, et un combat serait une bonne façon de me défouler. Fallait que je me débarrasse de toute cette putain d'énergie. Sinon, y avait de grandes chances que j'envoie chier la prudence et le bon sens pour aller voir Dovie et me perdre irrémédiablement en elle, jusqu'à ce qu'on se détruise l'un l'autre. Option bien plus dangereuse que de laisser une des têtes brûlées de Nassir défoncée à la méth me coller une branlée.

J'ai tracé dans les rues vides de la ville — il était encore tôt — quand mon téléphone s'est mis à sonner. J'ai répondu sans réfléchir. Peu de gens avaient mon numéro, ça pouvait donc être important.

— Ouais ?

— Qu'est-ce que t'as fait à ma sœur ?

J'ai retenu un rire en me garant devant le bâtiment en ruine qui abritait les sales petits secrets de Nassir.

— Je suis pas sûr que t'aies vraiment envie que je te réponde, j'ai dit à Race en me rappelant le moindre baiser, le moindre gémissement et les cris que j'avais arrachés à Dovie ces dernières semaines.

— Je parle pas de ça, il s'est énervé. Dovie était prudente et raisonnable avant. Ils ont besoin d'aide à son foyer ce week-end, et elle m'écoute pas quand je lui dis que c'est trop dangereux d'y aller. J'ai réussi à la convaincre de sécher les cours de la semaine et de se faire remplacer au restau, mais j'arrive pas à la raisonner pour le foyer. Elle m'écoutait avant, elle savait que j'avais ses intérêts à cœur. Je répète donc ma question : qu'est-ce que tu lui as fait ?

Je suis sorti de ma caisse, j'ai glissé une clope entre mes lèvres et je me suis adossé à la portière en détaillant l'immeuble du coin de l'œil.

— Ecoute, Race, ta sœur connaît bien le monde de la rue. Toi, tu le connais à cause de moi, mais Dovie...

Je me suis raclé la gorge avant de reprendre :

— ... Dovie a ça dans le sang. Avoir passé du temps avec moi lui a rappelé que c'était une survivante. Garde un œil sur elle et tout ira bien. Je m'assurerai qu'elle ne risque rien au foyer.

— Je croyais que tu allais régler tes comptes avec Novak ?

— Titus m'a convaincu de lui laisser un peu de temps.

— Il t'a convaincu ? Merde, je devrais plutôt demander à ma sœur ce qu'elle t'a fait, à toi.

— Elle m'a montré que le méchant peut devenir un gentil si besoin. Tout ira bien pour elle, t'en fais pas. Si c'est pas le cas, je vais détruire cette putain de ville brique après brique jusqu'à ce que tout le monde ait reçu le message.

Le silence qui a suivi a tellement duré que j'ai cru qu'il avait raccroché. J'ai marché jusqu'à l'escalier qui menait à la piaule de Nassir, puis Race a repris la parole :

— Putain, merde, Bax. T'es amoureux d'elle.

J'ai finalement allumé ma clope, qui pendait entre mes lèvres. Ma capuche me manquait, et j'aurais pas craché sur mon sweat.

— Disons qu'elle compte plus pour moi que je le voudrais.

Race a grommelé un truc mais j'ai écouté que dalle.

— Hey, est-ce que tu me pardonneras un jour ? Pour ce qui s'est passé cette nuit-là...

La brutalité de sa question m'a ramené sur terre et je me suis concentré sur le digicode.

— Sûrement. Ça craint, surtout que cinq ans de taule, ça se pardonne pas comme ça. Mais t'es mon meilleur pote, j'ai reconnu en soufflant une taffe. Il faudra bien que je manque à quelqu'un quand je serai plus là. Puis, comme j'ai baisé ta sœur, on peut dire qu'on est quittes.

— Arrête tes conneries, Bax. Tu penses vraiment que Dovie va continuer son chemin, comme si t'avais jamais existé ? Si c'est le cas, tu connais que dalle d'elle. Ça me fait chier de le reconnaître, mais j'ai bien vu l'autre soir qu'il y avait quelque chose entre vous, et c'était pas qu'une question de cul.

Son agressivité m'a pris de court.

— Ça vaut mieux comme ça, j'ai dit. Je dois filer. J'ai un truc à faire avec Nassir.

— Attends, quoi ? Mais pourquoi ? Ça t'a pas suffi, ce que je t'ai mis dans la gueule hier ? T'en veux encore ?

Je me suis marré et j'ai avancé dans le couloir qui menait au club. A une heure pareille, l'endroit serait désert mais Nassir y serait. Il gérait ses affaires clean pendant la journée, même s'il n'y avait pas grand-chose à faire.

— Faut bien que je bouffe, j'ai balancé.

— Te fous pas de moi, Dovie m'a dit que le dernier combat t'avait rapporté gros. Ça fait un bail mais je te connais, mec.

— Evite de dire à Dovie que je vais la surveiller ce week-end. Ça va la remuer sinon.

— N'importe quoi. C'est à cause d'elle que tu vas te prendre une branlée, pas vrai ?

— On se parle plus tard, Race. J'ai donné une semaine à Titus. Après ça, j'ouvre les portes de l'enfer et tout le monde aura intérêt à être prêt à affronter ce qui va en sortir.

— Tu serais prêt à faire cramer toute la ville juste pour te venger.

— Ouais.

— Je suppose que certaines choses ne changent jamais, même avec le temps. Quand tu verras Nassir, fous-lui un coup de genou dans les couilles de ma part.

J'ai raccroché et j'ai rangé le téléphone dans ma poche

arrière. Ç'aurait été trop compliqué de dire exactement tout ce que m'avait fait sa sœur. J'avais toujours été un mec bien dans sa tête, pour être honnête. J'étais comme j'étais, et ça m'allait très bien. J'avais toujours vécu au jour le jour. J'avais eu quelques merdes qui m'étaient tombées dessus, mais comme je m'attachais pas trop aux gens, ça m'avait jamais vraiment touché. Mais maintenant... L'idée de décevoir une certaine rouquine, l'idée qu'elle se souvienne juste de mon côté destructeur et mauvais, ça, ça me donnait l'impression qu'on m'avait rempli le bide avec de l'huile de moteur.

14

Dovie

J'étais en train de devenir folle. J'étais ravie de pouvoir passer cinq jours avec mon frère et de rattraper le temps perdu avec lui. Mais passer cinq jours enfermée dans le minuscule appartement au-dessus du garage de Gus, c'était beaucoup moins sympa. D'ailleurs, je ne savais pas vraiment qui était ce Gus. D'après Race, le vieux mécanicien couvrait les activités illégales de Novak mais restait avant tout fidèle à Bax. Apparemment, il avait eu une aventure avec la mère de Bax il y a longtemps et avait gardé depuis ses deux fils sous son aile. Titus était déjà grand à l'époque et il n'avait visiblement pas très envie de se lier d'amitié avec le vieil homme – marié, qui plus est –, mais pour Bax, c'était une autre histoire. Bax avait appris de lui tout ce qu'il savait des voitures et de la mécanique. L'aventure entre le mécano et la mère de Bax s'était terminée mais d'après Race, Bax était resté comme un fils pour Gus et jamais ce dernier ne nous trahirait. Après tout, mon frère s'était bien caché ici pendant un mois sans que personne ne soit au courant.

L'appartement que nous occupions était encore plus petit que celui de Bax, et j'avais beau adorer Race, sa seule compagnie commençait à devenir pesante. Sans parler de ses interrogatoires à propos de mes sentiments envers son meilleur ami. Dans cet espace réduit, nous n'arrêtions pas de nous marcher dessus – littéralement – et entre ça et mes migraines, la situation commençait à me rendre folle. Heureusement, la plupart de mes profs avaient accepté de me transmettre leurs cours par e-mail. Ainsi, grâce au vieil ordinateur portable de Gus, je pouvais m'occuper l'esprit avec mes devoirs. Mais malgré ça, rien ne pouvait atténuer la sensation de vide quand je me réveillais en plein milieu de la nuit, tâtonnant à la recherche du corps chaud et musclé contre lequel je m'étais si vite habituée à me nicher. Il me manquait. Je savais très bien pourquoi il restait à distance, mais je ne pouvais pas m'empêcher de penser à lui. Shane me manquait douloureusement, mais Bax aussi, et j'en venais même à regretter son comportement grincheux et agressif. Ça craignait vraiment et j'étais définitivement nulle pour cacher mes sentiments à Race.

Je me suis préparée à sortir, bien que ce ne soit pas la chose la plus prudente à faire pour occuper mon week-end. Race m'avait expliqué que Titus avait réussi à convaincre Bax de lui laisser la vidéo, dans l'espoir de trouver un plan qui permettrait à mon frère et à Bax de s'en sortir. Il avait également lâché que Bax avait prévu de retourner se battre pour Nassir. Cette nouvelle m'avait retourné l'estomac. Non seulement je n'avais pas vu Bax depuis plusieurs jours, mais voilà qu'il allait volontairement se faire tabasser dans un combat qui serait évidemment truqué. Je détestais ça mais j'avais réussi à garder le silence et à me retenir de l'appeler pour le raisonner. Il avait été assez clair : maintenant que mon frère était de retour, j'étais sous sa responsabilité.

J'ai descendu aussi discrètement que possible l'escalier en

métal qui menait aux vestiaires utilisés par les employés de Gus. Il était tard et le garage était fermé depuis longtemps, du moins officiellement. Les activités illégales — et plus lucratives — du garage battaient leur plein une fois la nuit tombée. Les premiers jours, je n'avais pas osé descendre : j'avais trop peur qu'un des mécaniciens de Novak me voie et nous balance. Mais quelle que soit la place de Gus dans cette grande organisation, il réussissait parfaitement à garder notre présence secrète. Ça faisait des jours que je n'avais pas vu âme qui vive en dehors de mon frère et de lui.

J'ai risqué un œil vers le bureau du mécanicien et j'ai aperçu sa chevelure grise penchée sur des papiers. Je me suis assurée que la voie était libre et je me suis faufilée jusqu'à la vitre de son bureau, que j'ai tapotée pour attirer son attention. Il m'a fait signe d'entrer et s'est enfoncé dans son siège, les pieds posés sur le bord de son bureau.

— Tu te tiens prête au départ ?

— Ouais mais je vais prendre le bus. La Mustang de Race est trop reconnaissable et si quelqu'un a un peu de mémoire, on fera vite le rapprochement.

C'était flippant à quel point, après seulement quelques semaines passées avec Bax, je pouvais monter des plans et penser à ce genre de détails sans le moindre effort.

— T'es une futée, m'a dit Gus. Ce serait certainement encore plus futé de pas sortir du tout, mais je comprends que tu aies besoin de continuer à vivre.

J'ai soupiré profondément, envoyant valdinguer une boucle de cheveux roux qui pendait sur mon front.

— Si je reste plus longtemps dans la même pièce que Race, je vais finir par le tuer.

Ma remarque a fait rire le vieux mécanicien, qui a posé ses mains à plat sur son ventre.

— Il s'est beaucoup inquiété pour toi. Et il a de bonnes raisons, surtout depuis que tu t'es rapprochée de Bax... Ah, ces garçons...

Il s'est interrompu et a secoué la tête en baissant les yeux, songeur.

— Ils pourraient diriger toute cette ville, s'ils le voulaient. Ton frère est un des gars les plus brillants et loyaux que je connaisse et il a un sixième sens pour flairer quand quelque chose cloche. Et Bax...

Nouvelle interruption, puis un soupir.

— Ce gosse a jamais eu de bol mais c'est le gars le plus impitoyable du monde. Il a les moyens et le courage nécessaires pour faire le sale boulot. Malheureusement, il a enterré sa conscience là, quelque part au fond de lui.

Je me suis raclé la gorge, mal à l'aise.

— Elle n'est pas enterrée si profond, ai-je répliqué. Je n'ai pas beaucoup creusé avant de la trouver.

Le vieux mécanicien m'a souri d'un air triste.

— Alors, tu es une privilégiée, ma petite demoiselle. Prie pour que ton frère et Titus trouvent une solution à ce merdier avant que Bax ne perde patience et ne déchaîne une tempête. Ça fait cinq ans qu'il rumine sa vengeance et s'il laisse tout ça exploser, personne ne sera à l'abri.

J'étais surprise. Et moi qui pensais que Gus soutenait Bax envers et contre tout. A l'entendre, on aurait dit tout le contraire.

— Race m'a dit que vous étiez proche de lui depuis longtemps.

— J'aime ce gosse comme s'il était mon propre fils, mais ça n'excuse pas ce dont il est capable. Je croise les doigts pour que tu ne sois pas blessée — ou pire — quand tout pétera. Bax détruira tout sur son passage, sans distinction, jusqu'à ce qu'il ne reste plus rien. Et ça inclut ton frère et le sien.

Ma gorge s'est serrée à cette idée.

— Je crois que vous vous trompez sur le genre de relation qui nous unit. Il ne ferait pas tout ça pour moi.

Après tout, il n'avait pas hésité une seconde à me refiler à Race dès que mon frère avait réapparu.

— Ma petite, tu as eu une certaine forme de relation avec Bax et c'est déjà plus que la plupart des gens qui le connaissent. Un gars comme lui ne s'attache jamais, car il sait que l'autre finira toujours blessé et seul par sa faute. La seule raison pour laquelle Race a réussi à passer ses défenses, c'est parce qu'il était prêt à jouer au kamikaze pour se couvrir de gloire avec Bax. Et toi, quand tu as débarquée tu as fichu le bazar dans leurs plans.

Je ne voulais pas croire que Race avait renoncé à une vie de criminel uniquement pour moi. Mais ça me paraissait déjà plus probable que de penser que j'avais eu une quelconque influence sur les choix de Bax.

— J'espère pour nous tous qu'on n'en arrivera pas là, ai-je déclaré. J'ai envie de croire que Titus est un bon flic et qu'il trouvera une solution. Ce serait le mieux pour tout le monde.

Gus a reniflé et ses pieds sont retombés sur le sol en béton.

— Ouais, jusqu'à ce que ton père t'estime trop dangereuse pour ses affaires dans The Hill et n'envoie un autre connard pour te liquider. Tout ça c'est qu'un cercle vicieux : les gens essayent de rattraper les erreurs qu'ils auraient jamais dû commettre au départ.

J'ai replacé nerveusement une mèche derrière mon oreille. Que pouvais-je répondre à ça ?

— J'espère que ce cercle se brisera, ai-je dit en rejoignant la sortie. Parce que ça devient fatigant.

— A qui le dis-tu, ma grande. Sois prudente. Il y a plein de gens dangereux, par ici.

J'en avais conscience mais le plus dangereux était là, dehors, et j'aurais bien voulu qu'il me trouve. Je me suis contentée d'acquiescer et j'ai murmuré un « au revoir » par-dessus mon épaule.

Le voyage en bus a pris une éternité. Je m'étais vite habituée aux trajets en voiture de course. Il allait pourtant bien falloir que je revienne à ma vie d'avant, quand je ne pouvais compter que sur moi. J'étais heureuse que Race soit de retour et j'appréciais tout qu'il avait fait pour moi. Mais je n'arrivais pas à accepter qu'il ait laissé Bax se rendre à l'abattoir sans broncher. C'était comme si tout son entourage s'était résigné à le voir s'autodétruire, comme si toutes les épreuves qu'il traverserait jusqu'à cet ultime but ne seraient qu'une sorte de pénitence obligatoire. Je détestais cette idée. Bax avait des défauts — beaucoup, beaucoup de défauts — mais il pouvait aussi être un ami loyal, un fils dévoué, ainsi qu'un homme capable de compassion et de gentillesse, même si ça n'était pas toujours naturel. Il méritait mieux que l'étiquette de criminel violent et destructeur que tout le monde se bornait à lui coller sur le dos. Je savais qu'il était bien plus que ça. Les autres ne le voyaient pas, mais moi, si.

Je suis arrivée enfin au foyer et j'ai soupiré de soulagement. Les gosses et Reeve étaient ravis de me voir. Etait-ce parce que j'étais venue par mes propres moyens que le comportement de ma collègue s'était adouci à mon égard ? En tout cas, ça faisait plaisir. Le dîner s'est passé sans accroc, et seules les filles plus âgées m'ont demandé des nouvelles du mec sexy et de sa belle bagnole. Je les ai envoyées balader et nous sommes passés au salon pour la soirée jeux. C'étaient des gosses adorables et ils méritaient d'avoir une vie où ils ne se demanderaient pas d'où viendrait leur prochain repas ou si leurs parents allaient les mettre à la porte du jour au lendemain.

La partie de Monopoly était à peine entamée que Blake et Lindsay se sont plaintes de maux de ventre. Reeve les a dispensées à la seule condition qu'elles filent droit au lit, sans traînasser sur leurs ordinateurs ou leurs portables. Elles ont disparu à l'étage et j'ai savouré ma présence ici, le seul truc que l'arrivée de Shane Baxter dans ma vie n'avait pas bouleversé.

Plus tard, Reeve et moi avons mis les petits au lit, puis nous nous sommes douchées à tour de rôle. La nuit était tombée bien vite. Je n'avais pas sommeil, trop troublée par les mille et une choses qui me trottaient dans la tête. J'ai pris la première ronde de chambres, décision plus que bien accueillie par Reeve, extenuée par son deuxième boulot de coiffeuse. J'étais sur le point d'aller faire mes devoirs sur l'ordinateur de la salle commune quand j'ai reçu un texto. Sans doute Race qui prenait des nouvelles. J'ai pris mon téléphone et me suis figée lorsque j'ai vu le nom de l'expéditeur.

Y a deux meufs qui se font la malle de ton foyer, Red.

Abasourdie, je n'ai même pas pris le temps de lui répondre par texto et l'ai appelé directement en sortant sur le perron.

— De quoi est-ce que tu parles, Bax ?

Je ne lui avais même pas laissé le temps de répondre.

— J'ai vu deux gamines s'enfuir par une fenêtre à l'étage, elles sont deux rues plus loin. Juste au cas où tu voudrais le savoir...

J'étais à la fois excitée et perturbée par le son de sa voix.

— Nos fenêtres sont équipées d'alarmes. Où es-tu ?

— Oh ! Dovie, a-t-il ri. Même si c'est l'endroit rêvé pour elles, ces gamines veulent sûrement pas y rester enfermées vingt-quatre heures sur vingt-quatre. Contourner les règles, ça rend créatif. Je te les récupère et je les ramène.

— Bax...

— A tout de suite, Red.

Mon cœur battait à tout rompre, et un sentiment mêlé de joie et de rage me faisait bouillir le sang. Pas plus de cinq minutes plus tard, la voiture jaune et noir est venue se garer dans un crissement de pneus devant le foyer, et Blake et Lindsay sont descendues de la banquette arrière. Je leur ai lancé un regard noir, les bras croisés sur ma poitrine. Au lieu d'avoir honte ou l'air désolé, elles m'ont renvoyé un regard irrité et plein de défi. Bax les a suivies sur les marches du perron mais je l'ai ignoré.

— Comment vous avez fait pour ne pas déclencher l'alarme ?

Les filles m'ont regardée en soupirant.

— Vous tenez vraiment à ce que je rapporte ça et que ça figure dans vos dossiers ? les ai-je menacées. Ce foyer est censé vous apprendre à vous intégrer pour qu'on puisse vous trouver une famille. Si vous en avez marre d'être ici, pas de problème. Il y a un paquet d'enfants de The Point qui apprécieraient de pouvoir sortir des rues et d'avoir un toit au-dessus de leur tête !

Elles se sont regardées, avant de porter leur attention sur moi puis Bax.

— On voulait juste aller à une teuf, s'est défendue Blake. Il y a une soirée kegger[1] dans The Hill. C'est chez des jeunes, leurs parents sont pas là. Y en a marre d'être enfermée là-dedans, Dovie ! C'est chiant et personne ne veut de nous !

La voix de Blake s'est brisée sous les sanglots et Lindsay lui a passé un bras par-dessus les épaules.

1. Soirée lycéenne ou étudiante où la bière coule à flots, servie dans des gobelets en plastique. Ces soirées sont toujours organisées chez les parents — absents — d'un étudiant.

J'allais leur dire que je comprenais et que nous en reparlerions plus tard, mais Bax m'a devancée.

Il s'est adressé à elles d'un ton froid et sans pitié :

— Vous avez aucune idée de ce qui arrive à des filles comme vous quand elles traînent avec des gars de The Hill. Vous êtes que de la merde pour eux. Ils vont se servir de vous, vous humilier, et une fois qu'ils en auront fini, ils vous jetteront. Les gars de The Hill vous invitent que pour se foutre de vos gueules.

Les deux adolescentes ont frissonné, mais Lindsay a plissé les yeux.

— Les gars de The Point valent pas mieux, a-t-elle lancé. Dans les rues, c'est chacun pour sa gueule !

— Et ils ont bien raison, a fait Bax. C'est la seule façon de s'en sortir vivant.

— Ça suffit, suis-je intervenue. Vous deux, vous rentrez et vous réveillez Reeve. Dites-lui que j'arrive. Dites-lui aussi que vous allez dormir dans notre chambre, vu que vous avez désactivé l'alarme de la vôtre.

Leurs yeux sont passés de Bax à moi.

— On voulait juste s'amuser un peu.

— Y a pas de place pour ça dans cette vie, a reniflé Bax. Va falloir vous y faire.

Blake a montré les dents.

— C'est un connard, ton mec, m'a-t-elle lancé en rentrant. Tu peux trouver beaucoup mieux, même s'il est sexy.

La porte a claqué dans mon dos et j'ai entendu la voix colérique de Reeve. J'ai descendu les dernières marches jusqu'à me retrouver face à Bax. J'ai incliné la tête pour mieux voir son regard, plus sombre qu'une nuit d'encre.

— Qu'est-ce que tu fous ici ?

— Joli sweat, Red, a-t-il dit.

Je n'avais pas quitté son pull depuis la nuit où j'avais quitté son appartement. Mais plutôt mourir que de lui dire.

— Ces filles ont déjà eu leur dose de tragédie, ai-je commencé. Bientôt, elles seront trop âgées pour dépendre d'un foyer et seront de nouveau livrées à elles-mêmes. Tu n'as pas à leur rappeler que leur vie sera un éternel combat. Elles devraient pouvoir profiter de leur adolescence.

— Pourquoi ? On ne l'a pas fait, nous.

— Et quand on voit ce que ça a donné... Qu'est-ce que tu es venu faire ici ?

J'étais bien décidée à répéter la question jusqu'à ce qu'il me fournisse une vraie réponse.

— J'étais dans le coin.

— Bien sûr. Je vais bien. Aucun monstre n'est sorti de sous mon lit. Pas besoin de t'embêter à venir me surveiller. Tu as mieux à faire de ton temps, apparemment.

— Ça veut dire quoi, ça ?

— J'ai entendu dire que tu allais de nouveau combattre pour Nassir. A croire que tu es très pressé de retrouver ton ancienne vie. Comment va Roxie, au fait ? Elle doit être ravie d'avoir retrouvé le bon vieux Bax.

Je ne voulais pas qu'il sente ma douleur, mais je n'arrivais pas à contrôler le ton de ma voix. Il m'avait sortie de sa vie, et ça faisait mal.

— Mais de quoi tu parles ? a-t-il fait, comme si je lui parlais chinois. Je n'ai pas revu Roxie et ce truc avec Nassir, c'est juste pour m'empêcher de faire une connerie qu'on regretterait tous les deux.

— Quel genre de connerie ? ai-je demandé, méfiante.

Il a levé les mains et le visage au ciel, comme s'il allait hurler à la lune.

— Sérieux, Dovie, tu veux vraiment parler de ça maintenant ?

J'étais perdue. Quel rapport entre le fait d'aller se battre pour Nassir et moi ? Je voulais qu'il m'explique, qu'il me montre comment fonctionnait son esprit bien trop tordu et compliqué pour que quelqu'un de normal puisse le suivre. Après avoir lâché un flot d'insultes et de jurons, Bax s'est approché de moi.

Il a pris mon visage entre ses mains et m'a embrassée avec l'intensité et la puissance qui le caractérisaient. J'ai entouré ses poignets tatoués de chaînes de mes doigts et je lui ai rendu son baiser. Il était dangereux, effrayant, possessif, tout ce que je détestais et dont je m'étais toujours promis de rester à l'écart. Mais quand sa langue a caressé mes lèvres scellées, réclamant le droit d'entrer, je n'ai pu qu'ouvrir la bouche pour l'accueillir. Il a mordillé ma lèvre inférieure, m'arrachant un râle de plaisir. Il allait me dévorer tout entière et je n'avais aucune envie de l'en empêcher. Il m'avait tellement manqué !

J'ai senti ses doigts se glisser autour de ma nuque pour m'approcher encore plus de lui, puis j'ai entendu la porte du foyer s'ouvrir à la volée et les pas de Reeve sur les marches. Je me suis écartée à contrecœur et j'ai lancé un regard à Reeve par-dessus mon épaule. Elle avait l'air furieuse.

— Les filles dorment dans notre chambre, a-t-elle dit. J'ai jeté un œil à leur alarme. Elles ont coupé les fils.

J'ai hoché la tête tandis que Bax essayait tant bien que mal d'extraire sa main de mes cheveux. Je refusais qu'il s'éloigne de moi.

— J'arrive, ai-je répondu. Donne-moi une minute.

— Il n'a rien à faire là, Dovie. Encore moins avec toi.

— Une minute, OK ?

Ma collègue a soupiré d'agacement et j'ai entendu la porte se fermer dans mon dos. Bax a tenté de se libérer mais je l'en ai empêché. Je pouvais sentir son pouls battre à toute vitesse sous mes doigts.

— Faut que j'y aille, Red. Tant que je peux encore.

Je lui ai lancé un regard implorant et je me suis mordu la lèvre.

— Est-ce qu'au moins je t'ai manqué, cette semaine ? Est-ce que tu te réveilles en pleine nuit en te demandant pourquoi je ne suis pas avec toi ? As-tu pensé à moi en allant voir Nassir, et t'es-tu ne serait-ce que demandé ce que ça me ferait s'il t'arrivait quelque chose pendant un de ces combats horribles ?

L'assurance dans ma voix s'est fissurée et j'ai senti une traînée humide glisser sur ma joue.

— Tu veux la vérité ou tu préfères que je te mente ?

Cette façon qu'il avait de me rappeler nos conversations passées m'énervait autant que ça me faisait du bien.

— Mens-moi, ai-je murmuré.

Soudain, il m'a serrée tout contre lui et a enfoui son visage dans mes cheveux. Sous ma joue, je sentais son torse se gonfler au rythme de ses respirations.

— Pas une fois, a-t-il dit. Je n'ai pas pensé à toi une seule fois de toute la semaine. C'est ça que tu veux entendre ? Tu penses que ça t'aidera à accepter que je suis pas celui qu'il te faut ?

Non, ce dont j'avais besoin, c'est que le vide qu'il avait laissé en moi soit comblé. J'ai relâché ses poignets et j'ai passé mes bras autour de son cou. Sa pomme d'Adam a fait un aller-retour.

— Tu m'emmènes quelque part ? ai-je demandé.

— Quoi ? Non, tu peux pas partir. Tu vas te faire engueuler. La meuf avec les cheveux noirs a pas l'air de me kiffer et si tu la laisses seule avec les gosses, elle va te balancer.

J'adorais les gosses du foyer, autant que mon boulot. Mais

chaque moment passé avec Bax était rare et précieux, donc pas question de le laisser filer.

— Je m'en fiche. Je veux être avec toi.

Ça n'avait jamais été si vrai. C'était comme si j'étais fiévreuse ; j'avais chaud, j'étais fébrile et ma respiration était rapide. Tout ce que je voulais, c'était me perdre dans son regard noir. Pendant un instant, j'ai cru qu'il allait protester et qu'il me repousserait encore en me promettant que c'était pour mon bien. Sa main a glissé le long de mon dos jusqu'à mes fesses et il m'a mis une petite fessée.

— OK, madame la hors-la-loi. On y va.

Il m'a fait un rapide câlin d'un seul bras, et je suis montée en voiture juste avant d'apercevoir Reeve secouer la tête de désapprobation de l'autre côté de la porte vitrée. Pas de doute, j'allais le sentir passer. Mais pour l'instant, il n'y avait que Bax qui comptait.

Nous avons roulé en silence pendant dix bonnes minutes, laissant la ville derrière nous. Je ne voulais pas casser l'ambiance ou remettre son choix en cause, mais une question m'a brûlé les lèvres :

— On va où ?

J'avais pensé que nous irions à son appartement, plus proche du foyer, mais Bax avait déjà dépassé The Hill et conduisait maintenant dans les hauteurs, au cœur d'un monde très éloigné de The Point.

— Je connais un coin, a-t-il répondu. Quand j'étais plus jeune et qu'il y en avait encore en ville qui pensaient pouvoir me battre à la course, on y venait pour s'en servir comme point de départ. C'est un endroit calme et on peut y conduire tranquille. Vu qu'on a tous les deux aucune idée de quoi demain sera fait, autant s'accorder un beau souvenir, loin de tout ça.

Ç'aurait pu sembler terriblement triste, voire déprimant, comme pensée, mais venant de lui, ces mots prenaient un tout autre sens. C'était sa façon bien à lui de me dire que je comptais pour lui. J'ai gardé le silence et posé la main sur sa cuisse musclée et je l'ai laissé m'emporter quelque part au cœur de la nuit.

Le coin était adorable. Enfin, autant que je pouvais en juger, étant donné l'obscurité ambiante qui laissait à peine deviner la forme des arbres sur les bas-côtés. Le ronronnement du moteur faisait presque office de berceuse, tant les environs étaient calmes. Mais j'étais trop tendue, trop excitée pour pouvoir me détendre complètement. J'aurais bien suggéré un arrêt, histoire que je puisse lui sauter dessus, mais Bax avait l'air tellement concentré sur notre destination que je m'en serais voulu de le déranger.

Nous nous sommes arrêtés environ vingt minutes plus tard. Une fois garé, Bax s'est tourné vers moi pour me regarder dans un silence complet et a dégagé une mèche de mes cheveux.

— Viens, a-t-il dit.

Il a ouvert sa portière et j'ai fait de même. Par chance, j'avais gardé son sweat. La nuit était fraîche sur les hauteurs. J'ai rejoint Bax sur le devant de sa voiture et soudain, j'ai eu le souffle coupé : une vue magnifique s'offrait à moi. Les lumières de The Point et de The Hill s'étalaient devant mes yeux, comme autant d'étoiles tombées du ciel. Il n'y avait aucune trace de la laideur que contenait la ville, vu d'ici. On aurait dit que cet endroit était intouchable.

Bax a glissé son bras autour de mes épaules et m'a attirée à lui, effleurant mon front d'un baiser. Son haleine était encore chargée des vapeurs de sa dernière cigarette.

— Avant, on venait souvent ici avec Race pour fumer des

pétards. C'est le meilleur endroit au monde pour faire un duel de descente en caisse. J'ai remporté plus d'une course en partant d'ici.

J'ai passé mon bras autour de sa taille et j'ai plongé mon visage au creux de son cou.

— Et pour ce qui est des filles ? ai-je demandé. Est-ce que tu as amené beaucoup de tes conquêtes ici ?

Il avait dû sentir ma jalousie à des kilomètres mais tant pis. Rien qu'à l'imaginer collé contre une autre fille face à cette vue imprenable, je sentais la colère monter en moi. Et je comptais bien le lui faire savoir.

— Une *conquête*, ça implique qu'on doit aller chercher la meuf, a-t-il expliqué. A l'époque, ça n'avait aucune importance pour moi, ces trucs-là. Une fille, c'était qu'une fille, et me prendre la tête pour en choper une, c'était même pas envisageable. Donc pour répondre à ta question : non. Tu es la première que j'emmène ici.

Il m'a soudain fait pivoter sur moi-même et je me suis retrouvée plaquée contre sa voiture, entourée par les deux mains de Bax, posées à plat sur la carrosserie.

— Quand j'ai enfin fini de restaurer cette caisse et qu'elle est sortie de l'atelier de peinture de Gus, j'avais rien vu de plus beau de toute ma vie. C'était ma récompense, mon trophée pour avoir été le plus fort. Je ne l'avais que depuis une semaine quand ils m'ont envoyé en taule.

Bax s'est penché davantage, me forçant à écarter les cuisses pour l'accueillir, puis il m'a prise par les fesses pour me soulever et m'asseoir sur le capot. J'ai enroulé mes jambes autour de son bassin.

— Est-ce que tu essayes de me dire que ça a changé quand tu m'as rencontrée ? ai-je dit. Que je suis soudainement devenue la plus belle chose que tu aies vue ?

Il a souri de toutes ses dents et ce sourire est venu éclairer la nuit.

— Non. Je t'ai trouvée très ordinaire. Je captais pas pourquoi Race voulait tout risquer pour toi.

Le capot était un peu chaud, mais c'était le regard de Bax qui faisait le plus monter ma température.

— Puis t'as ouvert ta bouche, a-t-il poursuivi. Et là j'ai découvert cette loyauté, tout ce truc innocent, pur et bon qui venait de toi, même si la vie t'avait vraiment pas fait de cadeaux. Et tout ce que je voulais, c'était qu'un peu de ta douceur et de ta lumière vienne me toucher moi aussi. Je sais pas ce que c'est d'être quelqu'un de clean, de bien, mais dès que je t'ai touchée, que je t'ai entendue, que j'ai été en toi... Putain, Dovie, je me suis senti comme un roi. Un roi qu'on aurait ressuscité pour lui accorder une seconde chance.

J'étais sous le choc. Même dans ses bons jours, Bax n'était pas vraiment du genre bavard et expansif, mais là ! Quand il se donnait la peine, la façon dont il s'exprimait était vraiment unique. Moi aussi je voulais partager mes sentiments, lui donner de quoi réfléchir avant qu'il ne se jette définitivement dans la gueule du loup, mais mon cœur semblait coincé dans ma gorge et je ne trouvais pas mes mots. Bax était déjà en train de faire glisser la fermeture de mon sweat et, d'une main appliquée, il m'a fait basculer sur le capot et je me suis retrouvée allongée sur sa si précieuse voiture. Lorsqu'il a ouvert les premiers boutons de ma chemise en flanelle, c'est son regard et non le vent nocturne qui m'a fait frissonner. Sa main s'est heurtée à mon soutien-gorge et Bax m'a relevée juste assez pour le dégrafer.

Le contraste entre le froid du vent sur ma peau et la chaleur de sa bouche sur mon sein m'a fait hoqueter. J'ai pris son crâne entre mes doigts et me suis cambrée sur la carrosserie. J'ai murmuré son nom tandis qu'il dessinait un chemin de baisers humides autour d'un de mes seins avant de s'intéresser à l'autre. D'une main ferme sur son cou, je l'ai serré contre ma poitrine, bien décidée à ne jamais le laisser partir. Quand il a finalement relevé la tête après avoir suçoté, caressé et mordillé chaque parcelle exposée de ma peau, je l'ai attiré à moi et l'ai embrassé avec avidité.

La peur, l'amour, la panique mais aussi le malaise, la passion, tout ce qu'il avait provoqué en moi prenait un goût doux-amer tandis que je le suppliais de ma langue et de mes lèvres d'abandonner ses dangereux projets et ses mauvaises décisions. J'ai tiré sur son T-shirt à manches longues jusqu'à ce que la peau nue de son torse vienne réchauffer la mienne, jusqu'à ce que son cœur batte contre le mien, lui contant des histoires qu'eux seuls comprenaient.

Il était si beau, si sombre et sauvage, à l'image de la nuit qui nous entourait. Il a posé ses lèvres dans mon cou et ses dents sont venues mordre mon lobe d'oreille.

— D'habitude, je trouve ça craquant que tu t'habilles comme un mec. Mais là tout de suite, je vendrais bien ma couille gauche pour que tu sois en minijupe.

Ses doigts puissants ont glissé le long de mon ventre et ont défait le bouton de mon jean. Il a embrassé mon épaule et s'est redressé pour me contempler.

— Et moi qui croyais que rien ne pourrait rendre cette caisse encore plus canon, a-t-il fait. Je me plantais tellement…

— Shane…, ai-je murmuré, au bord des larmes.

D'un geste puissant, il a tiré sur mon jean et ma culotte et me les a enlevés. Me retrouver ainsi entièrement nue et exposée au froid m'a arraché un frisson, tandis que Bax se déshabillait et enfilait un préservatif.

— Toi nue dans mon sweat... Je crois que ça vient de devenir mon fantasme numéro un. Tu es la plus jolie chose que j'aie jamais vue.

Je voulais être son fantasme. Je voulais être celle qui l'aiderait à regarder vers l'avenir. Je voulais qu'il me veuille au point de laisser Bax s'endormir, que je puisse profiter de tout ce que représentait Shane. Il a levé ma jambe et l'a enroulée autour de son flanc blessé, tandis que je glissais mes mains sur ses épaules. J'adorais sentir les muscles de son dos se tendre sous mes doigts et voir ses yeux brillants d'intensité et de détermination se plonger dans les miens. Lorsqu'il m'a pénétrée et que ma chair s'est instantanément resserrée autour de son sexe, il a été le premier à gémir.

J'avais la chair de poule, mais plus à cause du froid. Je brûlais à son contact, à chaque endroit où il me touchait, sur chaque centimètre de peau et de chair qu'il effleurait. J'étais au bord de la combustion. Bax m'a embrassée, reproduisant de sa langue le rythme de son sexe en moi. J'étais sur le point d'exploser, mon corps était tendu à l'extrême, mon cœur mis à nu, et quand il a attrapé ma main pour la glisser entre nous deux, une seule pression de mes doigts sur mon clitoris a suffi pour que je succombe. J'ai murmuré son nom contre ses lèvres tandis qu'il accélérait le rythme de ses coups de reins.

Il a posé son pied sur le pare-chocs et s'est enfoncé en moi en entier. Il me prenait si fort que j'ai dû m'agripper à son cou. On aurait dit qu'il essayait d'imprimer ma silhouette dans le capot de sa voiture. Nos lèvres se sont retrouvées une ultime fois et Bax, gémissant contre moi, a franchi le point de non-retour, s'abandonnant à la nuit et à mon corps. C'était la première fois de ma vie que je ressentais une telle sérénité. J'ai serré Bax tout contre moi, frottant ma joue contre la sienne, rugueuse.

Nous sommes restés longtemps comme ça, jusqu'à ce que le métal de la carrosserie me fasse frissonner de nouveau. Bax a râlé en se retirant puis m'a aidée à retrouver mes vêtements éparpillés. Il m'a assise sur le capot, a relevé la fermeture de son sweat et m'a embrassée au coin de la bouche.

J'étais au bord des larmes. Même s'il n'avait pas prononcé un seul mot à ce sujet, je savais très bien ce que cette nuit signifiait.

Bax venait de laisser Shane me faire ses adieux.

15

Bax

Dovie n'a pas lâché un mot de tout le trajet du retour. J'avais pris un chemin plus long, histoire de profiter encore un peu du contact de sa main sur ma cuisse. Le besoin violent de défoncer quelqu'un — ou plutôt de laisser quelqu'un me défoncer — s'était réduit à une simple pulsation au creux de mon cou. J'avais pas changé d'avis, je voulais pas qu'elle fasse partie de cette vie, ni qu'elle passe son temps à essayer de voir le bien en moi, même si elle me donnait envie d'y croire. Au moins, on s'était dit adieu comme il fallait et même si elle avait l'air triste et déçue, on aurait dit qu'elle avait encaissé le truc. Elle n'avait rien forcé, rien exigé de moi.

Je l'ai déposée sous les tout premiers rayons du soleil. Elle m'a regardé depuis son siège et j'ai cru qu'elle allait me demander de rester et qu'on trouverait un moyen, mais non. Elle s'est juste penchée sur mon visage pour embrasser mon tatouage d'étoile. Ma gorge s'est tellement serrée que j'ai eu du mal à respirer.

— Prends soin de toi, Bax. S'il t'arrivait quelque chose qui aurait pu être évité, ça me briserait le cœur.

Le message était clair : pour elle, j'étais mon pire ennemi. Il y avait un tas de trucs dans cette vie qui pouvaient me détruire, mais surtout, les emmerdes, je les cherchais. Et Dovie acceptait enfin de le reconnaître au lieu de fermer les yeux.

La porte a claqué avec un bruit sourd et j'ai regardé Dovie disparaître dans la maison. J'ai basculé la tête en arrière et fermé les yeux. Il n'y avait plus d'air, plus de lumière. J'ai appelé Race, pour le prévenir que je me barrais du foyer et qu'à partir de maintenant, il allait devoir convaincre Dovie de rester tranquille les samedis soir ou il devrait se démerder pour la surveiller lui-même. Y avait pas moyen que je le fasse sans craquer et aller lui parler, poser mes mains sur elle. En plus, j'avais le combat pour Nassir. Impossible d'être partout en même temps.

Race avait l'air dans le coaltar mais il m'a promis qu'il veillerait sur elle et j'ai dû faire avec. Après ça, j'ai appelé Titus — encore moins matinal que Race — et je lui ai dit qu'il avait intérêt à avoir du nouveau d'ici lundi, sinon j'allais faire les choses version Bax. Je me sentais coupé de tout, j'avais envie de faire une grosse connerie et j'étais d'humeur à tout foutre en l'air. Titus a bâillé et m'a demandé de me calmer, que des gars à lui y travaillaient et qu'il reviendrait vers moi lundi. J'ai raccroché et me suis forcé à conduire jusqu'à la baraque de The Hill.

J'arrêtais pas de penser à Novak. Pourquoi la vidéo l'inquiétait pas, pourquoi il avait laissé partir Race ? Ça me gonflait d'attendre comme ça, d'attendre que le prochain coup tombe. Il fallait que je sache ce qu'il préparait et quel était son plan. J'avais une putain d'envie de débarquer devant lui, de tout mettre à plat et de voir lequel de nous deux sortirait vainqueur. Je commençais à me dire que Novak allait se lasser de ce jeu du chat et de la souris, il allait finir par frapper le premier. Je savais que Dovie était en sécurité avec son frère, mais je flippais que Novak la trouve avant que je le trouve lui. Pour Race et Titus – ça me faisait chier de l'avouer parce qu'ils me prenaient tous les deux la tête –, je flippais aussi que Novak s'en prennent à eux, ce qu'il serait foutu de faire juste pour prouver qu'il le pouvait. J'avais besoin de sang et de vengeance. Ce besoin semblait encore plus fort maintenant que j'avais des choses à perdre... Des gens, aussi.

Mon appartement m'avait semblé vide la dernière fois. Cette baraque aussi, mais au moins elle me dégoûtait pas. Une fois dans le grand lit que Dovie avait refait lors de sa dernière visite, mon esprit s'est suffisamment calmé pour que je dorme. Dans mes rêves, j'ai vu de grands yeux verts et tristes, une rangée infinie de barreaux de fer et du sang. J'ai même senti une odeur d'essence et un vide si grand que j'ai cru qu'il allait m'avaler. Je me suis réveillé en début d'aprèm, couvert de sueur et tremblant. J'étais habitué à vivre au jour le jour, sans me soucier du lendemain. Maintenant que j'étais presque certain qu'il y aurait pas de lendemain, les regrets commençaient à arriver.

Je pensais à ma mère qui lâcherait jamais la bouteille et verrait jamais la maison que j'avais achetée pour elle ; je regrettais d'avoir entraîné Race avec moi. Notre amitié était née dans la violence et allait finir dans la violence. Ça craignait. Je regrettais aussi d'avoir détesté mon frère pendant si longtemps. Jamais je lui pardonnerais de m'avoir arrêté, mais maintenant je voyais plus clair. Il m'avait fait comprendre qu'on était tous les deux que le résultat de nos propres choix. En me foutant en prison, Titus avait simplement fait le mauvais, mais il n'avait pas pu agir autrement. Mais même s'il était pas mon ennemi, il était pas non plus dans mon camp. Car mon camp était en train de perdre et il le savait.

Et il y avait Dovie. Avec elle, j'aurais dû finir écrasé sous les regrets. J'aurais dû me frapper à mort de l'avoir touchée, de l'avoir poussée à s'offrir à moi. J'aurais dû me sentir merdique de l'avoir mêlée à toute cette histoire, alors que je n'avais aucune intention de rester dans le coin pour l'aider une fois que tout serait terminé. Mon âme devrait être damnée pour avoir osé approcher une fille si adorable et parfaite, sur laquelle j'avais laissé tant de traces. Mais en vrai, je ne ressentais pas tout ça. Non, quand je pensais à elle, tout ce que je voyais c'était de la lumière. Durant la courte période où elle avait partagé ma vie, Dovie m'avait fait revivre. Avec elle, je me sentais plus libre que le jour où j'avais enfin quitté la prison. Si une personne aussi douce et attentionnée que Dovie pouvait voir le bien en moi, alors tout n'était pas foutu. Elle avait raison, j'étais plus que l'image que je renvoyais aux autres.

J'aurais aimé pouvoir changer ce qui allait arriver. Mon destin dans cette affaire m'avait toujours paru très clair : la taule si je butais Novak, ou la morgue si Novak me butait. Deux options qui me paraissaient pourries, l'une comme l'autre, maintenant qu'il y avait d'autres vies en jeu. Mais j'allais faire gaffe à ce que personne d'autre ne soit blessé. Ce combat remontait à bien trop longtemps. Je n'avais pas de plan et pas la moindre idée de la façon dont ce merdier finirait. Tout ce que je savais, c'est que ça se jouerait entre moi et cet enfoiré, et que seul l'un d'entre nous survivrait.

J'ai passé le reste de la journée à traîner dans la baraque. Titus m'a appelé deux fois pour me dire que les rues étaient ultra-calmes, ce qui était suspect. Je ne savais pas quoi lui répondre, alors je lui ai conseillé de passer voir maman s'il en avait l'occasion mais il a esquivé le sujet. Depuis ma sortie de taule, je n'avais pu aller la voir qu'une seule fois. Malgré tous ses problèmes, elle ne m'avait jamais renié ni balancé, alors que ça aurait été facile. Il fallait qu'au moins l'un de ses fils lui fasse comprendre qu'on ne l'abandonnerait pas, et vu comment la suite s'annonçait pour moi, ce serait sûrement Titus.

J'ai appelé encore Race pour savoir comment il comptait surveiller Dovie, mais je suis tombé directement sur sa messagerie. J'arrivais pas à tenir en place, alors j'ai fait ce que je fais de mieux : conduire.

Je suis monté dans la caisse et j'ai roulé à fond, sans destination en tête. Je voulais juste sentir le moteur ruer sous mes pieds. Ça m'aiderait à garder les idées claires et à pas tout foutre en l'air sous le coup d'une impulsion. J'ai conduit jusqu'à frôler la panne d'essence, jusqu'à ce que je sois complètement paumé et anesthésié. La nuit tombait et je devais retourner en ville, chez Nassir. J'ai tenté à nouveau de joindre Race, mais rien. Un filet de sueur froide a glissé le long de mon dos.

J'ai appelé Dovie, après tout, elle était celle pour qui je flippais le plus. Quand j'ai entendu sa voix à l'autre bout du fil, mon palpitant m'a fait mal.

— Allô ?

Soulagé, j'ai soupiré et raccroché. Elle allait bien, c'était tout ce qui comptait.

J'ai garé la voiture devant le grand entrepôt, et je me suis motivé pour la suite. Du fric, j'en avais et je n'avais plus besoin de sentir mes os se briser, ni d'avoir la tronche en bouillie pour avoir les idées claires. Désormais, j'avais carrément plus envie de monter sur le ring pour me faire défoncer. Nassir, dans toute sa grandeur d'enfoiré, avait profité de mon côté tête brûlée et ça, ça me rendait dingue. Il traitait les gens comme des objets, ce qui le mettait dans la même catégorie que Novak. Il fallait qu'ils tombent tous. The Point devait être purifiée par le feu pour que des gens comme Dovie et ses gamins, qui luttaient jour après jour pour leur survie, puissent avoir une chance de s'en sortir. Et j'étais prêt à brûler avec ces ordures s'il le fallait.

Une fois entré dans le bâtiment, j'ai tracé jusqu'au club souterrain. Si j'avais été moins distrait, j'aurais tout de suite remarqué que quelque chose clochait, ici : pas de cris, pas de techno, pas d'odeur d'herbe, de picole ou cette ambiance sale et vicieuse qui habitait l'endroit d'habitude. Le temps que j'arrive jusqu'au centre de la salle, c'était trop tard. Les poils de ma nuque se sont dressés et je me suis figé au milieu de la piste de danse.

Nassir était là, souriant, son visage éclairé par les néons.

— Le combat est annulé. Il y a du nouveau, Bax.

Je lui ai lancé un regard mauvais après avoir repéré l'homme qui était à ses côtés, tout sourires lui aussi. Un néon rouge est venu éclairer son visage, révélant le monstre.

— Nassir m'a dit que tu avais besoin d'un peu d'action. Il me semble pourtant que tu as bien assez de problèmes à gérer comme ça, Bax, non ?

Quand on pense à un caïd, maître du crime et tueur de sang-froid, la première image que les gens ont, c'est un type dans le genre de Benny : beau costume, quelques bijoux histoire de savoir à qui on s'adresse et une paire de pompes à cinq mille dollars avec des semelles teintées de sang. Novak n'avait rien de tout ça : il était massif — plus que moi —, une crinière de cheveux noirs et ondulés lui tombaient devant des yeux aussi sombres et impénétrables que les miens. Comme à chacune de nos rencontres, il portait un jean, un T-shirt et une paire de bottes. Cet homme tenait la ville dans la paume de sa main et il avait l'air d'un simple voleur comme moi.

J'ai croisé les bras et j'ai contrôlé ma respiration tout en essayant de paraître impassible. L'envie de voir son sang couler et de me venger me brûlait la gorge. Mais Novak ne faisait jamais un mouvement sans y avoir longuement réfléchi avant, et le fait qu'il soit là, en personne, au lieu d'être terré dans son quartier général surprotégé en disait long.

— Qu'est-ce que t'en sais, Novak ?

Il s'est marré et a croisé ses bras sur son torse puissant. Du coin de l'œil, j'ai vu Nassir reculer de quelques pas. Le couloir que j'avais emprunté pour venir était maintenant bloqué par les hommes de Novak, Benny devant. Son sourire a suffi à me rendre nerveux. Peu importe ce qui se tramait, ça puait.

— Depuis le temps, tu devrais savoir que je sais toujours tout, mon fils.

Je l'ai coupé, serrant les poings si fort que j'en ai eu mal :

— Ne m'appelle pas comme ça, j'ai menacé d'une voix aussi rocailleuse qu'un seau rempli de clous rouillés.

— Comment ça ? N'est-ce pas la réunion de famille que tu voulais ? Dire que je t'ai offert le monde et que tu m'as craché au visage. Quel genre de connard ingrat ferait ça ? Pas mon fils, en tout cas.

J'ai essayé de retenir ma rage et de respirer calmement, mais j'avais trop la haine. J'étais sur le point de me jeter sur lui, prêt à l'étrangler de mes propres mains, mais Benny m'a braqué avec son flingue. Novak a secoué la tête et a fait claquer sa langue.

— Ça a toujours été ton problème, Bax : tu agis sans réfléchir. C'est dommage, vraiment. Tu as tout pour marcher sur les traces de ton vieux père, pour être encore plus impitoyable que je ne le suis. J'aurais pu faire de toi une légende, tu sais.

J'ai senti la bile remonter dans ma gorge et je me suis reculé pour repousser Benny. J'en avais rien à foutre de lui ou de son flingue.

— Etre comme toi ? j'ai balancé à Novak. Je préfère encore crever.

Ses yeux noirs se sont plissés.

— C'est une option tout à fait envisageable, fils.

— Arrête de dire ça !

Il me foutait hors de mes gonds. Mon cerveau allait exploser sous la pression tant j'avais la rage.

— J'aurais dû t'enlever à ta mère le jour où je t'ai vu derrière un volant. Tu as toujours eu un don pour faire en sorte que les choses aillent plus vite, soient plus résistantes. J'aurais pu doubler la taille de mon empire si tu avais été plus coopératif.

— Coopératif pour faire quoi ? Tuer, mutiler, harceler, racketter, violer... ? J'étais déjà un voleur, alors qu'est-ce que ça changeait de me pousser à aller encore plus loin, hein ? Tu as voulu m'enchaîner à toi pour m'empêcher de me barrer, car t'as jamais été foutu de me tenir autrement. Putain, j'ai tellement envie de te buter, Novak... Mais je ne le ferai pas.

J'ai repris mon souffle, laissant mes poumons se regonfler avant de reprendre :

— Un jour ou l'autre, tu verras ce que c'est de voir ta vie défiler quand t'es coincé dans ta cellule. Fais-moi ce que tu veux, Novak. De toute façon, tu es fini.

Il a ri, fait quelques pas dans ma direction et j'ai viré sa main quand il a essayé de la poser sur mon épaule. Direct, Benny m'a frappé la nuque avec la crosse de son arme. J'ai senti ma peau se réchauffer sous mon sang qui bouillonnait.

— Tu parles de la vidéo ? Novak a dit. Allons, Bax, tu devrais me connaître mieux que ça, à force. Tu penses vraiment que j'aurais laissé Race partir vivant si je m'étais senti menacé ? Regarde les choses en face : Race, sa sœur et ton insupportable flic de frère... ils ne sont en vie que grâce à toi. C'est de moi que tu tiens ton entêtement. Mais c'est de ton ivrogne de mère que tu tiens ta stupide loyauté envers ceux qui, malgré tes défauts, s'inquiètent encore pour toi. Le sang que toi et moi on partage n'est peut-être pas un argument suffisant pour te garder à ta place, mais le leur, si.

Soudain, une silhouette en uniforme de police est apparue dans le couloir. Les hommes de Novak se sont décalés et j'ai aperçu Titus. Benny s'est dirigé vers lui et Titus a été mis à genoux par un jeune flic — sûrement un pourri qui bossait pour Novak. Mon frère lui a lancé un regard bleu plein de haine. Je savais très bien ce qu'était une envie de meurtre, mais je n'avais jamais imaginé que mon frère — blindé de principes et de justice — puisse manifester le même genre de rage.

— Inspecteur King ! Cela faisait longtemps, Novak s'est exclamé.

Il avait un ton moqueur et arrogant, celui des connards qui ont toutes les cartes en main.

Ma mâchoire s'est crispée en voyant le regard de Titus se porter sur le criminel le plus craint de The Point.

— Combien de flics bossent pour toi, Novak ? il a demandé.

— Bien assez, ne t'en fais pas. Qu'est-ce que ça fait d'être à genoux devant moi, prisonnier de tes propres menottes ? Votre mère vous a bien trop bercés de faux espoirs, les garçons.

Titus m'a regardé et mes articulations ont craqué quand j'ai serré mes poings plus fort jusqu'à ce qu'ils deviennent deux boules d'acier.

— Fais-lui fermer sa gueule, Shane.

Titus et moi on a juré en même temps, après quoi Benny lui a foutu son genou dans la mâchoire pour le faire taire. Sa tête a volé et il a craché un long filet de sang. Benny s'est marré et je lui ai lancé un regard assassin. La tête de Titus balançait mollement sur ses épaules.

— Quand j'en aurai fini avec toi, enculé, je te jure que tu vas regretter le temps où t'avais que le nez de pété, j'ai lancé.

Une vraie menace, pas des paroles en l'air, mais en réponse, Benny s'est contenté de pousser Titus du bout du pied.

— Arrête de te la péter, Bax, il a dit. T'as rien de spécial et si t'étais pas du même sang que le boss, tu serais mort en taule comme tous les autres petits voleurs qu'on a fait tomber à sa place. On t'a fait un traitement de faveur, tu devrais être reconnaissant.

— Qu'est-ce que tu cherches à prouver ? j'ai demandé en dévisageant Novak d'un œil mauvais avant de désigner Titus. Il m'a arrêté et m'a laissé pourrir pendant cinq ans, comme toi. Je lui dois encore moins qu'à toi. T'as vraiment cru que tu pourrais me récupérer juste en l'amenant ici et en menaçant de le défoncer ? Je t'appartiens pas, Novak, et tu m'auras jamais. Bute-le, j'en ai rien à foutre.

Un énorme mensonge, mais pas question de lui laisser l'avantage. Cette nuit, The Point allait se teinter d'une couleur rouge sang et tant que Novak faisait partie des victimes, le reste je m'en tapais.

Novak a secoué la tête, puis m'a contourné pour se placer face à Titus.

— Ainsi, tu croyais m'avoir piégé, monsieur le policier, tout comme Race a cru m'avoir il y a cinq ans. Tu sais, les légendes ne meurent pas si facilement.

Titus s'est redressé en galérant et a craché une flaque de sang.

— Ça tombe bien que tu sois qu'un homme, il a dit.

— Je suis l'homme qui dirige cette ville. J'ai su tout ce que tu tramais à la seconde où Bax a quitté la prison. Quant à Race, il a beau être très intelligent, il reste un gamin et il n'a pas le cran de faire ce qui est nécessaire. Contrairement à lui.

Il m'a désigné du pouce par-dessus son épaule. Plutôt crever que d'avoir l'admiration de cette ordure.

— Et maintenant ? j'ai dit. Tu fais quoi ? Tu continues à menacer Titus, à nous gonfler en te vantant que tu sais tout sur la vidéo depuis le début, ou tu vas nous buter tous les deux ? C'est quoi le plan, au final, Novak ? Parce que je te garantis que de toi et moi, y en a un qui ressortira pas vivant de ce trou à merde.

Novak s'est marré.

— Tu es bien sûr de toi, Bax. Et si arrogant. Quel dommage que tu aies gâché tout ce potentiel derrière des barreaux. Ça t'a donné trop de temps pour réfléchir et tu t'es ramolli.

Il a fait signe à Nassir et ce connard a traîné avec lui une rouquine visiblement très mécontente. J'ai évité son regard. On y était. L'instant que j'avais désespérément essayé d'éviter.

— Ils ont tiré sur Gus et Race, Dovie a dit, la voix tremblante.

Du coin de l'œil, je l'ai vue s'affaisser, comme si elle tombait à genoux.

— Race... je crois qu'il ne respirait plus...

Nassir l'a amenée à Novak et je n'ai pas pu m'empêcher de flipper lorsqu'il l'a attrapée par la gorge. Benny a rigolé et j'ai pris sur moi de toutes mes forces pour m'empêcher de le buter à mains nues. Ce connard m'a passé un bras autour des épaules, comme si on était potes, et je me suis raidi. Finalement, mes yeux se sont posés sur Dovie et quelque chose en moi a explosé en un million d'éclats tranchants.

— Elle a du tempérament, celle-là, je comprends pourquoi elle te plaît tellement.

Les mots de Benny ont résonné contre les murs de béton, et j'ai pu entendre la respiration paniquée de Dovie et les jurons de mon frère. Je ne quittais pas Novak des yeux une seule seconde.

Il a sorti un couteau de sa poche, et le bruit du cran d'arrêt a suffi à me faire tellement bouillir de rage que j'ai été presque étonné que le sol ne fonde pas sous mes pieds. Le regard vert de Dovie s'est porté sur moi, puis sur la lame. J'aurais voulu lui hurler que c'était ça ma vraie vie, que c'était ce qui m'attendait au tournant jour après jour. Et ce qui l'attendait elle aussi si elle restait avec moi. Car ouais, bizarrement je tenais à elle... vraiment. Novak le savait, je pouvais le lire dans ses yeux vides, et c'était une info qu'il pouvait utiliser contre moi. Si la corruption et la noirceur se transmettaient par le sang, alors j'en étais blindé, tout ça à cause de cet homme, de mon propre père.

— Qu'es-tu prêt à faire pour la sœur, Bax ? Tu es allé en prison pour le frère, tu m'as défié et tu as tourné le dos à tout ce que j'avais à t'offrir. J'ai comme l'impression que tu feras n'importe quoi pour la sauver.

Tant que Dovie et Race seraient en vie, Novak aurait toujours un moyen de pression sur moi. Soudain, tout m'a paru clair. Si je voulais reprendre le contrôle, il fallait que j'élimine ce qu'il voulait le plus. Il avait raison : j'étais prêt à faire n'importe quoi pour la sauver. Et il n'y avait qu'un seul choix possible. Un choix qui, pour une fois, me semblait pas être le plus mauvais.

Généralement, j'étais pas le genre de mec qui se laissait distraire facilement, mais ce soir j'étais complètement bloqué sur les deux émeraudes étincelantes de Dovie. Je savais exactement ce qui allait se passer : soit je regardais Novak torturer et mutiler la seule et unique personne au monde qui m'avait fait découvrir l'amour, la tendresse et m'avait donné une chance de pouvoir me racheter en tant qu'être humain, soit je lui offrais l'occasion de me voir souffrir pendant qu'il tuait la seule personne que j'étais capable d'aimer. Mais il y avait une troisième option : faire en sorte de renverser la situation. Les mecs comme Novak sont complètement paumés quand tu les sors de leur zone de contrôle, que tu fous le bordel dans leurs jolis plans, et j'espérais que ça allait m'aider à sauver Dovie. Novak me voulait à ses ordres, c'était une putain d'obsession chez lui. Si je le privais de ça, peut-être que ça serait suffisant pour le mettre hors jeu assez longtemps pour que mon frère et ma meuf puissent s'en tirer.

OK, il y avait de grosses chances que Dovie soit tuée à son tour, mais il y avait aussi une petite chance pour que Titus ait le temps de trouver un truc pour sauver tout le monde. Dans tous les cas, si je faisais cet ultime sacrifice – arracher à Novak le trophée pour lequel il s'amusait à jouer avec des vies innocentes –, je serais plus là pour voir ceux auxquels je tenais tomber entre ses mains. Et c'était déjà ça de gagné. En plus du plaisir de le baiser profond en foutant en l'air son plan. J'ai jeté un œil vers Benny qui s'excitait déjà avant même que le sang ait coulé. J'ai direct tourné la tête vers Novak quand j'ai entendu Dovie crier à m'en déchirer les tympans. Putain, la lame du couteau n'avait rien à foutre sur sa poitrine pâle. Quand j'ai vu le filet de sang glisser entre ses seins, le temps s'est figé autour de moi. J'avais jamais cru aux grands sacrifices mais pour cette fille, belle, douce, forte et loyale, j'étais prêt à renoncer à tout. Pour elle, j'allais rendre le monde meilleur. Moi parti, même The Point serait plus vivable pour les gens bien comme Titus ou Dovie. En fait, c'était même pas un sacrifice, c'était juste le mieux pour tout le monde.

D'un geste vif, j'ai saisi le bras que Benny avait passé sur mes épaules et l'ai déboîté brutalement. C'était vraiment un con. Il a hurlé et j'en ai profité pour lui dégommer les reins et lui balancer un coup de genou sous la mâchoire. Ses dents ont claqué et sa bouche s'est remplie de sang. J'ai lutté avec lui jusqu'à ce qu'il lâche son flingue. Novak criait, Dovie pleurait et Titus m'encourageait à défoncer Benny, et au moins six ou sept flingues se sont braqués sur moi quand je me suis redressé, l'arme de Benny à la main. Cet enfoiré était en train de ramper par terre et je lui ai balancé un dernier coup de pied entre les côtes, histoire de.

Dovie était en pleurs, elle avait peur et quelqu'un devait payer pour ça. Novak a étréci les yeux et a tracé une nouvelle ligne sanglante avec son putain de couteau.

— Qu'est-ce que tu comptes faire, fils ? Je tiens ta copine. Je tiens ton frère, Race et Gus. Il n'y a rien que tu puisses faire. Tu penses avoir le temps de tirer avant que mes hommes te descendent ?

Dovie pleurait tellement que ses larmes se mêlaient au sang qui salissait tout son T-shirt. Pas sûr qu'elle puisse me voir, mais au moins elle m'entendrait.

— Je suis désolé, j'ai dit.

— Shane...

Elle semblait perdue, sa voix était coupée par les sanglots.

— Bax ! Arrête !

Le hurlement de Titus a résonné dans mon dos, furieux mais résigné. Il avait compris mon plan.

J'ai contemplé mon avenir dans les yeux de mon père, ce futur qui m'aurait tendu les bras si j'avais vraiment mal tourné. J'ai levé mon arme et l'ai pointée calmement sous mon menton. C'était la seule porte de sortie pour un gars comme moi. On peut pas être de la mauvaise graine, vivre une mauvaise vie, faire de mauvaises choses et partir comme un héros. Les mecs comme moi se barrent sur un ultime mauvais choix en espérant que les gens qu'ils laissent derrière se tireront du merdier dans lequel ils les ont mis.

— Putain, c'est quoi ce délire ? !

Novak avait l'air bien vénère ; et Titus, décidé à combattre toute l'armée de cet enfoiré à lui tout seul.

— Tant que je serai vivant, tu laisseras personne en paix. Tu me veux trop pour ça. Te buter n'arrangera rien, mais ça... ça résoudrait beaucoup de problèmes. Tout le monde sera sauvé et avec un peu de bol, Titus t'enverra en taule, mon vieux. En gros, je gagne et toi, connard, tu perds.

Novak a plissé les yeux et j'ai remis un bon coup de pied dans les côtes de Benny.

— Tu ne le feras pas.

J'ai essayé d'ignorer les cris de Dovie qui se débattait. Elle saignait de partout et mon frère gueulait à s'en casser la voix.

— Pour elle, si.

Novak a juré et il nous a regardés, moi et Dovie. J'avais aucune idée de ce qu'il allait faire. Le contact du métal froid du flingue dans ma main me gardait dans la réalité. Et si ça suffisait à offrir une vie normale à Dovie, loin de toute cette folie, alors j'allais presser la détente avec joie. Nassir est intervenu :

— Elle n'est pas comme les autres, Novak.

Nassir était un putain d'enfoiré et je l'aurais bien saigné pour avoir ramené Dovie ici, mais il était en train de distraire Novak.

— Il ne plaisante pas, crois-moi. Pour elle, il se tuera.

— Non, non, non, Shane, je t'en prie, arrête ! Dovie a crié.

Voilà pourquoi je l'aimais, pourquoi j'étais prêt à crever pour elle. Même quand tout allait de travers, elle s'inquiétait pour moi et oubliait le merdier dans lequel on se trouvait.

— S'il te plaît... tu ne peux pas me faire ça.

Elle semblait si triste. Mais je savais que plus rien n'allait nous sauver cette fois.

Je me suis tourné pour apercevoir Titus, à genoux, en sang et avec un œil gonflé, en train de lutter contre les deux brutes qui le maintenaient à terre. Il m'a regardé intensément et j'ai cru voir des larmes se mêler au sang sur son visage.

— C'est une erreur que tu pourras pas rattraper, Shane.

Je l'ai à peine entendu mais j'ai eu l'impression que sa voix se brisait.

— C'est la seule solution, j'ai dit. Il ne s'arrêtera jamais. Il s'en prendra à n'importe qui pour m'avoir.

— On ne le laissera pas faire, Bax. Je ne le laisserai pas faire.

— Trop tard, Titus. Regarde-la. Tu penses qu'il a pas buté Race, ou Gus ? Même si je me range de son côté, tu crois vraiment qu'il vous laissera partir, toi et Dovie ? Non, il va buter chacune des personnes auxquelles je tiens et il s'arrangera pour que je le regarde faire. Leur sang sera sur mes mains pour toujours. Non, tout ça se finit ce soir. Il veut détruire tout ce à quoi je tiens ? OK, je vais réduire en miettes bien sanglantes son putain d'héritage. Ce sera *mon* sang qu'il aura sur les mains.

Tout devenait clair. Le petit jeu de Novak touchait à sa fin et c'était moi qui allais mettre un terme à la partie. J'avais bougé la première pièce et j'allais déplacer la dernière. Jouer avec moi, me manipuler, c'était son seul et unique plaisir. Quand je serais plus là, il n'y aurait plus de jeu. Dovie, Race, Titus, même ma mère... ils n'auraient plus aucune valeur à ses yeux une fois que je serais sorti de l'échiquier.

Novak a poussé Dovie loin de lui. Elle a titubé et s'est étalée sur le côté à deux pas de Nassir qui l'a aidée à se relever. J'allais me précipiter pour lui arracher le bras quand Novak s'est avancé vers moi, le couteau encore rouge du sang de Dovie dans la main.

J'ai pris une grande inspiration et j'ai laissé les souvenirs revenir : la façon dont ses beaux yeux verts brillaient, son innocence... J'ai posé mon doigt sur la détente. Novak serait bientôt sur moi et Dovie criait si fort que les vitres auraient pu se briser. Je me suis préparé à faire la seule chose qui pourrait arrêter toute cette folie. Soudain, j'ai senti un poids s'écraser sur mon flanc, comme si un train me percutait à pleine vitesse. Le flingue a volé sur le sol de béton et je me suis retrouvé nez à nez avec mon frère aîné. Il me surplombait, son sang me gouttait sur le visage et j'ai pas eu le temps d'éviter le terrible coup de poing qu'il m'a balancé dans la mâchoire. J'allais lui demander ce qui lui prenait et comment il s'était libéré quand l'écho d'une détonation a résonné au cœur de l'entrepôt.

L'odeur piquante de la poudre m'a brûlé le nez, et Titus et moi on a roulé sur le côté. Complètement sur le cul, on a tous les deux regardé Novak tandis que son T-shirt se couvrait lentement d'une large tache de sang. Il a touché sa blessure avec ses doigts tremblants et, après un dernier regard dans ma direction, il s'est effondré par terre comme une grosse merde.

Avant qu'on ait le temps de réagir, la pièce a été éclairée par des spots et il y a eu des bruits de verre brisé partout autour de nous.

— FBI ! Personne ne bouge !

Je me suis relevé et j'ai plaqué Dovie au sol. Son sang a traversé mon T-shirt et je l'ai sentie trembler de tout son corps contre moi. Il m'a fallu toute ma force pour arracher le flingue encore chaud de ses doigts crispés. Direct, elle s'est agrippée à mon T-shirt. J'ai vu Nassir, à genoux, les mains sur la tête, sous les ordres d'une équipe du SWAT qui venait d'arriver. Je lui ai lancé un regard menaçant auquel il a répondu par un bref hochement de tête.

— Toi avec la fille, à genoux, les mains sur la tête !

— Elle est blessée..., j'ai dit aux flics.

— Bax...

Sa voix tremblait. J'ai posé le révolver aux pieds d'un des

fédéraux et j'ai regardé Dovie. Je l'ai embrassée et j'ai glissé les mains derrière ma nuque, une position que je connaissais trop bien.

— Je l'ai buté, j'ai dit.

— Tu as tiré sur Novak ? le flic a demandé.

J'ai hoché la tête avant que Dovie l'ouvre. Elle saignait beaucoup, assez pour que le flic fasse signe à l'équipe médicale, qui s'est approchée avec une civière.

— Oubliez-le, il est mort, le flic a dit. Occupez-vous plutôt d'elle. Redis-moi : pourquoi tu l'as buté ?

J'ai lancé un petit sourire méprisant au flic, quand j'ai repéré Titus en train de venir vers nous. Son regard est passé du flingue à moi, puis à Dovie que les infirmiers attachaient solidement sur le brancard.

— Histoire de famille, j'ai balancé.

Le flic a ouvert sa gueule pour me soûler mais Titus l'a coupé.

— C'est mon frère.

— Celui avec un casier ? Il vient d'avouer avoir tué Novak.

Titus a secoué vivement la tête, comme s'il allait tomber dans les pommes.

— Putain, Kruger, c'était du dix contre un ! Tu vois bien que c'était de la légitime défense. Novak n'était qu'une merde, de toute façon.

— Ecoute bien, King. Tu nous as confié l'affaire et t'as accepté qu'on la gère nous-mêmes. Y a pas de ripous chez nous. On va ouvrir une enquête et on verra bien où ça nous mène.

Titus m'a regardé et a passé une main brusque sur son crâne. Je me suis contenté de hausser les épaules. Si je devais retourner en taule pour que Dovie aille bien, ça me dérangeait pas. Elle en valait la peine et, au final, c'était pas si mal par rapport à mon plan initial. Si Dovie pouvait vivre la vie qu'elle méritait, alors je me foutais bien de me retrouver à l'ombre pour le reste de la mienne.

— Kruger, Titus a repris sur la défensive. Cet enfoiré a torturé sa copine sous ses yeux et ses hommes m'ont défoncé la gueule. Ils ont aussi probablement tué son meilleur ami, alors ne va pas lui en vouloir d'avoir appuyé sur la détente !

— C'est un vrai merdier ici, King ! On a un mort, un kidnapping, des flics pourris, association de malfaiteurs, blanchiment d'argent, agression, tentative de meurtre et encore bien plus de chefs d'accusation que je pourrais en nommer ! On a besoin de temps pour mettre de l'ordre dans cette affaire, sinon la première couille molle venue va venir s'asseoir sur le trône de Novak dès demain.

Nassir s'est marré et j'ai été très tenté de ramasser le flingue pour le descendre. Un autre mec du SWAT m'a pris par les poignets et les a maintenus dans mon dos. J'ai senti le froid des menottes recouvrir mes chaînes tatouées. Titus a juré.

— Désolé, Bax.

— T'inquiète. Mais j'avoue que ça aurait été sympa que tu me dises que t'avais un plan.

— Les fédéraux ont mis une éternité à revenir vers moi. Je savais qu'on avait une taupe chez les flics, mais impossible de trouver qui c'était. J'étais sûr que Novak viendrait me chercher, mais je n'ai aucune idée de comment ils ont pu trouver Race et Dovie. Je te jure, Bax, je savais pas qu'il avait ta copine.

On m'a relevé sèchement et Titus m'a retenu pour que je ne me vautre pas.

— Je te fais sortir dès que possible.

Autour de nous, le gang de Novak se faisait embarquer par les flics. Voir Benny les menottes aux poignets m'a presque fait marrer. Ce con hurlait qu'il ferait appel au gouvernement si on ne le relâchait pas.

— On s'en fout de moi, j'ai dit à mon frère. Veille sur Dovie et assure-toi qu'elle la ferme. Si son frère y est resté, je...

La bourrade du flic m'a coupé.

— Shane...

— Sérieux, Titus. Tu la tiens à l'écart. Le plus loin possible de moi.

Il a pas pu répondre car j'ai été traîné dans la direction opposée. Une fois dehors, j'ai vu les sirènes rouges et bleues éclairer la nuit et les gens qui s'étaient pointés devant le bar. Le flic m'a ouvert la portière de sa voiture de patrouille. Par-dessus le toit, j'ai repéré l'équipe d'infirmiers juste avant qu'ils ne fassent monter le brancard de Dovie, toujours harnachée, immobile. Ce truc qui nous liait lui a fait tourner la tête vers moi, et ses yeux couleur mousse se sont accrochés aux miens.

Elle a vu les menottes et vite compris que j'étais en état d'arrestation. Ses beaux yeux verts se sont ouverts en grand et je l'ai vue s'agiter sur son brancard. Elle avait déjà perdu trop de sang, elle était trop faible. Si seulement j'avais appuyé sur la détente... Dovie a appelé mon nom et ses lèvres ont formé les mots « je t'aime ». Tout ce que je pouvais faire, c'était la regarder, impuissant, tandis qu'ils la chargeaient dans l'ambulance et partaient vers l'hôpital. Tous ces putains d'éclats acérés dispersés en moi se sont réunis en une seule lame tranchante qui s'est enfoncée lentement en plein dans mon cœur. Si tout ça était à refaire, je le referais sans hésiter. Pour elle, je donnerais ma vie et je renoncerais à ma liberté. C'était la seule façon possible de la remercier pour m'avoir libéré de tout ça. Même si je devais passer les vingt prochaines années derrière les barreaux.

16

Dovie

Le flic derrière Bax lui a mis la main sur la tête et l'a poussé sur la banquette arrière d'une voiture de police. Je saignais et j'étais au bord de la crise de nerfs, mais j'ai entrevu son sourire juste avant que les portes de l'ambulance ne se referment sur moi. Je pleurais et m'agitais dans tous les sens tandis qu'un infirmier tentait de m'examiner. Mes mots n'avaient aucun sens : un mélange au final incompréhensible entre « je t'aime » et « c'est moi qui l'ai tué ». Je ne m'étais pas rendu compte qu'on m'avait enfoncé une aiguille dans le bras. Le contenu de la perfusion a commencé à faire effet et je me suis très vite sentie partir. La dernière pensée à peu près claire qui a transpercé le voile brumeux des médicaments a été le souvenir de Bax, bien décidé à sacrifier sa propre vie pour tous nous sauver. Et maintenant, il se retrouvait de nouveau menotté. Tout ça à cause de moi. Quels que soient ses choix, Bax finissait toujours dans les pires situations.

Je n'arrivais pas à croire que vingt-quatre heures s'étaient écoulées depuis qu'il m'avait déposée au foyer à l'aube. En rentrant, les critiques de Reeve et son air désapprobateur m'avaient hantée. D'après elle, Bax était un mauvais choix ; mais c'était le mien et je ne laisserais personne salir ce que nous avions. Evidemment, quelques heurs plus tard, le superviseur du foyer m'avait suspendue. Ma petite escapade nocturne était remontée à ses oreilles. Allais-je me faire virer ? Aucune idée, mais je m'étais sentie terriblement mal d'avoir abandonné les gosses pour quelques instants volés avec un homme sur le départ. Malgré tout je ne regrettais pas : je ne voulais avoir aucun regret en ce qui concernait Bax.

Reeve avait bien essayé de s'excuser ; je ne voulais rien entendre de sa part. J'avais essayé de joindre Race pour qu'il vienne me chercher mais il n'avait pas répondu. J'aurais bien appelé Bax, mais la situation était déjà bien tendue et ça n'aurait fait qu'empirer les choses. J'avais dû me résoudre à prendre le bus. Sauf que j'avais oublié que le monde était bien décidé à m'apprendre chacune des dures leçons de la vie que je ne maîtrisais pas encore.

Le van noir s'était brusquement arrêté au bord du trottoir et mon premier réflexe avait été de m'enfuir ; mais je n'avais nulle part où aller. Si Novak me voulait, il m'aurait, alors autant me faciliter la vie. Je n'étais pas stupide, je savais qu'il voulait se servir de moi pour atteindre Race et Bax, et il ne me ferait rien tant qu'il ne les aurait pas tous les deux à l'endroit et au moment voulus.

Il y avait deux armoires à glace, dont l'une avait les mains couvertes de sang et la lèvre ouverte. Cette vision m'avait fait monter la bile à la gorge et mes mains s'étaient tordues d'appréhension.

— Est-ce que c'est son sang ? Celui de Bax ? avais-je demandé.

Le gros bras avait regardé ses mains souillées, puis m'avait adressé un rictus.

— Nan. Il a le sang noir, ce sale bâtard. Mais tu chauffes...

Mes larmes s'étaient immédiatement mises à couler. Race. Je ne pouvais pas imaginer qu'ils l'aient blessé ou pire : tué.

— Est-ce qu'il est encore vivant ? avais-je demandé, ma voix à peine plus forte qu'un murmure.

Les deux brutes s'étaient mises à rigoler.

— Lui, peut-être. Mais pas le vieux.

Mes yeux s'étaient fermés. Y avait-il un moyen pour que les gens auxquels je tenais ne meurent pas tous à cause de cette histoire ?

Le trajet avait été des plus silencieux. Je savais que je transpirais la peur et l'anxiété, et mes joues étaient souillées de larmes. Au moment où le véhicule s'était garé et que ses portes s'étaient ouvertes sur Nassir, j'étais tellement sous le choc que je tenais à peine debout.

— Voilà pourquoi on dit que l'amour tue, ma chérie, avait-il dit en me maintenant debout. Tu devrais mieux choisir tes copains à l'avenir.

— Il vous tuera, avais-je répliqué en le toisant à travers mes cils humides.

Nassir avait tout simplement soupiré d'ennui et m'avait traînée jusque dans son club. Il y avait des voix, dont celle, furieuse, de Bax. J'avais peur mais je savais que tant que Bax vivrait, il ferait tout pour nous sortir de là indemnes.

— Il va tuer tout le monde, avait repris Nassir. Tu n'as aucune idée d'à qui tu as affaire, petite fille.

La suite avait eu lieu comme un film au ralenti. On m'avait livrée à Novak, copie conforme de celui dont j'étais tombée amoureuse. J'avais tout de suite su, bien avant qu'il ne l'appelle

« mon fils ». Ils avaient la même carrure, les mêmes yeux insondables et malgré les vingt ans qui semblaient les séparer, Bax et son père partageaient cette aura, celle des hommes que personne n'a envie de contrarier. Ç'avait été un choc mais le pire avait été de voir Titus, en sang, en train de se faire frapper par un groupe de brutes. Cette fois-ci, il n'y avait plus un seul héros pour venir à notre secours, et Novak avait la balle dans son camp.

Lorsqu'il m'avait pris par la gorge, j'avais dû lutter pour ne pas paniquer. Je crois me souvenir d'avoir beaucoup pleuré et d'avoir supplié Bax encore et encore. Je ne voyais pas qui prier d'autre.

La morsure du couteau avait été bien trop réelle et la lame tranchante m'avait arraché des cris. Novak ne m'avait blessée que pour attirer l'attention de Bax, et j'aurais voulu rester forte, stoïque face à la douleur, mais l'odeur cuivrée du sang et sa chaleur m'avaient fait tourner la tête. Au moment où le couteau avait atteint l'autre côté de ma poitrine, j'avais cru m'évanouir. Bax devenait de plus en plus flou et les mots ne semblaient plus que de vagues rumeurs. En voyant mon sang sur les doigts de mon agresseur, j'avais compris qu'il existait une réelle différence entre le mal... et le mal absolu.

Mais soudain, tout s'était arrêté. Tout s'était comme figé et je n'entendais plus rien en dehors des cris de Titus. Je ne pourrais jamais, jamais, oublier cette vision, celle de Bax tenant le flingue sous son menton. C'était complètement fou et désespéré. Comme lui. Il m'avait regardée pour me faire comprendre le pourquoi de son acte tandis que je le suppliais d'arrêter. Si je devais assister impuissante à sa mort, jamais je ne pourrais m'en remettre. Cette violence cruelle et gratuite me détruirait corps et âme.

Nassir avait juré, prétextant que Bax en faisait des caisses pour rien, puis en un clin d'œil, tout avait basculé : Nassir m'avait tirée par le poignet pour m'aider à me relever et j'avais vu Bax plaqué au sol par son frère, ce qui avait fait glisser l'arme dont il se menaçait vers moi.

Le revolver qui avait failli prendre la vie de l'homme que j'aimais était là, aux pieds de mon ravisseur. Je perdais tellement de sang que je savais que je n'allais pas tenir longtemps, mais j'avais encore assez de force, assez de haine contre celui qui nous avait fait subir tout ça pour me pencher et saisir l'arme.

Nassir, qui me retenait, avait tenté de me dissuader et m'avait avertie que le FBI allait s'en charger. Mais Race était sûrement mort, et en voyant Novak se lancer sur Titus et Bax, toute ma force m'était revenue et j'avais tiré. Je n'avais même pas visé, et je m'en foutais de savoir si ma balle avait atteint la cible. Tout ce que je voulais, c'était que Novak s'arrête.

Après ça, je m'étais retrouvée au sol, dans les bras de Bax et il m'avait embrassée. Je voulais lui dire que je l'aimais et que je n'avais pas peur d'aller en prison. Lui l'avait bien fait pour Race. Bax m'avait pris l'arme des mains et j'étais restée murée dans le silence. Il ne m'aurait pas écoutée. Des hommes habillés de combinaisons d'assaut nous avaient séparés et Bax s'était retrouvé à genoux, les mains derrière la nuque. On aurait dit que pour lui c'était la routine, et ça m'avait terriblement effrayée.

J'étais encore en train de lutter pour sortir de ma léthargie quand je l'avais entendu se dénoncer.

— Je l'ai buté, avait-il dit.

Je voulais dire la vérité, que c'était moi qui l'avais tué, mais les équipes paramédicales m'avaient déjà emmenée loin. Ils parlaient de points de suture et m'avaient demandé mon groupe sanguin, mais je n'arrivais pas à répondre. Je voulais

Bax, rien d'autre. Je ne l'avais pas lâché des yeux tandis qu'on lui passait les menottes et qu'il était traîné dans les ténèbres nocturnes. C'était son petit sourire, cet étirement des lèvres caractéristique qui m'avait fait comprendre qu'il retournait en prison, qu'il allait une fois encore se sacrifier. Mais pour moi. J'étais devenue quasi hystérique.

Ce n'est que bien plus tard que je me suis réveillée, encore dans les vapes dans une chambre d'hôpital. Les infirmiers m'avaient bourrée de sédatifs. Mes oreilles bourdonnaient, ma poitrine était bandée comme une momie et j'étais reliée à des tubes qui sortaient d'un peu partout. Quelle heure était-il et combien de temps s'était écoulé depuis la fusillade ? Qu'était devenu Race ? Et Bax ? Il fallait que je parle à quelqu'un de ce que j'avais fait. Je ne le laisserais pas retourner en prison pour un meurtre qu'il n'avait pas commis.

J'ai essayé de lever une main pour toucher ma poitrine, mais une voix un peu enraillée provenant de ma droite m'a interrompue. De toute façon, le moindre mouvement me faisait atrocement mal, comme si on me déchirait en deux.

— Je ne ferais pas ça à ta place. Tu as plus de coutures qu'un patchwork.

J'ai tourné la tête jusqu'à tomber nez à nez avec le grand frère de Bax. Il était dans un sale état. Son visage était tuméfié, il avait les deux yeux au beurre noir, la lèvre ouverte et une belle cicatrice fraîchement recousue qui lui barrait la joue jusqu'à l'oreille. Il avait l'air à bout de forces et il n'avait pas vu un rasoir depuis un bail.

J'avais un million de questions, qui voulaient toutes sortir en même temps.

— Où est Race ? Et Bax ? Depuis combien de temps je suis ici ?

Titus a râlé et s'est mis lentement debout, se tenant les côtes en se rapprochant de mon lit.

— Tu as perdu beaucoup de sang... vraiment beaucoup. Il te fallait une transfusion d'urgence. En chemin, tu as bien failli nous claquer entre les mains.

J'ai baissé les yeux sur ma poitrine bandée. Je savais que ça m'avait vraiment, vraiment fait mal — la lame avait pénétré profondément dans ma chair, comme si elle touchait mon cœur —, mais je ne pensais pas que la blessure était potentiellement mortelle.

— Race s'est pris une sévère dérouillée, a-t-il continué. Il a une jambe cassée et une épaule démise, et vu la gravité de ses blessures, on a craint une hémorragie interne mais au final il est dans un bien meilleur état que toi. Il a signé sa sortie ce matin, tu étais encore dans les vapes. Les fédéraux nous ont planqués pendant quelque temps, mais maintenant que tu es réveillée, ton frère va rappliquer. Quand il a appris pour ton état, il a été difficile à tenir.

Race était donc en vie ! J'ai réussi enfin à respirer à peu près normalement jusqu'à ce que Titus reprenne son récit :

— Gus s'en est pas sorti. Ils lui ont tiré dans l'estomac et l'ont laissé crever. Je suis sûr que Novak a fait ça pour le punir de l'avoir doublé et d'avoir planqué Race sous son nez pendant tout ce temps.

J'ai dégluti avec difficulté en entendant cette nouvelle. Je n'avais pas bien connu le vieux mécanicien, mais il était très important pour Bax et il nous avait offert un toit à Race et à moi lorsque nous avions besoin de nous cacher de Novak. Ce n'était pas juste. Je me suis raclé légèrement la gorge et j'ai demandé un verre d'eau.

— Je sais que je suis un peu à l'ouest, mais j'ai les idées assez claires pour me souvenir que je t'ai demandé des nouvelles de Bax, ai-je dit.

Lui qui était prêt à mourir pour moi, ne devrait-il pas être là, à mon chevet, vu que je venais d'échapper de peu à la mort ?

Titus a crispé ses doigts autour de la barre métallique de mon lit d'hôpital et, malgré ses bleus et ses bosses, j'ai pu voir à quel point il était pâle.

— Ecoute bien, Dovie, a-t-il commencé avec un long soupir en me fixant intensément entre ses paupières enflées. Tu ne dois dire à personne ce qui est arrivé à Novak.

— Quoi ? Hors de question. Je ne vais pas laisser Bax retourner en prison alors qu'il est innocent.

Titus a juré dans sa barbe.

— Tu n'as pas le choix. Je savais que Novak avait une taupe dans la police et qu'elle me tomberait dessus. Il avait des flics pourris partout pour se couvrir. J'ai appelé le FBI le jour même où Bax m'a remis la vidéo. Convaincre Nassir de nous aider n'a pas été facile, car il ne fait rien gratuitement. Je lui ai demandé de monter un faux combat, sachant que Bax viendrait et que Novak me ferait enlever pour qu'on m'amène à lui. Par contre, je n'avais pas la moindre idée qu'il s'en prendrait à Race ou à toi. Tu ne peux pas hurler sur les toits que c'est toi qui as tiré dans le dos de Novak. Ça ruinerait tout et ça n'aiderait pas Bax. Tu comprends ?

J'ai essayé de secouer la tête mais ça faisait tellement mal que j'ai dû me contenter de cligner des yeux, concentrée sur ma respiration.

— Le club était plein de gens, ai-je objecté. Ils m'ont vue tirer. Bax a déjà trop sacrifié pour moi et pour ma famille. Il ne peut pas retourner en prison !

Je ne pourrais jamais m'en sortir sans lui.

Titus a soupiré profondément et sa tête a basculé en avant.

— Je ne compte pas le laisser y retourner, mais pour l'instant, Bax est un ex-détenu retrouvé au milieu d'une enquête fédérale très sérieuse. Si tu t'en mêles et que tu te sacrifies à ton tour... Bordel, tu n'imagines même pas le carnage que Bax déclenchera pour te sauver ! Il t'aime, Dovie, il était prêt à mourir pour toi. Tu crois vraiment qu'il va rester les bras croisés pendant que tu seras en prison et que les fédéraux prendront le temps de décider qui est le vrai coupable ?

J'ai tourné la tête sur le côté, mon cœur battait à tout rompre.

— Est-ce qu'ils l'ont enfermé ?

— Provisoirement. Détention fédérale jusqu'à ce que le FBI démêle toute l'affaire et sache qui inculper et pour quoi. Ils vont avoir besoin de ton témoignage, ainsi que celui de Race, et il y a de fortes chances pour qu'ils concluent un accord avec Bax en échange du sien.

— Je ne voulais pas tuer Novak. Je voulais juste qu'il arrête.

J'avais parlé d'une voix si basse que je n'étais pas bien certaine d'avoir prononcé les mots à voix haute.

— Je me fous de ce que tu voulais faire ou pas. Je suis juste content que cet enfoiré soit mort. C'était la seule solution pour que Bax puisse avoir droit à une vie à peu près normale.

— Il ne m'avait jamais dit que Novak était son père.

— Parce qu'il détestait ça. Quand Bax était gamin, Novak n'a jamais voulu le reconnaître comme son fils. Il traitait notre mère de pute et il l'a bien amochée. Ça n'était déjà pas la mère de l'année, mais ça l'a rendue encore plus accro à la bouteille. Quand Bax a grandi, qu'il a commencé à tremper dans des trucs louches et qu'il est devenu très doué avec les voitures, Novak a soudain vu en lui l'héritier de son royaume criminel. Au début, Bax a trouvé ça plutôt cool. Des mecs comme Benny lui filaient des liasses de billets et il a pris goût à l'argent facile. Ce n'est qu'après quelques arrestations mineures et quand Novak l'a poussé à aller encore plus loin avec des deals encore plus importants et toujours plus risqués que Bax a réalisé ce qu'il était en train de faire. Novak ne voulait pas de lui comme fils, mais il faisait tout son possible pour faire de Bax sa copie conforme. Novak détestait ne pas avoir un contrôle total sur lui. Franchement, je pense que c'est son côté buté et son attitude je-m'en-foutiste qui ont permis à Bax de ne pas tomber complètement sous l'emprise de cet enfoiré. Et je pense que c'est pour ça que Novak est devenu obsédé par le fait de le contrôler : s'il n'arrivait même pas à maîtriser son propre fils...

Pendant un long moment, Titus et moi nous nous sommes regardés et la tension était palpable. Je me suis tendue lorsque Titus s'est approché pour toucher mon bandage neuf du dos de la main. Il a poursuivi :

— Bax parle souvent de l'importance de faire des choix difficiles. Je sais que tu ne veux pas qu'il aille en prison pour un crime qu'il n'a pas commis, mais si tu tiens vraiment à lui, que tu l'aimes comme je l'imagine, alors tu vas devoir le laisser faire. Je suis sûr à quatre-vingt-dix pour cent qu'il sera dehors d'ici la semaine prochaine, à peu près. Si tu interviens et que tu te jettes dans la gueule du loup, il va faire quelque chose de stupide pour te sauver et là, nous ne le reverrons jamais.

J'ai dégluti et fermé les yeux. Je ne voulais rien entendre de tout ça, mais impossible d'ignorer le bon sens et la logique indiscutable de ce qu'il disait. Quel que soit ce qui les séparait, lui et Bax, Titus n'avait que ses intérêts à cœur.

— Est-ce que je pourrai aller le voir quand je sortirai ?

Titus a ri amèrement et, malgré ses yeux tuméfiés, j'ai pu y lire de la frustration et de la tristesse.

— Même moi, il n'acceptera pas de me voir. Il est enfermé, derrière des barreaux ; c'est le dernier endroit au monde où il acceptera de te voir. Tu vas devoir être patiente, Dovie, jusqu'à ce que ça se tasse.

J'aurais pu accepter mais laisser Bax prendre toutes les décisions, c'était aussi lui laisser la possibilité de partir loin de moi. Je le savais pertinemment. Il refusait que je voie tout ça, la violence, la vengeance, le vitriol et la vilenie, tous ces mots en « v » qui occupaient sa vie. Mais un V, j'en avais désormais un énorme gravé sur la poitrine et cette cicatrice me rappellerait tous les jours de ma vie ce que Bax avait essayé de me cacher. J'allais devoir lui montrer que ce V pouvait représenter plein d'autres choses : Victoire, Valeur, Vivacité, Vitalité... Peut-être même Vertu, même s'il n'allait jamais y croire. Je l'aimais, j'aimais ses deux personnalités et jamais je ne le laisserais partir.

— Je ne ferai rien de stupide mais tu ferais mieux de le faire sortir, Titus.

— C'est promis.

Il m'a dit au revoir et m'a promis de me tenir au courant. Il a ajouté qu'il y avait un agent fédéral devant ma porte jour et nuit, donc si quelqu'un voulait tenter quoi que ce soit contre moi — comme me tuer, par exemple —, il risquait d'avoir du mal. D'ordinaire, ce genre d'humour m'aurait amusée, mais là, j'étais trop épuisée, j'étais triste, et la seule personne qui aurait pu me faire aller mieux était inatteignable, et si loin de moi que je n'arrivais pas à voir les choses de façon positive.

Je me suis endormie à la seconde où Titus a quitté la pièce et ne me suis réveillée que lorsqu'une infirmière est venue prendre ma tension. Elle m'a énuméré une longue liste de précautions concernant ma blessure. Apparemment, c'était bien plus sérieux qu'une simple égratignure. Il y avait une centaine de points de suture et, sous la gaze et les bandages, la plaie n'était pas belle à voir. L'infirmière s'est mise à me parler chirurgie esthétique et j'ai failli rire. Je lui ai expliqué que nous, les habitants de The Point, nous ne faisions pas ce genre de choses. Nous portons nos blessures de guerre avec fierté pour faire savoir au reste du monde qu'il peut toujours essayer de nous abattre mais que nous survivrons toujours. C'était peut-être un effet secondaire des antidouleurs, mais je pensais que cette cicatrice rendrait plus compréhensible l'amour que pourrait me porter un certain garçon au visage tatoué d'une étoile.

L'infirmière m'a informée que j'avais de la visite. Pensant que Race venait s'assurer que j'allais bien, je lui ai dit de le faire entrer. Elle a acquiescé et m'a prévenue que le garde à l'entrée devait d'abord fouiller mon visiteur. J'ai trouvé ça bizarre, étant donné que mon frère était supposé être sous constante surveillance. Je lui ai demandé si elle pouvait me trouver de quoi manger et elle a ri en me répondant qu'elle ferait son possible.

Des voix ont filtré en provenance du couloir et lorsque la porte a grincé sur ses gonds, j'ai tourné la tête sur mon oreiller. J'étais toute tendue et maintenant que j'étais tout à fait réveillée, je sentais mes points de suture me tirer et ma peau brûler. J'ai serré les dents et j'ai essayé de me mettre dans une position plus confortable. Je suis restée bouche bée quand Reeve est entrée dans la chambre et s'est approchée de moi.

— Qu'est-ce que tu fais là ? ai-je fini par lâcher.

Sans me regarder en face, Reeve est venue m'aider à redresser mes oreillers jusqu'à ce que je trouve une position assez confortable pour me reposer. Ma collègue se tordait les mains et malgré mon état second, j'ai perçu son malaise ; elle trépignait sur place, la mine anxieuse.

— Reeve, pourquoi es-tu venue ?

— Sais-tu comment j'ai appris que les mecs comme Bax sont dangereux et destructeurs ?

— Tu ne sais absolument pas quel genre de mec est Bax, ai-je dit avec mépris. Tu n'as pas la moindre idée de ce qu'il était prêt à faire pour me sauver.

Si elle était venue pour tenter de me convaincre de ne pas être avec lui, j'allais trouver un moyen de me lever et de la gifler.

— Ma sœur, a-t-elle débuté d'une voix tremblotante avant de prendre une seconde pour s'éclaircir la gorge. Elle était un tout petit peu plus jeune que moi. Etudiante modèle, déléguée de classe, la fierté de mes parents. Nous étions les meilleures amies du monde.

Je ne voyais pas bien où elle voulait en venir, mais comme je n'avais rien de mieux à faire, autant écouter son histoire.

— En dernière année, elle a rencontré ce gars... Un gars comme Bax. Beau gosse, charmant, mais mêlé à un tas d'affaires aussi louches que dangereuses. Il l'a complètement chamboulée. Un mois après leur rencontre, elle a commencé à sécher les cours. Trois mois après, elle s'est mise à agir comme si je n'existais pas et se disputait sans cesse avec nos parents. En moins de six mois, elle s'était mise à voler et à se droguer, et je ne la reconnaissais plus. Au bout de sept, elle avait arrêté les études et travaillait comme strip-teaseuse.

Reeve s'est mise à pleurer en silence, ses poings fermement serrés le long de son corps.

— Lorsqu'elle a refusé de faire des passes pour lui, il ne l'a pas seulement abandonnée, il l'a aussi battue à mort. Elle est morte seule, à cause de lui.

Reeve a dégluti avec difficulté et m'a regardée intensément.

— La raison pour laquelle elle a refusé de se prostituer, c'est parce qu'elle était enceinte. Il les tués, elle et son enfant, parce qu'elle refusait de baiser avec des étrangers pour de l'argent. Elle n'avait que dix-huit ans.

Je me sentais terriblement mal pour elle. C'était une histoire horrible, mais Bax n'était pas comme ça.

— Je suis vraiment désolée pour tout ce qui t'est arrivé, Reeve, sincèrement. Mais quel est le rapport avec moi et Bax ?

Elle a secoué légèrement la tête et ses yeux se sont agrandis.

— Tu es si gentille, Dovie, et tu as un grand cœur. Je ne pourrais pas supporter qu'il t'arrive la même chose qu'à Rissa...

Elle s'est détournée et a regardé par la fenêtre.

— Quand elle est morte, je suis devenue folle. Ce mec qui lui a fait ça, c'était le mal absolu et on ne peut combattre le feu que par le feu. Demande à la plupart des gens de The Point ce qu'ils pensent de Novak...

J'ai senti mon cœur qui flanchait et mes poumons se sont comprimés.

— Reeve, regarde-moi.

Ses yeux bleu nuit se sont plongés dans les miens et bien qu'ils soient trempés de larmes, je savais, tout au fond de moi, qu'elle avait quelque chose à voir avec mon enlèvement.

— Je ne te demande pas de me pardonner. Je voulais juste t'expliquer. Novak s'est occupé du type qui a tué Rissa, mais ce genre de service a toujours un prix. Pendant longtemps, je n'ai plus eu de nouvelles de lui. Il n'a réclamé ni argent, ni service. J'ai d'abord pensé avoir eu de la chance. Le meurtrier de Rissa était mort, victime de son horrible façon de vivre, et j'allais travailler à fond pour aider ceux qui étaient dans le besoin afin de racheter ma vengeance et le sang que j'avais fait couler. Benny est venu au foyer la dernière fois que Bax t'a déposée. Il m'a sorti toute une histoire comme quoi Bax se servait de toi pour pouvoir se venger de Race. L'heure était venue de payer ma dette envers Novak. Ils m'ont demandé quand tu serais seule et où on pouvait te trouver. Ils savaient déjà que tu ne traînais plus avec Bax. J'ai arrangé ta mise à pied en appelant le superviseur pour lui dire que tu étais partie avec Bax en pleine nuit. J'ai aussi dit à Benny à quelle heure tu prendrais le bus et que tu avais mentionné quelqu'un du nom de Gus. Je ne pense pas que tu te sois rendu compte d'avoir lâché ce nom, mais ça leur a suffi. J'ai essayé de me convaincre que je t'aidais, que ce serait pour ton bien... Mais au fond, je savais qu'ils allaient se servir de toi, peut-être te tuer, et malgré ça, je leur ai tout dit.

J'aurais dû avoir envie de la tuer, de faire couler son sang pour le mien. Peut-être que si les choses avaient tourné différemment et que c'était Bax qui avait appuyé sur la détente, c'est ce que j'aurais fait. Mais maintenant, tout ce que je ressentais c'était de la pitié. Reeve avait voulu la mort d'un homme mauvais qui avait fait du mal à quelqu'un de proche, et moi, j'avais tué un homme mauvais pour qu'il arrête de torturer et de persécuter mes proches à moi. Nous nous sommes regardées longuement. J'ignorais si elle attendait une quelconque forme d'approbation ou de pardon de ma part, mais je n'étais pas prête à lui accorder quoi que ce soit.

— Parce que tu nous as vendus, mon frère a bien failli y rester, et un homme bien et honnête est mort. Ma blessure guérira mais je ne suis pas certaine que je me remettrai un jour de la vision de l'homme que j'aime, tellement décidé à me faire sortir vivante de cet entrepôt, qu'il s'est menacé lui-même avec un flingue. Je comprends que tu aies fait un pacte avec le diable, Reeve, mais je pense aussi que tu mérites amplement d'aller en enfer pour avoir honoré ton contrat.

Elle a ouvert la bouche pour me répondre et l'a refermée

aussitôt. Reeve a balayé les dernières larmes de ses yeux et m'a adressé un sourire sombre.

— Je quitte le foyer, a-t-elle déclaré. Je vais aller à la police et avouer ce que j'ai fait. Je ne sais pas ce qui va m'arriver par la suite, mais c'est la chose à faire. J'ai été si aveuglée par ma soif de vengeance que je me suis perdue moi-même, et c'est justement tout ce que je souhaitais t'éviter. Mais tu as l'air plus en accord avec toi-même que tu ne l'as jamais été.

— Quand tout le monde essaye de te tuer, tu as tendance à y voir plus clair. Quant à Bax, il m'a appris ça : il y a qui nous aimerions être et qui nous devons être pour nous en sortir. Trouver le bon équilibre entre les deux, c'est la seule chose pour laquelle nous devons nous battre. Quand tu iras à la police, évite de t'adresser à Titus King. C'est le frère de Bax, et s'il apprend que tu nous as balancés, il risque de ne pas se montrer très aimable avec toi.

— Je suis désolée, Dovie. Je sais que j'ai merdé et je regrette sincèrement que ce soit une personne aussi merveilleuse que toi qui ait dû payer pour mes erreurs.

— J'accepte de payer tant que la récompense à la fin en vaut le coup.

Le sourire de Reeve est devenu triste.

— Et tu penses que Bax est ta récompense ?

— Non, je pense que ma récompense c'est d'être heureuse, et comme je ne peux pas l'être sans lui, ma récompense c'est de vivre dans un endroit qui nous permette d'être ensemble.

— Ça ne sera pas facile. Tout donner à quelqu'un comme lui... Il peut te détruire.

J'aurais pu hausser les épaules si l'effet des médicaments n'avait pas commencé à s'estomper. Je ne pouvais faire aucun mouvement — en dehors de mes yeux et de ma bouche — sans ressentir une douleur lancinante sur toute la surface de ma peau. Et je commençais à avoir vraiment faim.

— Certains gars... donnent le meilleur d'eux-mêmes dans les pires situations, ai-je commencé. Bax appartient à cette catégorie, et je commence à croire que Race aussi. Il va juste falloir que je sois assez raisonnable et forte pour nous trois si je veux qu'ils restent sur le bon chemin.

Reeve a lâché un petit rire et son beau visage n'exprimait qu'un sincère remords.

— Si quelqu'un peut être assez fort, c'est bien toi. Je te souhaite bonne chance, Dovie. Du fond du cœur.

— Bonne chance à toi aussi, Reeve.

J'aurais dû lui conseiller de faire attention, car quand il sortirait de prison, Bax apprendrait sa part de responsabilité dans mon enlèvement. Avec le temps, je pourrais lui pardonner mais Bax aurait beaucoup plus de mal.

L'infirmière est revenue avec de la gelée et un bol du bouillon le plus fade que j'aie jamais mangé. J'étais épuisée mais le garde à l'entrée m'a informée de l'arrivée imminente de Race, accompagné de ses propres gardes. Je me suis forcée à rester éveillée.

Lorsqu'il est enfin arrivé, j'ai dû faire appel à toutes mes forces pour ne pas fondre en larmes. On aurait dit qu'un camion lui était passé dessus, et l'air qu'il affichait trahissait son inquiétude pour moi.

— Je suis si heureux que tu n'aies rien.

Sa voix ressemblait à un éboulement de pierres le long d'une falaise.

— Moi aussi. Tu as l'air aussi en forme que moi.

Il a boitillé jusqu'à mon lit et a pris ma main avec une infinie précaution. Il l'a retournée et a pris mon pouls. Bien que faible et pas très régulier, il était bien là.

— Tu as failli mourir, a-t-il dit. Jamais je n'avais eu aussi peur de ma vie.

J'ai saisi sa main et l'ai pressée légèrement.

— Je vais bien.

— Et Novak n'est plus. J'aurais aimé être là pour voir la tronche qu'il a faite quand Bax l'a descendu.

J'ai ouvert la bouche pour lui expliquer ce qu'il s'était réellement passé, mais l'avertissement de Titus m'est revenu. Le choix difficile... il avait un goût de mensonge...

— Est-ce que tu savais que c'était son père ?

Sa chevelure blonde s'est penchée légèrement, puis il a pris une grande inspiration.

— Il n'en a jamais parlé, a-t-il lâché. Enfin, je veux dire qu'il ne m'en a jamais parlé, mais quand je les ai vus côte à côte, il n'y avait pas de doute possible. C'était de vrais putains de clones, avec les mêmes yeux et tout ! Je lui ai posé la question une fois : résultat, il m'a fait descendre de sa caisse en haut d'une colline et il m'a planté là. Je n'en ai plus jamais reparlé.

— C'est quoi la suite, alors ? Qu'est-ce qu'on va devenir ?

Mon frère a serré ma main et m'a adressé ce sourire lumineux qui avait toujours eu le don de me rassurer.

— On trouvera bien. Comme toujours.

— Bax ne voudra pas que j'aille le voir.

— Ça, Dovie, c'est une bataille que tu vas devoir mener toute seule. Il tient à toi, plus qu'il n'a jamais tenu à qui que ce soit, mais il ne sait pas comment gérer ça sur le long terme.

J'ai plissé les yeux.

— Alors, je lui montrerai.

Race a reniflé et s'est rassis. Ses blessures n'étaient pas

aussi sérieuses que la mienne, mais il n'était pas non plus au mieux de sa forme.

— S'il te brise le cœur, je serai obligé de le tuer.

— Et si c'est moi qui brise le sien ?

J'ai ri et l'ai regretté immédiatement. On aurait dit qu'on m'avait versé de l'acide sur la poitrine. Race a râlé et a pris sa tête entre les mains.

— Ça craint pour moi, toute cette histoire.

— Allez, s'il y en a qui méritent une fin heureuse, c'est bien lui et moi.

— Je ne sais pas pour Bax mais en ce qui te concerne, Dovie, tu mérites ce qu'il y a de mieux.

Mon frère avait raison. Je méritais le mieux, et c'était ce que j'aurais. Même si celui que j'aimais n'allait pas me faciliter la tâche.

17

Bax

Trois mois, c'était que dalle comparés à cinq ans. J'aurais pu tenir facile trois mois tranquille dans mon coin, sauf que cette fois, j'avais quelque chose à perdre. J'avais passé chaque seconde de chaque minute de chaque journée coincé derrière les barreaux à me repasser tous les évévements et à me demander comment les choses auraient pu tourner autrement. A part les fédéraux, j'avais demandé à ne voir personne, mais Titus s'était quand même ramené sans prévenir. Je savais que Dovie avait été gravement blessée et qu'elle dégustait. Chaque fois qu'elle venait, les gardes lui barraient l'entrée et elle devait en souffrir.

Mais rien ne me ferait changer d'avis. Je ne voulais pas qu'elle me voie dans cette combinaison orange et qu'elle pète un câble et balance toute la vérité aux fédéraux. Même si j'en crevais d'envie, j'avais refusé de la voir. Au bout de la cinquième tentative, elle avait arrêté de venir. J'avais passé toutes les nuits suivantes à fixer le plafond en me demandant ce que j'aurais pu faire pour la protéger de tout ce qui était arrivé. La réponse m'avait frappé comme une évidence : j'aurais juste dû rester à l'écart, la laisser se débrouiller toute seule. Du coup, si elle avait été chopée par Novak, ça aurait pesé sur la conscience de Race, pas sur la mienne.

Si les fédéraux avaient eu leur mot à dire, j'aurais croupi en taule bien plus longtemps que ça. Ma réputation me précédait et mes relations familiales ne leur avaient pas échappé. Mais j'étais bien plus utile en tant que témoin et j'avais tellement d'infos compromettantes à leur balancer sur les affaires de Novak qu'ils avaient bien été obligés de m'accorder un deal : réduction de peine et libération conditionnelle. Titus était furax car le gars qu'il avait mis sur le dossier avait traîné volontairement pour me faire libérer. Apparemment, c'était parce que j'avais refusé de rejoindre le programme de protection des témoins ; me planquer dans une jolie baraque de banlieue bien tranquille sous une fausse identité jusqu'à ce que le dernier membre du gang de Novak soit tombé, très peu pour moi. Ma vie était à The Point et j'avais jamais été du genre à me cacher.

Et franchement, Novak mort, je devenais la nouvelle terreur des quartiers. Avec Dovie blessée, Gus mort et Race qui s'était fait cogner et allait devoir abandonner sa vie tranquille, personne n'allait venir me faire chier vu les circonstances.

Pendant ces semaines, j'avais pas fait que penser à tout ce que j'aurais dû faire pour protéger Dovie. Ses lèvres, sa peau pâle avec ses petites taches et sa crinière ondulée hantaient mon esprit. J'avais aussi repensé à la façon dont ses yeux vert sombre se mettaient à briller comme des pierres précieuses quand j'étais en elle ; à sa façon de m'appeler par mon prénom – *Shane* – quand elle était excitée, ou d'utiliser mon surnom – *Bax* – pour bien me faire comprendre que j'avais deux personnalités et que l'une d'elles l'effrayait. Elle avait raison d'avoir peur de lui, et ça, ça craignait. Bax l'avait fait souffrir et lui avait ramené plein de problèmes. Et ça craignait encore plus qu'il y ait assez de Shane en moi pour me rendre compte que le mieux à faire pour elle était de l'oublier et de la laisser vivre sa vie, heureuse, loin de tous les dangers qui venaient avec Bax.

Ça faisait deux semaines que j'étais libre. Deux semaines à tourner en rond dans l'attente de la suite des événements. Deux semaines durant lesquelles j'avais passé le plus gros de mon temps à boire comme un trou et à chercher la baston avec le premier qui me regarderait de travers. C'était con et imprudent, mais je ne pouvais pas m'en empêcher. Depuis toujours, j'acceptais tout ce que la vie me balançait dans la gueule. Ça allait avec le chemin que j'avais choisi de suivre. J'avais jamais vraiment eu à me plaindre. Je savais que j'avais fait un bon paquet de saloperies que j'allais devoir réparer, mais jamais je m'étais senti malheureux ou en manque de quelque chose. Maintenant si, et je détestais ça. Je me sentais mal, crevé et au bord du pétage de câble.

J'étais dans mon appart de merde, en train de descendre la seconde moitié d'une bouteille de whisky bon marché, quand mon frère a débarqué sans frapper. Ces derniers temps, j'avais tendance à délaisser l'appellation « demi » quand je parlais de lui. Et comme il était mon seul lien avec la chose que je voulais le plus au monde, j'essayais toujours de rester un peu sympa avec lui, même si j'avais encore du mal à encaisser la façon dont il avait géré les choses avec Novak.

— Qu'est-ce que tu fous ici ? j'ai demandé.

Enfin, j'ai essayé de demander, mais j'avais la langue un peu pâteuse et les sons qui sont sortis étaient pas vraiment ceux que je voulais.

Titus m'a regardé et il a soupiré profondément. Il a marché

jusqu'à moi et a ramassé la bouteille de gnôle à moitié vide. J'aurais dû protester en le voyant la vider dans le lavabo mais j'en avais ni la force ni l'énergie.

— Un avocat m'a contacté.

— Et alors ? Moi ils me collent au cul depuis ma sortie.

— Parce que tu es un témoin clé, et si tu fous en l'air le peu de crédibilité qu'il te reste, ça pourrait remettre Benny et sa bande dans les rues en un rien de temps. Ces avocats veulent que tu restes clean.

J'ai frotté mon visage du plat de la main et j'ai fait un sourire aussi forcé que flippant.

— Tout baigne, frérot, j'suis clean !

— T'agis comme un con, Bax.

— Ouais, si tu veux... tu veux quoi ?

— Te parler du testament de Gus. Il laisse tout à sa femme, sauf son garage et ses bagnoles.

Titus m'a fixé de son regard glacial.

— Il te les a légués à toi.

J'ai essayé de me redresser. Ma tête bourdonnait et la pièce s'est mise à tourner. J'étais à deux doigts de gerber.

— Le garage... Il est à toi, il a repris. Tout ce que t'as à faire, c'est de lever ton cul et d'aller signer les papiers. L'avocat a essayé de te contacter, mais il paraît que tu ne veux plus parler à personne.

J'ai fermé les yeux et j'ai mis mon bras dessus. Je puais, je me sentais mal et j'avais l'air d'une merde.

J'étais une merde.

— J'ai rien à dire à personne...

— Ah bon ? Pas même un petit coup de fil à ton meilleur pote pour lui dire que tu es content qu'il soit vivant ? Ou à ta mère, pour lui faire savoir que tu es sorti ? Et à ta copine, pour lui dire qu'elle te manque et que tu t'excuses d'être un con ? Putain, Bax... Tu devrais aller la voir ! Ça n'a déjà pas été facile de la convaincre de la fermer, mais si en plus tu lui brises le cœur par-dessus le marché... Elle pense que tu lui en veux de t'être retrouvé en taule à cause d'elle et que c'est pour ça que tu refuses de la voir. Il faut que tu te bouges, là ! Fais-le pour elle. Personne ne t'aimera jamais comme elle. Rentre chez toi. Pour une fois dans ta vie, fais un truc bien.

— Elle a failli mourir à cause de moi.

J'étais pas certain de ce que je venais de dire, mais ces mots je les pensais tous les jours, je les sentais me ronger, me hanter, et j'allais vivre avec ce poids jusqu'à la fin.

Titus a soupiré et j'ai entendu mon seul fauteuil craquer sous son poids.

— Ouais, je reconnais que tout s'est mal enchaîné. Et oui, elle est vulnérable à cause de toi, de Race, mais est-ce que ça ne vaudrait pas mieux pour tout le monde de la garder près de toi plutôt que de la laisser se débrouiller toute seule ? Tu sais, ce n'est pas parce que tu restes loin d'elle que les gens — tous les gens présents ce soir-là — vont oublier ce que tu étais prêt à faire pour lui sauver la vie. En pointant ce flingue sur toi, tu as envoyé un message très clair, et tous ceux qui étaient là l'ont compris.

Ma cage thoracique s'est soulevée pour accueillir l'air dans mes poumons, mais je ne me sentais pas respirer. En fait, je ne sentais plus rien.

— Elle mérite mieux, j'ai dit.

Titus a reniflé avec mépris et j'ai tourné la tête, ouvrant paresseusement un œil pour le voir.

— Elle a été trahie par une copine qui l'a vendue à Novak, son propre père avait mis un contrat sur sa tête, sa mère est une droguée, son frère un inconscient notoire, et en plus elle est amoureuse de toi… Elle mérite mieux, c'est sûr. Mais qu'elle le veuille ou non, c'est sa vie, Bax. C'est pas une question de mérite, mais de faire au mieux et de se contenter de ce qu'on a. C'est une fille bien et elle a vécu dans des ténèbres aussi sombres que les tiennes. Pourtant, elle reste douce et elle voit le bien en toi comme en Race. Ne fais pas le con avec elle, ça serait la pire erreur de toute ta vie, et pourtant tu en as accumulé un bon paquet ces dernières années.

J'ai pris un oreiller et lui ai balancé dessus, sans grande conviction. Titus s'est marré et l'a renvoyé sur mon crâne douloureux, ce qui m'a arraché une grimace.

— Qu'est-ce que ça peut te foutre ?

— Tu es mon frère et que tu le veuilles ou non, toi aussi tu mérites mieux. Le garage, la fille… Fais quelque chose de ta vie, Bax. Tu ne peux plus te cacher derrière tes excuses de grand méchant qui n'a pas eu le choix dans la vie.

Ses mots m'ont frappé comme autant de coups de poing. Même sous l'influence de l'alcool et du déni, je ne pouvais pas échapper à ce que Titus venait de dire.

— Et si j'accepte de prendre le garage mais que j'en fais quelque chose qui te plaira pas ?

Titus s'est levé d'un bond.

— Es-tu vraiment en train de dire à un flic que tu comptes monter un atelier clandestin ?

Je me serais bien marré mais ça m'aurait fait gerber.

— Non, j'informe juste mon frère qu'il est possible que mon avenir ne soit pas des plus reluisants. Ça te semble supportable ?

— Je le supporterai comme j'ai supporté le reste. T'es mon petit frère, Bax. Mais si je te prends en train de violer la loi, je te refous en taule. Maintenant que tu sais ce que ça fait d'être enfermé quand on a quelque chose à perdre, j'espère que tu vas te tenir à carreau.

J'ai tenté un sourire et j'ai poussé lentement mes jambes hors du lit. Après un rapide coup d'œil autour de moi, j'ai compris que je ne voulais plus rester une seconde de plus dans cet appartement de merde.

— Au moins, ça me motivera à ne pas me faire prendre.

— T'es vraiment chiant, tu le sais, ça ?

Me mettre debout a été un peu plus délicat que de m'asseoir. J'allais avoir besoin de tout le café de The Point et d'une douche chaude comme l'enfer pour me remettre d'aplomb.

— On me l'a déjà dit plusieurs fois. Est-ce que tu sais si elle est retournée à son appart en face du restau ?

Titus devait avoir compris à qui je faisais référence.

Il a secoué négativement la tête et s'est dirigé vers la porte.

— Je pense qu'elle en a eu marre que je passe lui rappeler sa promesse de garder le silence, il a répondu. Elle a l'air d'avoir plutôt bien pris que sa copine l'ait balancée à Novak, mais je pense que ça va mettre du temps à passer. Je ne lui ai pas parlé depuis que tu es sorti. Je sais que Race est toujours au garage mais elle n'y est pas.

Une légère vague de rage glacée s'est pointée à travers le brouillard de ma cuite.

— Quelle copine ? La blonde du restau ?

Dovie n'avait pas beaucoup d'amis, donc la liste de suspects était limitée.

— Non, une fille avec qui elle bosse au foyer, mais Bax, réfléchis avant de faire un truc stupide. C'est un témoin clé pour les fédéraux et elle a accepté l'offre de protection que tu as refusée, donc tu ne la trouveras pas.

Garder les yeux fixés sur Titus me faisait un mal de chien. J'ai un peu tangué sur mes pieds – tant pis pour l'intimidation.

– Mais toi, tu sais où elle est.

Titus s'est contenté de m'ouvrir la porte en grand.

– Je pourrais te le dire, mais tu devrais savoir que dans la vie, les gens font tous un jour ou l'autre le mauvais choix. Ça ne doit pas pour autant les définir pour le reste de leur vie.

J'ai grogné et je me suis passé une main sur le visage.

– Tu dis ça juste parce qu'elle est bonne et qu'elle a de beaux yeux.

– Je dis ça parce que les actions de cette fille ont failli entraîner la mort de Dovie et m'ont presque forcé à voir mon frère se flinguer. Je l'étranglerais bien pour ça, mais je sais aussi ce que c'est que de se retrouver au pied du mur, à la merci de gens puissants et sans aucune issue possible. Je savais que Novak ne te lâcherait jamais et je n'ai fait que jouer au gentil petit policier pour trouver une façon légale d'y remédier, mais avec le recul... je crois que j'aurais aimé être un peu plus comme toi. Peut-être que j'aurais pu éviter pas mal de problèmes à beaucoup de monde en enfreignant la loi.

– Ce n'est pas dans vos cordes, inspecteur King.

– J'en suis pas si sûr, Bax. On partage le même ADN, tous les deux. Allez, bon courage avec ta copine.

Il a fermé délicatement la porte en sortant et j'ai titubé vers ma salle de bains pour tenter de dessoûler, ce qui a pris plus longtemps que je l'aurais cru. Je me suis douché jusqu'à vider le ballon d'eau chaude et à avoir les doigts tout ridés. Un coup de rasoir et deux brossages de dents plus tard, j'étais à peu près présentable. Pas encore complètement sobre, mais suffisamment lucide pour récupérer mon téléphone dans le placard — où je l'avais abandonné depuis ma sortie de taule — et appeler Race.

Il a mis du temps à répondre ; et dans l'intervalle, mon cœur s'était mis à battre à un rythme irrégulier dans ma poitrine. J'aurais pu retourner toute la ville pour trouver Dovie mais j'avais perdu assez de temps comme ça, j'avais trop envie de la voir.

— Alors, tu te décides enfin ? Race a fait.

Il avait l'air furax et je ne pouvais pas lui en vouloir.

— On dirait bien.

— T'es un connard, tu le sais ?

J'ai laissé ma tête basculer en avant et mes yeux ont fixé un point invisible sur la moquette entre mes pieds.

— J'ai eu droit au même refrain de la part de Titus, j'ai capté à force.

— Ecoute, mec, je sais que tu ne voulais pas qu'elle vienne te voir, et même moi je suis resté à l'écart pour son propre bien, ça me permet de moins t'en vouloir, d'ailleurs. Mais le silence radio, c'est pas cool. Tu lui as vraiment fait du mal.

J'ai soupiré profondément.

— Dis-moi où elle est, histoire que j'aille réparer les dégâts.

— C'est pas comme ça que ça marche. Elle a bien failli mourir, te voir mourir aussi, et Novak l'a traumatisée. Elle voulait juste être avec toi et toi tu l'as mise à l'écart. Je suis pas certain qu'elle ait encore envie de te voir.

Mon sang s'est mis à bouillir. S'il restait encore de l'alcool dedans, y avait moyen qu'il s'évapore.

— Faut que je lui parle, que j'arrange les choses.

Race a soupiré à l'autre bout du fil.

— Tu sais comment on arrange les choses, toi, maintenant ?

Question pas con, mais c'était quand même à cause de lui qu'on s'était retrouvés dans les emmerdes et encore lui qui m'avait mené jusqu'à sa sœur. Mais pas le temps de lui rafraîchir la mémoire.

— Dovie a raison, et je sais aussi que sa présence m'a changé et inversement. Je serai jamais un mec bien, Race, mais je te jure que je ferai toujours tout mon putain de possible pour qu'il lui arrive rien de mal.

Race a lâché un petit rire acide qui m'a donné envie de le défoncer.

— Et tu crois pas que c'est toi, le pire truc qui pourrait lui arriver ?

Ma main s'est contractée autour du téléphone.

— T'es pas obligé de m'aider, je la trouverai sans toi, et que ça te plaise ou non, moi et ta sœur, on finira ensemble. Alors soit t'es de mon côté, soit tu dégages du chemin. T'as toujours été comme un frère pour moi mais si tu choisis cette option, j'aurai aucun scrupule à te virer.

Il a rigolé — d'un vrai rire qui m'a hérissé le poil.

— Tant mieux, parce que si tu la blesses encore, je t'arrache les intestins et je te pends avec.

— Elle est où ?

— Là où tu aurais dû te rendre à la seconde où les fédéraux t'ont relâché. Rentre chez toi, Bax, à la maison. Il est grand temps que tu saches ce que ça veut dire.

Il a raccroché avant que j'aie pu répondre et m'a laissé comme un con. J'ai galéré pour enfiler un jean, un T-shirt à manches longues, et j'ai sauté dans mes pompes avant de sortir. La porte a claqué violemment dans mon dos et j'ai su direct que jamais je ne reviendrais ici. Cet appart appartenait à mon ancien moi, un mec qui survivait encore un peu en moi mais qui s'était effacé devant la personne que je voulais être pour Dovie. J'allais jamais porter de costard, j'aurais jamais de taf de bureau et il y avait de fortes chances pour que mon récent séjour en prison ne soit pas le dernier, mais le mec que j'étais maintenant savait que son avenir se limitait pas aux bars, à la morgue et à des casses foireux. Et ce mec connaissait un truc que j'avais jamais connu avant : l'espoir.

J'ai été à la maison de The Hill en un temps record. Mais rouler aussi vite après deux semaines de cuite intensive, c'était pas une super idée et j'avais vraiment pas besoin de me faire arrêter en état d'ivresse, ça aurait été vraiment trop con. J'ai garé la voiture dans l'allée et j'ai pas été surpris en repérant les lumières de la maison. Quand je l'avais achetée, je voulais offrir à ma mère un endroit à elle pour l'aider à laisser son passé merdique derrière, mais elle n'avait jamais apprécié le geste au point de renoncer aux démons et à l'alcool dont elle était prisonnière. La maison allait donc revenir à Dovie, ma belle, douce et si forte Dovie, qui ferait sûrement de ce mausolée ce qu'il était censé être au départ : un foyer, un vrai.

Une fois la porte ouverte, je suis resté quelques instants immobile sur le palier. Dovie n'avait pas chômé pendant que j'étais en taule : les quelques meubles de base que j'avais achetés étaient entourés par plein de nouveaux trucs de déco ; il y avait des coussins sur le divan, un tapis sous la table basse, et la peinture beige et terne des murs avait disparu. C'était confortable, accueillant et plein de vie. Comme elle.

Après avoir bloqué sur les bougies allumées sur une des commodes, j'ai continué vers la cuisine. Je me rappelais pas avoir jamais créché dans un endroit éclairé par des bougies. Ça semblait tellement loin de ce à quoi j'étais habitué que j'avais du mal à m'y faire.

Personne dans la cuisine, mais elle était remplie de bouffe.

Elle avait même mis des trucs rectangulaires en tissu pour protéger la table. Mon regard s'est attardé vite fait sur le plan de travail et des images ultra-chaudes me sont revenues : Dovie étendue là, en train de gémir. Cinq ans en taule sans baiser, c'est chaud ; mais trois mois sans baise, quand tu fais que penser à la fille avec qui tu veux baiser jusqu'à la fin de tes jours, c'est carrément de la torture.

J'ai appelé Dovie aussi doucement que possible. Je ne voulais pas lui faire peur, et si vraiment elle refusait de me voir, je préférais ne pas lui laisser l'occasion de fuir. Si elle se barrait, je la traquerais et je l'obligerais à m'écouter, pour qu'elle comprenne que je ne pouvais plus vivre sans elle. Ma vie serait toujours sombre, violente et brutale, mais Dovie allait m'aider à l'éclairer.

J'ai traversé la cuisine jusqu'à la grande chambre à l'arrière de la maison. Je me suis approché, et j'ai entendu de la musique de l'autre côté de la porte. J'ai frappé doucement et j'ai tourné la poignée pour entrer. Le lit king-size était recouvert d'une grande couette noir et gris foncé, et d'oreillers ultra-rembourrés. Il y avait une lampe métallique sur la table de nuit et de larges rideaux sombres aux fenêtres. Le parquet était recouvert d'un grand tapis rouge qui aurait pu paraître vulgos et moche si la décoration n'avait pas été dans les teintes noires. La chambre était devenue une sorte de cocon, un truc sexy et chaleureux. Le reste de la maison lui ressemblait, mais cette pièce, c'était plus moi. C'était un peu sombre, un peu chargé, un peu rebelle, et j'ai adoré chaque détail tout de suite.

Une fois le choc de la déco passé, j'ai entendu de l'eau couler dans la salle de bains. Après une grande inspiration, j'ai avancé vers la porte ouverte. J'allais la faire flipper à débarquer comme ça à l'arrache, surtout si je la trouvais nue et sans défense sous sa douche. Ou alors il valait mieux que j'attende qu'elle ait fini ?

Ou que je l'appelle pour la prévenir que j'étais là ? Au final, j'ai ouvert quand même la porte, prêt à défendre mon cas.

— Red ? Ecoute, je suis désolé de t'avoir ignorée en taule. J'ai été un connard et un lâche, mais il faut que je t'explique.

La pièce était envahie par la vapeur et la radio jouait de la musique rock. Le miroir était recouvert de buée et mon palpitant s'est serré quand j'ai lu ce qui y était écrit :

I ♥ Bax

La porte coulissante de la douche s'est ouverte en grand, m'offrant le spectacle d'une Dovie nue, toute mouillée, pas le moins du monde surprise de me voir. Ses cheveux tombaient par-dessus ses épaules, ses paupières papillotaient pour chasser l'eau qui y avait coulé, mais ce qui attirait toute mon attention, c'était l'énorme cicatrice au-dessus de ses seins parfaits. Ça aurait pu avoir l'air d'un grand V, mais je l'ai vue direct comme un grand oiseau en plein envol. La plaie était à peine cicatrisée. C'était une grosse cicatrice, mais en fait c'était pas si moche. Mais la peau si parfaite de Dovie n'aurait jamais dû être marquée par la violence.

— Il était temps. Je m'étais donné jusqu'à lundi avant de venir te chercher. Bienvenue à la maison, Bax.

Mes yeux se sont détournés de sa blessure pour plonger dans les siens et j'ai cru y voir des larmes. Mais avec toute cette eau et cette buée, je pouvais me tromper.

— Race et Titus m'ont dit que tu m'attendais plus.

Elle a passé la main dans sa longue crinière et tout le sang de mon corps s'est soudain concentré sous ma ceinture.

— Ils ont menti, histoire que tu te sortes un peu la tête du cul. Ça m'a rendue folle que tu ne veuilles pas me voir et que tu te laisses accuser d'un crime que j'ai commis, mais j'ai compris. Je te comprends toi, Bax, et il va falloir que tu t'y fasses.

Je me suis rapproché de quelques pas, et mes chaussures ont couiné sur le carrelage mouillé. J'étais assez près pour la toucher mais j'ai rien fait. Je voulais qu'elle voie tout ce que je ressentais juste à travers mes yeux.

— Je voulais pas te mêler à tout ça. Moi, cette vie et toutes les merdes qui vont avec... mais tu m'as manqué. Je tiens à toi et jamais je ne pourrai te remercier pour ce que t'as fait pour moi. Tu m'as libéré. Je pourrais mourir pour toi, Dovie.

Ma voix s'est brisée et j'ai sangloté. J'aurais dû avoir honte de trembler comme ça. Du bout du doigt, j'ai dessiné les contours de sa cicatrice, dont la pointe s'arrêtait entre ses deux seins nus. Elle a inspiré, puis a expiré profondément mais ses yeux étaient fixés sur moi. Elle avait l'air tellement plus solide que moi.

— Je sais, Bax, elle a dit d'une voix à peine plus forte qu'un murmure qui m'a donné envie de la prendre contre moi et de jamais la laisser partir. La vraie question, c'est : serais-tu prêt à *vivre* pour moi ? Je sais que tu ne renonceras pas à vivre une vie dangereuse, que tu as besoin de repousser les limites et de jouer avec les risques. Je peux vivre avec ça. Ça fait partie des trucs qui me font craquer chez toi. Mais ce que je ne peux pas supporter, ce qui brise mon cœur, c'est que tu vives sans penser au lendemain, comme si chaque jour était le dernier, comme si, au fond, tu n'en avais rien à faire qu'il y en ait un autre ou pas. Et chaque jour compte pour moi, pour mon frère, pour le tien... Mais il faut aussi que ça compte pour toi. Tu *comptes* pour les gens et il va falloir que tu le comprennes.

Tout l'air que j'avais retenu pendant qu'elle parlait a quitté mes poumons et j'ai fait un pas de plus vers elle. J'ai pris son visage entre mes mains et de l'eau a coulé sur ma chemise.

— Je te fais peur ?

C'était la question que je lui avais posée au tout début. On aurait dit que ça faisait des années. Et sa réponse a été la même, même si cette fois elle m'a répondu avec un sourire qui m'a transpercé le cœur.

— Tu me terrifies... Mais je crois que j'aime bien ça.

— Tu me fais confiance ?

Ma voix s'est à nouveau brisée. En dehors de Race, j'avais pas fait confiance à grand monde dans ma vie. Mais maintenant, il y avait elle, Titus et tout un tas d'autres choses qui allaient rendre ma vie bien plus compliquée et bien plus riche.

— Je te confierais ma vie. J'ai entièrement confiance en toi.

— Tu veux coucher avec moi ?

Elle a éclaté de rire et m'a attrapé par les poignets.

— Aussi souvent que possible et n'importe où, n'importe quand.

Mon sang s'est mis à vibrer violemment sous mon ventre.

J'ai collé mon front contre le sien, l'eau de la douche coulait entre nous. Je faisais n'importe quoi mais j'en avais rien à foutre. Parce que je l'avais elle. Et c'était elle mon foyer. Ma vie.

— Tu m'aimes ? j'ai demandé.

Ces mots étaient complètement étrangers à mon vocabulaire, mais ils sonnaient juste. Ses lèvres ont frôlé les miennes et les trois mois d'absence se sont effacés.

— Tu veux la vérité... ou tu préfères que je te mente ? elle a dit.

J'ai souri contre sa bouche et l'ai embrassée encore plus passionnément.

— Mens-moi.

Elle s'est mise sur la pointe des pieds, m'a entouré de ses bras et a fait un pas en arrière pour m'entraîner sous la douche avec elle. L'eau chaude était super-agréable et le jet — plus le fait que Dovie commençait à tirer sur mon T-shirt — m'a arraché un frisson. L'eau collait tellement le tissu à ma peau qu'elle a eu du mal à me déshabiller.

— Bien sûr que non. Jamais je ne pourrais aimer quelqu'un comme toi, elle a dit.

Même si elle faisait que jouer le jeu, ça m'a fait mal et je lui ai lancé un regard mauvais.

— Tu préfères la vérité ? elle a demandé avant de lever un sourcil et de déboucler ma ceinture.

J'ai hoché la tête et grogné quand elle a ouvert les boutons de mon jean. L'eau allait ruiner mes pompes, mais rien à foutre. En deux secondes, elle m'avait attiré contre elle. Je l'ai plaquée de tout mon poids contre le mur de la cabine et elle a enroulé ses jambes autour de mon bassin. Son corps était trempé, glissant, brûlant. La vérité ? Je n'en avais pas besoin ; je la voyais briller dans ses yeux verts.

— Je ne voulais pas être amoureuse de toi, elle a dit. Tu n'es pas le genre de mec dont je tombe amoureuse généralement. Tu rends tout trop intense et trop... extrême. Et je n'aime pas quand tu passes si vite de Shane à Bax.

D'une main, j'ai agrippé sa hanche et Dovie s'est cambrée, les chevilles collées à mon bassin. Je n'avais qu'à me pencher un peu et je serais en elle, mais ça couperait court à notre discussion et j'avais besoin d'entendre ce qu'elle avait à me dire. C'était plus important que de me retrouver enfin en elle.

— Mais grâce à toi, je me sens désirée et en sécurité, comme si tu pouvais me protéger du monde entier. Et ça, ça me fait oublier tout le reste. Je sens, et je sais, qu'on peut être heureux ensemble. Je ne te demanderai jamais d'être le mec idéal, car je suis tombée amoureuse de toi tel que tu es : un mauvais garçon.

Je l'ai regardée et l'ai embrassée. Elle avait un goût de dentifrice et de rédemption... Dovie était à moi. J'ai plongé ma langue en elle et j'ai mordillé sa lèvre inférieure tout en soulevant ses hanches juste assez pour que je puisse entrer en elle. Elle a gémi dans ma bouche et j'ai grogné dans la sienne. Mes doigts se sont crispés sur sa peau, et sa chair brûlante s'est resserrée autour de ma queue.

Le fait de se retrouver enfin ensemble, sans rien pour nous séparer — au sens propre comme au figuré —, nous a frappés de la même manière. Ses yeux se sont écarquillés et tout mon épiderme a vibré. J'ai posé plusieurs baisers le long de son nez et elle a planté ses ongles dans la peau de mon dos.

— Tu es la seule, Dovie.

— Je te veux. Tu m'as manqué. *Ça* m'a manqué.

Je me suis enfoncé encore plus profond en elle et son corps m'a prouvé que je lui avais bien manqué. Ça m'a rendu encore plus dur. Sa poitrine glissait contre mon torse et je pouvais sentir ses tétons durs frotter contre ma peau tandis que l'eau coulait entre nous.

— Je sais pas comment ça marche l'amour, Dovie. Et je sais pas faire autrement que comme ça, mais l'idée de toi et moi ensemble, ça me donne espoir. Je sais que je suis pas le mec idéal dont rêvent toutes les filles, mais personne ne se battra pour toi autant que moi. Je te promets que je te donnerai tout ce que j'ai de meilleur en moi.

— Je sais, Bax, je sais que c'est ta façon à toi de m'aimer. Maintenant, est-ce que tu pourrais t'ACTIVER un peu ? Ça fait juste trois mois que j'attends.

Elle a ponctué sa phrase d'un coup de langue sur mon lobe qui m'a fait frissonner. En plus, l'eau commençait à devenir froide.

— Je veux que tu me fasses jouir, elle a murmuré d'une voix si sensuelle que ça m'a carrément retourné.

— Putain, avec plaisir.

Pas la peine de le nier : je l'aimais. Comment ne pas aimer une fille qui se transformait en tigresse pile quand il fallait ?

J'ai fait glisser mes mains et l'ai attrapée par les fesses pour la prendre plus profondément encore. Je me suis appuyé d'une main contre le mur trempé et j'ai enfoui ma tête au creux de son cou tandis qu'elle glissait ses bras autour de moi. J'ai senti ses multiples baisers sur mes épaules, et j'ai accéléré mes coups de reins comme si j'avais perdu tout contrôle. Ce qui était le cas. C'était si bon que j'aurais voulu jamais arrêter. Je me suis complètement laissé porter et je l'ai prise, encore et encore, m'abandonnant complètement à ses gémissements, jusqu'à ce que je sente sa chair se contracter autour de ma queue. C'était beaucoup plus que du cul, plus que faire l'amour : c'était moi qui la marquais, et elle qui me marquait, c'était la promesse que plus rien ne nous séparerait. C'était un acte bestial de possession. Elle était à moi et j'étais à elle.

J'ai décollé ma main du mur et j'ai attrapé Dovie par les cheveux, basculant sa tête en arrière pour m'emparer de sa bouche pulpeuse. Je l'ai embrassée comme si je pouvais souffler toute ma vie en elle rien qu'avec ma langue, juste au moment où j'ai senti que j'atteignais le point de non-retour. Elle a levé une main tremblante et a caressé mon visage. Elle a articulé mon nom en silence et a dessiné mon étoile du bout du doigt tandis que je déchargeais en elle et qu'elle jouissait avec moi.

Il m'a fallu toutes mes dernières forces pour tendre le bras et fermer le robinet d'eau glacée. On est restés là, trempés, mais putain de bien.

Après un dernier baiser sur mon épaule, Dovie m'a contourné pour sortir de la douche, grimaçant en constatant le bordel ambiant. Elle a pris des serviettes propres dans un placard proche. Je l'ai regardée sans ciller, incapable de croire à ce qui m'arrivait. Dovie était bien là, elle m'avait offert un endroit qui ressemblait à un vrai chez-moi et elle avait décidé de s'engager avec moi alors qu'elle connaissait tout de mon côté sombre.

Je suis sorti à mon tour et me suis assis sur le siège des toilettes pour virer mes rangers. J'ai eu à peine le temps d'en enlever une que Dovie s'est plantée devant moi et m'a tendu une serviette, tandis qu'une autre était enroulée autour de son petit corps. Je l'ai calée autour de mon cou et j'ai levé les yeux vers elle.

— Gus m'a légué son garage.

Dovie s'est calée dans l'embrasure de la porte et m'a observé.

— C'est triste mais plutôt approprié. Qu'est-ce que tu vas en faire ?

— Je sais pas encore...

— Je te soutiendrai, quelle que soit ta décision.

Je me suis enfin débarrassé de mon autre ranger et l'ai balancée. Mon jean trempé, c'était une autre affaire et il a fallu que je galère un bon moment pour m'en libérer. Quand j'ai relevé les yeux, Dovie me regardait intensément.

— Et si ce que j'ai en tête n'est pas tout à fait légal ?

Elle m'a pris la serviette des mains, me l'a nouée autour des reins et son doigt a couru le long d'un de mes drapeaux.

— Trois mois sans toi, c'était vraiment très long, elle a dit. Je te conseille juste de ne pas oublier ce détail quand tu choisiras. Je t'aime et je ne me permettrais pas de te dire ce qui est bien ou pas, mais souviens-toi que tes choix me concernent aussi d'une manière ou d'une autre.

J'ai fermé les yeux un court instant et l'ai attirée vers moi.

— Ça roule, Red.

Elle m'a caressé les côtes, puis elle a pris ma main.

— Que penses-tu de la maison ?

— Ça ressemble à une vraie maison. Et ça te ressemble à toi, et j'adore la chambre.

Elle a ricané et je l'ai suivie jusqu'au lit sur lequel elle s'est laissée tomber. Nos serviettes avaient disparu. Je me suis placé au-dessus d'elle en souriant.

— Je veux passer chaque nuit ici, avec toi.

— J'y compte bien, elle a répondu.

— J'ai toujours pas compris comment tout ça est arrivé. Je remercierai jamais assez Race pour t'avoir mise sur ma route.

Dovie a eu un petit sourire en coin et je me suis penché pour embrasser la chair cicatrisée de sa poitrine.

— Il y a toujours une solution, Bax. Il suffit d'y croire suffisamment.

J'ai relevé la tête et je l'ai regardée. Si adorable, si optimiste et généreuse. Dans cette ville si sombre et mauvaise, Dovie était la seule lumière qui m'éclairait le chemin vers ce qui est juste et bien.

— Pas besoin d'y croire. Puisque tu es là.

Et elle était là avec moi, encore et toujours. Alors j'ai rattrapé le temps perdu ; elle était si belle et, surtout, elle me faisait sentir qu'elle m'appartenait à moi, rien qu'à moi, et qu'elle avait choisi d'être là, à mes côtés. Rien à foutre de savoir où ça nous mènerait, et du tournant que ça pourrait prendre. L'important, c'était que Dovie ferait la route avec moi. J'avais jamais rien fait de bien pour la mériter, mais maintenant que je l'avais, j'allais me démerder pour la garder, et ça commençait par avoir une vie un peu plus clean. Dovie était ma récompense et, même si elle avait déjà connu le pire et savait faire avec, elle méritait qu'on lui offre le meilleur.

18

Dovie

Six mois plus tard...

Assise face à une montagne de photocopies et de notes de cours, je discutais avec Brysen au sujet du nouveau petit copain de Ramon. J'avais dû réduire un peu mon emploi du temps de la fac — mon diplôme allait donc devoir attendre — pour accepter des heures supplémentaires au restaurant, afin de mettre de l'argent de côté pour ma future inscription en fac. Bax me répétait quasi quotidiennement qu'il paierait ce qui manquerait. Son petit jeu de *Grand Theft Auto*[1] grandeur nature lui avait rapporté gros et les affaires du garage se portaient bien. Mais faire ces études et obtenir mon diplôme, c'était quelque chose que j'avais décidé seule, et je comptais bien mener à bien ce projet sans l'aide de personne. Bax n'avait pas insisté. Il payait déjà toutes les factures et me donnait de l'argent pour mes propres dépenses, ça n'allait donc pas le tuer si je décidais de gérer toute seule cette partie.

1. Célèbre saga de jeux vidéo — surnommée GTA par les fans — où le joueur vole des voitures pour gagner sa vie.

Je travaillais toujours au foyer. Après le départ précipité de Reeve, on m'avait offert une promotion que j'avais failli accepter. Mais je tenais précieusement à chaque week-end passé avec Bax, alors j'avais refusé. Ça m'avait fait mal de devoir dire non, mais dès que je laissais Bax seul plusieurs jours d'affilée, je le retrouvais systématiquement avec un nouveau bleu ou les poings écorchés. La plupart du temps, il prétextait des combats clandestins pour Nassir. Il essayait aussi de me protéger de certaines de ses activités au garage en évitant d'admettre ouvertement que les voitures qui y étaient n'avaient pas toujours été laissées là par leur véritable propriétaire. Mais en dehors de ça, Bax restait plutôt raisonnable. Enfin, aussi raisonnable que quelqu'un comme lui pouvait l'être.

Titus gardait constamment un œil sur lui et se chargeait de lui éviter la prison. Je n'avais donc pas trop à le surveiller et je ne m'inquiétais pas plus que ça.

Bax a déboulé de la chambre, enfilant au passage un T-shirt. Il n'était plus aussi baraqué qu'avant. Moins intimidant, il s'était affiné, sans pour autant perdre son aura de mauvais garçon. J'ai remarqué le regard appréciateur de Brysen lorsqu'il a fait le tour du divan pour venir m'embrasser avec autant de passion qu'aux premiers jours.

— Je dois finir la plage arrière de la Hemi Cuda, a-t-il expliqué. Je ferai la fermeture du garage, Race a déjà un truc de prévu. Je serai pas long.

Mon doigt a couru sur son étoile et je lui ai rendu un baiser plus doux.

— A plus !

Il a caressé mes cheveux et a mis l'un de ses innombrables sweats dont il a rabattu la capuche avant de sortir.

— J'ai le droit de te dire que ton mec est aussi terrifiant que sexy ? a demandé Brysen.

— Tu as le droit, vu que c'est vrai, ai-je répondu en posant mon stylo sur un de mes livres.

— Franchement, je ne sais pas comment tu fais. Il est si… sombre. C'est comme si ça suintait de chacun de ses pores.

Ce n'était pas toujours le cas. D'ailleurs, ces derniers temps, Bax était plutôt celui qui m'attirait vers la lumière. Je ne me sentais pas coupable d'avoir tué Novak, car c'était un salaud, et après ce qu'il avait fait subir à Bax et à mon frère, ce n'était que justice. Mais avoir pressé la détente m'avait changée, comme si quelque chose de noir s'était emparé de moi. Et si Bax n'avait pas été là, il y aurait eu de fortes chances pour que je me laisse aspirer.

— Il a beaucoup de trucs à gérer. Mais il essaye de faire les choses bien, pour me faire plaisir.

— Il s'entend toujours avec ton frère ?

Brysen avait encore du mal avec Race et je ne comprenais pas d'où pouvait venir cette animosité, vu qu'ils ne se voyaient presque jamais. Mais ça ne me semblait pas assez important pour que je m'y intéresse plus que ça. Race était bien trop occupé pour s'inquiéter de ce que les gens pensaient de lui.

— Ils ont encore du mal à se faire confiance, ai-je répondu. Mon frère n'est pas très à l'aise avec notre relation et Bax désapprouve les activités un peu limites de Race. Ils sont toujours amis et ils se couvrent l'un l'autre, mais ça reste tendu. Après tout, Race a envoyé Bax en prison et Bax couche avec la sœur de son meilleur ami, alors bon…

Race avait utilisé son talent pour les chiffres et sa nouvelle connaissance du monde criminel pour reprendre les affaires de Novak. Lord Hartman n'était plus une menace pour moi et il n'avait plus le moindre contact avec le milieu. Il avait coupé les vivres à Race, mais mon frère était bien trop débrouillard pour se laisser arrêter par ça. Il était en bonne voie pour devenir le meilleur bookmaker que The Point ait jamais connu. Un vrai requin.

Bien que Bax soit encore hors la loi, il restait bien plus discret que Race sur ses activités. J'essayais de ne pas trop m'inquiéter pour mon frère mais il prenait tout de même de gros risques, qui s'avéraient souvent payants, pour se faire un nom. Il n'était plus tout à fait le même : ambitieux et fonceur, voire imprudent, il semblait déterminé à prendre à tout prix la place laissée par Novak.

— C'est sûr, avec deux têtes brûlées pareilles, on peut s'attendre à pas mal de problèmes.

Ma vie ne manquait clairement pas de testostérone. Entre Race, Bax, et les allées et venues de Titus, je ne m'étais jamais sentie aussi en sécurité, protégée... et aimée. Bien sûr, ce n'était pas tous les jours facile : affrontements d'ego, démonstrations de force et messes basses inquiétantes faisaient partie de mon quotidien. Mais je sentais que nous avancions, que nous regardions vers l'avenir, sans penser au passé et à ce que nous avions laissé derrière nous.

— C'est sûr que je ne risque pas de m'ennuyer.

Brysen a souri légèrement et s'est levée pour ramasser ses affaires. Elle était déjà inscrite à la fac et elle passerait son diplôme dans un an. De temps en temps, elle venait chez nous pour travailler avec moi. D'après elle, étudier chez elle était trop déprimant. Je ne comprenais pas tout avec Brysen : elle avait un boulot, de l'argent, mais pour une raison que j'ignorais, elle vivait encore chez ses parents, dans leur maison de The Hill. Je l'aimais beaucoup et nous passions pas mal de temps ensemble, mais même maintenant que je ne vivais plus en ville, je ne la connaissais pas si bien que ça et je commençais à croire qu'elle ne tenait pas à ce que ça change.

— Tu as l'air heureuse, en tout cas, a-t-elle dit, et je suis contente que tout aille bien pour toi. On se voit demain au boulot ?

J'ai acquiescé et l'ai raccompagnée à la porte. Le regard de Brysen s'est attardé sur la belle voiture de sport que Bax avait garée dans l'allée.

— Dire qu'il t'a offert sa voiture, j'en reviens pas, a-t-elle soufflé en secouant ses cheveux blonds. Si un mec m'offrait une bagnole pareille, il aurait droit à des pipes tous les soirs de l'année.

J'ai rigolé.

— D'après lui, tout le monde sait que c'est sa voiture, donc personne ne viendra m'embêter si je roule avec. Elle est plutôt rapide... genre trop rapide, même. Il m'a dit que j'avais tendance à attirer les problèmes et qu'il me fallait une voiture qui me permette de les semer.

Ma collègue a rigolé à son tour avant de monter dans sa voiture — une BMW — garée juste derrière.

— C'est un abruti, a-t-elle répondu. Comme s'il ne savait pas que c'est lui, le plus gros aimant à problèmes que tu aies rencontré ! Et tu n'es pas près de t'en éloigner.

J'ai haussé les épaules et j'ai agité la main en la voyant disparaître au coin de la rue. J'aimais cette voiture et j'aimais que Bax tienne à moi au point de me l'avoir offerte. D'ailleurs, je lui avais prouvé toute ma gratitude sur le siège avant, sur la banquette arrière, et même sur le capot, si mes souvenirs étaient bons. Quand je conduisais cette voiture, j'avais l'impression d'avoir une partie de lui avec moi, comme si sa présence m'entourait. J'en avais aussi profité pour offrir la balade promise à Marco, mon ancien petit voisin, qui m'avait fait remarquer que je conduisais comme une fille. Les gosses du foyer en profitaient aussi allègrement et me demandaient régulièrement de les balader dans le quartier.

Bax m'avait offert la voiture car il travaillait sur son nouveau véhicule. Il passait la majeure partie de son temps à retaper une Hemi Cuda, la transformant en monstre d'acier noir à bandes chromées. Un ronronnement deux fois plus impressionnant, une allure deux fois plus intimidante et un moteur tellement puissant qu'il était plus ou moins illégal. C'était une voiture qui ne laissait aucun doute sur l'identité de son propriétaire. En travaillant sur ce projet, Bax rendait surtout hommage à l'héritage laissé par son mentor.

Nous n'avions parlé que brièvement de la mort de Gus, mais comme pour tout ce qui concernait The Point, Bax avait pris une profonde inspiration et avait tourné la page. Je savais que le vieux mécanicien lui manquait et que sa perte l'avait beaucoup secoué, mais dans le coin on n'a pas vraiment le temps pour le chagrin. J'avais donc pleuré pour deux dans ses bras jusqu'à ce que ça passe.

Je suis retournée vers la maison lorsque mon téléphone a sonné. Nous avions encore des téléphones jetables et nous payions tout en liquide. Malgré notre maison de banlieue aux environs de The Hill, nous devions rester prudents et surveiller nos arrières à chaque instant, car tout pouvait dégénérer rapidement. Je ne savais pas combien de temps cela durerait. J'aimais penser qu'après un temps la situation se tasserait et que Bax relâcherait un peu la pression, mais j'aimais mon homme tel qu'il était, et s'il fallait endurer ces quelques petites contrariétés pour être avec lui, alors je le ferais.

— Allô ?

— Dovie Pryce ?

Une voix de femme âgée. Le numéro aussi m'était inconnu.

— Oui, c'est moi.

— Je suis Maggie Dawes, chargée de direction du foyer de Kid's Crossing, où vous travaillez. C'est moi qui gère les rapports avec les services sociaux.

Mon estomac s'est retourné. Et si elle savait pour ma relation avec Bax, ou bien pour les affaires de mon frère ? J'ai pris une grande inspiration.

— Que puis-je faire pour vous, madame Dawes ?

— Eh bien, on vient de nous informer qu'un poste à plein temps s'est libéré. Il s'agirait d'un emploi de chargé de dossiers, afin de faire le lien entre les enfants et nos agents en ville. Votre foyer présente un des meilleurs taux de placement à long terme d'enfants dans des familles, et d'après vos supérieurs, ce résultat serait en grande partie de votre fait. Les enfants ont confiance en vous et vous êtes franche avec eux. Nous pensons donc que vous pourriez convenir pour ce poste.

Complètement incrédule, j'ai éloigné le téléphone de mon oreille et l'ai regardé sans comprendre.

— Euh... c'est-à-dire que je suis encore étudiante et je n'ai pas encore obtenu mon diplôme.

— Vous travaillerez sous la tutelle d'un conseiller assermenté. C'est une très belle opportunité, vous pourrez utiliser cet emploi pour valider vos heures de pratique lors de la préparation de votre diplôme.

J'ai secoué la tête pour m'éclaircir les idées. On m'offrait tout ce que j'avais toujours souhaité : pouvoir aider les autres, les sauver de circonstances dont j'avais failli être la victime.

— Quels seraient les horaires ?

— De 9 heures le matin à 17 heures. Ce qui implique que vous ne ferez plus de gardes de nuit. Il y aura beaucoup d'administratif à gérer, mais vous passerez aussi beaucoup de temps sur le terrain avec les enfants... Et ils sont nombreux, pour être honnête avec vous. Vous pouvez prendre quelques jours pour y réfléchir. Rappelez-moi ensuite.

J'en suis restée bouche bée, comme une idiote. Une chance que ça n'ait été qu'un coup de fil, car je devais avoir l'air stupide.

— Oh et au fait, mademoiselle Pryce, je dois vous informer que votre salaire sera bien plus conséquent qu'auparavant. Passez une bonne soirée.

Je suis restée immobile dans l'encadrement de la porte. Moi qui pensais que le retour de Bax — et notre couple — serait la récompense après tout ce que nous avions enduré et tous les sacrifices auxquels nous avions été contraints pour trouver une part de bonheur au cœur de ce monde cruel... Cette opportunité de rendre un peu de ce bonheur, de faire la différence, représentait encore plus à mes yeux.

J'avais envie de sauter partout, de danser et de crier au monde la joie qui m'envahissait, et la seule personne avec laquelle j'avais envie de fêter ça se trouvait pour l'instant à l'autre bout de la ville. Je me suis mordu la lèvre en repensant à ce que m'avait dit Bax avant de partir, qu'il fermerait le garage et que Race serait occupé par quelque chose — qui lui vaudrait d'ailleurs sûrement la prison ou la mort. Mon regard s'est attardé sur la patère où Bax suspendait ses sweats et une idée a commencé à germer en moi. J'ai repensé à certains mots prononcés une certaine nuit, tout contre ma peau. Décidée, j'ai pris un sweat et suis sortie en trombe.

Je n'étais pas téméraire au point de sortir sans rien mettre sous son sweat. J'ai dû bâillonner mon côté « fille bien », mais j'ai finalement réussi à remplacer mon jean pour un minuscule shorty et mon soutien-gorge a laissé place à un débardeur très fin — histoire de quand même garder une certaine pudeur. Pour les chaussures, mes Converse feraient l'affaire, ce n'était pas comme si c'était compliqué d'exciter Bax. C'était ce que je préférais chez lui : quoi que je fasse ou que je porte, il me regardait toujours comme si j'étais son plus beau trésor. J'avais hâte de le surprendre, de faire briller ses yeux sombres. C'était rare que j'aie le dessus avec lui, et c'était une bonne occasion de lui montrer que je pouvais moi aussi lui apporter beaucoup de plaisir.

Je suis arrivée au garage en un rien de temps. Cette voiture était vraiment le plus beau cadeau qu'il pouvait me faire. J'ai tapé le code d'entrée que je connaissais par cœur et je suis entrée en douce par la porte de service. Race et Bax avaient transformé le vieil atelier de Gus en un palace ultramoderne et high-tech dédié aux voitures : nouveaux monte-charge, machines flambant neuves et voitures par dizaines emplissaient les lieux. Entre les modèles de luxe — dont l'origine était assez floue — et les véhicules que Bax bricolait, il y avait une rangée entière de voitures plus classiques, garées contre un mur.

J'ai repéré Bax, dont la moitié du corps disparaissait dans le capot ouvert de la Cuda. Vu son absence de réaction, il ne m'avait pas entendue. Son T-shirt était relevé dans son dos, et l'on apercevait le début de son nouveau tatouage figurant des dizaines d'oiseaux, qui partaient du centre de son dos et remontaient jusqu'aux lettrines de son nom, gravé entre ses omoplates. Bax m'avait demandé de consulter un chirurgien pour ma cicatrice, car chaque fois qu'il la voyait, elle lui rappelait ce que Novak m'avait fait. Je lui avais répondu que j'avais mérité de la porter, tout comme je l'avais mérité lui, et qu'elle lui rappellerait tout ce que nous avions perdu, ainsi que tout ce que nous risquions de perdre si nous considérions notre couple, notre bonheur comme acquis. Lui et moi, nous avions survécu, ensemble. Les oiseaux qu'il s'était fait tatouer envoyaient le même message... mais c'était bien plus joli à voir.

Je me suis approchée de lui discrètement et j'ai doucement caressé sa peau dénudée au-dessus de son jean. Il a sursauté et j'ai rigolé en voyant son expression. La clé à molette qu'il tenait est tombée sur le sol.

— Hey, qu'est-ce que tu fais là ? m'a-t-il demandé en me détaillant des pieds à la tête.

Le sweat tombait au milieu de mes cuisses nues. Bax a arqué un sourcil et un sourire a étiré ses lèvres.

— C'est quoi, ces voitures là-bas ? Elles ne sont pas vraiment ton type...

Il a jeté un œil sur la rangée de véhicules et a soupiré.

— Tu veux la vérité... ou tu préfères que je te mente ?

Cette question m'a fait lever les yeux au ciel et je me suis hissée sur la pointe des pieds pour l'enlacer. Appuyé contre la voiture, Bax m'a prise par les hanches et m'a attirée à lui, m'installant entre ses jambes écartées.

— La vérité, ai-je dit.

— La vérité, c'est que les parieurs sont des cons qui dépensent sans compter et prennent des risques bêtement. On ne peut être un bon parieur que si on a quelque chose à perdre. Race joue un jeu très dangereux, heureusement il est carrément futé. Plus que Novak l'a jamais été. Un mec mort peut pas payer ses dettes, un mec blessé peut pas bosser pour les rembourser, mais prends-lui sa caisse, et là, il comprendra que la partie est finie pour lui. Soit il paye, soit il dit au revoir à sa bagnole.

Pour répondre à ta question, c'est les caisses de gars qui nous doivent de la thune.

— Et comment sont-elles arrivées ici ?

Il m'a lancé un petit sourire et ses yeux d'obsidienne ont brillé de malice.

— On a qu'à dire que je suis un genre d'huissier : je les ai pas volées pour les démonter, je file juste un coup de main à Race.

— Et s'ils ne paient pas ?

— Je garde quatre-vingt-dix pour cent de leur valeur. Tout le monde y gagne.

— Jusqu'à ce que tu te fasses prendre.

— The Point ne marche pas comme ça, Red. Les villes pourries font de mauvais citoyens, et les mauvais citoyens ont de sales habitudes. Race prend un risque, mais il ne fait que répondre à un besoin qui existera toujours. Je vais garder un œil sur lui, et puis Titus fait en sorte que rien ne dégénère. Tant que ça fonctionne, on en restera là. Dis-moi plutôt ce qui t'amène, à moitié nue, dans mon garage ? T'as l'air contente.

Sans répondre, je l'ai embrassé, laissant sa langue se blottir contre la mienne, et j'ai profité de mon avantage pour me coller encore plus à lui. Je ne me lasserais jamais de sentir ses muscles et son corps si viril contre moi. Sa main s'est posée contre ma nuque et son souffle léger a balayé ma bouche humide.

— On m'a offert une promotion au foyer, ai-je expliqué. Un boulot génial qui va me permettre d'aider les enfants, d'être mieux payée, et d'avoir mes week-ends de libres. J'avais envie de fêter ça, alors je suis venue.

Il a hoché la tête doucement, puis m'a soulevée vivement de terre, m'arrachant un petit cri de surprise. Les jambes enroulées autour de son bassin, je me suis lovée contre lui tandis qu'il m'emmenait dans son bureau au fond du garage.

— Red, c'est génial. Félicitations. Tu es née pour changer les choses et aider ceux qui en ont besoin.

— Mais où tu m'emmènes comme ça ? ai-je demandé, enfouissant mon visage au creux de son cou, ravie de le sentir frissonner au passage.

— Il y a plus de caméras dans ce garage que dans tout Londres, a-t-il expliqué. Y a pas un recoin qui soit pas couvert. Normalement, faire ça devant un public et la jouer exhibitionniste me gêne pas trop, mais vu que ton frère a tous les codes d'accès, je suis pas sûr qu'il kiffera le spectacle. Surtout si tu portes rien là-dessous. Mon bureau n'est pas surveillé, allons-y.

J'ai apprécié le geste. Ce que j'avais en tête pour la suite n'incluait définitivement pas la présence de mon frère ou de n'importe qui d'autre.

La porte blindée s'est refermée dans un grand bruit métallique et Bax n'a pas perdu de temps : il m'a plaquée contre le métal et a ouvert la fermeture du sweat que je portais. A en juger par son regard avide et sa façon de déglutir, j'avais eu l'idée du siècle.

— Je n'aurais pas pu venir sans rien en dessous. Ç'aurait été trop pour moi.

Il a ricané et s'est penché pour m'embrasser. J'ai soupiré de satisfaction et j'ai sursauté lorsque ses mains sont venues caresser mes côtes.

— Dovie, tu es ma copine. Tu en feras jamais trop.

Mon rire s'est changé en gémissement lorsque Bax a fait délicatement glisser le sweat de mes épaules, rapidement suivi de mon petit haut. J'ai tiré sur son T-shirt et nous avons bientôt été peau à peau, l'un contre l'autre, nos cœurs cognant à l'unisson en battements extatiques. Mes tétons se sont dressés d'anticipation et mes jambes l'ont pressé plus encore contre moi. Bax a fait glisser sa langue le long de ma cicatrice, il faisait ça très souvent quand on n'était que tous les deux. Etait-ce pour me prouver que ça ne me rendait pas moins belle à ses yeux ou pour exorciser le souvenir qui était à l'origine de ma cicatrice ? Peu importe, j'aimais ça et, en réponse, j'ai enfoncé mes ongles dans son cuir chevelu.

— J'aime bien ça, a-t-il fait en glissant ses doigts sur mon shorty.

J'ai frissonné quand ses doigts m'ont caressée à travers le tissu. J'ai embrassé son étoile et j'ai mordillé son lobe d'oreille avant de murmurer :

— Moi, c'est toi que j'aime.

Ça l'a fait rire. Un rire franc, sincère, que j'entendais de plus en plus souvent.

— C'est bon à savoir.

Fini les blagues, et fini de penser : ses doigts ont glissé à l'intérieur de mon shorty et je me suis abandonnée au plaisir. Mon corps n'avait plus le moindre secret pour lui et il lui était totalement dévoué. Il m'a caressée exactement là où il fallait et j'ai murmuré son nom, me frottant sans retenue entre son corps et la porte en métal. J'étais prête, trempée et impatiente de le sentir en moi. J'ai enroulé mes chevilles au-dessus de ses fesses, basculant vivement la tête en arrière. Je l'ai contemplé, les paupières à moitié closes tandis qu'il me pénétrait avec ses doigts.

Mes jambes tremblaient d'excitation et quand son pouce s'est frotté contre mon clitoris, je n'ai pas pu me retenir. Je me suis cambrée, j'ai plaqué ma bouche contre la sienne et je lui ai dit que je l'aimais, tout en faisant attention à ne pas m'écrouler par terre. Avec l'aide de son autre main, Bax m'a retenue et en a profité pour effleurer l'un de mes tétons. C'était sa façon de faire : me mettre dans tous mes états, me pousser à bout, puis soudainement, se montrer doux et attentionné, jusqu'à ce que je sois de nouveau prête à dépasser mes limites. Il a déchiré ma culotte et je n'ai même pas râlé, alors que j'allais devoir rentrer les fesses nues à la maison.

— Mon fantasme, a-t-il dit. Toi, nue dans un de mes sweats... Tu es si spéciale, Dovie. Je ne sais pas comment serait ma vie sans toi.

Parlait-il de sa vie en général ou de sa vie à The Point ? Sûrement des deux.

J'ai recouvert ses clavicules de baisers et j'ai défait sa ceinture, libérant la partie de son corps dont j'avais le plus envie. Son membre était chaud et dur dans ma main, prêt à me combler, comme toujours. Je l'ai serré entre mes doigts et j'ai commencé à faire des va-et-vient. Le regard de Bax s'est assombri, son pouls battant à un rythme erratique.

— Toi aussi, tu es spécial pour moi, Shane. Ne l'oublie jamais.

Je me suis cambrée et il a râlé quand son sexe est entré de quelques millimètres en moi. Nous nous sommes tous les deux figés à ce contact. Il s'est enfoncé en moi jusqu'à la moitié de son membre et j'ai pressé mon bassin contre lui pour l'accueillir tout entier. Tout s'est alors accéléré et tout ce dont je me souviens : c'est de nos corps, bougeant, glissant, ondulant lascivement, s'écartant pour mieux se retrouver, se moulant l'un à l'autre, tout ça contre la porte de ce bureau. Ce n'était pas joli ou romantique. C'était brutal, intense. Je crois même que j'ai perdu au passage une mèche de cheveux, arrachée par un gond. C'était presque bestial, c'était incontrôlé et Bax rendait ça toujours unique.

Il a crié mon nom, le visage enfoui au creux de mon cou et ses doigts agrippés à mes hanches, lorsqu'il a joui et je me suis accrochée à lui, ma tête bougeant dans tous les sens tandis que j'étais submergée par une seconde vague de plaisir. Nous nous sommes recroquevillés l'un contre l'autre et nous nous sommes retrouvés par terre, moi sur lui et lui en moi. Bax a soupiré et a caressé mes cuisses, encore tremblantes. Je me suis penchée sur lui, les deux mains posées sur son torse, de sorte que nos deux visages se touchent presque. Mes cheveux ont formé un rideau de feu autour de nous.

— Je t'aime, Shane Baxter.

— Je t'aime, Dovie Pryce.

Il ne me le disait pas souvent, mais quand il le faisait, ça me touchait un peu plus chaque fois.

— Et j'aime quand tu m'appelles Shane juste avant que je te fasse jouir... c'est-à-dire tout le temps.

J'ai ri et je me suis allongée contre lui pour l'embrasser, ce qui l'a rendu dur. Inévitablement, nous avons remis ça, de façon encore moins confortable, sur le sol du bureau cette fois-ci.

Nous avions tous les deux une part de lumière et une autre de ténèbres. Et cette dualité définissait qui nous étions et d'où nous venions. J'aimais à croire que chez moi, le mal et le bien s'équilibraient à peu près, quand Bax était un mélange de mal... et de mal un peu plus sombre encore. Mais quelque part, au fond de Bax, Shane était là, tapi dans un coin en attendant de pouvoir apparaître. Et cette partie de lui était assez lumineuse pour me faire croire que notre histoire allait durer pour toujours. Pour toujours, ou pour autant de temps que le permettrait un lieu comme The Point. Tant que nous étions ensemble, lui et moi, ça me suffisait.

La série « BAD » ne contient aucune playlist dédiée. Sa bande originale n'est composée que par le bruit des rues. Tandis que vous lirez ces livres, je veux que vous puissiez entendre les voix dans la nuit, que vous frissonniez en devinant les bruits de la vermine dans les allées sombres, les crissements de pneus sur le bitume et le claquement sexy du peau contre peau. La ville de The Point est un personnage à part entière, au même titre que les personnes qui s'y battent pour leur survie. Je veux que le pouls de cette ville corrompue soit la seule musique qui accompagne la lecture.

REMERCIEMENTS

Ah, chers lecteurs ! Si je pouvais venir voir chacun d'entre vous, vous faire un gros bisou et un câlin d'amour, je le ferais ! Vous m'avez sauvée, vous m'avez donné quelque chose en quoi croire et pour lequel se battre, vous m'avez donné un but et l'envie de guérir mon cœur brisé. J'éprouve pour vous un amour infini et inébranlable. Merci de m'avoir soutenue depuis la première édition chaotique de *Rule* — premier tome de la série des « Marked Men » — et de m'avoir laissée essayer de nouvelles choses qui ont permis à mes petites ailes d'écrivain en herbe de se déployer ! Je vous promets que chaque page que j'écris n'est pas le fruit que d'une motivation personnelle ou d'une simple envie, d'un besoin d'écrire. J'écris pour moi mais aussi — et surtout — pour vous. Vous offrir une bonne histoire, c'est ma façon à moi de vous remercier. Je voudrais que vous soyez captivé(e)s et que vous tombiez amoureux(ses) à chaque lecture. Je vous promets que je resterai fidèle à moi-même mais aussi envers vous. Merci chers lecteurs, merci infiniment.

N'hésitez surtout pas à entrer en contact avec moi par l'un des millions de moyens à disposition dans le monde. J'adore échanger avec les lecteurs.

Merci de m'avoir permis d'être moi, cela m'a grandement aidée et j'en ai tiré d'importantes leçons. Je ne suis pas du genre à me laisser cataloguer ou à entrer dans une case. Les règles sont faites pour être brisées et je n'ai jamais eu peur de faire les choses comme je l'entends, mais apprendre à écrire a été un vrai coup de boost et je tenais à en parler. Grâce à cela, j'ai pu puiser dans mes émotions négatives tout ce qui me faisait me sentir à l'écart et j'ai réussi à en tirer un endroit incroyable : sombre, tordu, qui part dans tous les sens. J'en ai eu le tournis, même si je savais où je mettais les pieds. Donc merci encore à vous de m'avoir rappelé que s'il y a une seule et unique personne à qui je dois rendre des comptes vis-à-vis de ma créativité, c'est moi.

Je tiens à remercier Amanda Bergeron (l'éditrice la plus patiente du monde… vraiment), Jessie Edwards, ainsi que toutes les équipes de chez HarperCollins. Je ne pensais pas arriver à travailler en équipe, mais ces femmes charmantes m'ont permis de réaliser mon rêve. J'adore travailler avec elles et je suis très fière de pouvoir dire autour de moi que mes livres sont publiés chez HarperCollins. C'est de la folie ! Quand j'entre dans une librairie et que j'y vois un exemplaire d'un de mes livres, mon cœur se met à battre à cent à l'heure et j'ai la tête qui tourne. Tout cela n'aurait pas été possible sans Amanda, et elle aura toujours une place à part dans l'histoire de ma vie… Une super-génialissime place.

Merci également à Stacey Donaghy de chez Donaghy Literary (www.donaghyliterary.com) de me faire rire, de me parler franchement, voire de me remettre à ma place en cas de pétage de plomb et de toujours me faire des compliments sur mes cheveux ! Merci de croire en moi et de me trouver brillante. C'est elle qui m'aide à faire arriver mes histoires jusqu'entre les mains des lecteurs. Je ne pourrais pas rêver meilleure représentante et meilleur soutien créatif ! Elle a trouvé Bax génial dès le début, alors que je pensais qu'il était… peut-être un peu too much. Bref, tout comme mon éditrice, Stacey occupera toujours une place spéciale dans ma vie. Sans elle, je ne serais pas devenue qui je suis aujourd'hui et elle mérite toute mon admiration.

Je tiens également à exprimer toute ma gratitude à mes proches. Ce sont les meilleurs. Que demander de plus ! Je suis ravie d'avoir vécu toutes ces expériences avec eux. Mes parents sont adorables et d'un grand soutien. Je les aime du fond de mon cœur.

Je me dois aussi de remercier ma meilleure amie pour tout ce qu'elle fait pour moi au quotidien : c'est ma psy, ma confidente, ma partenaire, mon ingé son, mon professeur, mon exemple, ma copine de courses et l'épaule sur laquelle je pleure. Mon étoile du berger. Elle est la plus importante personne du monde et tout me paraît beau grâce à elle.

Merci aussi à mon rat de bibliothèque préféré. C'est la meilleure. Malgré son grand cœur, elle a tendance à tout prendre pour elle, ce qui en fait mon total opposé. Mais c'est un véritable ange et je ne pourrais pas publier le moindre livre si elle n'y jetait pas un œil au préalable, car elle comprend mon écriture et elle me comprend moi, et je souhaiterais avoir plus souvent écouté ses suggestions. Quand j'écris une histoire, elle sait me rappeler quelles sont mes priorités et je l'adore pour ça.

Il y a également cette femme — Carolyn Pinard — à qui je dois le peaufinage de l'histoire de Bax. Ses suggestions ont fait toute la différence ! En effet, il y avait des COQUILLES DANS MON MANUSCRIT ! Qui l'aurait cru ? Si jamais ce genre de choses vous arrive, faites appel à elle avant de soumettre votre travail à un quelconque éditeur. C'est un plaisir de travailler avec Carolyn ! Je suis bien contente qu'elle ait emménagé près de chez moi, car nous sommes devenues très proches.

Carolynpinardconsults@gmail.com

Un énorme merci aux charmantes femmes de Literari Author Services (http://literariauthorservices.com). J'aime faire les choses à ma façon, comme je les entends, et pour ça, il me faut une équipe de presse et des responsables marketing avec lesquelles travailler en toute harmonie. Karen, Michelle et Rosette excellent dans leurs domaines et elles aussi savent me cerner et cerner mes attentes. Elles font en sorte que la partie commerciale de mon travail se déroule sans accroc. Avec elles, je peux me concentrer sur l'écriture bien plus sereinement. J'ai tellement de compliments à leur faire ! Travailler avec elles est un plaisir de tous les instants !

Merci à tous les blogueurs qui ont parlé du livre à travers le monde et ont permis à de nouveaux lecteurs de le découvrir. Merci pour vos critiques, aussi encourageantes que pertinentes ; pour avoir partagé les couvertures et relayé la date de sortie du livre ;

pour votre amour des livres, de la lecture et pour votre soutien aux jeunes auteurs ; pour votre passion indéfectible malgré le manque de moyens dont vous disposez ; pour vos critiques qui m'aident toujours à me surpasser ; pour votre présence et votre soutien depuis toutes ces années ; pour le bouche-à-oreille ; pour votre humour et votre accessibilité ; et surtout pour m'avoir donné la chance de poursuivre mes projets à ma manière et, même si ça n'est pas du goût de tout le monde, de faire en sorte que cela reste ainsi.

Et, comme toujours, un grand merci à ma petite famille à fourrure : Duce, Pistol et Charley, qui m'accordent toujours autant de léchouilles et de poils de chien quand je rentre à la maison le soir. Ils me comblent de bonheur.

Oh ! et merci beaucoup au mec sexy que j'ai croisé sur sa Harley, avec son tatouage sur le visage et qui a donné vie au personnage de Bax… Miam…

A paraître

Tournez vite la page et découvrez un extrait de

BAD : Amour dangereux

le deuxième tome de la série BAD,
également disponible dans la collection &H.

1

Brysen

Il y a des hommes qu'on ne peut pas ignorer. Comme si, autour d'eux, les gens se déplaçaient au ralenti, en noir et blanc, et que ces hommes étaient l'unique point de couleur, la seule personne en mouvement. Race Hartman était de ces hommes-là. Même si la fête battait son plein et qu'une pièce remplie de personnes bruyantes, soûles et excitées nous séparait, même si je doutais qu'il sache que j'étais là, je ne voyais que lui. Grand et blond, doté d'un corps et d'un visage conçus pour rendre la gent féminine folle de désir, il était indéniablement magnifique et délicieux, comme tout ce qui est mauvais pour vous. Je ne voulais pas le regarder, mais je ne pouvais pas m'en empêcher. Il dégageait tout simplement trop d'énergie, de vie, d'audace, et dans mon monde, où tout était gris et sans vie, il représentait un festin sensoriel dont j'étais ravie de me gaver.

Je regrettais l'époque où mes seules préoccupations étaient d'aller en cours et de faire la fête et où je me comportais comme si je n'avais pas le moindre problème. Mais cette période était loin derrière moi. Il fallait que j'arrête de le dévorer du regard comme une idiote et que j'essaie de profiter de cette soirée pendant laquelle, pour une fois, je ne travaillais pas et on n'avait pas besoin de moi à la maison. Ma petite sœur dormait chez une amie et mon père avait accepté de rester à la maison avec ma mère. Je n'avais que rarement l'occasion de me comporter

Extrait

comme une fille normale de vingt et un ans, et j'étais en train de la gâcher en bavant sur le grand frère de ma meilleure amie. Sans doute le pire mec du monde entier sur qui craquer.

— Tu le connais ?

C'était mon amie Adria qui m'avait convaincue de sortir ce soir-là. Dans mon souvenir, on s'amusait plus que ça dans ce genre de soirées. Je bus une gorgée de bière tiède dans mon gobelet en plastique rouge tout en luttant pour empêcher mes yeux de sans cesse se poser sur Race, comme s'ils étaient aimantés par lui.

— C'est le grand frère de Dovie.

— Sérieux ?

Son étonnement était justifié. Tandis que Race avait tout d'un dieu majestueux paré d'or, descendu sur terre pour nous gouverner, pauvres mortels, Dovie Pryce était une rousse ébouriffée, couverte de taches de rousseur et on ne peut plus passe-partout. Mignonne, au mieux, mais pas à couper le souffle comme son frère. C'était aussi la personne la plus gentille au monde. J'aurais pu parier que Race, en revanche, n'avait pas une once de gentillesse en lui.

Mes doigts se resserrèrent sur mon gobelet lorsqu'il tourna la tête et que ses yeux vert mousse croisèrent les miens.

— Sérieux, répondis-je d'une voix plus rauque que d'ordinaire.

— Comment est-ce possible ?

J'aimais bien Adria. Nous étions ensemble en cours de finance d'entreprise et c'était l'une des rares personnes à ne pas m'avoir laissé tomber quand j'avais été obligée de retourner habiter chez mes parents, lorsque tout était parti en vrille avec ma mère. Je ne prenais plus beaucoup de bon temps, ce qui signifiait que je n'avais plus beaucoup d'amis non plus. Cela dit, je n'avais pas l'intention de passer la soirée à tenter de lui expliquer l'histoire compliquée de la famille Hartman. Le récit de la lignée de Race et Dovie n'avait rien de bien amusant, et ce soir-là, je comptais justement m'amuser.

J'avalai d'un trait le contenu de mon verre quand je vis Race se frayer un chemin à travers la foule d'étudiants en train de danser lascivement pour se diriger vers nous. Instinctivement, les gens s'écartaient sur son passage. On aurait dit qu'un champ de force l'entourait, un mélange de classe et d'autorité, que seules les personnes aimant vivre dangereusement osaient franchir. Je n'étais pas ce genre de personne. C'est du moins ce que je me disais chaque fois que je me retrouvais en sa présence.

Evidemment, j'étais dangereusement attirée par lui, et ce depuis la première fois où il avait déposé Dovie au travail. Mais il n'en saurait jamais rien. Race n'était pas un type bien et je menais une vie assez difficile comme ça sans que j'y ajoute le genre de complications qu'il y apporterait forcément.

Pour garder Race et ces sentiments traitres à distance, je me comportais comme une vraie peste avec lui. J'étais froide, indifférente, malpolie et parfois purement méchante. J'agissais comme si je le trouvais insupportable, comme s'il n'était qu'une créature infâme et repoussante. Et quand cela ne suffisait pas, je l'ignorais, comme s'il n'était pas digne de mon temps. C'était de plus en plus difficile, et plus je lui envoyais de mépris à la figure, plus il me renvoyait de charme et de pur sex-appeal. Nous nous étions embarqués dans un jeu excitant et j'étais terrifiée à l'idée de perdre la partie. Race me désirait et il n'en faisait pas un secret. Je ne savais pas combien de temps encore je pourrais tenir à distance mon propre désir face aux attaques de ces yeux infiniment verts et de cette sublime tête aux cheveux blond clair. Il m'adressa un sourire à dix mille watts et s'arrêta tout près de moi, de sorte à me regarder de haut. Malgré mes treize centimètres de talon, il me dépassait de beaucoup.

— Tiens donc, bonsoir, Brysen.

Je levai les yeux au ciel et portai mon verre à mes lèvres pour dissimuler mon trouble alors que sa voix rauque caressait ma peau.

— Race.

Adria me donna un petit coup de coude dans les côtes. Je me raclai la gorge et inclinai la tête dans sa direction.

— Je te présente mon amie, Adria.

Il tendit sa grande main et serra celle de mon amie, beaucoup plus petite. Adria le dévorait des yeux ; j'imaginai sa culotte déjà trempée s'illuminer d'une enseigne « Bienvenue » clignotante.

— Que fais-tu ici ?

C'était plutôt à moi de lui poser cette question. Il s'agissait d'une fête étudiante, pleine de filles soûles et de premières années. Je suivais des cours à l'université au coin de la rue, mais Race avait depuis longtemps troqué son cursus académique contre une autre école, celle de la criminalité et des activités illégales en tout genre. C'était lui qui n'avait rien à faire ici.

— Je sors. Je m'amuse, répondis-je, tentant de garder un ton neutre et indifférent.

Mais s'il avait pu entendre battre mon cœur, il m'aurait tout de suite démasquée.

Il haussa un sourcil blond et esquissa un demi-sourire. Raaah... il avait même une fossette irrésistible sur la joue gauche. Je mourais d'envie de la lécher. J'enfonçai mes ongles dans mes paumes et pris une grande inspiration.

— Surpris que tu saches faire ça, Bry... t'amuser.

Il avait raison. Je ne pus que plisser les yeux et revêtir le masque de reine de glace que je portais toujours en sa présence.

Extrait

— Et toi, Race, que fais-tu ici ? Tu viens terroriser les pauvres gamins de la fac pour qu'ils te filent leur prêt étudiant ?

Son deuxième sourcil se leva à son tour et le grand sourire qu'il nous décocha manqua de nous faire tomber à la renverse, Adria et moi. Une expression plus sombre apparut dans ses yeux verts, et je faillis reculer d'un pas. Race était dangereux à plus d'un égard, je ne devais pas l'oublier.

— La plupart des jeunes étudiants sont dépourvus de bon sens et adorent les défis. C'est un excellent vivier pour les gens comme moi. Et puis, la saison de football commence la semaine prochaine et j'avais besoin de faire le point avec quelques nouveaux clients.

Son regard glissa du haut de ma coupe au carré jusqu'à la pointe de mes talons aiguille noirs.

— Je suis resté pour profiter de la vue.

Adria se racla la gorge et nous regarda à tour de rôle.

— Des clients ? A une fête ? Qu'est-ce que tu fais exactement ? demanda-t-elle.

Si seulement elle savait à quel genre d'activités illicites Race se livrait...

Il pencha la tête sur le côté et le sourire aveuglant qu'il brandissait comme une arme s'effaça. Race Hartman possédait de nombreuses facettes, et ce côté plus sombre, plus dur, n'était apparu que lorsqu'il avait décidé de reprendre les rênes d'une organisation criminelle majeure, après avoir joué un rôle décisif dans la chute de son baron, Novak. Race n'était pas un simple mauvais garçon, ou un délinquant, c'était le gangster par excellence. Il montait des coups, faisait des prêts véreux, gérait des paris illégaux, aidait son meilleur ami à démonter et à se débarrasser de voitures volées. Et il veillait à ce que dans le quartier, absolument tout le monde sache que c'était lui qui faisait la pluie et le beau temps. Il semblait trop mignon pour être aussi horrible, mais grâce à Dovie, je savais à quel point il s'était sali les mains depuis la reprise de l'empire de Novak. Sans mentionner que son nouveau partenaire en affaires était un proxénète, blanchisseur d'argent, totalement froid et impitoyable. Nassir se devait d'être secret et énigmatique étant donné qu'il gérait absolument toutes les opérations clandestines de la cité. Apparemment, beaucoup de ses caractéristiques avaient déteint sur Race.

— Je gagne de l'argent, ma jolie.

Et c'était vrai. Je me redressai non sans difficulté sur mes talons trop hauts et tentai de lui cacher l'emballement de mon pouls sous son regard inébranlable. Etre désirée par un homme qui pouvait mettre K.O. n'importe qui dans la pièce, ça faisait quelque chose. Il n'y avait aucune raison de se sentir bien à cette idée, ou de sentir ses cuisses s'embraser et son cœur s'emballer, mais c'était ce qui m'arrivait. C'était l'effet qu'il me faisait.

Je lui adressai un sourire suffisant et rejetai mes cheveux en arrière.

— Race est une sorte d'entrepreneur.

De ceux qu'on trouve uniquement dans des endroits aussi sombres et délabrés que The Point.

Adria voulait de toute évidence poser plus de questions. Elle ouvrit la bouche, mais avant que le premier mot ne sorte, une énorme détonation retentit et la fête étudiante qui devait me permettre de sortir de mon quotidien douloureux se transforma en émeute.

Je sentis aussitôt une odeur de poudre tandis que la panique éclatait et que les coups de feu s'enchaînaient. J'allais attraper Adria mais une marée de corps affolés se précipitant vers la

Extrait

porte nous sépara en une fraction de seconde. Je sentis des mains puissantes me saisir et me tirer hors de la ruée. Mon visage se retrouva pressé contre un torse dur comme la pierre et une main immense me fit baisser la tête tandis qu'on me transportait sans ménagement à travers une nuée de corps s'agitant en tous sens.

J'avais le cœur au bord des lèvres et j'entendis un nouveau coup de feu, suivi d'un cri de femme. Race lança des jurons quelque part au-dessus de ma tête et il me relâcha quelques secondes. J'entendis du verre se briser, puis il se redressa et me tira par la main, jusqu'à ce que l'air frais du soir nous enveloppe. Nous marchions sur le verre brisé de la porte de derrière, qu'il venait de casser pour nous permettre de nous échapper.

Je courais, haletante, en jean slim et talons aiguilles derrière un homme aux jambes deux fois plus longues que les miennes. Cela paraissait tout à fait impossible, mais j'y parvenais tout de même. Il ne s'arrêta qu'après avoir contourné le jardin et traversé la rue. La plupart des autres étudiants participant à la fête s'étaient dispersés et on entendait déjà les sirènes aux loin. Je posai les mains sur son torse et le suppliai :

— Il faut retrouver Adria.

Ses yeux presque noirs débordaient d'émotions que j'avais peur de nommer.

— Je ne peux pas être là quand les flics arriveront, Brysen. Je dois partir.

Le souffle coupé, je serrai les poings pour taper sur son torse.

— Aide-moi à la retrouver, Race !

Il secoua simplement la tête et baissa les yeux sur moi.

— C'est seulement pour toi que je m'inquiétais.

Mon cœur se serra, mais déjà, les sirènes se rapprochaient et il s'éloigna de moi. Je lui attrapai le poignet et me rendis compte que je tremblais si fort que j'avais du mal à m'accrocher à lui.

— Ne me laisse pas, dis-je d'une voix effrayée et confuse.

J'étais désemparée, n'ayant pas l'habitude d'être confrontée aux armes et à la violence. Sa nonchalance face à cette situation me déconcertait.

L'ombre dans ses yeux s'effaça et sa bouche prit une expression sérieuse. Avant que je puisse réagir, ses mains glissèrent sur ma nuque et il m'attira contre lui. Je refermai mes deux mains sur ses poignets et m'efforçai de garder mon calme quand ma poitrine se colla contre son torse. Alors, il m'embrassa furieusement. Et je me laissai faire.

Il faisait nuit, des gens déambulaient, soûls et confus, je m'inquiétais pour mon amie, et j'étais en colère contre lui, comme toujours... mais pour la première fois depuis que je le connaissais, toute cette attirance, tout ce désir vorace, contenus en moi, étaient libérés, et je l'embrassai en retour.

Ce n'était pas romantique, doux ou attentionné. C'était brutal, violent, dur et brûlant, et rien dans ma vie ne m'avait jamais autant plu. Sa langue m'envahissait. Ses dents râpaient contre mes lèvres. Ses mains me pétrissaient. Et je sentais son érection sous son jean, à l'endroit où nous étions collés l'un contre l'autre. J'aurais dû protester, dire quelque chose pour qu'il arrête, mais je ne pouvais rien faire d'autre que gémir et me frotter à lui comme une chatte en chaleur.

Et juste au moment où j'envisageais de m'enrouler autour de lui, de son corps immense, de me l'approprier, il me lâcha, recula et me planta là, alors que je clignais des yeux comme une idiote. Il secoua la tête et disparut sans un mot. Le regard fixe, je croisai mes bras sur ma poitrine et luttai pour ne pas m'effondrer sur place.

Extrait

— Brysen !

Je relevai la tête et vis Adria qui fonçait vers moi.

— Oh mon Dieu, je devenais folle ! Tu étais où ?

Pour toute réponse, je la pris dans mes bras, espérant surtout que cela calmerait mes tremblements. Mais non.

— Race m'a emmenée à l'écart. Je ne sais pas pourquoi.

Ses yeux s'agrandirent.

— Pourquoi il aurait fait ça ? Personne ne savait où était le tireur.

— Je ne sais pas, répondis-je en secouant la tête. Je l'ai juste suivi. Il ne m'a pas vraiment laissé le choix.

— Un mec a trouvé sa copine avec un autre mec. Tu te rends compte ? Tout ça pour un truc aussi stupide.

Je ne lui ai pas demandé comment elle connaissait l'origine de ce chaos : la police venait d'arriver sur place et ceux qui traînaient encore dans les parages se faisaient bombarder de questions. Il fallait partir.

L'université et la maison où avait lieu la fête se trouvaient dans The Hill. Les coups de feu à l'aveugle, les mecs jaloux et les filles qui trompaient leur copain, c'était plutôt dans The Point. En tout cas, c'était ce que la plupart des gens de The Hill se bornaient à croire. Au final, j'étais exténuée et j'avais encore le goût de Race sur mes lèvres. Ma soirée pour oublier s'était transformée en soirée que je n'oublierais jamais, même si je savais que je ne gagnerais rien à me souvenir de lui. Vivre dans un monde gris n'était peut-être pas si mal, après tout. C'était un peu ennuyeux et fade, mais c'était rassurant.

Je ramenai Adria chez elle et elle m'assaillit de questions sur Race tout le long du trajet. Il la fascinait. Je la sentais en prise à cette attirance magnétique, naturelle chez lui. Je tentai de lui dire qu'il n'apportait rien de bon, qu'il vivait dans un monde plus éloigné de son futur Master en gestion qu'elle ne pouvait l'imaginer. Mais bien sûr, cela ne faisait qu'ajouter à son mystère et à son charme. Quelle gentille fille de The Hill n'a jamais fantasmé sur un mauvais garçon de The Point ? On ne pouvait pas faire plus cliché. Quand j'arrivai chez moi, j'avais mal au crâne et le ventre noué.

Je me garai devant la maison standard de deux étages que mes parents avaient fait construire avant que tout ne s'effondre. J'hésitai vraiment à laisser tourner le moteur et à conduire jusqu'à arriver ailleurs, jusqu'à tomber sur une vie différente. Deux ans plus tôt, je vivais dans un monde joyeux, plein de couleurs et de lumière. J'habitais en colocation avec des copines, j'allais à la fac, je repoussais les mecs qui n'avaient qu'une chose en tête. J'étais naïve, insouciante, et je pensais que rien ne changerait.

Désormais, je vivais à nouveau à la maison, m'occupant d'un parent souffrant d'une crise de dépression paralysante avec tendance à l'automédication, et d'un autre, bourreau de travail, fuyant ainsi tout ce qui n'allait pas à la maison. J'étais surtout rentrée pour éviter à ma petite sœur Karsen d'être seule face à la tristesse et la noirceur ambiantes. A seize ans, c'était une excellente élève ; elle allait partir à la fac dans deux ans. Je me débrouillerais jusque-là. Après tout, mes parents avaient toujours travaillé dur pour garder notre famille sur la ligne ténue entre The Hill et The Point et c'était le moins que je puisse faire en retour. Nous n'avions jamais été honteusement riches, mais nous n'avions pas non plus eu à survivre dans le champ de bataille qu'étaient les rues de The Point. Je sentais que je leur devais au moins ça.

J'entrai dans la maison en soupirant. Aucune lumière n'était allumée vu que Karsen n'était pas là et que ma mère était sans doute évanouie dans son lit. Je passai par la cuisine pour prendre une bière, fraîche cette fois, et me traînai jusqu'au bureau de mon père. Il était assis derrière l'ordinateur, comme toujours. Sa tête presque chauve baissée et ses yeux rivés sur l'écran. Fronçant les sourcils, je décapsulai ma bouteille.

— Hé.

Il sursauta et son regard se détourna brusquement de l'écran.

— Brysen Carter, tu viens de me filer une bonne trouille.

— Comment elle était aujourd'hui ?

— Bien, tout va bien, répondit-il après s'être éclairci la gorge et être retourné à son écran.

J'en doutais sérieusement.

— Tu as vérifié comment elle allait ce soir au moins, papa ?

— Brysen, c'est très important. Tu peux attendre un moment ?

Pas vraiment, mais tout passait après son boulot. Sans ajouter un mot, j'enlevai mes chaussures et me dirigeai vers la chambre principale. La porte était entrouverte et la télé allumée. Je poussai la porte et laissai un juron siffler entre mes dents.

Ma mère était affalée sur le côté, en travers du lit. Sa tête dépassait du bord et sa chevelure emmêlée et blonde, presque blanche, comme la mienne, touchait le sol. Une bouteille de vodka vide était posée sur l'oreiller. On entendait un léger ronflement. Je posai ma bière sur la commode et entrai pour la mettre en bonne position. De toute évidence, Papa n'avait pas pris la peine de décrocher assez longtemps pour s'assurer qu'elle allait bien. Il l'avait laissée livrée à elle-même, et ça finissait toujours comme ça.

Elle ouvrit péniblement un œil vitreux et marmonna mon prénom tandis que je m'efforçais de la mettre sous la couverture. J'attrapai la bouteille vide et résistai difficilement à l'envie de la briser au sol. Ma mère n'avait pas toujours été comme ça. Elle avait un côté un peu fragile, avec des hauts et des bas niveau moral, mais c'était un accident de voiture qui avait tout changé. Une horrible blessure au dos et une douleur immense et interminable, ainsi que l'impossibilité de retourner travailler l'avaient transformée en cette ombre de femme triste et alcoolisée. Mon cœur se serrait et mon ventre se nouait à chaque fois que je la voyais comme ça, car ce n'était pas une fatalité. Elle pouvait se faire aider, mon père pouvait la soutenir, et peut-être que notre vie reviendrait un peu à la normale. Mais ce n'était pas le cas et je devais faire avec jusqu'à ce que Karsen soit assez grande pour se débrouiller toute seule.

J'éteignis la télé et fermai la porte derrière moi dans un bruit sourd. De toute manière, il aurait fallu une tornade pour la sortir d'un tel sommeil d'ivrogne. Je soupirai lourdement et pris finalement le chemin de ma chambre.

Habiter à nouveau chez mes parents en tant qu'adulte était tellement bizarre... Je n'avais pas de couvre-feu ou de règles à respecter, comme quand j'étais adolescente, mais tout dans cette chambre d'enfant me procurait une sensation de mal-être. J'avais l'impression que je laissais une partie de moi à la porte quand je me résignais à passer une autre nuit, un autre jour ici.

Je sortis mon téléphone de ma poche arrière pour retrouver le dernier message que j'avais envoyé à Dovie, dans lequel je lui demandais de m'accompagner à la soirée. Depuis qu'elle travaillait à plein temps dans un foyer pour gamins lâchés par le système, je ne la voyais quasiment plus. En plus de ça, elle vivait avec le seul mec de The Point qui me faisait plus peur que Race. J'allais donc très rarement chez elle et je ne la voyais presque jamais en dehors des cours. Ce soir, elle avait décliné l'invitation, car elle avait des devoirs à faire, mais je me demandais en secret si Bax ne lui avait pas dit de ne pas venir.

Il détestait tout ce qui avait un rapport avec The Hill. Il venait de la rue. Ancien détenu, voleur, il était évident qu'il était plongé jusqu'au cou dans les magouilles criminelles de Race. Shane Baxter avait dans cette partie de la ville une réputation aussi légendaire que celle de son géniteur. L'homme que Race et lui avaient détrôné. Ils étaient plutôt de ceux qu'on n'a pas envie de chercher, mais j'aimais vraiment Dovie. Je bravais donc les eaux troubles et infestées de requins où elle évoluait pour la garder dans ma vie et continuer de la considérer comme ma meilleure amie.

Je retrouvai le SMS et lui renvoyai un message :

J'ai vu Race à la fête ce soir.

Elle répondit quelques minutes plus tard.

Qu'est-ce qu'il faisait là-bas ?

Il a dit qu'il travaillait.

Tu m'étonnes.

Je levai les yeux au ciel en pensant à ce qu'il qualifiait de « travail » et tapai sur le clavier :

Quelqu'un avait un flingue et a tiré à l'intérieur. Race m'a emmenée dehors, mais il est parti à cause de la police.

J'étais encore bien secouée. Et excitée par ce baiser. Comment pouvais-je tant aimer son goût, me sentir si bien avec lui alors qu'il était la dernière chose dont j'avais besoin ?

Elle me répondit d'un ton très pragmatique, caractéristique des habitants de The Point habitués aux situations dangereuses.

Il ne peut pas prendre le risque d'avoir affaire à la police. Comme tout le monde ici. Ça ne me surprend pas qu'il ait décampé. Tout le monde va bien ?

Extrait

Oui. Tout le monde va bien.

Pourtant non, ça n'allait pas. Savoir que quelqu'un était un criminel, pouvait être complètement malhonnête, et en avoir la preuve sous les yeux étaient deux choses très différentes. Je ne comprenais pas ce monde et ne voulais pas le comprendre. Par conséquent, qu'il soit canon ou pas, qu'il me sorte de la monotonie de ma vie quotidienne ou pas, Race Hartman ne serait jamais un mec pour moi, et cela me rongeait de l'intérieur.

On échangea quelques messages de plus. Moi à propos de rien de particulier, elle à propos des gars. Bax m'effrayait tellement que me trouver en sa présence me rendait nerveuse et anxieuse, et je pense que Dovie essayait de le rendre plus humain, plus sympathique à mes yeux, pour contrebalancer. Quant à Race... il me poussait dans mes derniers retranchements. Je devais redoubler d'efforts pour feindre l'indifférence et ne pas montrer une curiosité hystérique à chaque fois qu'elle le mentionnait. C'était de plus en plus dur.

Je lui souhaitai bonne nuit, ainsi qu'à ma sœur. Karsen était une crème, une fille qui méritait de partir de la maison indemne, sans les cicatrices que l'état actuel de la famille Carter pouvait infliger. C'était une toute petite chose, avec les mêmes cheveux clairs que moi, mais avec les yeux marron de Maman au lieu des yeux bleus de Papa et moi. Elle était adorable, et quand elle me répondit par un smiley, je me préparai finalement pour me mettre au lit.

J'attendais d'être dans la douche, pour m'autoriser à admettre que j'étais seule, triste, dépassée par tout ce que je ressentais et épuisée par cette lutte incessante pour contenir tout ce qui bouillonnait en moi. Dans la douche, je pouvais pleurer sans que personne n'en sache rien. Ce n'était pas la vie que je désirais. Ce n'était pas la vie que je m'étais imaginé mener à vingt et un ans. Mais j'avais dû m'adapter, changer, pour faire ce qui conviendrait à tout le monde, et c'était comme ça. Je n'avais pas le choix.

Je me séchai, passai une brosse dans mes cheveux et enfilai un pantalon de yoga et un haut pour dormir. L'adrénaline commençait à s'évacuer de mon organisme et je m'affalai sur le matelas la tête la première. Mes yeux se fermaient doucement et j'essayais de toutes mes forces de ne pas revivre chaque coup de langue de Race, chaque effleurement de ses dents, quand mon téléphone signala un nouveau message. Il était tard. A cette heure-là, ça ne pouvait être que Karsen. Je me redressai et passai mon doigt sur l'écran.

Ce n'était pas Karsen. C'était un numéro inconnu. Six mots seulement, pas grand-chose, mais la boule au ventre qui me vint après les avoir lus me dit que quelque chose n'allait vraiment pas.

Tu étais si belle ce soir.

Je regardai le message sans bouger pendant quelques secondes avant de répondre.

C'est qui ?

Sincèrement désolé de t'avoir ratée.

Mais qu'est-ce que ça voulait dire ? Je demandai encore une fois qui c'était, et quand je compris que je n'obtiendrais pas de réponse, j'éteignis le téléphone et le reposai sur la table de chevet. Je restai assise dans le noir un long moment, le pouls frénétique, une étrange sensation de malaise me donnant la chair de poule. Frissonnante, je me recouchai, tirant les couvertures par-dessus ma tête.

Parler de « rater » quelqu'un quand des coups de feu avaient été tirés, ce n'était pas drôle et j'étais assez à cran pour ne pas aimer ça du tout. Les questions se bousculaient dans ma tête. Je me demandais pourquoi Race m'avait entraînée à l'arrière de la maison alors que tout le monde s'était rué vers la porte de devant.

Voilà pourquoi je n'avais pas le temps pour un mec comme Race. Avec quelqu'un d'autre, je n'aurais jamais eu à me poser des questions sur ses motivations, les raisons de ses actes. Et qu'est-ce qu'il voulait dire par « c'est seulement pour toi que je m'inquiétais » ? C'était juste parce qu'il me désirait, parce qu'il voulait jouer avec moi, parce qu'il me considérait comme un challenge ? Ça ne pouvait être que ça, non ?

Je n'avais ni le temps ni l'envie de penser à tout ça. Et pourtant, quand je finis par m'endormir, ce n'est pas l'anxiété et l'inquiétude qui m'accompagnèrent au pays des rêves, mais son beau visage et sa bouche parfaite.

Composé et édité par HARLEQUIN

Achevé d'imprimer en France par CPI
en juillet 2016

Dépôt légal : mars 2016
N° d'impression : 2024576